다시,
연습
이다

다시, 연습이다

PRACTICING

글렌 커츠 지음 | 이경아 옮김

muſintree
뮤직트리

차례

▪ 일러두기

- 이 책은 Glenn Kurtz의 《Practicing》(Alfred A. Knopf, 2007)을 우리말로 옮긴 것이다.
- 본문에 나오는 모음곡·오페라 명은 〈 〉로, 개별곡명은 ' '로, 도서명은 《 》로 표시했다.
- 옮긴이의 주는 괄호 안에 줄표를 두어 표기했다.

내 부모님이신 밀튼 커츠와 디디 커츠, 누나 다나를 위해.
그리고 형 로저를 추억하며.

연습을 시작하며

나는 연습을 하기 위해 자리에 앉아 케이스를 열고 악기를 꺼
낸다. 스페인의 어느 성당에서 떼어낸 오래된 문짝으로 만든 클
래식 기타다. 소리굽쇠를 무릎에 치고 귀에 가까이 가져갔다가
개방현을 부드럽게 튕겨 본다. 전날 조율해 놓은 음이 밤새 흐트
러져 있다. 기타가 소리굽쇠의 소리를 끌어당기려 한다. 그러자
조화가 깨진 진동들이 내 고막을 마구 긁어댄다. 나는 엄지와 검
지로 현감개를 쥐고 살짝 돌려 두 소리를 하나로 모은다. 거의
느껴지지 않을 정도로 한 번 더 조정을 하니 이제야 진동이 모두
서서히 녹아들어 하나가 된다. 나는 현에서 현으로 옮겨가며 손
목을 미세하게 비틀어 불협화음을 없애는 과정을 되풀이 한다.
다음으로 높은 음과 낮은 음을 확인하고 중간음과 바깥음을 확
인한다. 마지막으로 현 여섯 개를 모두 소리 낼 수 있는 코드를

연주한다. 각각의 음이 정확하게 다른 음을 스치면 기타는 기쁨에 전율한다. 이 느낌은 절대 모르고 지나칠 수 없다. 매번 들을 때마다 바로 매료된다. 기타를 완벽하게 조율하면 여섯 개의 현과 몸체가 공명하며 진동한다. 이것이야말로 잘 조율된 소리들이 만드는 진정한 화음이며 이것이야말로 지상의 쾌락과 우주의 질서, 미의 허무함과 사랑을 향한 갈망 속에 깃든 떨림을 비유하기 위해 고래로부터 사용된 은유 즉, '잘 조율된 악기'다.

다음으로 오른손의 손톱을 다듬는다. 먼저 금속제 손톱 줄로 갈고 매우 고운 사포로 정리한다. 아무리 미세한 돌기라고 해도 기타 줄에 닿으면 거친 쇳소리가 날 수 있다. 포르투갈 출신의 기타리스트인 안토니오 아브레우는 1799년에 "(손톱 날이) 울퉁불퉁하면 장식 악구들과 생기 넘치는 음계를 연주할 때 방해가 될 수도 있으니" 가위로 손톱을 다듬은 후 날카로운 돌로 손톱 끝의 울퉁불퉁한 부분을 정리해 매끄럽게 해야 한다고 주장했다. 손끝으로만 하는 연주를 선호하는 연주자들은 이런 조언에 열을 내며 반박하고 그 근거로 미구엘 푸에냐나가 1554년에 쓴 글을 인용한다. "손톱으로 현을 치는 주법은 완벽하지 않다. 생명이 깃든 부위인 손끝만이 영혼의 의도를 전해줄 수 있다." 하지만 내가 듣기에 음악의 영혼은 여러 목소리로 말을 한다. 그러므로 손톱과 손끝의 조화가 만들어낸 소리가 가장 좋다. 나는 엄지손가락으로 나머지 네 손가락의 끝부분을 훑는다. 손끝은 수정처럼 매끈하다.

이제 기타를 제대로 옮겨 잡고 몸에 딱 붙여서 익숙한 자세를 잡는다. 그리고 주위를 둘러본다. 나는 지금 거실 창가에 놓은 의자에 앉아 있고 내 앞에는 발 받침대와 보면대가 있다. 창문의 커튼을 반쯤 걷어 뒀기에 샌프란시스코의 아침 햇살이 내 발 아래를 비추고 있지만 악기에는 닿지 않는다. 기타는 직사광선을 받으면 형체가 뒤틀릴 수 있으니 조심해야 한다. 바깥에는 출근길의 직장인들이 서류 가방을 들고 언덕을 내려간다. 길 건너편에 있는 학교에도 학생들이 한창 등교 중이다. 아이들의 목소리와 발소리에 잠시 귀를 기울인다. 이런 소리들이 흘러가도록 내버려둔 채 숨을 깊이 들이쉬었다가 내쉰다. 이 집에는 나밖에 없다. 그리고 지금부터 해야 할 연습이 나를 기다리고 있다. 자, 이제 시작이다.

제일 먼저 코드를 짚는다. 기타 소리가 내 양손처럼 주체할 수 없이 크게 들린다. 나는 가장 단순한 과제에 집중한다. 즉, 한 가지 생각에 한 가지 동작만 해서 모든 음을 정확하게 동시에 연주하는 것이다. 이 과제를 끝마치는 데 몇 분이 걸린다. 가끔 컨디션이 좋지 않은 날이면 오전을 몽땅 투자해야 한다. 나는 서두르지 않는다. 어차피 생각과 동작·소리가 혼연일체를 이루지 못하면 다음 단계로 넘어갈 수 없기 때문이다.

지금까지의 연습으로 서서히 손가락이 깨어나며 손가락에 천천히 온기가 돈다. 근육이 유연하게 풀어지면 아르페지오 연습을 시작한다. 아까와 같은 음이지만 이번에는 넓게 퍼지게 하면서 음마다 각자의 자리를 정확하게 짚고 요구사항을 지켜줘야 한다. 아르페지오는 두 손의 손가락들이 다른 조합으로 함께 움직여야 한다. 나는 소리의 삼각편대 즉, 손가락·귀·손가락의 3중주를 만들며 정성을 들여 연주를 한다. 내 두 손이 서로를 인식할 때까지 연주를 쉬지 않는다.

비로소 나의 주의력도 깨어나 날카로워지고, 한 음 한 음 더욱 주의 깊게 연주한다. 이제야 음악이 진동이라는 사실이 떠오른다. 다시 말해 소리는 공기를 혼란시킨 결과물이다. 음악은 에너지와 흥분을 맞바꾸는, 일종의 호흡작용이라는 사실도 떠오른다. 한편 음악은 물질적이기도 하다. 단순히 악기로 소리를 만든다거나 연주자의 테크닉으로 완성이 된다는 뜻이 아니라 경험이 쌓여야 한다는 점에서 말이다. 음악을 연주하면 온몸이 떨릴 정도로 전율하거나 흐느끼거나 춤추고 싶은 욕망이 솟으며 내 몸이 변한다. 나는 내 자신을, 잠들어 있던 감각을 인식하게 된다. 음악은 그 감각을 밖으로 이끌어낸다. 그 순간 쾌감과 노고·야심·연주의 강렬함이 나를 휘어 감으며 내 정신을 세차게 흔들어 깨운다. 그 직전까지 나는 정처 없이 헤매고 다닌 기분이다. 마치 내내 아무 연습도 하지 않은 것처럼, 몽유병자인 것처럼 말이다.

나는 마음을 차분하게 가라앉히고 다시 연습에 집중한다. 소리에 시간을 주고 악기가 진동하도록 한다. 소리를 만들어내기 전에 내가 원하는 소리를 들어야만 한다. 그리고 나서 소리가 아무런 왜곡도 없이 그대로 흘러나오도록 내버려 두어야 한다. 그러면서 마음속의 소리와 현에서 만들어진 소리의 차이를 들어야 한다.

나는 언제나 음악으로 쉽게 빠져든다. 연습실에는 어느 때고 음악의 웅장함과 깊이·아름다움이 숨 쉬고 있으니까. 기타를 들고 있으면 손끝에서 음악의 힘이 느껴진다. 현을 튕기면 세상을 바꿀 수 있을 것 같다. 몇 세기 동안 사람들은 음악이 행성을 움직이는 동력이라고 믿었다. 밤하늘을 올려다보며, 천문학자들은 그 속에서 천상의 조화를 읽었고 철학자들은 천체의 음악을 들었다. 그 무렵 음악가들은 선지자였다. 키케로에 따르면 가장 재능 있는 자는 "현악기에서 창조된 하모니를 모방함으로써" 살아서도 천국에 들어갈 수 있었다. 예술가라면 예술이 신성神性으로 들어가는 문이라고 믿을 때도 있을 것이다. 어쩌면 정말 그럴 지도 모른다. 하지만 음악가가 연습은 하지 않고 철학을 한다면, 그건 좀 곤란하다. 음악의 웅장함은 그것을 들어주는 사람이 있어야 하며 그러려면 연주되어야 한다. 기타를 안을 때마다 이번에야말로 완벽한 하모니를 연주하고야 말겠다고 다짐할 수도 있겠지만 그 전에 연주부터 제대로 잘 해야 한다.

이런 상념에서 빠져나와 당장 손 안의 연습으로 돌아온다. 현에서 나는 소리를 들으며 내 터치의 각도와 속도·강도를 미세하게 변주해본다. 강약과 조음에 변화를 주고 음의 강렬함과 색깔을 바꿔본다. 내가 연주를 잘 하면 기타의 수많은 목소리를 하나로 모으면서 동시에 각각의 목소리가 제 소리를 내며 노래하게 할 것이다. 아르페지오를 몇 분 더 연주하니 손가락들이 점점 나긋나긋해지고 제 실력이 나오기 시작한다. 음정이 명료하고 또렷해졌다. 그래서 간단한 코드를 다시 짚어본다. 처음에는 살며시 치다가 점점 소리를 키우고 속도도 높인다. 다시 부드러운 연주로 돌아갔다가 소리가 주위를 가득 메울 때까지 서서히 키우다가 줄인다. 악기가 만들어내는 여러 소리가 내 머릿속에서 들리는 소리와 비슷해질 때까지 다시 해본다.

듣기와 소리 끌어내기·손의 움직임·생각이 하나로 녹아들면 마침내 연주에 집중할 수 있다. 창의의 문이 열리고 상상력이 밖으로 발을 뻗는다. 그 뻗은 상상력 속에서 나는 비로소 자신을 인식한다. 내 손이 평소에 내가 가지고 다니는 장갑 같은 도구가 아니라 연주를 할 수 있는 진짜 손처럼 느껴진다. 나는 내 악기의 음색을 인식한다. 지금 당장은 내가 내는 소리는 이런 색깔이다. 나는 내 몸을 인식한다. 기합이 바짝 들어가 있고 유능해진 것 같다. 내가 다시 음악가가 된 기분이 든다. 클래식 기타 연주자 말이다. 마침내 연습을, 연주를 할 준비가 되었다.

✻

"지난 80년 동안 나는 늘 똑같은 방식으로 하루를 시작했다. 일단 피아노에 앉아서 바흐의 프렐류드와 푸가를 두 곡씩 연주한다. 피아노를 치고 있으면 어느새 삶의 경이로움에 대한 깨달음이 나를 채운다. 인간으로 존재한다는 사실에 믿을 수 없을 정도로 경이를 느끼는 것이다." 첼리스트인 파블로 카잘스는 자서전《첼리스트 카잘스, 나의 기쁨과 슬픔》(한길아트, 2003)에서 이렇게 썼다.

직접 경험한 음악에 대해 한 번 설명해 보라. 그러면 언어의 한계를 느낄 것이다. 음악을 들으면 우리는 스르르 그 음악으로 빠져든다. 자신이 아는 어휘 중에서 가장 장엄한 표현들을 동원해 그 느낌을 설명해 보려고 하지만 날아오를 것 같은 경이로움, 그 불가사의한 경이로움을 어렴풋이 암시나 할 수 있을 뿐이다. "음악은 매일 들어도 새롭고 환상적이고 불가사의하다." 카잘스는 이렇게 말했다. 팔순을 넘긴 동그란 얼굴의 대머리 할아버지 파블로 카잘스가 환희에 차 몸을 앞으로 쑥 내밀고 손짓을 하면서 나와 시선을 맞추며 내가 자신의 말을 제대로 이해했는지 헤아리는 모습이 눈앞에 선하다. '환상적'이나 '불가사의' 같은 뻔한 말로는 도무지 그 느낌을 다 표현할 수 없다. 하지만 그게 뭔지 알 것 같다.

나는 연습을 재개하려고 자세를 바로잡는다. 카잘스처럼 내 경험을 표현할 단어들을 단단히 움켜쥐고 있다. 연습실에는 아무도 없고, 나 혼자 기타를 안고 있다. 매일 똑같은 과정을 반복하지만 늘 새롭다. 나는 음표 속에 숨어 있는 것을 찾아내기 위해, 지금은 내 안에 잠들어 있지만 이제 곧 음악이 삶으로 끌어내 줄 것이라면 뭐든 찾아내기 위해 내 안으로 침잠해 들어간다.

나는 눈을 감고 예전에 백 번도 더 연주했던 멜로디에서 아직도 들은 적 없는 멜로디를, 예상하지 못한 틈을 찾아 귀를 기울인다.

음조란 무엇인가? 음악의 힘 즉, 우리가 음악을 들을 때 경험하는 즐거움과 심오한 깊이를 이끌어내는 음조란 무엇일까? 나는 열에 들떠 몸을 앞으로 내민 채 정확한 음정을 짚으려 애쓰며 연주를 시작한다. 열의에 들뜬 온몸에서 생기가 뿜어져 나온다. 크게 울린 소리가 공기 중에서 엉글었다가 이내 사라져간다. 나는 같은 소리를 다시 연주한다. 이번에는 그 소리에 배어 있는 달콤함 아니 달콤 씁쓸함을 더 많이 표현하려고 애쓴다. 다시 한 번 소리가 만들어져 방안으로 퍼져나가더니 조용히 사라진다. 매일 어떤 음을 연주하든지 연습은 결국 똑같은 과제를 해내는 과정이다. 가장 근본적인 인간의 몸짓인 이 과정은 당신이 이상理想으로 여기는 것 즉, 당신이 열망하는 장엄함을 향해 손을 뻗지만 끝내 움켜쥐지 못하고 놓쳐버리는 감각을 느끼려는 행위다.

음악을 연습할 때, 표현할 수 있는 능력을 넘어서는 뭔가를 추구하다보면 언제나 언어의 한계를 절감하게 된다. 이는 음악만이 아니라 진실로 사랑하는 것을 추구할 때면 누구나 겪는 일일 것이다. 그래서 때로는 이 상황에 대해 이야기를 하려면 과정에서 느끼는 즐거움에 역점을 두면서, 노력하는 과정을 목표로 삼게 된다. 예후디 메뉴인은 이렇게 썼다. 연습은 "움직임과 표현에서 더 큰 즐거움을 찾아내는 태도다. 이것이 바로 연습의 본질이다." 하지만 우리는 연습을 하면서 어둡고 씁쓸한 기분에 사로잡힐 때가 많다. 뭔가를 손에 넣지 못하고 놓치는 순간마다 그 사실을 알아차리는 것이다. 그럴 때면 기쁨이 연습이라는 여정을 살찌우는 영양소처럼 느껴질지언정 우리를 앞으로 끌고 가는 동력으로 보이지 않는다. 음악가들은 이런 경험을 털어놓을 때마다 연습이라는 길이 힘들고 외롭고 까다롭다고 경고하면서 연습이 얼마나 고된지 강조한다. 스페인의 위대한 기타리스트인 안드레 세고비아는 이렇게 말했다. "아무리 솜씨 좋은 사기꾼이라고 해도 악기를 다루는 거장의 솜씨를 흉내낼 수는 없다." 하지만 거장의 기교를 습득하는 게 가능하다면, 이를 위해서 "평생 엄격한 규칙을 정해 놓고 연습을" 해야 한다. 세고비아는 이런 말도 남겼다. 감상자가 듣기에 음악은 전혀 힘들지 않거나 신의 경지에 오른 것 같을 지도 모른다. 하지만 음악가에게 그런 수준의 음악은 지독한 노력과 헌신의 결과이다. 한마디로 수확의 계절의 막바지에 벌이는 축제인 것이다.

연습을 하는 음악가 누구나처럼, 나도 연습의 기쁨과 고된 노력을 다 겪어보았기에 잘 안다. 내 악기에서 나오는 이 소리를 듣는 기쁨도, 내 손이 표현할 수 있을 것만 같은 소리보다 머릿속에서 울리는 소리가 더 아름답고 명료할 때의 고통도 전부 다 말이다. 음악의 기쁨과 숙련을 위한 고된 연습은 마치 연인들의 로맨스처럼 끝없이 드잡이를 벌인다. 기쁨을 기대하자면 고된 노력은 당연한 것이다. 그러다보면 언젠가는 노력이 기쁨으로 이어질 것이다. 나는 그렇게 되기를 희망한다. 이것은 내가 매일 아침 연습을 하려고 앉으면서 내 자신과 하는 거래다. 묵묵히 연습을 하면 기쁨과 그 대가인 실력이 뒤따를 것이다. 가장 위대한 예술가조차 분명 이런 거래를 했을 것이다. "나는 열심히 연습해야만 했다." 요한 세바스찬 바흐가 이런 말을 했다고 전해진다. "누구라도 내가 열심히 한만큼만 하면 성공할 것이다." 이 말을 믿을 수 있기를 나는 간절히 바란다.

하지만 연주를 시작하려고 두 팔로 기타를 감싸 안자 또 다른 목소리가 내 귓가에서 속삭인다. 장-자크 루소는 1767년에 쓴 《음악의 사전》에서 이렇게 경고했다. "아무리 노력을 기울인다 한들 우선은 우리가 예술을 위해 태어난 운명이 아니면 소용이 없다. 그런 운명이 아니라면 우리는 밋밋한 평범함을 넘어설 수 없다." 어떤 음악가든 마음 한구석에는 구체적인 두려움이 도사리고 있다. 연습은 단지 빛 좋은 개살구일 뿐, 자신이 연주하는 악기를 위해 태어난 사람이라면 모를까 그게 아니라면 그저 거장을 흉내내는 사람일 뿐이라는 두려움 말이다. 나는 세고비아와 바흐를 우러러보며 노력을 하면 언젠가는 거장의 경지에 오를 것이라고 믿는다. 하지만 이런 믿음이 너무 순진하고 단지 나의 바람으로 끝나는 것처럼 생각되는 날도 있다. 이고르 스트라빈스키는 이렇게 주장했다. "선율을 다루는 능력은 재능이다. 이 말은 연습으로 이런 것을 발전시키는 것은 우리의 능력 밖이라는 뜻이다." 루소와 스트라빈스키는 이렇게 조언한다. 성에 찰 때까지 연습하라. 그러나 당신이 한 발 앞서 출발하지 않는다면 절대 음악가가 되지 못 할 것이다. 아마 연습으로는 어느 선 이상은 못 넘을지 모른다. 하지만 오스카 와일드는 이런 말도 남겼다. "오로지 평범한 사람만이 발전한다."

나는 양손을 흔들어 푼다. 고개를 들어 바깥을 보니 출근행렬은 이미 끝났다. 하루가 본격적으로 시작되었다. 학교도 한창 수업 중이다. 이제 내 창밖을 지나가는 사람은 죄다 관광객들이다. 그들은 "이 세상에서 가장 꼬불거리는 거리"인 롬바르드 스트리트를 찾아 언덕을 힘겹게 오르는 중이다. 나는 꽃으로 장식된 꼬불거리는 그 관광명소를 늘 걸어 내려간다. 창밖으로 지도를 에워싸고 머리를 맞댄 관광객 가족이 보인다. 엄마와 아빠·붉은 머리의 십대 아들 둘이 각자 다른 방향을 가리키고 있다. 한 블록만 더 가면 그들이 가려는 롬바르드 스트리트다. 하지만 그들은 목적지가 뻔히 보이는 곳에서 그만 길을 잃은 채 자신들이 거의 다 왔다는 사실을 알지 못한다. 나는 매일 그런 기분으로 연습을 한다.

연습은 분투하는 행위이다. 연습은 로맨스다. 한편으로는 위기이기도 하다. 인격의 시험대이자 뼈아픈 개인적 실패를 겪을지 모른다는 위협이기도 하다. 나는 밤새 굳은 양손의 긴장을 풀고 귀와 상상력을 깨워 내 실력을 경험에 일치하는 수준으로 발휘할 수 있도록 한다. 나는 내 자신을 더 발전시키려는 노력에 귀를 기울이며 집중한다. 하지만 매일 어설픈 손놀림이나 악기·상상력 같은 나의 한계와 충돌한다. 매일 아침 연습을 하려고 앉으면 불협화음처럼 쏟아지는 온갖 목소리에 압도되고 만다. 그 목소리들은 나를 격려하기도 하고 무시하기도 하고 환희에 차 있기도 하고 매몰차고 쌀쌀맞기도 하다. 그리고 저마다 작은 독재자가 되어 서로 자기쪽으로 가자며 나를 잡아끈다. 그러면 나는 그 목소리들을 어울리게 해 하모니를 이끌어내려고 한다. 이 수고가 가치가 있는 일인지 시간 낭비인지 스스로도 답을 모른 채 수많은 목소리들 사이에서 나의 길을 찾으려고 고군분투한다.

음악을 만들기 위해 필요한 것들은 여기에 모두 있다. 두 손과 악기·상상력·음표들 말이다. 세고비아도·카잘스도·바흐도·스트라빈스키도 아마 평생을 나와 같은 재료를 가지고 방안에 홀로 앉아 창밖으로 지나다니는 이들을 지켜보는 사람에 불과했으리라. 나처럼 때로는 그 거장들도 단순한 음표 몇 개로 음악이 약속한 웅장함을 포착할 수 있을지, 어떻게 하면 노력이 물거품이 될지도 모른다는 음험한 의심을 뒤로 한 채 음악에 온전히 몸을 맡길 수 있을지 고민했을 것이다.

※

나는 오른손 연습을 시작한다. 메트로놈을 분당 50비트로 설정한 후 왼손으로 C장조 코드를 짚은 채 오른손 엄지손가락과 검지·중지로 현을 뜯는다.

원 앤 투 앤 스리 앤 포

나는 메트로놈의 딱딱 소리에 맞춰 엄지손가락을 다른 줄로 옮긴다. 5번 줄에서 4번 줄로 갔다가 다시 3번 줄로 간 후 5번 줄로 되돌아가 C와 E·G·C 순으로 연주한다. 이 순서대로 네 번을 반복한 후 코드를 G7로 바꾼다. 이제 오른손은 같은 패턴으로 다른 음을 연주한다. 엄지손가락은 B와 D·G·B음으로 옮겨간다.

원 앤 투 앤 스리 앤 포
반복

나는 일관되게 현을 칠 수 있도록 정신을 집중한다. 음과 음 사이의 흐름이 부드럽고 물처럼 유연하게 하나의 선처럼 흐르도록 말이다. 나는 현이 진동하는 소리에 귀를 기울인다. 그리하여 음이 사라지기 직전마다 엄지손가락과 다른 두 손가락을 바로 다음에 쳐야 할 현 위에 올려놓는다. 현을 당겼다가 놓는다. 모든 현을 순식간에 정확하게 함께 연주하기 때문에 박자가 정확하게 맞아 떨어진다.

높은 음 두 개는 각자의 마디에 그대로 남아 있다. 하지만 엄지손가락은 무빙 라인을 연주하기 때문에, 이왕이면 엄지의 소리가 살짝 더 크고 더 명료하게 들리도록 연주하고 싶다. 나는 우연인 듯한 소리를 내기 위해 코드를 바꾸려고 한다. 이것은 타이밍의 문제이자 프레이징의 문제이다. 리듬에 맞춘 연주의 문제이기도 하다. 내가 음표를 너무 정확하게 연주하면 선율이 모가 난 것처럼 들린다.

원 투 스리 포
원 투 스리 포

모가 난 소리는 아이가 수를 세거나 행이 너무 긴 시처럼 단조롭게 들린다.

나는 하늘로 화살을 쏘았네.
화살은 내가 모르는 어딘가 땅으로 떨어졌다네.

리듬에 맞춰 연주를 하면 박자는 복잡해지지만 시는 더 좋아진다. 셸리의 시 〈기타를 가지고, 제인에게〉에 나오는 이 행처럼 말이다.

아리엘이 미란다에게:
이 음악의 소매를 잡아요.
그 사람을 위해…

이 구절도 행 당 네 박자를 유지한다. 하지만 음을 제 자리에 정확하게 꽂아 넣는 느낌이 아니라 물 흐르듯 흘러간다. 엄지가 연주하는 선율을 그 시처럼 프레이징하면 코드를 좀 더 매력적이고 극적으로 바꿀 수 있다. 그 결과 선율에 가속이 붙는다. 원하는 대로 연주가 되면 같은 과정을 계속 하고 싶어진다. 나는 귀를 쫑긋 세운 채 아티큘레이션을 바꿔가며 여러 코드를 번갈아 연주해본다. 패턴을 반복하지 않되 다양하게 연주하면서 시詩나 이야기를 얼마나 오랫동안 이어갈 수 있을까?

이런 연습은 무한히 변주할 수 있다. 나는 기타의 비르투오조인 마우로 지울리아니가 1812년에 쓴 오른손을 위한 120개의 패턴을 바탕으로 연습을 한다. 매일 이 중에서 스무 개씩 연습을 하는데, 그러면 일주일 동안 모든 패턴을 연습할 수 있다. 이제 메트로놈의 설정을 바꿔서 다시 연습을 시작한다. 이번에는 분당 50비트가 아니라 108비트에 맞춘다. 이렇게 박자를 바꾸면 같은 동작을 해도 느낌이 상당히 다르다. 하지만 연습의 목적은 언제나 똑같다. 음악이 계속 흐르게 하는 것이다. 패턴을 바꿀 때마다 집중력과 상상력이 필요하다. 게다가 몇 달이고 몇 년이고 충실하게 연습을 해야 할 것이다. 그러다 보면 어느새 연습이 음악성을 띄고 단순 반복이 아니라 음악이 되어 계속 이어지게 되리라는 사실을 깨달을 것이다.

*

　하프시코드 연주자인 완다 란도프스카가 이런 말을 했다. "어떻게 노력하면 되는지만 알면 누구나 천재가 될 거에요!" 몇 년 전 나는 카잘스와 세고비아에게 의지하듯 그녀의 이 조언을 마음의 지주로 삼았다. 왜냐하면 더 나은 음악가가 되고 싶었기 때문이었다. 나는 어린 시절부터 시작해 청소년기를 거치며 무척 진지하게 클래식 기타를 연주했다. 설령 천재가 아니라고 해도 전문적인 음악가가 되고 싶어 기량을 갈고 닦았다. 야심과 기대감에 한껏 부푼 가슴을 안고 연습에 매진했다. 음악을 많이 듣고 마음 깊이 느꼈다. 음악으로 느낀 다양한 감정을 정제해서 밖으로 표출했다. 그리고 어느 정도 성공을 거두었다. 나는 음악원에서 기타를 전공했으며 각종 콩쿠르에 나가서 여러 차례 우승도 했다. 하지만 어떤 일이든 야망과 기대만으로는 부족할 때가 있다. 이십대 중반 나는 실력이 향상되리라는 환상에서도, 나 자신에 대한 환상에서도 깨어났다. 그리고 결국 예술가가 되겠다는 꿈을 버렸다. 어린 시절부터 예술을 시작한 수많은 사람들처럼 나도, 음악을 향한 내 사랑과 어엿한 성인으로서의 삶이 요구하는 사항들 혹은 예술로 먹고 살아야 하는 직업인으로서의 현실을 조화시킬 수 없었다. 어쩌면 내 재능이 부족한 탓이었을지 모른다. 더 열심히 했어야 했을지도 모른다. 정확한 원인이 뭐든 포기는 재앙이었다. 그로부터 10년 동안 나는 내 손과 몸에 배인 습관들이, 다시 말해서 평생 내가 써내려간 연주에 대한 이야기가 음악에 대한 장애물처럼 보였다. 나는 나를 앞으로 이끄는 연습의 힘을 더이상 믿을 수 없었다. 내가 인생에서 유일하게 좋아하는 것이 고문이 되었다. 그것은 내 삶에서 일어난 무시무시한 상실이었다.

그러다가 나는 몇 년 전부터 다시 기타 연습을 시작했다. 연습을 관두었을 때보다 나이를 더 먹었고 목표를 더 느긋하게 잡게 되었다. 음악은 더이상 직업이 아니라 개인적으로 추구하는 대상일 뿐이다. 나는 과거에 연주를 하며 느꼈던 즐거움을 다시 찾으려고 했다. 하지만 더 큰 실망감만 느낄 뿐이었다. 연습을 다시 시작했지만 어느새 과거의 방식을 답습한다는 생각이 들었다. 또 똑같이 연습을 하면서 해결책을 찾지 못하는 실수를 반복했다. 나는 열심히 연습을 했다. 하지만 내 손놀림에는 변화가 없었다. 그 무엇도 깨어진 환상의 무게를 덜어줄 수 없었다. 나는 연습법을 바꿔보기 위해 다양한 방법을 찾아보았다. 그때는 연습법조차 연습으로 향상시킬 수 있다고 생각했다. "미숙한 자신만 믿고 따르면 아무도 위대해질 희망을 가질 수 없다." 바흐의 첫번째 전기 작가였던 요한 니콜라우스 포켈은 이렇게 충고했다. 그는 열의에 찬 음악가는 "연습과 다른 사람들의 경험에서 도움을 받아야 한다"고 썼다. 과거의 전철을 밟기 싫었던 나는 존경하는 음악가들로부터 뭔가를 배울 수 있을까 싶어 그들이 쓴 교재를 찾아보았다.

연습이라는 주제에 대해 충고를 하는 책들은 수십 권이나 된다. 그런 책들은 대부분 지울리아니의 책처럼 운지법 관련서다. 이런 교재는 테크닉을 연마하는 관점에서 연습을 다룬다. 그러므로 연습의 목적은 손가락을 현란하게 움직이는 것이다. 피아노 교사였던 카를 체르니의 주장처럼 "연주를 할 때 '음표를 잘못 연주하는 것'보다 더 끔찍한 일은 없기" 때문이다. 운지법 교재는 학생에게 실수를 풀어야 할 문제로 생각하라고 조언하며 틀리지 않고 연주하도록 가르친다. "까다로운 작품을 놓고 무엇을 어떻게 연주하든지, 연주란 한 손가락이 특별한 일을 하면 다음 손가락이 나머지 일을 하는 것에 불과하다. 이렇게 연속된 움직임을 따로 떼어내면 연습으로 만들 수 있다." 기타리스트인 앨리스 아츠Alice Artze는 《연습의 기술The Art of Practicing》에서 이렇게 썼다. 운지법 교재는 훈련을 높이 친다. 이런 책들은 내용이 명확하고 실용적이다. 그리고 "당신의 연주를 주의 깊게 들어라." "항상 목적을 가지고 연습을 하라."와 같은 조언을 들려준다.

나는 이런 교재들에서 새로운 연습법과 유용한 테크닉을 몇 가지 배웠다. 게다가 손을 한 덩어리로 생각하기 전에 손가락 하나하나에 집중해야 한다는 사실을 새삼 인식하고 명심하게 되었다.

그러나 음악을 연주하는 과정은 손가락 연습만으로 충분하지 않다. 힘든 연습의 응원단이라고 할 수 있는 운지법 교재의 저자들은 손가락에만 치중한다. 책에 나온 여러 연습법으로 내 테크닉은 좋아졌지만 내 연습 자체가 나아지는 결과로 이어지지는 않았다. 나는 모색을 중단하지 않고 다른 책들을 찾아보았다. 그 결과 이전과는 다른 연습 분야에서 좀 더 균형 잡힌 조언을 찾아냈다. 바로 마음을 다룬 분야였다.

"나는 기타를 배우는 일을 몸과 마음·영혼의 조화를 이루는 과정과 따로 떼어서 생각할 수 없다고 믿는다."《젠 기타Zen Guitar》의 저자인 필립 토시오 스도는 이렇게 썼다. 마음을 다스리는 책은 테크닉을 키우는 연습법은 거의 다루지 않는다. 오히려 운지법 교재를 대놓고 무시한다. 이런 책에 나오는 각종 리스트와 연습법들을 따르다보면 습관적으로 같은 것만 반복하다가 결국 고인물이 된다는 것이다. 마음을 다스리는 책의 저자들은 현란한 손놀림이 아니라 일차적으로는 정신적인 신선함을 추구하며 더 나아가 마음의 깨달음을 목표로 삼는다. 스도의 이야기를 더 들어보자. "이 학교에서는 영혼을 자유롭게 만들려는 목적으로만 테크닉을 배운다." 매들린 브루저는《연습의 기술: 마음으로 음악을 만드는 안내서The Art of Practicing: A Guide to Making Music from the Heart》에서 (연습의) 목적은 "명료하고 느긋한 이성과 열린 마음, 자유롭고 자연스러운 움직임, 생생하고 환희에 찬 감상"을 배양하는 것이라고 했다.

마음을 다스리는 책들은 손가락 너머의 세상을 감지하고 음악 속에 비친 더 큰 존재를 탐색한다. 그것이 영적인 것일 수도 있고 신성하거나 무의식에 관련된 것일 수도 있다. 브루저의 세심한 연구서처럼 이런 책들 가운데에는 명상 매뉴얼로 읽어도 무방한 책들도 있다. 한편 배리 그린이 쓴 《음악이라는 내면의 게임The Inner Game of Music》처럼 "당신의 타고난 창의성과 천재성: 작곡가·놀이 중인 아이 그리고 즉흥적이면서 음악적인 당신" 등 당신에게서 다양한 면모를 끌어낼 수 있다고 약속하는 자기계발서 풍의 책들도 있다. 마음을 다스리는 책에는 연습과 관련된 각종 리스트 대신 경구와 마음을 달래는 조언이 실리고 철학자와 심리치료사들의 인용문도 다양하게 들어 있다. 이런 종류의 책들 가운데 최고의 책은 이렇게 말한다. "연습의 가치는 당신의 마음 상태에 달려 있다. 우리는 과도한 야망을 버려야 한다…. 자신의 욕망에서 비롯된 고통을 자각하라."

나는 실력을 높이는 방법을 알고 싶었기에 교재에 의지했다. 내 양손과 습관들이 장애물처럼 여겨졌다. 그리고 사랑했던 음악을 향한 고통스러운 욕망을 이미 느끼고 있었다. 나는 이런 책들을 통해 이 고통을 초월하고 다시 반복하지 않는 법을 꿰뚫어볼 통찰력을 모색했다. 운지법 교재는 완벽한 테크닉을 익히는 법을 보여주었다. 마음을 다스리는 책은 이런 과정을 내면으로 더 깊이 떠나는 여정의 일부로 간주했다. 음악가로서 발전하기 위해 양쪽 모두 중요하다. 그런데 몇 달 동안 매일 아침 연습을 하면서 나는 한 가지 사실을 깨달았다. 걸림돌은 내 테크닉과 집중력이 아니었다. 음악에 대해 야심을 버렸을 때 연습에 대한 믿음을 잃어버린 것이 진짜 문제였다. 나는 성실하게 연습하면 점점 실력이 늘 것이라고 다짐했던 말들을 더이상 믿지 않게 되었다. 그런 다짐이 아무 쓸모가 없음을 내 과거가 보여주었다. 음악을 사랑했기에 나는 상심만을 얻었다.

연습은 훈련이다. 연습은 명상이자 치료다. 하지만 이런 것들 이전에 연습은 당신이 자신에게 들려주는 이야기이다. 교양소설이자 교육과 자각에 관한 이야기이기도 하다. 마음만 아니라 손가락에게도 연습은 둥근 호를 이루며 길게 뻗은 상상의 길을 따라 가는 여행이자 항해다. 당신은 계속 전진하고 있다고 느껴야만 한다. 그런 당신을 이끄는 것은 이야기다. 교재는 긴 여행을 함께하는 길동무가 되어 그 길에서 당신에게 조언을 하거나 위안을 건네 줄 수도 있다. 그러나 당신의 연습에 관한 이야기는 당신만의 것이다. 책에 나온 온갖 방법들을 당신의 용어로 번역하지 않고, 당신의 이야기를 덧입혀 생기를 불어넣지 않는다면 그 어떤 조언과 지혜도 공허한 말일 뿐이다. 당신은 성장하고 싶을 것이다. 당신 앞에는 수많은 길이 뻗어 있으며 그 가운데 단하나를 골라야 한다. 당신은 음악을 사랑할 것이다. 그렇다면 그 사랑을 어떻게 음악의 동력으로 바꿀 것인가?

나는 마음을 정돈하고 내 테크닉을 정련하기 위해 교재에 의지했다. 하지만 더 나은 음악가가 되고 싶다면 내 이야기를 연습하고, 내 양손과 이력을 이 이야기의 등장인물로 다시 만드는 법을 배워야 한다는 사실을 비로소 깨달았다. 더 나은 내가 되기 위해 나는 우선 음악을 향한 내 사랑부터 연습해야 했다.

연습을 해보지 않은 사람은 연습이 이야기라는 말이 잘 와 닿지 않을 것이다. 창밖의 그 가족이 길을 걷다가 내 집의 창문을 들여다본다면 그들에게는 어떤 남자가 홀로 앉아 기타를 치는 모습으로밖에 보이지 않을 것이다. 하지만 연습은 아주 근본적인 이야기다. 음악가든 운동선수든, 일에서든 사랑에서든, 연습은 열망에 방향을 제시하며 노력에 실체를 제공한다. 매일 당신은 체육관에 가거나 책상에 앉는다. 운동이든 일이든 항상 흥미로울 리 없고 노상 재미있기만 한 것도 아니다. 때로는 지겹다. 때로는 짜증이 난다. 그런데 왜 계속하는가? 애초에 왜 시작했는가? 포기하지 않고 계속 하도록 하는 해답을 당신은 알고 있을 것이다. 어쩌면 선택의 여지가 없었기 때문일지도 모른다. 당신의 노고에 의지하는 사람들이 있을 수도 있으니 말이다. 이런 상황 역시 당신을 계속하게 만드는 이야기고, 일상의 수없이 많은 소소한 일들을 하지 않으면 안 될 단 하나의 과제로 만드는 방법이기도 하다. 스스로에게 연습에 대한 이야기를 하지 않으면, 목표로 향한 길을 상상하지 않으면 강도를 높여가며 애쓰는 것이 다 부질없어 보일 뿐이다. 그리고 당신이 만드는 이야기에 믿음이 없다면 의심과 분투의 시간과 끝없는 반복이 마치 고문처럼 느껴질 것이다.

✳

메트로놈을 분당 50비트로 설정하고 이번에는 왼손 연습을 시작한다. 나는 비트 당 한 음씩 C장조 음계를 연습한다. 두 옥타브를 올라간 후 다시 내려온다. 반복. 연주소리는 열다섯 음을 하나하나 연주하는 것이 아니라 한 음계처럼 들리게 해야 한다. 하지만 내 목표는 음계를 연주하는 게 아니다. 나는 음으로 이루어진 선을 따라가는 중이다. 숨을 들이쉬고 내쉬는 것처럼 생각 하나를 높이고 생각 하나는 낮춘다. 그리고 반복한다.

이번에는 리듬을 바꾼다. 두 음을 빠르게 이어 연주한 후 쉰다. 다시 두 음을 더 연주하고 쉰다. 그런 식으로 음계를 올라갔다 내려온다. 다음으로 세 음을 이어서 연주한다. 다음은 당김음 리듬이다. 소리가 시럽 같고. 발사된 탄환 같다.

한 음계를 한 동작처럼 들으려면 노력이 필요하다. 하지만 음을 연주하는 것 자체는 어렵지 않다. 음악이 아무리 박자가 빨라도 연주 시간 내내 각각의 손가락은 쉬고 있다. 음계 연습에서 가장 어려운 부분은 음계 연습은 손가락 연습이 아니라는 사실을 기억하는 것이다.

G장조 음계는 세 옥타브를 뻗어 올라가 기타의 목까지 간다. 왼손의 위치를 네 번이나 바꿔야 한다. 내 손은 연주하는 손가락으로 기타를 짚으며 한 동작처럼 날듯이 움직인다. 이 동작은 소리나 프레이즈의 일부가 아니다. 감상자는 그것을 들어서는 안 된다. 이 연주는 책의 페이지를 넘기는 것과 같다. 페이지를 넘기는 동작은 그 페이지에 적힌 문장과는 아무 관계도 없지 않은가.

나는 장음계를 모든 조성으로 연주한 후 같은 식으로 단음계를 연습한다. 좋은 연습법이다. 하지만 그건 중요하지 않다. 음계를 연주하는 목적은 음들이 내 손가락으로부터 독립된 것처럼 들리게 만드는 것이다. 내 손가락에 관심이 있는 사람은 바로 나뿐이니까.

✳

연습은 이야기다. 그런데 그 이야기는 모난 박자로 진행되는 것도 완벽함까지 쭉 뻗은 길도 아니다. 대신 수많은 갈래의 의심과 욕망을 끌어내기 위해 당신이 직조한 신화일 뿐이다. 그러므로 음악가가 연습에 대해 말할 때 그 주제는 실은 자기 자신이다.

세고비아는 말년에 자신의 전기 작가에게 자신이 하루에 다섯 시간 이상 연습을 하지는 않았다는 이야기를 하며 이렇게 말했다. "한 번 연습 시간은 한 시간 십오 분이며, 그 이상은 하지 않습니다. 하루에 그런 식으로 네 번 연습하는 걸로 충분하죠. 연습 시간 사이에는 휴식과 다른 활동을 합니다. 예를 들면 산책을 가거나 책을 읽고 친구들을 만나죠. 아니면 차분하게 사색에 잠깁니다." 세고비아는 연습을 어떻게 하는지는 말해주지 않았다. 대신 자신이 어떻게 살고 무엇을 중시하는지 들려주었다. 완다 란도프스카가 1952년에 〈타임〉지와 가진 인터뷰에서 "나는 절대 연습을 하지 않아요. 항상 연주를 하죠."라고 한 말은 연습 방식보다 그녀 자신에 대해 더 많은 이야기를 들려준다. 현대 클래식 기타의 아버지인 프란시스코 타레가의 전기를 보면 그는 매일 음계와 아르페지오·트릴·가장 어려운 패시지에서 고른 부분을 한 시간씩 연습했다. 충실한 전기 작가는 이렇게 썼다. "그러면 오전이 다 간다. 점심을 먹은 후 다시 한 번 기타를 잡는다." 나는 이 구절을 읽으며 여기에 묘사된 구도자와 같은 헌신과 엄격함·고독이 함께 하는 그의 삶을 상상해 보았다.

무대에서 연주를 하면 연주자와 청중 사이에 모종의 관계가 형성된다. 반면 연습은 고독하다. 당신이 관계를 맺을 대상은 바로 당신 자신이다. 내가 아무리 관련서적을 많이 읽어 세고비아나 란도프스카·타레가가 각자의 연습실에 있는 모습을 생생하게 떠올릴 수 있다고 해도 나는 그들이 연습하는 행위 밖에 존재한다. 그들이 하루에 몇 시간을 연습했는지, 어떤 연습을 선호하는지는 알아낼 수 있다. 하지만 그들이 소용돌이치는 추억과 연상·야심·실망감 사이에서 어떻게 음악을 자아냈는지는 여전히 수수께끼다. 나는 그들의 연습에 대해 읽지만 결국 그들이 말하는 이야기를 알게 되는 셈이다.

어떤 음악가는 자신이 연습을 하지 않아도 될 정도로 뛰어난 경지에 올랐다는 인상을 주려고 연습에 대해 거짓말을 하기도 한다. 자신이 얼마나 노력하고 있으며 연습이 얼마나 지난한 과정인지 보여주려고 자신의 노력을 과장하는 사람도 있다. 그런데 모두가 공통적으로 하는 말이 있다. 그들은 자신들의 이상에 관한 이야기 즉, 자신들의 노력을 영광으로 치장해 줄 신화를 들려준다. 무용가이자 안무가였던 마사 그레이엄은 이렇게 말했다. "행복한 예술가는 없다. 언제 어느 때도 만족을 느낄 수 없기 때문이다." 하지만 그레이엄은 "우리를 전진하게 하고 누구보다 더 살아있다고 느끼게 만드는 신성한 불만족 즉, 은혜로운 불안"을 찬양했다.

다시 내 악기를 가지고 자리에 앉은 지금 나는 마사 그레이엄의 이야기가 결코 도움이 되지 않으리라는 사실을 잘 안다. 그녀에게 연습은 영웅적인 행위였다. 적어도 '그 불만'이 당신을 군중 위로 끌어 올려 더 나은 삶을 살게 해 주는 한 말이다. 하지만 나는 예술가의 불안이 항상 은혜로운 것이 아니고 그 불만으로 예술성이 완전히 파괴될 수도 있음을 고통스럽게 직접 경험해 잘 알고 있다.

매일 당신은 환상과 결점·불협화음인 목소리들이 일으킨 혼돈을 가득 안고 연습을 하기 위해 앉는다. 남들이 듣기에 당신의 연주는 감미롭고 사랑스러울지 모른다. 하지만 연습실에 홀로 자리한 당신은 마찰음과 불협화음과 싸워야 한다. 당신이 스스로에게 들려주는 이야기에는 이렇게 연습의 힘든 점도 들어가야 한다. 당신이 이상을 가슴에 품고 앉았을 때 경험하는 모든 것을 받아들여야 한다. 왜냐하면 어느 하루는 음악을 하는 것만큼 행복한 일도 없다는 생각에 순수한 기쁨만 느낄 수 있지만 때로는 연습을 하는 내내 어설픈 손놀림이나 예술 자체의 무익함 때문에 분노에 휩싸일 수도 있기 때문이다. 당신의 연습은 기도나 탄원의 형태일 수도 있고 믿음이나 끝에 가서 받을 보상에 대한 열망의 표현일 수도 있다. 명성을 갈구하거나 부모님이나 또래 친구 같은 타인에게 자신을 증명하고 싶어 연습을 할 수도 있다. 창피함이나 비난을 피하고 싶거나 스승의 기대에 부응하기 위해 연습을 하는 지도 모르겠다. 나는 언젠가 로마의 박물학자인 대 플리니우스의 글에서 마음을 울리는 슬픈 이야기를 읽었다. 그 이야기에는 묘기를 좀처럼 익히지 못하는 서커스 코끼리가 나왔다. 그 코끼리는 재주를 익히다가 실수를 할 때마다 채찍으로 얻어맞았다. 그런데 한밤중에 다른 코끼리들이 다 자는 동안 그 불쌍한 코끼리가 "자신이 해야만 했던 묘기를 연습하는 모습이 발견되었다." 당신은 채찍에 얻어맞지 않으려고 겁을 잔뜩 먹고 각별히 주의하거나 복수를 향한 열망을 양념처럼 뿌려가며 연습을 할 수도 있다. 구두쇠처럼 기술을 쌓기만 하고 절대 쓰지 않으며 연습만 할 수도 있을 것이다. 아니면 새로운 쾌락을 찾아 방랑하는 난봉꾼처럼. 어려운 과제를 하나씩 정복할 때마다 기뻐 어쩔 줄 몰라 할지 모르겠다. 음표 하나를 연주하는 그 짧은 시간 동안 당신은 환상에 빠져들어 지금 막 자신의 진정한 목소리를 찾았다고 느낄 수도 있다. 아이 같은 즉흥성을 되찾기를 바라서 연습을 할 수도 있다. 엄격한 훈련과 희생을 바탕으로 성숙해짐으로써 마침내 성장하기 위해 연습을 하는 사람도 있을 것이다. 모험을 사랑하기에 위대한 작곡가들의 정신에 자신을 시험하며 연습을 할 수도 있다. 어쩌면 불안의 신봉자가 되어 끊임없이 연습이라는 살에 상처를 낼 수도 있을 것이다. 당신의 귀는 칼처럼 날카로워져 자신의 피부를 다치게 할 정도로 예리해질 것이다.

"사람은 음악을 설명할 수 없어도 늘 음악을 연습했다." 철학자 아르투르 쇼펜하우어의 말이다. 하지만 당신은 연습 자리에 앉을 때마다 자신의 연습에 대해 이야기를 들려주는 셈이다. 당신은 그 이야기를 매개체로 자신의 본모습과 성격을 드러낸다. 그 이야기는 당신의 노력이 가치가 있는 것처럼 보이게 만들고 서로 다투는 소리들을 조화시키는 은유다.

왜냐하면 연습은 훈련과 연습곡과 손가락의 상태를 염려하는 행위를 뛰어넘는 어떤 것이기 때문이다. 당신은 연습을 하기 위해 자리에 앉을 때마다, 설령 인식을 하지 못한다고 해도 은연중에 자신을 직접 만든 신화 속의 영웅이자 희생자로 여긴다. 당신은 장애물을 만날 것이다. 당신은 분투하고 성공하고 좀 더 큰 것을 위해 다시 분투할 것이다. 당신의 연습이라는 이야기는 당신 안에 든 것을 흡수해 생산적인 것으로 만들며 모든 것을 하나로 엮어 간다. 당신이 연습이라는 이야기를 진심으로 믿을 때 틀에 박힌 일은 목적지가 있는 여정이 되고, 불협화음을 이루는 소리들은 하나로 녹아들고, 가혹하고 강렬한 실망감은 계속할 이유로 바뀔 수 있기 때문이다.

나는 보면대에 올려놓은 악보를 펼친다. J. S. 바흐의 《무반주 바이올린을 위한 소나타와 파르티타》다. 깊이 숨을 들이마신 후 그중 소나타 1번 1악장 아다지오를 시작한다. 이 악장은 매우 느린 템포로 한 박자를 꾹 채워 이어지는 G코드로 시작한다. 코드는 강력하게 조성을 드러내고 이 악장에 대한 기대감을 자아낸다. 하지만 그런 기세는 점점 사위어 침묵에 가까워지다가 다음 음이 등장한다. 나는 소리가 점점 가라앉기를 기다린다.

나는 이 곡을 잘 안다. 아니, 잘 알았다고 해야 할 것이다. 오래전 보스턴에 있는 뉴잉글랜드 음악원을 다니던 시절부터 연주한 곡이니 말이다. 1920년대에 세고비아는 이 곡이 품은 감정과 복잡함을 잘 표현해 클래식 기타를 연주회용 악기로 우뚝 세웠다. 그의 연주는 가히 혁명이라 부를 만했다. 이 곡은 원래 바이올린 곡이지만 현이 네 줄인 바이올린으로는 화음을 단편적으로밖에 표현할 수 없다. 반면 여섯 개의 현을 튕기며 연주하는 기타는 화음을 하나로 모아주어 바흐의 대위법 선율에 자유를 준다. 그 이후로 전문 기타 연주자라면 누구나 바흐의 바이올린 곡을 연주하게 되었다. 나는 학생이었던 1980년대에 이 곡에 흠뻑 빠져 있었는데, 내가 혁명가라도 된 기분이었다. 나는 바흐를 통해서 나 혼자만 느끼고 이해한 인간의 기본적인 욕구를 표현할 수 있으리라 생각했다. 이 곡이 나의 예술성을 증명해 줄 것이라 믿었다. 당신이 열아홉 살이고 열정으로 가득차 있다면 이런 반응이 충분히 납득될 것이다. 당신은 심오한 발견을 깨우치는 나날을 보낼 것이다. 매일 당신의 진정한 본모습이 점점 더 형체를 갖춰가는 것처럼 느껴질 것이다.

하지만 지금 나의 연주는 자꾸 끊어지고 어색하다. 내가 마지막으로 이 곡을 연습한 후로 내 손에 익어 있던 선율은 처음의 상태로 되돌아갔다. 내가 들었던 온갖 욕구와 열정·진실은 또다시 음표로 돌아갔다. 물론 곡이 어떻게 진행되는지 대충은 기억하고 있다. 하지만 세세한 부분들 즉, 음색 자체에 대한 기억은 사라지고 없다. 나는 아주 천천히 곡을 연주하며 악기의 몸체가 소리에 맞춰 팽창하고 수축하는 것을 느껴본다. 반쯤 무의식적으로 지휘를 하듯 머리를 가볍게 까닥거리다보면 어느새 곡은 마지막 마디의 바짝 붙은 세로줄을 향해 서서히 잦아든다. 음표들이 서로를 향해 거부할 수 없이 미끄러져 가고 그렇게 충돌하며 내 감각을 마구 할퀴어댄다. 나는 다섯 박자를 꽉 채운 음이 사라질 때까지 기다렸다가 다시 연주해보고 싶은 마음을 그대로 두고 돌아선다.

그러다가 그 작은 악절에 혼란을 느끼며 잠시 악보를 들여다본다. 더이상 이 음표들을 어떻게 연주하면 좋을지 알 수가 없다. 그것들을 곡에 어떻게 끼워 넣어야 할지 모르겠다. 너덜너덜한 내 악보에는 줄마다 연필 자국 투성이다. 지금으로부터 20년 전 환희에 찬 첫 만남 이후 끼적여 놓은 운지법이며 프레이징·화음 분석 등에 관한 메모다. 오래된 메모를 읽으면 대학 시절 쓴 일기를 찾아낸 것만 같다. 이 악보는 연습일지다. 내가 십 대일 때 만들어 낸 음들은 그 당시의 순수함과 조급함을 고스란히 품은 채 여전히 빛을 발하고 있다. 하지만 오늘 그 과거의 흔적을 바라보는 나는 회의감에 빠져 있다. 심지어 당혹스럽기까지 하다. 일기처럼 이 악보에는 내 인생에서 어느 순간에 태어난 생각과 감정들이 기록되어 있다. 그곳에는 멀리 떨어져야만 보이는 번쩍 하는 통찰력과 심지어 찬란함도 있다. 하지만 그런 것들이 나타난 순간은 오래 전에 지나가 버렸다. 내가 더이상 믿을 수 없는 이야기의 일부가 되었다. 나는 더이상 그때의 내가 아니다. 1악장을 다시 연주하면서 과거에 내린 결정들 즉, 악보에 나온 영감의 흔적들이 지금의 나와 어떤 관계가 있는지 고민한다. 지금은 손을 다르게 짚고 프레이징도 바꾸는 편이 더 자연스러운 것 같다. 나는 다른 리듬과 화음에 더 끌린다. 그러나 아무리 원한들 그렇게 간단히 새로 시작할 수는 없다. 이 오래된 음표들과 과거의 내 결점들, 내가 느낀 실망감이 결국 지금의 내 연주를 만든 핵심 요소들이니 말이다. 이 곡에서 너무나 많은 감정이 들린다. 하지만 그것을 향해 손을 뻗으면 내 양손은 내가 경험하고 표현하고 싶은 것을 어떻게든 움켜쥐려다가 그만 긴장해 버린다. 새로 시작할 수 없다. 대신 다시 시작해야 한다. 내 자신을 연습해 이 음표들과 새로운 관계를 맺어야 한다. 나는 내가 음악을 연주하는 새로운 이미지를 만들어 내야 한다. 음악가로서의 새 이미지를 말이다.

"어떤 예술이든 완벽의 경지에 오르기 위해서는 평생을 바쳐야 한다." 시인 에즈라 파운드는 이렇게 썼다. 연습은 끝없이 재평가를 하는 과정이다. 반복을 통해 성장하려는 시도인 것이다. 20년이 흐른 지금 나는 다시 이 곡을 마주하고 앉았다. 하지만 이번에는 단지 바흐를 연습하는 것이 아니다. 더 나은 음악가가 되려면 나는 음악을 향한 내 사랑에 포함된 상실감마저 껴안아야 한다. 그리고 사랑과 상실감에 관한 이야기를 연습이라는 형태로 자신에게 들려주는 법을 배워가면서 자신에 대한 실망을 극복해야만 한다. 나는 과거의 내가 아니다. 내 손가락은 그때만큼 날렵하지 않고 내 귀는 둔해졌다. 하지만 음악은 다시 한 번 내 안에서 꺼져버린 혁명의 영혼에 불을 지폈다. 나는 다시 연주한다. 아마 이번에는 좀 더 나을 것이다.

음악가가 아닌 사람에게는 음악가가 보여주는 뛰어난 실력이 신성이 깃든 무언가로 보일 지도 모른다. 하지만 연습은 따분한 일상일 뿐이다. 연습을 하다보면 이런 육체와 이런 기분을 가진 당신의 일상적 자아에 스르르 빠져들게 된다. 당신은 연습을 하기 위해 자리에 앉는다. 손톱을 다듬고 관악기의 리드를 준비하거나 현악기의 활에 송진을 바른다. 그리고 음계와 연습곡을 연주한다. 당신은 실수와 결점을 바로 잡으려고 분투한다. 연습이란 몸을 써야 하는 일이고 지적이며 심리적인 작업이다. 신명이 났다가도 짜증이 나고 성취감으로 뿌듯함을 느낄지 모르지만 한편으로는 미치도록 외로운 일이기도 하다. 하지만 연습은 언제나 지금 바로 이 자리에서 당신과 음악이 만들어내는 것이다. 당신이 변하려고 발전하려고 새사람이 되려고 애쓰는 지금 이 순간, 연습은 당신의 진실한 모습을 보여준다. 연습의 목적은 항상 오래된 음에 숨을 불어넣는 것이다. 설령 그렇다고 해도 당신이 매일 연습을 하는 동안, 자신이 무엇을 연습했는지 깨닫기까지는 몇 년이 걸릴 지도 모른다.

현에 생기를 불어넣기

정오만 되면 우리는 D장조에 맞춰야 했다. 매일 점심시간이면 '기타 워크숍'의 강사진과 학생들은 가창 수업을 시작하기 위해 커다란 참나무 아래에 모였다. 나이는 이십대이고 턱수염을 길렀으며 이름도 똑같이 제프인 남자 두 명이 기타를 치며 어린아이·십대·성인 들로 구성된 학생 스물다섯 명을 둥글게 자리잡게 했다. 이 시간이 되면 우리는 노동가와 고래잡이 노래·저항의 노래·오래된 영국 발라드를 몇 번이고 돌아가며 부르고 배웠다. 나는 지금도 당시 배운 노래들을 빼곡하게 적어 둔 노트를 갖고 있다. '이렌'과 '쾌활한 방랑 선원'·톰 팩스턴의 '와인 한 병' 같은 노래뿐 아니라 민요인 '브라이트 모닝 스타즈' 같은 노래도 있었다. 지금은 이런 노래들을 더는 연주하지 않는다. 하지만 노트를 펼치고 페이지를 한 장씩 넘기다보면 나는 어느새 기타 워크숍에서 보낸 첫 번째 여름 한 가운데로 돌아가 있다. 그때는 1970년이었다. 그리고 누구나 기타를 치고 싶어 했다.

기타 워크숍은 1963년에 롱아일랜드의 그레이트 넥에서 처음 문을 열었다. 원래는 클래식 기타를 가르치는 학원이었지만 몇 년 후 그곳은 전통적인 미국과 영국의 포크송을 활발하게 연구하는 중심지로 성장했다. 1965년 내 어머니가 기타 워크숍에서 기타를 배우기 시작하셨는데, 그 즈음에 기타 워크숍은 로슬린 하이츠의 포레스트 스트리트에 있는 다 허물어져 가는 집으로 옮겼다. 상류층 지역인 그레이트 넥에 비하면 로슬린 하이츠는 좀 더 수수한 곳이었고 우리 집에서도 가까웠다. 잔디밭을 말끔하게 가꾸고 그네를 설치한 안락한 중산층 가구들과 이웃해 있으며 초등학교와 두 블록을 사이에 둔 기타 워크숍은 단숨에 허름하지만 정겨운 분위기로 반문화의 전초기지가 되었다. 머리를 길게 기르고 할리퀸을 덧댄 나팔바지를 입은 젊은 남녀들이 그 집을 드나들며 음악을 만들었다. 점잖은 이웃들은 경계심을 늦추지 않으면서 울타리 너머에서 미소를 지었다. 그 무렵 삼십대 후반으로 세 아이를 둔 전업주부였던 어머니는 일주일에 한 번 기타 수업을 받기 위해 자갈을 깐 진입로를 걸어 들어갔다. 단순히 취미활동이었지 정치적인 의도는 전혀 없었다. 어머니는 피트 시저와 벌 아이브스·위디 거스리의 노래를 좋아했다. 그래서 일주일에 한 시간씩 1960년대 포크송의 부활에 목소리를 보탰다. 가끔 어머니는 나를 데리고 기타 수업에 갈 때도 있었다.

우리 집에는 언제나 음악이 있었다. 어머니는 기타를 배우고 있었지만 저녁이면 가끔 피아노에 앉아 어린 시절 배웠던 쇼팽이나 모차르트의 곡을 연주했다. 나보다 여섯 살 많은 형 로저는 집의 한쪽 구석에 있는 방을 독차지했는데, 벽에 포스터를 잔뜩 붙여놓고 비틀즈나 지미 헨드릭스·그레이트풀 데드(1965년에 결성된 미국의 록 밴드—옮긴이)의 음악을 들었다. 나보다 두 살 위인 누나 다나는 지하실에 있는 업라이트 피아노로 레슨을 받았고 학교에서는 플루트를 배웠다. 밤에 침대에 누워 있으면 모차르트의 '터키 행진곡'과 지미 헨드릭스의 '퍼플 헤이즈'가 충돌하듯 뒤섞여 들리곤 했다. 한 곡은 계단을 타고 올라왔고 다른 곡은 복도 끝에서 끼익끼익 소리를 질러대었던 것이다. 이런 분위기였으니 막내인 내가 어머니의 기타를 집어 들었을 때 우리 가족 누구도 놀라지 않았다. 밥 딜런 노래집에 실린 표를 보고 코드 몇 개를 독학으로 익히고 나니 금세 '블로잉 인 더 윈드'를 연주할 수 있게 되었다.

몇 달 후 나는 기타 워크숍의 교장인 켄트 시돈 앞에 서서 꼼지락거리고 있었다. 켄트 선생님이 엉덩이에 기타를 걸치고 목을 길게 뽑아 앞에 선 나를 보던 일이 아직도 눈에 선하다. 그분은 몸이 허약하고 지저분했으며 등이 구부정하고 잠시도 가만히 있지 못했다. 어머니와 내가 방으로 들어갔더니 선생님은 입 꼬리에 물고 있던 담배를 지휘봉처럼 흔들면서 선원의 뱃노래를 부르고 있었다.

"손가락을 꼼지락거려 보렴." 교장 선생님은 내 양손을 손바닥이 보이도록 잡고 이렇게 말했다. 나는 손가락을 꼼지락거렸다. 그분은 수줍음을 많이 타고 팔다리가 거미처럼 호리호리한 꼬마인 나를 보더니 어머니에게 이렇게 말했다. "우리는 원래 열 살 이하는 수강생으로 받지 않습니다." 하지만 여름에 내가 여덟 살이 되면 학생으로 받아주기로 했다. 부모님은 내게 비싸지 않은 4분의 3 크기의 기타를 사주었고, 나는 그 기타를 어딜 가든 손에서 놓지 않았다. 학교에 갈 때도, 해변에 놀러갈 때도, 금요일 저녁마다 가족이 함께 저녁을 먹었던 뉴욕의 할머니 댁에 갈 때도 마찬가지였다. 나는 기타를 얼른 시작하고 싶어 참을 수가 없었다. 그렇게 시작해 열 살이 되었을 무렵 어느새 나는 기타 워크숍의 스타가 되어 있었다.

여름 동안 포레스트 스트리트의 그 집은 푹푹 찌고 숨이 막힐 듯이 더웠다. 기타 워크숍은 재정이 어려워 에어컨을 켤 수 없었다. 게다가 선풍기는 너무 시끄러운 소리를 내거나 악보를 사방에 날리곤 했다. 수업과 개인 레슨은 마당의 나무 아래에서 했다. 접이식 의자 두 개와 철사로 된 보면대만 있으면 선생님은 생울타리 곁이든 헛간 옆이든 전에 화단이 있었던 곳이든 상관하지 않고 수업을 진행했다. 클래식 기타 연주자를 위해 뒷문 옆에는 목재 휴대용 발판이 쌓여 있었다. 합판 세 개를 못으로 박아 만들었기 때문에 실내에서 쓰는 접이식 금속제 발판과 달리 풀밭에 푹 빠지지 않았다.

나는 울타리 근처의 구석에서 첫 번째 30분짜리 개인 레슨을 받았다. 머리 위로 늘어진 나뭇가지마다 붙어 있는 매미 합창단의 반주에 맞춰서 나는 내가 아는 노래들을 연주했고 폴 선생님은 당신이 아는 노래를 연주했다. 그는 리듬에 맞춰 고개를 까닥거리며 내게 계속 연주를 하라는 듯 격려를 해주었다. 그때마다 동그란 존 레논 안경이 코 위에서 통통 튀며 오르락내리락했다. 연주는 쉬웠다. 벌써 1년도 넘게 그 코드들을 연주하고 있었기 때문이다. 나는 폴 선생님의 손가락이 움직이는 모습을 유심히 살폈다. 그리고 우리는 다시 곡을 연주했다. 나는 이런 식으로 새 노래를 배웠다. 선생님이 화음을 연주하는데, 그 소리가 너무 좋아서 절로 웃음이 터져 나왔다. 음악을 연주한다는 게 너무 좋아서 말이다.

수업이 끝난 후 우리는 마당을 가로질러 집을 굽어보는 거인 같은 참나무로 다가갔다. 제프 2인조가 한낮의 가창 수업을 막 시작한 참이었다. 둘 중 마르고 키가 더 큰 제프 선생님이 등사기로 찍어낸 악보를 나눠 주었다. 사무실에서 막 찍어내 잉크도 덜 마른 상태였다. 수강생들이 풀밭에 따닥따닥 모여 있었다. 나 같은 아이들과, 집안일을 대신할 가사도우미들을 쓰는 교외의 가정주부들, 기득권층에 가볍게 반항하는 꾀죄죄한 이상주의자들이었다. 우리는 모두 '나는 올드 페인트를 탄다네'를 부르고 '손가락을 하늘로 들어요'와 '작은 상자들'을 연달아 불렀다.

정오가 되면 로슬린의 화재경보기가 들릴락 말락 소리를 내며 부웅 거리기 시작했다. 학교에서 한 블록 떨어진 전신주 위에 설치된 이 경보기는 매일 점검을 받았다. 우리가 노래를 부르기 시작하자 화재경보기가 윙윙 거리더니 점점 소리가 커지고 음이 올라갔다. 급기야 열두 시 정각이 되자 귀청을 찢을 것 같은 높은 '레'까지 올라갔다. 우리가 조를 바꿔 노래를 불렀다면 사이렌 소리는 아예 우리의 소리를 집어삼켰을 것이다. 하지만 제프와 제프 두 선생님은 시간을 딱 맞췄다. 우리는 D장조로 노래를 했고 사이렌은 함께 노래하며 위로 솟아올랐다.

나는 기타 워크숍에서 보낸 첫 번째 오전이 끝나갈 즈음 목재 테이블에 앉아 있던 때를 기억한다. 그 탁자는 사무실로도 쓰는 부엌을 마주보고 있었다. 그곳에 있던 여자 분들이 어머니가 올 때까지 나를 봐주기로 했다. 당시 사무 업무를 책임졌고 훗날 켄트 시돈 선생님과 결혼한 웨슬레야가 창문으로 나를 불렀다. "오늘 수업에서 뭘 배웠니?" 나는 기타를 꺼내 오전에 배운 곡을 연주했다. 포크송 그룹인 트래픽이 부른 '올 조인 인'이었다.

다른 학생들이 하던 일을 멈추고 내 연주에 귀를 기울였다. 우쿨렐레만한 앙증맞은 기타를 든 꼬맹이의 연주를 말이다. 사무실에 있던 사람들이 밖으로 나왔다. 어느새 나는 탁자 위에 앉아 노래를 이끌고 있었다. 열 명 남짓한 사람들이 내 주위로 모여들더니 박수를 치고 함께 노래하기 시작했다. 나는 기타 워크숍에서 받는 수업을 사랑했다. 그곳에서 수업을 받는 시간은 마치 행복한 대가족의 야외 피크닉 같았다.

기타는 순식간에 나의 악기가 되었다. 어머니는 얼마 후 실내 장식 일을 시작하면서 기타를 그만두셨다. 대신 새로운 고객을 찾는 일에 몰두하셨다. 나는 연주를 하는 것이 좋았다. 그러다보니 나도 모르는 사이에 실력이 부쩍 늘었다. '블로윙 인 더 윈드'와 '이 땅은 너의 땅'을 익힌 후로 떠돌이 일꾼들의 노래며 광부들의 노래, 라디오에서 들은 노래들을 연습해 익혔다. 4학년 때 돈 맥클린의 '아메리칸 파이'를 다 외웠으며 '점핑 잭 플래시'의 리드 파트를 연주할 수 있었다. 내가 갈색 체크무늬 잠옷을 입고 이층 침대의 구석에 앉아 기타를 치는 사진을 아직도 간직하고 있다. 구불거리고 헝클어진 금발머리를 한 내가 여름 캠프에서 친구들에게 '배드, 배드, 르로이 브라운'을 기타로 연주해주던 사진, 4분의 3 크기의 기타를 든 채 형과 그랜드 캐니언에서 찍은 사진도 있다. 그때 나는 피스 사인(손가락으로 평화를 의미하는 V를 만든 것—옮긴이)으로 뒤덮인 푸른색 티셔츠를 입고 있었다. 열다섯 살이었던 형은 턱까지 내려오는 구레나룻을 막 기르기 시작한 때였다. 우리는 비틀즈의 〈화이트 앨범〉에 실렸던 '록키 라쿤'과 '와일 마이 기타 젠틀리 윕스'를 연습하던 중이었다. 나는 음악에 일찍 눈을 떴다. 아무도 내게 수업을 들으라고 등을 떠밀지 않았다. 내가 하는 게 연습이라는 생각은 한 번도 하지 않았다.

저녁이면 누나와 형·나는 가끔 내 방에서 연주회를 열기도 했다. 부모님은 내 침대에 앉아서 자식들의 음악회를 감상했다. 그즈음 형은 반항기 다분한 고등학생이 베트남전에 반대하는, 60년대에 살고 있었다. 몇 살 차이가 나지도 않았지만 누나와 나는 형과 다른 세대에 속했다. 우리는 AM 라디오를 듣고 보드 게임에 열을 올리는 70년대의 아이들이었다. 연주는 우리 삼남매가 그런 차이를 다 잊고 함께 시간을 보내는 방법이었다. 다나 누나는 학교에서 배우는 플루트 악보집에 나온 곡을 연주했다. 로저 형과 나는 각자의 기타를 치며 그레이트풀 데드의 '나와 내 삼촌'과 '악마의 친구'를 불렀다. 마지막에는 셋이 함께 우리 가족이 좋아하는 곡들인 '프라우드 메리'와 '오블라디 오블라다'를 합주했다. 나는 탁상 램프에 마분지를 붙여서 조잡하나마 무대 조명을 만들었다. 누나나 형이 연주를 하는 동안 나는 그 램프를 가지고 이층 침대에 웅크린 채 셀로판 포장지로 직접 만든 컬러 필터를 바꿔가며 분위기를 연출했다.

6학년에 올라가자 중고 전자기타가 생겼다. 나는 그 김에 친구들을 모아 밴드를 만들었다. 마크는 드럼을 배우는 중이었고 데비·데이브·나는 기타를 맡았다. 우리는 방과 후에 마크의 집 지하실에 모여서 연습을 하며 마크가 유일하게 연주할 줄 아는 박자 두 개에 맞춰 연주할 수 있는 곡을 계속 찾아보았다. 몇 달 후 우리는 학교 축제에서 연주를 할 정도로 자신감이 붙었다. 우리는 작은 앰프의 퓨즈가 터져버릴 정도로 '조니 B. 구드'와 '일주일에 여드레'를 지치지도 않고 연습했다.

그런데 그 무렵 내 기타를 연주하는 방식에 변화가 생겼다. 나는 몇 년 동안 노래를 부르며 바레 코드와 컨트리송 기타리스트인 멀 트래비스의 이름을 딴 '트래비스 픽' 같은 오른손 패턴을 익혔다. 핑거 피킹 주법으로 연주를 하면 현을 치는 대신 뜯게 된다. 전체 코드가 아니라 음을 연주하는 것이다. 그런데 그렇게 연주하기 시작하면 기타는 취미가 아니라 진지하게 생각해 봐야 할 악기가 된다. 트래비스 픽에서 클래식 기타 초심자용 소품들로 건너가는 것은 시간문제다. 6학년이 끝나갈 무렵 나는 밴드에서 노래를 부르는 정도가 아니라 페르난도 소르와 프란시스코 타레가·마우로 지울리아니·로베르트 드 비제 같은 유명한 기타 작곡가들이 쓴 쉬운 곡들을 연주하게 되었다. 기타를 연주하는 행위에는 단지 현을 두드리는 것을 넘어서는 뭔가가 있었다.

한편 마크의 집 지하실에서 하는 밴드 연습은 방과 후 파티 같은 모임으로 발전했다. 우리 음악을 듣기 위해 찾아오는 팬들도 나름 생겼다. 마크는 이내 박자를 맞추는 일에 흥미를 잃었다. 단지 드럼을 두드리는 것보다 밴드의 일원이 된다는 것에 더 큰 의미를 두는 듯했다. 하지만 여전히 우리의 음악을 원하는 아이들이 있었다. 어쩌면 나는 이 조촐한 팬덤에게 좋은 인상을 주기 위해 연습을 시작한 것일지도 모르겠다.

기타 워크숍에서 나는 여전히 가장 어린 축에 드는 수강생이었다. 나는 두 명의 선생님에게 배웠다. 그 두 분에게서 각각 클래식 기타와 대중가요를 배웠다. 이스라엘 출신인 에드거 선생님은 조용하고 침울한 분위기로 어둡고 힘이 넘치는 스페인 풍의 음악을 연주했다. 땅딸막하고 성긴 콧수염을 기른 젊은 피터 선생님은 담배를 피웠고 블루스와 록 음악 연주를 가르쳤다. 나는 두 선생님이 아는 것을 모두 배우고 싶었다. 바로크 춤곡도 에릭 클랩턴과 지미 핸드릭스의 리프도 전부 말이다.

2년 전 기타 워크숍은 포레스트 스트리트의 낡고 허름한 집을 비워주게 되었다. 그리고 내가 병설 유치원을 다녔던 예전 학교 건물로 이사를 왔다. 나는 한때 블록을 가지고 놀던 교실에서 기타 수업을 들었다. 그해 봄 처음으로 공기가 향긋하고 따뜻했던 어느 날 교실에 혼자 남아 수업을 기다리던 때가 떠오른다. 문과 창문이 모두 열려 있어서 운동장과 정글짐이 보였다. 어느 교실에서나 기타 소리가 흘러나왔다. 복도를 따라 걸으면 쉴 새 없이 현을 튕기는 소리와 때로는 연주곡을 들을 수 있었을 것이다. 나는 당시 한창 매달리던 곡인 스코트 조플린의 '위핑 월로우 래그'를 연주했다. 기타의 목 부분을 전부 사용하는데다 재즈 코드와 당김음이 들어가 있고 분위기가 극적으로 변하는 곡이다. 잘 연주하면 리듬감이 살아나는 곡이기도 하다. 이것은 어른의 음악이었다. 되살아난 포크송 붐은 오래 전 더 새로운 유행에 자리를 내주었다. 이제 1974년이었다. 영화 '스팅'으로 래그타임(1900년대 초 미국흑인들이 처음 연주한 초기 피아노 재즈—옮긴이)이 한창 인기를 얻고 있었다. 내가 연주를 마치자 전에 내게 포크 음악을 가르쳤던 폴 선생님이 교실로 들어왔다. 항상 유쾌하고 그 즈음에는 턱수염을 잘 손질해 길렀기 때문에 비쩍 마른 산타클로스 같았다. 선생님은 문가에 서서 내 연주를 다 들었는지 이렇게 말했다.

"네가 그렇게 연주할 수 있는 줄 몰랐구나." 선생님은 진심으로 놀라는 눈치였다.

"저도 몰랐어요." 선생님의 반응에 자못 놀라며 내가 대답했다.

그때 나는 선생님도 못하는 연주를 내가 할 수 있다는 사실을 깨달았다. 바로 그때부터 나의 연습이 시작되었을까? 그때까지 나는 매일 기타를 쳤다. 하지만 야구도 매일 했다. 밴드 연습이 없을 때면 어린이 야구 경기나 친구들과 뒷마당에서 요란하게 미식축구를 하며 오후를 보내곤 했다. 하지만 언제부터인지 나는 손을 다치지 않으려고 늘 조심하게 되었다. 기타, 더 정확히 말해 기타로 성취하거나 꿈꿀 수 있는 일들이 지금껏 즐겁게 시간을 보냈던 일들보다 더 중요한 의미를 띄게 되었다. 음악은 내상상력을 사로잡았다. 더이상 운동이나 게임을 하는 시간이 가치 있게 느껴지지 않았다. 내 인생에서 기타의 의미가 변해가는 속도는 점점 빨라졌다. 열두 살의 나는 더이상 기타를 배운다는 느낌이 들지 않았다. 기타를 치는 법은 이미 다 익혔으니 말이다. 그때부터 나는 스스로를 음악가로 생각하게 되었다. 나는 더 성장하고 싶었다.

"너 방금 연주한 게 뭐니?" 어머니가 물었다. 어머니는 유쾌하면서도 어리둥절한 표정으로 내 방으로 들어왔다. 나는 듀크 엘링턴의 1942년 히트곡인 '돈 겟 어라운드 머치 애니모어'를 다시 연주했다. 어머니가 웃음을 터트렸다.

"내가 지금 너보다 조금 더 나이를 먹었을 때 그 곡을 무척 좋아했어. 저녁에 스탠리 삼촌과 함께 설거지를 하면서 그 노래를 불렀지." 어머니가 말했다.

그때 어머니는 내가 난생 처음 보는 표정을 짓고 있었다. 어머니의 모습은 꼭 기쁨에 찬 여동생 같았다. 어머니가 당신의 어린 시절을 떠올릴 때마다 종종 들려준 이야기보다, 그 순간의 표정에서 어머니에 대해 더 많이 알 수 있었다. 그 곡에는 열다섯 살이던 어머니의 사랑이 깃들어 있었다. 그리고 그때의 어머니와 비슷한 나이가 된 내가 그 곡을 배웠다.

나는 대학에 간 형이 집에 왔을 때 코드 몇 개를 가르쳐 주었다. 형은 여전히 밥 딜런과 그레이트풀 데드의 곡을 연주했다. 듀크 엘링턴은 재즈 화음을 사용하는데, 7화음과 9화음·13화음이 풍부하게 들어간다. 나는 오후 내내 음을 찾는 형을 도와주었다. 그리고 그날 밤 우리는 내 방에서 가족 음악회를 열었다. 몇 년 전 벽에 도배되어 있던 붉은색과 흰색·푸른색 벽지가 사라졌듯이 이층 침대도 품위 있는 갈색 침대에게 자리를 내주었다. 부모님은 여전히 함께 앉아 우리의 연주를 들었다. 그날 밤 형과 내가 연주한 곡들은 우리가 태어나기 오래 전에 부모님의 삶의 일부였던 곡들이었다. 두 분이 '올 오브 미'와 '나이트 앤드 데이' '낙엽' 같은 곡의 가사를 기억해 내려고 애쓸 때 나는 찰리 크리스천과 웨스 몽고메리·찰리 파커·디지 길레스피의 곡에서 들은 선율을 모방해 즉흥연주를 했다. 내가 연주하는 사이로 부모님의 웃음소리가 들렸다. 우리 가족의 가슴에는 음악이 있었다.

그날 밤 이후 우리 가족의 음악회는 거의 열리지 않았다. 그 무렵 디스코가 유행을 했다. 그해 여름 아버지와 나는 미국 독립 200주년을 기념하려고 뉴욕 항으로 들어오는 대형 범선들을 구경했다. 이런 저녁이면 음악은 여전히 우리 가족을 한데 모이게 했다. 하지만 더이상 예전 같지 않았다. 누나는 로긴스와 메시나의 노래를 불렀다. 여전히 플루트를 연주하고 피아노와 작은 기타도 쳤다. 내가 연주하는 악기들보다 더 많은 악기를 다뤘다. 하지만 누나의 관심은 이제 사진으로 옮겨가서 좋아하는 밴드의 사진을 찍거나 가끔은 그런 밴드를 만나기도 했다. 형은 여자 친구와 함께 워싱턴 D.C.에서 살았고 집에는 자주 오지 않았다. 부모님은 어린 아이들의 뒤치다꺼리를 하느라 여유가 없던 삶에서 벗어나 틈이 나면 극장을 가거나 친구들과 저녁을 먹으며 보냈다. 이듬해 누나가 대학에 들어가자, 나는 집에 남은 마지막 아이가 되었다. 그때 고등학교 2학년이었던 나는 학교의 재즈 밴드에 들어가 연주하고 직접 재즈 4중주단을 조직했다. 우리는 칙 코리아와 리턴 투 포에버·프랭크 자파·퓨전 재즈 등 우리의 귀를 열고 다른 스타일과 더 깊은 영향으로 이끄는 음악들을 들었다. 더이상 함께 노래 부르는 일에는 관심이 없었다. 나는 정확한 음을 포착하고 비밥의 세계로 자유로이 도약하고 싶었다.

그로부터 몇 달 후 일요일 오전, 열한 시가 되도록 나는 여전히 침대에 누워 있었다. 베토벤의 '교향곡 3번' 1악장에 흠뻑 빠진 상태였다. 형은 내게 자신의 방으로 옮기고 벽에 붙여 놓은 낡은 레드 제플린 포스터를 떼도 괜찮다고 했다. 나는 복도 끝에 있는 예전 형의 방으로 옮겼다. 부모님의 침실에서 가장 떨어진 방이라 덕분에 음악을 원 없이 들을 수 있었다. 게다가 밤늦게까지 연습을 해도 괜찮았다. 방에는 차고의 지붕으로 나갈 수 있는 창문이 하나 있었다. 그것을 보며 톰 소여처럼 창문으로 몰래 빠져나가 친구들을 만나는 상상을 했다. 나는 대개 음악을 들으며 시간을 보냈다. 기타 워크숍에서 음악 이론을 약간 배웠지만 음악적 구조나 소나타의 형식, 멀리 떨어진 조성의 조바꿈 등에 대해서는 아무 것도 몰랐다. 나는 부모님이 지하실에 보관해 둔 레코드판들을 살펴보기 시작했다. 그곳에서 허브 앨퍼트(미국의 트럼펫 연주자이자 작곡가—옮긴이)와 킹스턴 트리오의 음반 사이에 끼어 있는 베토벤의 음반을 발견했다. 나는 새 방에서 턴테이블의 바늘이 다음 작품으로 넘어가 분위기를 깨기 직전에 냉큼 잡아채며 베토벤 '교향곡 3번'의 1악장을 질리도록 들었다. 당시에는 교향곡이란 오케스트라가 연주하는 곡을 의미한다고 생각했으며 교향곡이 여러 악장으로 구성된다는 사실은 꿈에도 몰랐다. 1악장이 끝나면 대개 4악장까지 차례로 이어진다는 사실을 반년이 지난 후에야 비로소 알게 되었다.

하지만 1악장만으로도 충분했다. 침대에 드러누워 어마어마한 소리의 덩어리들을 들었다. 단단하면서 동시에 쉼 없이 형태를 바꾸는 소리였다. 녹아내리는 건축물이 내 마음속으로 밀려들고 궁전이 춤을 추는 장면이 떠올랐다. 매번 곡을 들을 때마다 그 이미지는 점점 더 정교해지고 강렬해졌다. 나는 새로운 관계를, 새로운 긴장을 들었다. 이 거대하고 역동적인 건축물 안에서 음악은 감정의 드라마를 펼쳤다. 선이 형체가 되어 분리되고 하나로 녹아들었다. 그 양상은 친밀하면서도 강렬했다. 그 형체들은 내 상상에서 비롯된 것 같았지만 한편으로는 내가 전혀 상상할 수 없는 의미로 물들었다. 곡에 깊이 빠져들어 유심히 듣고 있으면 어느새 내가 처음에 상상했던 건축물이 스르르 사라졌다. 결국 음악은 본연의 모습으로 형체가 잡혀가는 것 같았다.

나는 혼란스러운 감정을 추스르지 못하고 아래층으로 내려가 식당방으로 뛰어 들어갔다. 그곳에는 부모님이 〈뉴욕 타임즈〉를 읽고 있었다. 나를 제외하면 집은 여느 때와 다름없는 일요일 아침이었다. 커피와 베이글·주말 신문이 삼위일체를 이루어 조화롭고 평온한 가정을 보여주는 것 같았다.

"제가 뭔가 알아냈어요!" 나는 다짜고짜 소리를 쳤다. "바이올린과 첼로가 같은 음을 연주하지만 라운드(한 사람이 한 구절을 먼저

불러 그 다음 구절을 시작할 때 다음 사람이 앞의 구절을 시작하는 무한 캐논 형식

의 노래—옮긴이)처럼 엇갈리는 부분이 있어요." 나는 그 부분을 흥

얼거리다가 급기야 부모님을 내 방으로 끌고 가 중고전축에 올

려놓은 판에서 그 부분을 들려드렸다.

　부모님은 귀담아 듣고는 놀랍다고 말했다. 두 분은 당연히 전

에도 그 교향곡을 들었다. 부모님은 내가 그토록 좋아하다니 신

기하고 대단하지만 지금은 읽던 신문을 마저 읽고 싶다고 했다.

결국 부모님은 식당방으로 돌아갔고 일요일 오전의 일정은 전과

다름없이 이어졌다.

　나는 그런 반응이 도무지 이해가 되지 않았다. 부모님은 베토

벤이 음악으로 표현한 폭력적일 정도의 우아함이 들리지 않는

걸까? 이 곡이 주는 고통과 급박함·감정의 폭발을 느끼지 못하

는 걸까? 열여섯 살 청소년기 특유의, 기성세대를 향한 불신감에

푹 젖어 있던 나는 어쩌면 내가 처음으로 그 사실을 발견한 사람

일 지도 모른다고 생각했다. 우리 집에는 음악이 없을 때가 없었

다. 하지만 문득 아무도 제대로 감상하는 사람은 없었다는 생각

이 들었다. 우리 집에서 음악은 단지 머무르기만 했던 것이다. 벽

에 걸린 그림들처럼 말이다. 그게 아니라면 부모님은 어째서 이

음악을 다 듣고도 모든 것이 변했다는 사실을 감지하지 못할까?

　나는 내 방의 문을 닫고 그 교향곡을 처음부터 다시 들었다.

그러자 베토벤의 열정이 뿜어내는 끓어오르는 에너지가 솟구치

며 내 열정에 불을 붙였다. 이 곡이 내 부모님을 감동시키지는

못했지만 나의 세상은 완전히 바꾸어 버렸다. 나는 이 곡을 들은 후 무한한 가능성을 느끼게 되었다. 한편으로는 부모님의 이해력에 한계가 있다고 생각하게 되었다.

아버지는 가업인 남아용 셔츠를 만드는 사업체를 운영했다. 2차 세계대전 후 할아버지의 회사에 들어가서 기틀을 잡고 성장시켰다. 아버지는 매일 아침 일곱 시에 집을 나서서 맨해튼으로 출근한 후 롱아일랜드 고속도로의 교통체증을 뚫고 저녁 일곱 시에 어김없이 귀가했다. 1957년에 포레스트 힐즈에서 로슬린으로 이사를 간 후에도 아버지의 일과는 똑같았다. 가끔 저녁에 내 방에서 연습을 하고 있으면 아버지가 와서 듣곤 했다.

"실력이 늘었구나." 내가 바흐의 소품을 연주하는데 문가에서 듣고 있던 아버지가 말했다. 규칙적으로 열심히 연습을 한다며 칭찬도 했다. 아버지는 성실함을 높이 쳤다. 하지만 나는 아버지의 칭찬이 당신의 무지를 드러낸다고 생각했다. 아버지의 귀에는 훈련과 열정 사이의 차이가 들리지 않았다. 노력 이면에 감춰진 것을 못 들은 것이다.

어머니는 살림을 했다. 위로 두 아이가 대학에 들어가 독립한 후로 어머니는 실내 장식 일을 하느라 점점 바빠졌다. 어머니도 어릴 때 음악을 배웠고 피아노도 잘 쳤다. 하지만 음악을 직업으로 삼지는 않았다.

어느 오후 나는 음악을 좀 더 진지하게 공부하는 문제를 상의하기 위해 부엌으로 갔다. 어머니는 내 이야기를 듣고 이렇게 대답했다. "음악으로는 먹고 살기가 힘들어. 우리는 네가 어떻게 밥벌이를 할지 그게 걱정이야."

부모님은 음악을 향한 내 열정을 늘 격려해주었다. 두 분은 연극 공연과 교향악단의 연주를 정기적으로 감상했다. 공영방송에서 방송해주는 레오나드 번스타인의 연주를 보며 그의 얼굴에 서린 환희와 영감에 감격을 하기도 했다. 친척 중에 직업 음악가도 있었다. 어머니의 사촌인 켄 레인은 피아니스트였다. 내가 아주 어렸을 때 몇 년 동안 우리는 일요일 저녁마다 TV로 방영되는 〈딘 마틴 쇼〉에서 삼촌을 보았다. 켄 삼촌은 딘 마틴의 반주자였고 그의 가장 유명한 곡의 하나인 '에브리바디 러브즈 섬바디 섬타임즈'를 작곡했다. 분명히 음악가로 성공하는 일이 꿈만은 아니었다.

그래도 부모님은 걱정을 놓지 못했다. 두 분이 보기에 예술가의 삶이란 너무 불안정했던 것이다.

"뭐든 의지할 것이 있는 게 중요해." 부모님은 이렇게 말했다.

음악은 취미의 대상으로는 더할 나위 없이 훌륭했다. 하지만 안정적인 경력이 아니었다. 안락한 삶을 보장해 주지도 않았다. 이점이 바로 부모님의 걱정거리였다. 이런 식으로 두 분은 무엇을 중요하게 여기는지 보여주었다. 하지만 그때까지 고생을 모르고 살았던 나는 그런 설득이 일부러 부정적인 측면만 부각시키는 것처럼 들렸다. 부모님이 설득할수록 반발심만 커졌다. 안정적인 경력은 추구할 만한 가치가 없는 것이었다. 나는 그런 것과는 완전히 다른 삶을 꿈꾸었다.

나는 내 방에 몇 시간이고 앉아서 베토벤과 모차르트·바흐의 음악을 들었다. 무디 워터스와 듀웨인 올맨 같은 블루스 기타리스트의 음악이나 장고 라인하트와 마일스 데이비스의 재즈곡도 들었다. 그리고 또 몇 시간 동안 내가 들은 음악을 재현해 보려고 했다. 매일 연습을 할 때면 소리에 점점 더 깊이 빠져들어 음의 높이와 길이를 지나 형체는 없어도 감지할 수 있는 속을 파고들었다. 음악은 뭔가를 '말해주었다.' 그것이 무엇인지 말로 설명할 수는 없어도 분명 심오하고 핵심을 관통하는 메시지가 담겨 있다는 것만은 알 수 있었다. 음악은 내가 살면서 한 번도 경험하지 못했던 상상 속에서 괴로움과 갈망·황홀감을 촉발시켰다. 나는 음계를 연습하고 연습곡을 연주했다. 귀를 훈련시키고 음악 이론을 공부했다. 이런 과정을 통해 어떻게 음악이 내게 그런 영향력을 미치는지 이해하려고 했다. 나는 점점 더 어렵고 전문적인 작품들을 연주하기 시작했다. 당시 나는 바흐의 류트와 여러 첼로곡·도메니코 스카를라티의 소나타·에이토르 빌라-로보스의 전주곡 등을 연주했는데, 하나같이 섬세한 하모니와 미세하게 고조되는 감정을 표현해야 하는 곡들이었다. 씁쓸함에 드리워진 사랑의 그림자 같기도 하고 당장 충족시킬 수 없는 욕망이 주는 어둠의 희열 같기도 한 음악이 끊임없이 몰려오는 생각지도 못한 감정을 깨워 존재하게 만들었다. 연습을 할 때면 서서히 소리의 질감 즉, 소리들이 품은 내면의 표현을 흡수해 현을 움직이게 하는 섬세한 터치를 손에 넣었다.

부모님은 안락하고 안정된 삶에 대해 말했다. 하지만 나는 음악에서 들은 삶을 살고 싶었다. 그것이 바로 예술가의 삶일 터였다. 즐거움과 발견·고양된 고통으로 가득한 삶 말이다. 나는 전 세계를 돌며 연주회 무대에 올라 감정을 소리로, 소리를 진동하는 감정으로 변화시키는 삶을 살 것이었다. 나는 내 연주를 듣고 자신들의 공포와 욕망을 음악으로 바꿔준 데 사랑과 감사를 보내주는 청중을 상상했다. 분명 그 과정은 고독하고 쉽지 않을 것이다. 하지만 동시에 생기 넘치고 즐겁고 영감이 가득한 삶일 것이 분명했다.

저녁이면 나는 내 방에서 연주를 하는 대신 종종 기타를 가지고 아래층 서재로 갔다. 부모님은 그곳에 소파를 들여놓고 어머니는 인테리어 잡지를 읽고, 아버지는 〈타임즈〉의 십자낱말풀이를 풀었다.

"이것 좀 들어보세요." 나는 부모님에게 말했다. 그날 오후 내 내 바흐의 '안단테'에서 가장 조용한 순간 두 음이 서로 엇갈리는 방식이 내 정신을 쏙 빼놓으며 머릿속을 가득 채웠다. 단지 음 두 개였다. 이렇게 단순한데도 당당하면서 멜랑콜리했다. 동시에 분출되는 이 다양한 감정들 외에 다른 감정은 떠오르지 않았다.

"너무 아름답구나." 아버지가 말했다.

아름답다고? 그건 당연했다. 부모님은 그런 당연한 감정 말고 아름다움을 넘어서 분노와 희생·비애 같은 감정을 못 느끼는 걸까? 두 분은 이런 것들을 애써서 느끼지 않겠다고 작정한 것 같았다. 음악이 두 분의 삶을 뒤흔들지 못하도록 어느 한 구석에 가둬두기로 한 것 같았다. 내가 뭘 기대하겠는가? 나는 부모님이 씁쓸한 감정을 드러내거나 우울해하는 모습을 한 번도 보지 못했다. 두 분이 불안한 감정이나 간절히 바라는 것에 대해 이야기한 기억도 없었다. 나는 기타를 들고 복도 끝에 있는 위층 내 방으로 돌아가면서 부모님의 삶은 얼어버린 것 같다고 생각했다. 안정과 안락함이라는 단단한 블록 같았다. 나는 이 모순의 이유가 뭔지 궁금했다. 음악의 고동치는 생기를 그렇게 흠모하면서 정작 가슴으로 경험하려 들지 않는 이유가 말이다.

고등학교 시절 친구들은 함께 어울리고, 여자 친구들을 만나고, 비지스를 조롱하며 〈로맨틱 워리어〉(퓨전 밴드인 '리턴 투 포에버'의 여섯 번째 스튜디오 앨범—옮긴이)에 흠뻑 빠졌다. 신문들은 위기 상황을 알리는 기사로 가득 했다. 에너지부족은 이란에 억류된 미국인 인질들의 소식에 자리를 내주었다. 나도 여느 고등학생처럼 파티에 가서 놀기도 하고 신문을 읽으며 세상 돌아가는 소식에 관심을 가져봤지만 내가 진정으로 관심이 있는 것은 그런 것들이 아니었다. 나는 자습 시간이면 도서관으로 달려가 예술가들의 평전이나 서간집·비망록을 탐독하며 그들이 아는 것을 배우기 위해 애썼다. 내가 경험한 강렬함을 묘사할 수 있는 어휘를 찾아 다녔다. 내가 들은 것을 공유하고 싶어 조바심을 냈다. 가족보다 음악가들과 화가들·시인들이 더 가까운 혈육처럼 느껴졌다. 예술에 재능이 있는 수많은 괴짜 아이들처럼 나도 여러 에세이와 라이너 마리아 릴케의 《젊은 시인에게 보내는 편지》에서 그토록 찾아 헤매던 것을 발견했다.

릴케는 예술가의 감수성과 특권과도 같은 통찰력에 대해 말했다. 시인은 "자신의 심장 안에 든 최고의 힘에 생기를 불어넣을 운명이다. 다른 사람들은 심장 속에 품기만 한 채 점점 침묵하게 만들어 버리는 그 힘 말이다." "그래, 바로 이거야!" 이 글을 읽고 나는 전율했다. 내 부모님은 그것을 들을 수도 느낄 수도 없었다. 부모님은 감정의 입을 틀어막고 다른 것과 바꾸었다. 그리고 단지 안락한 삶을 계속 살기 위해서 가장 중요한 것을 희생했다. 하지만 나는 선택받은 집단의 일원이었다. 이 집단에 속하는 이들의 비밀 언어가 바로 음악과 시였다. 예술가들은 섬세하고 아름다운 감정의 진실을 표현하는데, 이 진실을 드러내는 음색은 누구나 들을 수는 있지만 정작 느끼고 이해하려고 마음먹는 사람은 별로 없다는 사실이 불을 보듯 명확했다. 이런 진실을 표현하는 것 즉, 예술가가 되는 것은 나의 절대적인 소명이었다. 이것은 학교나 파티, 늘 똑같은 일상사와 판이하게 다른 일이었다. 물론 힘들고 고독할 것이 분명하다! 어찌 그렇지 않겠는가! 예술가가 되면 불안정한 삶을 살 수밖에 없었다. "내면으로부터 자신의 신에게 공격을 받는데 어떤 행복을 바랄 수 있을까." 릴케는 《젊은 시인에게 보내는 편지》에서 이렇게 썼다.

음악이 내게 거부할 수 없는 교환을 제안한 것 같았다. 내가 열심히만 하면, 그러니까 연습을 열심히 하면 난생 처음 접하는 소리와 감각의 세상이 활짝 열릴 것이라고 말이다. 남들에게는 문이 꼭 닫힌 그 세상을 나는 마음 깊이 느낄 수 있었다. 부모님과 선생님들에게 나는 모범생처럼 보였을 것이다. 고등학교 사서는 내가 조숙하고 성취욕이 대단하다고 했다. 어쩌면 내가 그런 척한 것일지 모른다. 하지만 당시는 내가 조숙하거나 가식을 부린다는 의식이 전혀 없었다. 나는 아직도 배울 것이 산처럼 많아 부족하고 초조하기만 했다. 바흐를 들어야 해! 베토벤도 잊지 마! 나는 이런 음악의 신성들에게 공격을 당했다. 그리고 그들과 같은 음악가가 되고 싶었다. 그 무렵의 나는 가능성이라는 황홀경에 빠져 있었다.

※

열일곱 살 생일 직후 나는 카네기 홀에서 안드레 세고비아의 연주를 들었다. 그 무렵 세고비아는 팔십대 노인이었고 다른 세상에 사는 거장이었다. 그는 거의 혼자 힘으로 '연주회를 여는 클래식 기타리스트'라는 분야를 개척했다. 세고비아는 1893년 스페인의 안달루시아에서 태어났다. 그가 자랄 때만 해도 기타는 촌뜨기의 악기라는 인식이 있어서 민요와 플라멩고의 반주 외에는 별 쓸모가 없다고 여겨졌다. 그는 열여섯 살에 그라나다에서 독주회를 열었으며 1917년의 마드리드 데뷔를 계기로 스페인에서 가장 두각을 나타내는 기타리스트가 되었다. 그로부터 7년 후인 1924년 파리 무대에 데뷔한 후 그는 비로소 세계적으로 각광받는 연주가로 우뚝 섰다. 이 연주회에는 마담 드뷔시와 마누엘 데 파야(스페인의 전설적인 작곡가—옮긴이)를 비롯해 유럽 지성인들과 음악계 엘리트들이 참석했다. 1938년 1월 미국에서 세고비아의 첫 연주회가 열린 후 〈뉴욕 타임즈〉의 음악 평론가인 올린 다운즈는 이렇게 평을 했다. "세고비아는 탁월한 연주력으로, 상상력과 통찰력으로 때로는 자신이 연주하는 악기의 고유한 본성마저 변화시키는 것처럼 보이는 예술을 창조하는 몇 안 되는 음악가에 속한다."

어린 시절 내내 세고비아의 이름은 내 주위를 떠돌았다. 그는 클래식 기타를 주관하는 상냥한 신이었다. 기타 워크숍에서 클래식 기법을 배울 때였다. 나는 단순한 음계가 아닌 '세고비아의 음계'를 연습했다. 왜냐하면 그가 기타의 운지법의 표준을 확립했기 때문이다. 르네상스의 선율에서 현대의 소나타까지 내가 배운 음악은 기타의 레퍼토리가 아니라 '세고비아의 레퍼토리'였다. 그도 그럴 것이 그가 직접 곡을 채보하거나 의뢰한 후《세고비아 기타 아카이브》로 엮어 출판까지 했기 때문이다. 오늘날까지 '세고비아 레퍼토리'에 속한 곡들은 음악원의 입학시험에서 연주해야 하는 필수곡이다. 그런 거장을 실제로 보다니, 그것은 단순히 음악회를 가는 차원이 아니었다. 그것은 말하자면 성지 순례였다.

마침 내가 막 면허증을 딴 직후였다. 그래서 친구인 스티븐을 데리고 직접 운전을 해 뉴욕까지 갔다. 스티븐은 음악을 하지는 않았다. 하지만 음악에 조예가 있는데다 생활수준이 높은 교외의 가정환경에서 도피하고 싶은 마음 또한 나와 똑같았다. 낵(미국의 4인조 밴드, 대표곡으로 '마이 셔로나'가 있다.—옮긴이)이 인기를 얻고 도나 섬머의 '배드 걸즈'가 차트 순위에 올랐던 해의 여름, 스티븐과 나는 그의 다락방에서 밤늦도록 〈돈 조반니〉를 들었다. 우리는 머리를 맞대고 때로는 음악을 분석하고 때로는 앞으로 정복해 볼 곡들의 목록을 짜기도 했다. 그리고 대개 '마이 셔로나' 대신 모차르트를 크게 틀어놓고 사춘기의 울분을 마음껏 분출하며 다른 삶을 사는 꿈을 꾸곤 했다. 완벽한 세상이 있다면 우리는 그곳에서 여행을 하고, 으스대며 활보하고, 공부만 아는 따분한 태도야말로 선망을 받는 대상으로 바꿔버릴 터였다. 음악은 모든 것을 가능하게 만들어 줄 것 같았다. 우리는 자유에 심취해 내 부모님의 1974년형 주황색 닷선 스테이션왜건을 몰고 시내로 나갔다.

수많은 이들에게 매년 열리는 세고비아의 뉴욕 연주회는 성지 순례였다. 그날 밤 카네기 홀은 매진이었다. 그곳에 도착하니 야회복을 차려 입은 우아한 음악 애호가들이 입구를 화려하게 밝히고 있었다. 그들 옆으로는 구겨진 옷차림의 남녀 몇 백 명이 서성거리고 있었다. 나와 같은 기타리스트들로 세고비아 숭배자들이었다. 그들은 손가락을 잃을까봐 겁을 먹기라도 했는지 섬세한 손가락을 보호하듯 맞잡고 있었다. 우리는 모두 이 거장에게 꿈을 빚졌고 어떤 이는 경력을 빚졌다. 마치 거장의 축복이라도 받으려는 것처럼 자신의 기타를 가지고 온 사람도 있었다. 스티븐과 나는 계단을 올라가 우리 자리로 갔다. 마치 서품식에 온 것 같았다. 우리는 기대감에 두근거리는 가슴을 안고 자리에 앉았다. 마침내 세고비아가 무대 위로 올라오자 우리를 비롯해 객석을 메운 청중 이천 명이 벌떡 일어서서 "브라보 마에스트로!"를 연호하며 거장을 맞이했다.

전 세계의 연주 무대를 정복한 젊은이로서 세고비아는 청중에게 기타에 존경을 보내기를 요구했다. 기타는 일반적으로 사람들이 생각하는 것보다 더 인기가 있었다. 예전에는 바이올린 주자와 피아노 주자를 위해 마련되었을 연주회장에서 구름처럼 운집한 청중을 앞에 놓고 세고비아는 누구라도 감히 의자를 삐걱거리거나 마른기침을 하면 무시무시한 눈빛으로 쏘아보았다. 1934년 아르헨티나의 음악가인 도밍고 프라트는 세고비아가 청중으로부터 "가히 종교적인 고요함을 이끌어낸다"고 썼다. 그날 밤 연주회에서는 약속이나 한 듯 아무도 소음을 내지 않았다. 덕분에 그 유명한 세고비아의 눈빛은 볼 수가 없었다. 두꺼운 안경을 쓰고 배가 불룩한 남자는 불안정한 걸음걸이로 무대에 오른 후 고개도 거의 들지 않았다. 그러나 청중은 그대로 얼어붙은 듯 꼼짝도 하지 않았다.

그날 밤 세고비아는 그 당시 나도 연주했던 로베르트 드 비제·마리오 카스텔누오보-테데스코·이사크 알베니스의 곡들로 프로그램을 채웠다. 그는 몇 번이고 음을 놓쳤는데, 그럴 때면 느닷없이 연주한 부분을 다시 연주하거나 그만의 강력한 존재감으로 실수를 덮어 버렸다. 나는 그의 실수가 몇 번이나 귀에 들어왔다. 천하의 세고비아가 무대에서 실수를 한다는 사실이 무척 놀라웠지만 어째서인지 대수롭지 않았다. 세고비아는 연주로 무대를 지배했지만 그뿐만 아니라 평생동안 성취한 업적의 무게로 청중을 휘어잡았다. 그의 존재만으로 모든 것이 설명되었다. 소시지처럼 굵은 그의 손가락들은 모든 악구들마다 '세고비아'라는 인장을 찍었다. 그는 거대한 무대에 홀로 앉아 교재에 나오는 곡들을 연주했다. 청중은 한 음이라도 놓칠 새라 숨조차 쉬지 않았다. '나라면 저 곡들을 다른 식으로 연주할 수 있을 것 같아.' 문득 이런 생각이 들었다. 하지만 애초에 그 곡들을 연주하는 게 가능키나 한 일일까?

중간 휴식 시간에 어떤 남자가 슬픈 일이라고 하는 말이 들렸다.

"이제 연주는 그만 해야 해. 더 젊은 기타리스트들이 스포트라이트를 받도록 기회를 줘야지." 그 남자가 힘주어 말했다.

그 남자의 목소리에는 안타까움과 존경이 배어있었지만 한편으로 질투심이 느껴졌다. 체격이 다부지고 대머리인 그는 사십 대로 보였다. 손을 힐끔 보니 기타를 위해 다듬은 손톱이었다. 결국 그는 동행과 함께 코트를 챙겨서 연주회장을 나갔다. 스티븐과 나는 두 사람에게 티켓을 달라고 부탁을 했다. 덕분에 중간 휴식 시간이 끝난 후 우리는 일층의 앞좌석인 두 사람의 자리에 앉을 수 있었다. 나는 여전히 세고비아의 음악을 현장에서 들을 수 있다는 사실에 전율했다.

무대가 훤히 보이는 곳에 앉게 된 우리는 세고비아의 손가락이 만들어내는 소리를 가까이서 들을 수 있었다. 모든 음이 또렷하게 들렸다. 그는 악구마다 우리가 간절하게 손에 넣고 싶은 비밀스러운 지식을 채워 넣으며 우리를 매료시켰다. 마침내 연주가 끝나 청중이 기립박수를 보내자, 우리는 조금이라도 더 가까운 자리를 잡기 위해 앞으로 튀어나갔다. 그리고 첫 번째 앙코르가 끝나자 콘서트에 온 여느 십대들처럼 무대로 달려갔다.

청바지에 다운재킷을 입은 우리가 제1열 옆 통로에 몸을 웅크리고 앉는 모습을 본 야회복 차림의 노년 커플이 쓴웃음을 지었다. 스티븐과 나는 흥분을 이기지 못해 몸을 꼼지락거렸다. 세고비아는 우리가 있는 줄도 몰랐을 것이다. 그는 앙코르로 두 곡을 더 연주했는데, 내가 클래식 기타를 처음 시작했을 때 배운 페르난도 소르의 경쾌한 연습곡이었다. 나는 무대의 코앞에 있었기 때문에, 세고비아의 현이 일으키는 가장 미세한 진동까지 포착하기 위해 몸을 앞으로 내민 청중의 모습에서 모두 얼마나 긴장한 채 연주를 듣고 있는지 느낄 수 있었다. 무대 위의 노인이 마침내 자리에서 일어나서 무대를 내려가자 청중은 환호하며 자리에서 일어났다.

나는 고개를 돌려 청중을 바라보았다. 발코니 석의 희열에 몸을 맡기고 청중의 갈채와 그 갈채가 보여준 사랑으로부터 피어오른 열기를 빨아들였다. 그날 밤 세고비아는 환호하는 기타리스트들의 홀을 만들어냈다. 그리고 나는 경외감에 휩싸인 채 그의 발치에 앉아 있었다. 하지만 나는 그가 흔들리는 모습도 목격했다. 내가 있는 곳에서 세 발자국만 더 가면 중앙 무대였다. 사람들의 환호에 머리가 어지러운 듯도 했다. 고작 열일곱 살이던 내가 어떻게 그런 갈채가 내 것이라고, 어쩌면 언젠가는 내 것이 될 것이라고 꿈꾸지 않을 수 있었겠는가?

✳

기타 워크숍은 그해 5월에 연례행사인 수강생 발표회를 열었다. 나는 그곳에서 기타를 배우기 시작한지 약 10년 만에 내 수업을 진행하게 되었다. 내가 재즈와 클래식 기타를 배우는 대신 아이들에게 테크닉 수업을 하기로 한 것이다. 1976년에 켄트 시돈 선생님이 돌아가신 후 기타 워크숍은 다시 이사를 했다. 이번에는 교회의 별관 몇 채를 쓰게 되었다. 이때가 1980년이었다. 그 무렵에는 이미 포레스트 스트리트 시절의 워크숍을 기억하는 사람도 별로 없었다. 신임 교장인 존 선생님은 돌아가신 켄트 선생님의 개방적이고 포용적인 정신을 그대로 이어받으면서 동시에 다시 클래식 기타에 중점을 두었다. 복도는 강당으로 향하는 촛불의 행렬을 따라가는 사람들로 북적거렸다. 강당에서는 강사진과 '기타 워크숍이 낳은 영재'인 내가 함께 강당으로 들어오는 학생과 친구 들·가족을 맞이했다.

그날은 내가 기타 워크숍에서 마지막으로 연주를 하는 날이었다. 고등학교 졸업식 직전이었는데, 가을에는 보스턴에 있는 뉴잉글랜드 음악원에 입학할 예정이었다.

"어떤 어려움이 있을지 네가 잘 이해하고 있다면 그렇게 해." 보스턴에서 합격통지서가 날아든 날 어머니는 이렇게 말했다. 부모님은 여전히 내 미래에 대해 근심을 거두지 못했지만 결국 음악가가 되겠다는 내 결심을 받아주었다.

중간휴식 시간에 나는 빈 강의실에서 손가락을 풀었다. 4분의 3 크기의 정든 첫 기타는 어린 학생에게 물려준 지 오래였다. 나는 이제 어엿한 성인용 일본제 기타를 쳤다. 무엇보다 세고비아의 기타로 유명한 라미레스를 완벽하게 복제한 제품이었다. 나는 연주곡에서 어려운 부분을 연습하면서 세고비아의 두 손을 머릿속으로 그렸다. 기타는 내 것과 똑같고 두 손도 크게 다르지 않았다. 나는 모든 음을 주의 깊게 들으며 기타가 내는 소리에서 내 시그니처를 찾아내려고 했다. 그 시그니처란 강당을 가득 채울 수 있는 내 존재감의 다른 표현이었다.

점점 깊어가는 저녁, 무대 뒤에서 대기하고 있는데 존 교장선생님의 말소리가 들렸다. "그거 아십니까? 하포 막스(미국 출신의 희극 배우—옮긴이)가 하프로 바흐를 연주하는 걸 좋아했다는 글을 방금 읽었습니다." 강당에 모인 사람들이 왁자지껄하게 웃음을 터트렸다. 존은 연주와 연주 사이에 우스갯소리와 여러 일화로 사람들에게 웃음을 주었다. "그런데 막스는 악보를 읽을 줄 몰랐다더군요. 그래서 세고비아의 음반을 듣고 곡을 외워서 연주를 했다고 합니다. 그가 오늘밤 우리의 세고비아를 들으러 올 수 있다면 얼마나 좋을까요."

나는 차분하게 무대로 나가 자리에 앉았다. 그 시간까지 남은 사람들은 쉰에서 예순 명 가량이었다. 나는 현의 조율 상태를 확인한 후 심호흡을 하고 마침내 연주를 시작했다. 연주곡은 바흐의 〈무반주 첼로 모음곡〉 1번의 전주곡이었다. 기타의 제일 낮은 현은 음을 낮춰서 깊이 울리는 베이스음까지 닿게 했다. 품안의 기타가 내 몸에 윙윙 울렸다.

전주곡의 시작은 단순하다. 아르페지오가 기둥처럼 늘어선 조성 사이를 마치 제왕처럼 성큼성큼 지나간다. 으뜸음에서 버금딸림음을 지나 딸림음으로 그리고 다시 으뜸음으로 돌아가는 여정이다. 화음이 점점 복잡해졌다. 선율이 뒤얽히고 힘차게 당겨질수록 실내의 팽팽한 긴장감이 고스란히 느껴졌다. 연주가 이어질수록 청중의 몰입도가 올라가고 동시에 그들의 긴장과 집중력이 더 뜨거워지는 것 같았다. 그 느낌에 내 손은 물이라도 된 듯 유연해지면서 이런 감각이 불러온 쾌감이 내 온몸으로 퍼졌다. 나는 단순히 악기가 아니라 음악을 연주했다. 조성이 후퇴해 음조가 어두워지면 실내의 분위기도 따라서 어두워졌다. 다음 순간 불쑥 한 음이 튀어 나오며 화음이 나타났다. 바로 그 순간이 충격파처럼 나를 강타했다. 몇 달 동안 그 곡을 연습했는데 그런 느낌은 그날 그 무대에서 처음 느꼈다. 나를 강타한 충격파가 동심원처럼 주위로 퍼져나갔다. 기나긴 반음계가 클라이맥스를 향해 달려가는 내내 나도 청중의 한 명이 된 것 같았다. 뒷덜미가 따끔거리며 전율이 훑고 지나갔다.

"브라보!" 누군가 소리쳤다. 다른 사람들도 환호하기 시작했다. 순식간에 모두 자리에서 일어났다.

그런 반응에 어찌나 놀랐던지 존이 무대로 나와 내 어깨를 잡고 장난스럽게 흔드는 것조차 느끼지 못했다.

"앙코르 한 곡 할까?" 존이 내 귀에 대고 소리쳤다. 대답을 할 새도 없이 존이 청중에게 물었다. 말이 떨어지기 무섭게 사람들이 자리에 다시 앉아 연주를 들을 준비를 하자 실내는 순식간에 고요해졌다. 나는 세고비아의 연주회에서 들었던 페르난도 소르의 연습곡을 연주했다. 놀랄 정도로 단순하면서도 힘이 넘치는 곡이다. 나는 그 곡을 매우 느리게 연주했다. 쾌활한 분위기를 싹 걷어낸 후 사색적이다 못해 애절한 느낌이 날 정도로 말이다. 실은 그 정도로 느린 연주는 나조차 들어본 적이 없었다. 흡사 그 자리에서 내가 다시 작곡을 한 것처럼 여겨질 정도였다.

어디선가 한숨 소리가 들리는가 싶더니 어느새 박수소리가 터져 나왔다. 청중이 다시 한 번 기립박수를 보냈다.

"훌륭해!" 무대 뒤에서 존이 나를 포옹하며 축하해 주었다.

"이보다 더 훌륭하게 우리 학교를 졸업할 수는 없을 거야."

나는 청중의 반응에 고무된 채 내 연주에 스스로 만족했다. '이제 시작이야. 더 큰 무대와 더 많은 청중에 한 발자국 더 다가간 거야. 나도 카네기 홀에서 연주하는 세고비아의 뒤를 따를 수 있다고 스스로 증명한 거야.'

이윽고 존은 다시 사회자로 돌아가 행사를 진행했다. 그는 내게 기타 워크숍에서 훌륭하게 성장했다며 축하와 감사의 인사를 건넸다. 그리고 다음 연주자를 소개하기 전에 이렇게 말했다. "이 학생의 연주를 좀 더 듣고 싶은 분은 다음 주 머브 그리핀 쇼를 꼭 보세요."

사람들은 대부분 웃음을 터트렸다. 발표회가 끝난 후에도 사람들은 쇼에 나가냐며 농담을 했다. 그런데 존의 말은 사실이었다. 며칠 후 나는 전국에 방송되는 프로그램에서 연주를 할 예정이었다.

나는 고등학교 2학년 때 뉴욕 주 전역에서 열리는 기타리스트 오디션에 참가해 맥도널드 사가 후원을 하는 '3개 주 고등학교 재즈 앙상블'의 단원으로 선발되었다. 3학년에 올라간 후에는 뉴욕·뉴저지·코네티컷에서 선발된 학생들로 구성된 올스타 밴드의 유일한 기타리스트가 되었다. 우리는 뉴포트 재즈 페스티벌에서 공연을 했으며 당시 뉴욕 시장이던 에드 호크를 위해 그레이시 맨션에서도 연주를 했다. 그중에서도 머브 그리핀 쇼 출연은 우리에게 가장 큰 공연이었다.

쇼는 링컨 센터의 비비안 보몬트 시어터에서 4월에 촬영을 했다. 마빈 햄리쉬(영화 〈스팅〉과 뮤지컬 〈코러스 라인〉의 음악을 담당한 미국의 작곡가—옮긴이)와 머브의 다른 게스트들과 함께 우리는 백스테이지로 안내되었다. 그곳에서 메이크업을 받은 후 관객들의 분위기를 띄우려고 무대로 나왔다. 트럼펫·트롬본·색소폰·타악기 등을 연주하고 단복으로 붉은색 폴리에스터 블레이저를 맞춰 입은 스물한 명의 고등학생들은 화려한 조명과 카메라들 앞에 마치 유명 인사처럼 자리를 잡았다. 5월에 방송이 나가면 전국의 1500만 명의 시청자들이 쇼를 볼 것이라고 했다. 우리는 이제 음악가로서의 경력에 첫 발을 내딛었다고 생각했다.

나는 로슬린 집의 서재에서 부모님과 학교 친구들과 함께 그 방송을 보았다. 스티븐은 새 여자친구인 케이트와 함께 왔고 내 밴드 부원들도 몇 명 있었다. 눈부시게 화창한 5월의 오후 네 시 반이었다. 우리는 와자지껄하게 떠들며 얼른 쇼가 시작되기를 고대했다. 캣스킬 휴양지와 대통령 예비 선거에서 카터 대통령이 테드 케네디를 공격하는 광고가 연달아 나오자 야유가 쏟아졌다. 마침내 방송이 시작되고 진행자가 오프닝 멘트를 하자 모두 입을 다물었다.

"할리우드와 라스베이거스를 거쳐 이번 머브 그리핀 쇼는 뉴욕에서 보내드립니다!"

연주는 벌써 끝났지만 가족과 친구들이 방송을 들으려고 자리에 앉자 다시 무대공포증이 밀려오는 것 같았다. 우리는 머브의 테마송을 연주했고 그런 우리를 카메라가 죽 비추어 주었다. 마침내 머브가 무대 위로 뛰어 오르듯 등장했다. 땅딸막한 체구에 유쾌한 머브는 회색 블레이저 차림이었다. 그리고 주머니에는 붉은색 손수건이 꽂혀 있었다. 그는 청중에게 인사말을 건네며 쇼를 시작했다. 그의 어깨 너머로 내 얼굴이 도드라져 보였다. 그가 우리를 열렬하게 칭찬했다.

"제 뒤에 있는 사람들이 누군지 듣고도 못 믿으실 걸요? 이 친구들은 세상에서 가장 특별한 악단이죠."

그는 게스트들을 소개한 후 말했다. "더이상 못 참겠군요. 이 사람들과 함께 한 곡 뽑아야겠어요." 그는 신인 시절 불렀던 노래이자 토미 도로시 밴드의 곡으로 처음 인기를 끌었던 '하우 리틀 위 노우'를 골랐다. 잭 셸던이 트럼펫 솔로 부분을 연주하려고 그의 옆에 섰다.

카메라 여러 대가 우리를 빙 훑으며 지나가자 머리 위에 달린 조명들이 오색찬란하게 빛났다. 머브가 청중들과 친근한 태도로 이야기를 하는 동안 나는 베이스 주자와 눈이 마주쳤다. 우리가 미소를 주고받는 장면이 화면에 나왔다. 수많은 조명에 반질반질하게 윤을 낸 내 기타가 반짝거렸다. 그해 초 새로 산 할로우 바디의 깁슨 재즈 기타로, 웨스 몽고메리가 쓰는 기타와 같은 모델이었다.

머브가 노래를 다 부르자 악단은 박수로 환호했다. 그의 공연은 정말 훌륭했다. 하지만 우리는 더 뛰어난 음악가들과도 연주를 할 터였다. 우리는 그동안 준비한 야심작을 위해 흥분과 의욕을 지긋이 억눌렀다. 프로그램 후반부에서 디지 길레스피와 연주할 예정이었던 것이다. 그가 누구인가. 두 볼을 빵빵하게 부풀리며 벤트-호른 트럼펫을 연주하는 비밥의 전설 아닌가.

디지는 우리와 '맨티카'를 함께 연주하기로 했다. '맨티카'는 미친 듯한 비트를 자랑하는 1960년대 명곡으로, 그가 쿠바 출신 타악기 주자인 차노 포조와 함께 쓴 곡이었다. 이 곡은 우리 밴드의 실력을 최고로 끌어올려줬다. 우리는 촬영 전 주 뉴욕의 녹음실에서 디지와 함께 리허설을 했다. 그날 디지는 블랙 진과 검은색 터틀넥 스웨터를 입고 두툼하고 뾰족한 모직 모자를 쓰고 왔는데, 리허설 내내 모자를 한 번도 벗지 않았다. 그는 우리 모두와 차례로 인사를 나누었다.

"자네는 기타를 연주하나?" 그는 내 어깨를 툭 치며 물었다. 그의 으르렁거리는 것 같은 말소리에 나는 펄쩍 뛸 듯이 놀랐다. 그리고 잔뜩 긴장한 채 고개를 끄덕이며 대답했다. "네!"

그날 디지는 카운트오프(연주나 녹음을 할 때 연주자들이 동시에 연주에 들어갈 수 있도록 악기나 말·동작으로 신호를 주는 것—옮긴이)를 어떻게 할지 알려주었다. 그런데 무대에 함께 오른 그날, 우리 앞에 선 디지는 사방의 카메라가 붉은 불을 깜박거리자 약속한 카운트오프 대신 영문을 알 수 없는 행동을 했다. 느닷없이 얼굴을 기괴하게 일그러뜨리고 눈을 한가운데로 모으더니 볼을 빵빵하게 부풀리는 것이었다. 밴드 부원들이 모두 웃음을 터트렸다. 그러자 디지가 카운트를 시작했다. '맨티카'는 타악기 섹션이 대단했다. 기타가 솔로로 연주하는 부분은 없었지만 기타는 길어진 즉석반주에 포함되어 있었다. 베이스 주자인 크리스와 내가 당김음을 연주하는 동안 디지는 풀쩍 뛰고 몸을 흔들며 높은 음을 모두 연주했다.

우리 연주가 끝나자 지하실에 모인 친구들은 스튜디오의 방청객들과 한마음으로 우레와 같은 환호성을 질렀다. 부모님은 자랑스러움에 미소를 활짝 지었다. 나는 녹화 현장에서 두 분이 자리에 앉아 박자에 맞춰 고개를 흔들던 모습이 기억났다. 내가 기타 연주로 여기까지 해냈다는 사실에 감탄했을 것이다. 내가 어떻게 해냈는지 부모님은 알지 못했다. 하지만 나는 알았다. 그것은 내게 숨 쉬는 것처럼 자연스러운 일이었으니까. 나는 특별한 부류에 속했다. 부모님과는 달랐다는 말이다. 나는 회화와 음악을 통해 부모님이 결코 알지 못 할 것들을 배웠다. 두 분이 상상조차 할 수 없는 곳에도 갈 수 있었다. 예술은 내게 성공의 맛을 알게 해 주었다. 유명인이 된 으쓱한 기분도 느끼게 해주었다. 나는 고등학교를 졸업하면 당장이라도 새로운 경력을 쌓을 준비가 다 되어 있었다. 앞으로 어떤 일이 벌어질 지 알 수는 없지만 이미 성공에서 성공으로 활주하는 내 길에 들어선 것만 같았다. 나는 음악을 이해했다. 그리고 음악가가 될 것이었다. 이것만큼은 확실해 보였다. 재즈 기타리스트가 될지, 클래식 기타리스트가 될지는 몰랐다. 하지만 어느 쪽이든 나는 음악가가 될 터였다. 나는 예술가가 되고 말 터였다.

　연주가 끝나자 디지는 우리 단원들 모두와 일일이 악수를 하고 행운을 빌어주며 감사를 표했다. 잠시 후 그는 조용하게 무대를 퇴장했다. 우리는 사인을 받기 위해 머브 주위로 몰려들었다. 트럼펫 주자 한 명이 고정 밴드 대신 우리를 고용하는 게 어떻겠냐고 했다. 머브는 눈을 반짝이고 웃음을 터트렸다. 그러더니 나를 가리키며 이렇게 말했다. "연주 잘 보았다네. 기억해두지."

아다지오와 푸가

연습을 시작한 지 한 시간이 훌쩍 지났다. 양손이 유연해지고 전날의 활기도 되찾았다. 내 몸에 착 붙은 기타도 견고하고 안정되게 느껴진다. 연습에는 모종의 리듬감이 있고, 일과 아침의 흐름을 빠르게도 느리게도 하는 템포가 있다. 나의 움직임이 점점 더 빨라지는 것을 느낀다. 새로운 곳을 어서 둘러보고 싶은 마음에 바흐의 바이올린 곡의 악보를 한 장 넘긴다.

바흐의 '바이올린 소나타 1번'의 2악장은 푸가다. 나른하고 물 흐르는 듯한 선율의 아다지오에 이은 푸가는 유일한 악구인 주제로부터 쌓아올린 빠르고 딱딱한 구성이 특징적이다. 고·중·저의 세 가지 선율이 이 테마에서 시작해 동시에 각기 다른 방향으로 발전해 간다. 이 악장에서 연주하는 대위법 선율은 복잡하고 요구사항이 많은데, 각자 고유한 정체성을 가진 목소리 셋이 동시에 말을 하며 그 말들이 하나같이 중요한 의미를 담고 있다.

연습에 들어가기 전에 악보부터 읽으며 마음의 준비를 한다. 그 페이지에는 주제가 나와 있으며 이 주제에는 나름의 기능이 있다. 다시 말해 뒤따르는 모든 것들의 기본인 셈이다. 내 머릿속에서 다른 차원들이 등장한다. 음마다 독특한 성격 즉, 독특한 감정의 아우라가 있다. 소리가 또렷이 들린다. 손으로 만질 수도 있을 것 같다. 하지만 머릿속의 음악은 실재하지 않으며 내가 추구하는 이상에 불과하다. 이 음들은 내가 기타의 현을 튕겨야 비로소 생명력을 얻는다. 허공으로 퍼져나가는 소리는 악보가 묘사할 수 없고 악기가 없다면 마음이 절대 공유할 수 없는 특징을 갖고 있다.

주제를 구성하는 음은 단 아홉 개뿐이다. 레가 네 개·도가 두 개·시 플랫 한 개·첫 번째 마디에는 라가 한 개 나온다. 두 번째 마디에는 센 박으로 시 플랫이 한 번 더 나온다. 아홉 개의 음이 서로 다른 네 개의 음조를 만든다. 첫 번째 네 음은 음조가 동일하다. 하지만 그들은 절대 같지 않다. 첫 세 음이 마지막 음을 향해 서서히 분위기를 조성하면, 네 번째 음이 활짝 열려 곡의 나머지 부분을 모두 드러낸다. 선율에 가속이 붙고 다급함이 쌓여 간다.

이렇게?

아니야.

그럼 이렇게?

아니야.

내가 무엇을 원하는지 이제 감을 잡았다. 이 음들은 물리적인 감각을 갖고 있다. 그것들이 모여서 어떻게 소리를 내는지 나는 느낌으로 안다. 하지만 아직은 연주를 할 수 없다. 이렇게? 아니면 이렇게? 나는 그 악장의 주제를 두 손으로 만지작거리며 몇 번이고 전체를 연습해 본다. 가능성은 무한하다. 하지만 옳은 소리는 오직 하나 뿐이다. 아홉 개의 음과 네 개의 음조뿐이다. 하지만 방금 내가 연주한 이 네 가지는 아니다. 이 곡을 연주하는 방식은 무한히 생각해낼 수 있다. 하지만 적어도 이것들은 아니다.

사람들이 연습에 대해 흔히들 하는 말들 가운데 들을 때마다 어리둥절해지는 말이 두 가지 있다. 그중 하나는 내가 어린 시절부터 귀에 딱지가 앉도록 부모님의 친구들로부터 들은 이야기다. 물론 그분들은 좋은 뜻에서 한 말이었다. 아이가 악기를 연주하면 어른들은 십중팔구 호들갑을 떨며 말한다. 아이가 연주한 소리가 어떻든, 그들의 반응은 한결같다. "너 정말 잘한다. 소리가 너무 좋아!" 그러고 나서는 웃음을 터트리며 예전 피아노 선생님을 추억하거나 레슨을 받고 싶었지만 못 받았다며 푸념을 늘어놓는다. 그리고 이런 대화는 어김없이 "연습이 완벽을 만든단다." 같은 덕담으로 끝이 난다. 어릴 때 나는 이런 말을 들으면 어떻게 대답을 해야 할지 몰랐다. "고맙습니다"나 "저도 그렇게 되면 좋겠어요." 같은 말 외에 달리 뭐라 대답을 하겠는가. 내가 좀 더 자라고 들은 곡들을 더 열심히 연습할 단계에 와보니, 같은 말이 내 귀에는 달리 들렸다. 칭찬으로 해 준 말도 비난처럼 뼈아프게 들린 것이다. 그렇게 연습을 많이 하는데, '아직도' 완벽하지 않다는 말인가? 진지하게 연습을 하는 다른 아이들처럼 결국에 가서는 나도 그런 말을 무시하는 게 낫다는 사실을 깨달았다. "연습이 완벽을 만든다"는 어른들이 그냥 늘어놓는 말에 불과했다. 마치 자신들은 이미 완벽하며 경험으로 알고 있다는 듯이 말이다. 나중에 누군가 이런 오해의 소지가 있는 격언을 또 늘어놓으면 이렇게 하라. 어색한 침묵이 이어지고 상대가 다 안다는 듯 고개를 끄덕일 때까지 기다려라. 그러면 대화는 끝날 것이다.

나머지 하나는 어른이 된 지금도 늘 듣고 있는데, 훨씬 더 어처구니가 없다. 사람들에게 기타 연습을 한다고 말을 하면 인생의 반을 사무실에 앉아서 보낸 성공한 직업인조차 이렇게 되묻는다. "어떻게 매일 앉아서 버틸 수 있죠? 대단한 의지가 없으면 안 되는 일이잖습니까?" 이런 말을 들으면 정말 황당하다. 마치 일은 연습과 다르다는 투 아닌가.

내 경우에는 연습을 하려고 앉는 것과 굳은 의지는 별 상관이 없다. "누군가를 일에 그토록 전념하게 만드는 것은 단지 교육과 의지만은 아니라오." 릴케는 1907년 아내이자 화가인 클라라 베스트호프에게 보내는 편지에서 이렇게 썼다. "순수한 기쁨이지. 행복을 추구하는 자연스러운 감정이고. 그것은 다른 무엇과도 비교할 수가 없다오." 음악을 향한 사랑이 나를 연습실로 이끈다. 바흐의 푸가를 연주하는 기쁨은 그 무엇과도 비교할 수 없다. 하지만 연습을 하려고 자리에 앉을 때마다 나는 음표에서 듣고 느끼는 감정의 어느 한 조각만을 그러잡을 뿐이다. 바흐의 음악은 사람들에게 연주되는 것보다 더 훌륭하다. 그래서 이 사실이 나를 비웃고 놀리고 때로는 고통을 준다. 음을 이해하고 그 이해를 바탕으로 소리의 형태를 만들어내면 나는 호흡이 빨라지고 활력이 돈다. 선율들이 뒤얽히면 나는 강렬한 기대감에 사로잡힌다. 이번만큼은 제대로 할 거야! 어쩌면 지금 이 소리 아닐까! 마음으로 선망하는 뭔가에 대해서 대개 이런 식으로 느끼지 않나? 선망의 대상이 골프 스윙이든, 자녀와 놀아주는 것이든, 케이크를 굽는 것이든, 계약을 따내는 것이든, 무엇인가는 중요하지 않다. 이 모든 것들도 다 연습이다. 상상 속의 미美를 손에 넣고 싶다면 당신은 자신을 넘어서야 한다. 절제 속의 의지란 이런 희망을 담은 욕망이 겉으로 드러난 형태일 뿐이다.

다시 하던 이야기로 되돌아와, 연습을 할 때는 욕망을 어떻게 활용할지가 대단히 중요하다. 완벽해지고 싶은 마음이 간절한가? 욕망의 대상과 사랑에 빠진 기분이 되고 싶은가?

푸가의 주제를 정확하게 표현할 방법을 찾으려 고심하다보니 같은 곡을 연주한 세고비아의 그 유명한 1928년 녹음을 비교해서 들어보지 않을 수 없었다. 이 음반을 녹음할 당시 그는 지금의 나보다 젊은 서른다섯 살이었지만 이미 세계적인 명성을 얻은 기타리스트였다. 그때까지도 기타로 바흐의 곡을 연주하는 것은 여전히 대담한 행동으로 여겨졌다. 음악비평가들은 그렇게 뻔뻔하거나 끔찍한 연주는 처음 들었다는 듯이 반응했다. 영국의 권위 있는 음악잡지인 〈그라모폰〉에 기고한 비평가는 세고비아의 연주에 대해 콧대를 세우며 이런 의견을 밝혔다. "연주 자체는 흥미롭지만 어디를 봐도 바흐는 아니다." 당연히 그 비평가가 틀렸다. 세고비아의 바흐는 전설이 되었으니까. 그 연주는 혁명적인 신비로움의 핵심이 되었다. 오랫동안 젊은 음악도로서 나는 세고비아의 신비로움을 내 것으로 여기며 그를 계승하는 꿈을 꾸었다. 그는 내가 원하는 것을 가진 것처럼 보였다. 그래서 그것을 손에 넣기 위해 발버둥치고 악담을 퍼부었다. 이제 나는 푸가를 연주할 때마다 애처롭게 고개를 가로저으며 나를 굽어보고 서 있는 거장을 느낄 수밖에 없게 되었다. 나의 푸가 연주가 그만 못하기 때문에 그는 나를 내친다. 그런데도 여전히 그를 모방하는 내 자신에게 실망을 금할 수 없다.

머릿속으로 주제를 재생하며 다시 곡을 연주한다. 이번에는 기묘하게 악센트를 넣어보는데, 단지 어떻게 들리는지 궁금하기 때문이다. 나는 실험을 하는 중이다. 음표를 악보에서 해방시키고 결과적으로 과거의 내가 이상으로 삼은 연주에서 벗어나려고 한다. 세고비아가 되기 위해 연주를 했기 때문에 그 곡은 결코 내 것이 되지 못했다.

사실 최초로 기타로 바흐를 연주한 기타리스트는 세고비아가 아니다. 그가 푸가를 녹음했을 즈음 이 곡은 프란시스코 타레가가 기타곡으로 편곡을 한 후 최소 20년 동안 기타리스트들의 레퍼토리였다. 세고비아가 태어나기 15년 전, 타레가는 마드리드 음악원의 피아노과와 작곡과를 우등으로 졸업한 후 콘서트 기타리스트로 생계를 유지했다. 그는 1880년에 파리와 런던에서 연주회를 연 것을 시작으로 그 후 몇 년 동안 스페인과 이탈리아 전역으로 연주여행을 다녔다. 타레가는 이 시기에 훗날 세고비아가 기타로 초연을 한 것처럼 알려진 바흐·그라나도스·알베니스 등의 곡을 연주했다. 하지만 타레가는 조용하고 겸손한 남자였다. 그는 유럽 전역을 누비며 연주활동을 펼쳤지만 정작 연주자라는 입장을 불편하게 여겼다. 그 시대의 음악가들이 으레 그러했듯이, 그도 기타를 연주회장이 아니라 살롱용 악기로 보아서 친구들이 대부분인 소규모 청중 앞에서 연주하기를 더 선호했던 것이다. 그렇지만 현대 클래식 기타의 진짜 아버지는 세고비아가 아니라 타레가다. 그는 요란하게 과시하지 않으면서도 꾸준하게 지금까지도 학생들이 배우는 테크닉의 토대를 세웠다. 그는 기타를 어떻게 잡고, 손가락 연습을 어떻게 해야 하는지 정했다. 뿐만 아니라 현대 기타곡의 근간을 만들었다. 무엇보다도 자신이 알아낸 사실들을 성실한 학생들과 공유했다. 그의 학생들이 거둔 성공이야말로 그의 위대함을 보여주는 증거였다.

그의 제자들 가운데 가장 성공한 이는 마구엘 요베트였다. 그는 세고비아가 마드리드에서 데뷔를 한 1917년에 이미 세계 투어를 마친 상태였다. 1년 전인 1916년 1월에 요베트는 뉴욕의 프린세스 극장에서 연주회를 열었다. 극장은 그를 "세계 최고의 기타리스트"로 홍보했다. 요베트는 1910년에는 뉴저지 주 브룬스위크에 있는 벨 연구소에서 엔지니어들과 작업을 하기도 했다. 그 결과 세계 최초로 연주를 녹음한 기타리스트가 되었다. 그런데 그는 이 녹음의 음질에 만족하지 못해서 발매를 거부했다. 너무나 예리한 귀 때문에 더 큰 명성을 얻지 못했던 것이다. 이 녹음은 사라져 지금은 들을 길이 없다.

세고비아는 타레가와 요베트를 모두 무시했다. 그는 타레가를 "음악가라기보다 성인聖人에 가깝다"고 평했다. 1915년에 잠시나마 요베트에게 기타를 배웠지만 세고비아는 이때의 빚을 마지못해 인정했을 뿐이다. 그는 자서전에서 요베트에 대해 "바흐를 진지하고 고귀하게 해석한 사람"이라고 평했지만 이런 말을 덧붙였다. "요베트는 항상 같은 부분에서 흔들린다. 비교적 쉬운 부분에서도 그러는데, 아마도 연습 부족 때문인 듯하다. 하지만 게으름이 더 그럴싸한 이유가 아닌가 싶다…. 두 번째로 그의 음색은 금속성이고 거칠다."

세고비아는 일단 유명세를 얻은 후로는 다른 기타리스트를 좋게 말하는 경우가 드물었다. 세고비아는 야심의 크기에서 남달랐다. 타레가와 그의 추종자들은 기타의 위상을 응접실 악기로 만족했지만 세고비아는 연주홀의 무대 위를 꿈꾸었다. 세고비아는 기타리스트로서 첫 20년 동안은 타레가가 편곡한 작품들로 연주 프로그램을 채웠다. 하지만 세고비아라는 존재감은 어느새 타레가와 그의 제자들을 미미한 인물들로 축소시켜 버렸다. 기타에 혁명을 불러온 인물은 타레가였다. 하지만 기타의 대중적인 이미지를 환상적으로 확대한 공은 세고비아에게 돌아가야 한다. 연주를 녹음하고 연주여행을 다니고 쉼 없이 자신을 홍보한 덕에 세고비아는 기억할 가치가 있는 유일한 기타리스트가 되었다. 모든 기타리스트들이 모방하면서 동시에 극복해야만 하는 유일무이한 연주자가 된 것이다.

나는 양손을 옆으로 축 늘어뜨리고 잠시 쉰다. 창으로 눈을 돌려 이제는 고요해진 거리를 바라본다. 맞은편에 있는 학교의 학생 몇 명이 도로의 연석에 앉아서 담배를 피우고 있다. 그들을 보느라 반쯤 정신이 팔린 채 머릿속으로 푸가의 첫 두 마디를 재생한다. 이윽고 눈을 감고 머릿속으로 그 부분을 더 유의해서 든는다. 듣고 싶은 소리를 만드는 내 손가락들을 마음의 눈으로 지켜본다. 그 환상이 흐트러지지 않도록 살며시 두 마디를 연주해 본다.

썩 괜찮다. 나쁘지 않다. 하지만 완벽하다고 할 수는 없다. 실은 그 정도가 아니라 완벽에서 무한히 떨어져 있다.

아마도 이 상황에서 내가 세고비아로부터 배워야 할 교훈은 바로 이것일 것이다. 그는 타레가보다 더 큰 야망을 키웠다. 이것은 무엇을 의미할까? 무엇보다 그가 이상적인 타레가의 연주에 만족하지 않고 자신의 이상에 도달하려고 애썼다는 뜻일까? 그에게 '완벽한' 연주란 그전까지 피아니스트들이 차지했던 무대 위에서의 연주를 의미했다. 이를 위해 그가 그토록 열심이었던 것이다.

어린 시절처럼 지금도 여전히 세고비아의 연주를 꿈꾸지만 이제는 세고비아가 되고 싶지 않다. 세고비아를 모방하는 한 내가 무엇을 이룰 수 있을지 도무지 알 수 없었다. 세고비아가 이상으로 삼은 연주에서 자유로워지면 이제 나만의 새로운 이상을 직접 만들어야 한다. 내게 완벽한 연주란 무엇일까? 이 의문의 답을 찾는 것이 내가 규칙적으로 연습을 하는 목적이다. 나는 내 연주를 기반으로 곡의 주제를 계속 실험해 나갈 것이다. 이런 연주는 어떨까? 아니면 이런 연주는?

악기를 연주하는 법을 다 익혔고 연주가 쉽게 느껴지는 단계라면 그것만으로도 충분하다. 하지만 서서히 연주를 늘려 가면 당신의 귀가 손을 능가하게 된다. 당신을 넘어서는 음악이 당신을 유혹하고 당신은 그 음악을 낚아채기 위해 발버둥을 치게 된다. 자리에 앉아서 양손을 내려다보고 악기를 집어 든다. 당신이 숭배하는 연주가들의 연주를 귀담아 듣는다. 그들이 가진 도구는 양손과 악기뿐이다. 당신과 다를 바 없다. 이윽고 당신은 자신의 양손을 다시 바라본다. 두 손만으로 도저히 불가능해 보인다.

저들은 어떻게 저런 연주를 할 수 있을까? 당신이 연주하고 싶은 음악은 손이 닿지 않은 허공에서 희미하게 빛을 발하고 있거나 다른 사람의 손에 들어가 있다. 음악가가 되어가는 시작 단계에서 당신은 이런 상황과 마주칠 것이다. 당신은 연주를 하면서 연습을 시작했다. 그리고 연습은 '완벽'을 만들었다. 이제 당신의 연주는 당신이 선망하는 대로 되지 않을 것이다. 그러려면 이번 생으로는 부족하다. 그러므로 당신은 영원히 연습을 끝내지 못할 것이다.

내 실수들을 완벽하게 만들기

플루트 연주자들은 키스를 하려는 것처럼 입술이 늘 아름답게 튀어나와 있다. 바이올린 연주자들은 턱으로 바이올린을 단단하게 지탱하느라 턱에 시커멓고 보기 흉한 굳은살이 있다. 금관악기 연주자들은 모두 코가 큰 것 같다. 악기를 더 깊이 불수록 코가 더 커지는 것이다. 아마도 악기를 불 때 얼굴에 끼치는 압력으로 다른 부위가 돌출하는 것일 테다. 물론 기타 연주자들은 손톱을 집요하게 관리한다. 다른 어떤 악기 연주자들보다 손을 더 조심스럽게 다루기까지 한다. 잔뜩 긴장한 하인들이나 배고픈 다람쥐처럼 양손을 가슴 높이로 들어 올려 깍지를 끼고 다니는 것이다.

나는 뉴잉글랜드 음악원에 있는 어느 연습실 밖에서 쿠션이 다 해진 긴 의자에 앉아 첫 번째 레슨을 기다리는 중이었다. 연습실 문에 난 창으로 안을 살그머니 들여다보며 낯모르는 학생을 주의 깊게 살폈다. 그 학생은 온 정신을 집중해 연주를 했고 그동안 애런 교수님은 고개를 한쪽으로 기울이고 시선을 무심하게 천장에 고정한 채 교실을 느릿느릿 돌아다녔다. 교수님은 두 손으로 지휘를 하는 것도 같고 손부채를 부치는 것도 같은 모습으로 양손을 휘저었다. 때는 9월 첫 주로, 보스턴은 여전히 무덥고 습했다. 나는 긴 의자에 앉아 허리를 꼿꼿하게 편 채 기다렸다. 오 분이 지났다. 십 분이 지났다. 관악기 주자는 걷기보다 종종걸음을 치는 경향이 있었다. 넓게 퍼지는 횡경막을 소유한 성악 전공자들은 다른 사람들에 비해 공간을 많이 차지하는 듯했다. 나는 다시 시계를 보았다. 두 사람은 지금 무슨 연습을 하고 있는 중일까? 저 학생은 누굴까?

부모님과 나는 한 주 전 롱아일랜드에서 내 짐의 무게 때문에 아래로 푹 꺼진 낡은 닷선 스테이션왜건을 몰아 보스턴까지 왔다. 우리는 몇 블록에 걸쳐 매사추세츠 에비뉴를 달린 후 보스턴 시내로 난 매스 파이크를 신나게 달렸다. 그리고 모퉁이에서 심포니 홀이 웅장한 자태를 자랑하는 헌팅턴 에비뉴로 진입했다. 길이가 250센티미터쯤 되는 포스터들마다 오자와 세이지가 지휘하는 보스턴 교향악단의 연주회 소식을 알리고 있었다. 그로부터 몇 주 후 나는 이 포스터로 기숙사의 내 방을 장식하기 위해, 쓰레기통에서 포스터를 건지는 야밤의 구출작전에 참여할 운명이었다. 그날 부모님과 내가 차를 타고 지나가며 본 연주회장은 도저히 범접할 수 없을 것처럼 웅장해 보였다.

우리의 목적지는 그곳에서 고작 한 블록 떨어진 곳이었다. 좌회전을 해 게인즈보로 스트리트로 접어들자, 대혼란이 우리를 기다리고 있었다. 뉴잉글랜드 음악원은 미국에서 가장 오래된 독립 음악학교로, 줄리어드 음악원보다 38년이나 빠른 1867년에 개교했다. 이 음악원의 화려하고 웅장한 심장부인 조던 홀은 1902년에 지어진 후로 보스턴의 음악 활동의 중심지가 되었다. 그날 아침 이토록 웅장하고 위엄 넘치는 전면은 정신없이 흐르는 시간의 배경에 불과했다. 조던 홀과 기숙사 사이로 난 좁은 길은 스테이션왜건으로 북적거렸다. 신입생 수십 명이 악기와 짐을 기숙사로 옮기고 있었다. 조던 홀의 발코니에서는 즉흥적으로 모인 브라스 밴드가 그 모습을 지켜보고 있었다. 우리가 짐을 내리는 동안 발코니 악단은 수자(미국의 취주악 지휘자 겸 작곡가— 옮긴이)의 행진곡들을 독특하게 편곡해 즉흥 연주를 했다.

기숙사로 들어가니 승강기 문에 단정한 글씨체로 쓰인 '승강기 고장'이라는 공고가 붙어 있었다. 부모님과 나는 로비에서 승강기 문이 열리고 닫히는 모습을 초조하게 지켜보았다. 다른 스무 명의 신입생과 그들의 부모님과 함께 말이다. 얼마 후 기숙사 사감인 멜리사가 다가와 화를 내며 문에 붙은 공고를 뜯었다.

"승강기는 쓰셔도 됩니다. 누군지 오늘 '고장' 공고를 사방에 붙여 놓았네요." 멜리사가 말했다.

승강기는 아무 이상 없이 잘 작동했다. 그 외에도 전등·전화기·화장실까지 기숙사 곳곳에 고장이라는 경고가 붙어 있었지만 모두 정상이었다. 이것은 음악학교에서 눈은 가끔 못 믿을 때가 있다는 사실을 처음으로 알려준 사건에 불과했다. 반면 귀를 믿는 법은 순식간에 배우게 될 것이다.

기숙사에서는 내 방이 있는 층만 해도 트럼펫·트롬본·색소폰·프렌치호른·타악기·바이올린·비올라·첼로·베이스 기타 전공자가 있었다. 하프시코드 연주자 겸 작곡 전공생도 있었다. 내 룸메이트는 루이지애나 출신의 클라리넷 전공자로 목소리가 부드럽고 성격이 꼼꼼했다. 기타 전공자는 나까지 모두 네 명이었다. 그중에는 기숙사 조교인 마커스도 있었는데, 그는 석사 학위를 준비 중인 대학원생이었다. 우리가 짐을 푸는 중에도 작은 방들에서 음악이 새어 나와 복도를 가득 메웠다.

나도 다른 학생들과 함께 연주를 하고 싶었다. 얼른 새 생활로 뛰어들고 싶었다. 하지만 부모님은 삐걱거리는 옷장의 문과 씨름을 하거나 창턱에 자주달개비 화분을 놓느라 여념이 없었다. 부모님은 이번이 자식을 대학에 데려다 주는 세 번째이자 마지막 여행이었다. 두 분은 24년 만에 처음으로 빈 둥지가 된 집으로 돌아갈 예정이었다. 우리는 그날 아침 이미 다 둘러봤지만, 오후에 예정된 조던 홀 투어를 신청했다. 우리는 길을 따라 걸어서 조던 홀로 갔다. 마지막으로 부모님은 내 방을 둘러본 후 떠날 채비를 했다. 나는 두 분을 승강기까지 배웅했다.

"끝내준다!" 우리가 지나가는 데 옆방의 트롬본 주자인 케빈이 소리쳤다. 그는 데이브의 알토 색소폰 연주를 듣던 중이었다.

"이 녀석, 괴물이잖아!" 케빈이 헉하고 숨을 들이쉬며 소리치자 복도에 있던 사람들이 그의 방으로 몰려들었다.

부모님은 케빈의 말에 미소를 지었다. 몇 년 후 데이브는 뉴욕에서 최고로 손꼽히는 스튜디오 음악가로 성장해 B. B. 킹과 타워 오브 파워·폴 사이먼·스팅 등과 함께 연주하게 된다. 하지만 그 무렵 그는 기숙사에서 맞은편 방에 사는 풋내기 연주자일 뿐이었다. 부모님과 나는 로비에서 작별 인사를 나누었다. 부모님을 배웅하자마자 나는 득달같이 위층으로 올라가 케빈의 방에서 벌어지고 있는 파티에 끼었다.

그 방에는 여덟 명에서 열 명 가량의 남학생들이 침대와 바닥에 자리를 잡고 이야기를 나누고 있었다. 그중에 로빈이 있었다. 그는 캘리포니아 출신으로 앞머리를 내렸고 통통한 체격의 첼리스트였다. 마법같은 솜씨로 첼로를 켜는 로빈도 그레이트풀 데드의 광팬이었다. 그는 제리 가르시아에게 데드의 곡들을 첼로 앙상블 곡으로 편곡한 녹음을 주었다. 재즈 트럼펫 전공으로 복도의 끝방에 살았던 행크는 브루클린 억양이 강한 섬세한 소년이었다. 우리가 케빈이 모은 테이프들을 살펴보며 취향을 비교해 서로를 알아가는 동안 행크와 데이브는 방 한 구석에서 유명한 재즈곡들을 연주했다.

"행크 마코폴러스라고?" 데이브는 트럼펫 연주자의 이름을 정확하게 들었는지 확인하며 물었다.

"걔는 찹스 비바폴러스의 정규 멤버야." 짐에서 마림바를 꺼내 정리하느라 분주한 짐이 불쑥 끼어들었다. 그는 타악기 전공이었다.

이런 식으로 놀다보니 어느새 새벽 세 시가 되었다. 결국 기숙사 조교인 마커스가 우리를 조용히 시키려고 방으로 오고 말았다. 키가 크고 깡마른 마커스는 상냥하긴 했지만 정신이 다른 데 팔려 있는 듯한 독특한 분위기를 풍겼다. 그는 방안에 감도는 달짝지근한 담배 냄새에 미소를 지으며(아마도 마리화나를 피웠던 것 같다.ㅡ옮긴이) 점잖게 헛기침을 하더니 우리에게 잘 시간이라고 말했다. 나는 내 방으로 돌아왔다. 세상이 빙빙 도는 것처럼 아찔했다. 그도 그럴 것이 마침내 진짜 집을 찾았다는 생각이 들었기 때문이다.

그런데 기숙사에서 맞이한 첫날밤의 들뜬 분위기는 기만에 불과했다. 음악원의 본모습은 연습이었다. 이튿날 동틀 무렵 바이올린 전공자들이 조던 홀의 로비에 서 있는 6톤짜리 으리으리한 베토벤 동상을 살며시 지나갔다. 그들은 주 연주회장 주위를 빙둘러 자리 잡고 있는 연습실들로 사라지더니 마치 기도 시간을 알리는 듯한 음계 연습으로 하루를 시작했다. 다음으로 피아노 전공자들이 나타났다. 그들은 뵈젠도르퍼 그랜드피아노가 있는 연습실을 찾아 뿔뿔이 흩어졌다. 기숙사가 조던 홀의 맞은편에 있다 보니 자명종이 필요 없었다. 아침 일곱 시만 되면 주위에서 들려오는 쇼팽과 라흐마니노프 소리는 망자마저 무덤에서 불러내 왈츠를 추게 하기에 충분했으니 말이다. 열 시가 되면 성악 전공생들이 피아노의 건반 한두 개를 뚱땅거리고 장조로 도레미파솔을 부르며 목청을 가다듬는 소리가 사방에서 들려왔다. 열한 시가 되면 관악기 전공생들이 몰려와서 더 예민한 이웃 연습생들이 건물에서 뛰쳐나가 점심을 먹으러 가게 만들었다. 가끔 재즈 연주자들이 끼어드는 날이면 이런 난리법석이 저녁을 넘어서까지 이어졌다. 그들은 밤새 연습을 했다.

기숙사에 들어와 일주일이 지난 날 첫 번째 레슨을 받기 위해 조던 홀에 앉아 있을 즈음, 나는 이미 우리가 기숙사에서 아무리 떠들썩하게 놀아도 베토벤의 거대한 정신이 조던 홀을 지배한다는 사실을 알아차렸다. 연습실마다 연습에 여념이 없는 음악도들은 연주가로서의 성공을 꿈꾸었다. 건물의 뼈대는 집념이 활활 불타오르는 야망과 그 야망에 이끌려 서서히 우리 사이로 잠식해 들어오는 경쟁의식과 공명하며 울렸다. 하루 종일 매 시간 우리는 다른 학생들의 연습 소리를 들으며 저마다 조던 홀의 소음에 제 몫을 담당했다. 이곳의 소리는 도저히 피할 수 없었다. 귀청을 때리는 혼란에 찬 대위법의 선율이 휘몰아쳤다. 모두가 최고가 되고 싶어 했다. 어떻게든 최후의 승자가 되고 싶었다.

광섬유로 만든 기타 케이스가 쾅하고 부딪히는 소리가 나나 싶더니 연습실 문이 활짝 열렸다. 나보다 연상인 데미언이 애런 교수님과 이야기를 나누며 뒷걸음질로 밖으로 나왔다. 두 사람은 사제지간이 아니라 동료처럼 친근한 분위기로 대화를 나누었다. 스승과 제자의 관계를 맺은 지 몇 년은 되어 보였다. 나는 음악원의 수직적인 인간관계에서 다른 학생의 위치를 가늠하는데 도움이 될 만한 이야기가 있을까 싶어 귀를 쫑긋 세우고 그들의 대화를 들었다. 레슨을 초조하게 기다리는 동안 이미 두 사람의 관계에 질투심이 불타올랐다.

애런 교수님은 나를 위해 문을 잡아주며 연습실 구석의 허름한 소파를 가리켰다. 그는 몸이 탄탄하고 삼십대임에도 벌써 대머리였다. 교수님은 세고비아와 그 직후의 추종자들 이후 3세대 기타리스트들 가운데 가장 뛰어난 연주자 중 한 명이었다. 그는 학생들이 꿈꾸는 것을 손에 넣었다. 비밀스러운 정점, 바로 독주자라는 위치말이다. 내 손보다 훨씬 큰 그의 양손과 입고 있는 푸른색 옥스퍼드 셔츠의 옷깃 주위로 올이 풀린 모습이 차례로 눈에 들어왔다. 그로부터 4년 동안 일주일에 한 시간 씩 그는 내 멘토이자 감독관이자 스승이었다. 음악원에서는 신입생들끼리 처음 하는 질문이 "너 어디서 왔니?"가 아니라 "너 누구한테 배우니?"였다. 나는 음악사와 음악 이론·듣기 훈련·작곡·지휘 수업을 들었다. 그러나 앞으로 내가 이곳에서 배울 교육의 핵심, 다시 말해서 음악가가 되기 위한 진짜 공부는 이 스승과의 수업에서 이루어질 터였다.

애런 교수님은 내게 성장배경과 기타를 배운 과정, 존경하는 기타리스트 등에 대해 물었다. 내가 대답을 하는 동안 그는 이마에 의미를 알 수 없는 주름을 지으며 물끄러미 나를 바라보았다. 연습실은 후텁지근하고 조용했는데, 소형 그랜드 피아노 한

대와 의자 몇 개·지저분한 소파 하나로도 꽉 들어차는 작은 방이었다. 창문 몇 개가 길을 면해 있는 벽의 높은 곳에 나 있었다. 그래서 햇빛이 건물 사이로 들어와도 끝이 잘리는 바람에 연습실 바닥으로 직각에 가깝게 떨어졌다. 나는 기타 워크숍에서 기타를 배운 이야기와 머브 그리핀 쇼에 나간 이야기를 했다. 세고비아의 연주를 들은 경험도 빼놓지 않았다. 나는 땀을 삐질삐질 흘리고 가끔 말을 더듬기도 했으며 실없이 너무 많이 웃었다. 마침내 교수님의 얼굴이 확실히 구겨지며 분위기가 변했다.

"알겠다." 그는 의자에서 일어나 창문으로 걸어가며 말했다. "그럼 연주를 들어볼까."

나는 바흐의 〈류트 모음곡〉의 빠른 악장을 연주했다. 몹시 뛰어난 기교가 요구되는 곡이다.

"아주 좋아. 그런데 곡이 너무 어려워. 다른 걸 연주해 볼래?" 내가 연주를 마치자 그는 이렇게 말했다.

나는 이번에는 멕시코 작곡가인 마누엘 폰세가 1928년에 작곡한 소나타를 연주하기 시작했다. 나의 뛰어난 실력을 마음껏 뽐낼 수 있는 어두운 재즈곡이었다.

교수님은 첫 번째 섹션이 끝날 무렵 손을 흔들었다. 그는 손끝을 입으로 가져가 고개가 아래로 떨어질 때까지 꾹 눌렀다.

"쉬운 곡으로 한 번 들어보자. 연습곡은 어때?"

나는 마테오 카르카시의 연습곡 가운데 한 곡을 골랐다. 기타 워크숍 시절 연주했던 가볍고 낭만적인 곡이었다.

"좋아. 좋아." 교수님이 생각에 잠긴 채 고개를 끄덕였다. 그는 창가에 서서 창밖을 바라보더니 접이식 의자를 가져와 내 앞에 놓고 앉았다. 다리를 꼬고 팔꿈치를 무릎에 받치고 손바닥에 턱을 괴었다. 그는 내게서 몇 센티미터 앞까지 얼굴을 바짝 들이댄 채 내 손을 유심히 지켜보았다.

"음계를 연주해 보겠니?"

나는 최선을 다해 정성을 들여 천천히 다장조를 연주했다. 나는 그의 반응을 초조하게 기다리며 고개를 들었다.

"좋아." 교수님은 뒤늦게 오랜 친구를 알아본 사람처럼 나를 보며 따뜻하게 미소를 지었다. "한동안 음계 연습을 하자."

그것이 나의 첫 번째 레슨이었다.

단 십오 분 만에 나는 콘서트 기타리스트에서 초심자로 되돌아갔다.

❊

나는 어린 시절 다녔던 기타 워크숍에서 손의 힘을 키우는 방법을 배웠다. 심각할 정도로 마른 데다 수전증까지 있었던 에릭 선생님은 의욕 넘치는 기타리스트들을 데리고 음계를 비롯해 다른 연습 수업을 이끌었다. 우리는 울림 구멍을 지나가는 현들 바로 아래에 천을 끼워서 소리를 죽였다. 현은 울리는 대신 타악기처럼 쿵쿵 소리를 냈다. 그 결과 기타에서는 출근 시간에 사람들이 지하철 계단을 우르르 내려가는 소리가 났다. 끼워둔 천 때문에 현이 잘 튕겨지지 않았다. 우리는 이렇게 하다보면 현의 저항이 커져서 결과적으로 손가락 힘이 좋아질 것이라고 배웠다.

그 시절의 그곳에서는 강한 손가락이 미덕이었고, 그중에서도 내 손가락이 단연 최고였다. 더 나이 든 학생들이 기타를 두드리는 동안 나는 기타의 목을 오르락내리락하며 현을 거칠게 뜯어내듯 연주했다. 태도가 불량하고 오만한 학생들이 있으면 선생님들은 언제 터질지 모르는 작은 꼬마 폭탄이라며 나를 일부러 교실에 데려가 기타를 치게 했다.

그런데 음악원에 와서야 애런 교수님 덕분에 내 손가락의 힘이 오히려 연주를 방해한다는 사실을 알게 되었다.

"너는 지금 현들을 겁주고 있어. 최소한의 노력으로 최소한의 힘을 써봐." 첫 레슨 후 몇 주가 지났을 무렵 애런 교수님이 이렇게 조언을 했다.

나는 연습실에 홀로 남아 내가 어떤 식으로 연주를 하는지 좀 더 자세하게 확인하기 위해 기본 테크닉으로 돌아갔다. 그리고 내 눈에 들어온 모습에 기겁을 했다. 손가락으로 기타를 칠 때마다 내 팔뚝이나 양 어깨·목덜미·손바닥·손목에 힘이 들어갔다. 힘을 키우는 훈련은 테크닉을 가르치는 방법으로는 형편없는 듯했다. 그 훈련 때문에 나는 너무 세게 기타를 치는 버릇이 들고 만 것이다. 양팔에 들어간 힘은 과거에 기타에 끼워두었던 천의 대용품일 뿐이었다. 내 손이 익힌 저항을 무의식적으로 재현하려고 했던 것이다. 더군다나 음을 죽였기 때문에 현을 울릴 수가 없었고 그 결과 나는 음을 연주하지 않고 현을 연주하는 법을 익히고 말았다. 나는 소리가 아니라 손가락에 집중하는 법을 배운 것이다. 기타의 현은 그것에 대고 숨을 내쉬면 현이 떨릴 정도로 섬세하다.

사방에서 울려 퍼지는 시끌벅적한 악기 소리를 들으며 작은 연습실에 앉아 나는 온 정신을 집중해서 다장조 음계를 연주했다. 정확하게 연주하는 음이 단 하나도 없었다! 나는 처음부터 연주했지만 음계는 전부 부정확했다. 형편없었다. 소리가 울리지 않고 불안하게 흔들렸다. 맑은 종소리가 아니라 그릇이 깨지듯 쨍그랑 소리가 났다. 어떤 음에서는 오른손 손가락이 과하게 튀어 올랐다. 게다가 손톱이 진동하는 현을 올가미처럼 잡아챘다. 다른 음을 치는 왼손은 현을 프렛에 너무 가깝거나 멀리 짚었다. 그 결과 헛 소리에 털털거리는 소리가 났다. 다시 연주를 해 봤지만 결과는 변함이 없었다. 한때는 바흐를 연주했던 나였다. 하지만 이제 도레미파솔라시도조차 제대로 연주할 수 없었다. 나는 심호흡을 한 후 창밖을 지긋이 바라보다가 다시 연주를 했다. 그래봤자 결과는 똑같았다.

나는 음계를 포기하고 왼손을 쓰지 않은 채 개방현들만 연주해보았다. 천천히 연주해 모든 음이 또렷하게 들리게 했다. 곡을 연주하는 중이라면 그 음들은 불분명하게 다른 음에 묻혀서 사라질 수도 있었다. 하지만 음을 하나씩 떼어 따로 들어보니 음마다 보통의 귀로는 알아차릴 수 없는 복잡함이 있었다. 유심히 듣고 있으니 음색이 조약돌 같고, 광물 같기도 했다. 음색은 딱딱할 수도 부드러울 수도 있었다. 거칠거나 연마한 것처럼 매끄러울 수도 있다. 소리는 온갖 재료가 뒤섞이거나 한 가지 물질로만 이루어질 수도 있다. 나는 주의 깊게 소리를 들었다. 명료하게 들리는 음이 단 하나도 없었다. 음은 진흙밭에 듬성듬성 엉겨 붙은 돌들 같았다. 이번에는 눈을 감고 소리를 내보았다. 하지만 집중해서 들을수록 내가 연주하는 소리는 탁하게 들릴 뿐이었다.

나는 기타를 챙겨서 사람들로 북적이는 복도로 나왔다. 백 명은 될 법한 젊은 음악도들이 어깨를 맞부딪히며 사람들을 피해 요령껏 악기 케이스를 들고 요리조리 지나갔다. 플루티스트며 바이올리니스트·금관악기 주자·목관악기 주자들이 각자 연습을 하기 위해 작은 방으로 들어갔다. 나는 지금까지 내내 거의 못 듣다가 갑자기 그 사실을 깨달은 사람처럼 망연자실해 방향을 잃고 우왕좌왕했다. 음계는 내 연습 대상이었고 실력을 뽐낼 수 있는 기회였다. 하지만 그것들이 지금 나를 고발하고 있었다. 기타 워크숍에서 나는 포크 뮤직과 블루스·재즈·클래식 곡들을 연주하며 다른 학생들의 기량을 월등하게 뛰어넘었다. 내 연주는 이런 뒤죽박죽인 연습 스타일을 그대로 반영했다. 내 스타일은 결함투성이였다. 연주하는 동안 내가 손가락을 어떻게 움직였는지도 전혀 몰랐다. 나는 처음부터 다시 시작해야 했다. 주위 사람들이 내 실력에 법석을 떨던 영재 시절부터 열심히 연습한 것을 모두 버려야 했다. 그동안 주변 사람들은 모두 발전하고 있었다.

나는 우거지상을 한 음악의 왕 베토벤을 지나쳐 거칠게 로비로 통하는 주 계단을 내려갔다. 동상을 지나갈 때 주먹 쥔 손의 관절로 위대한 작곡가의 금속 부츠를 쾅 때렸다. '보스턴 헨델과 하이든 협회'의 선물이었던 그 동상은 조던 홀이 개관한 이래로 한결같이 그곳을 지키며 서 있었다. 이제 동상은 게시판으로 쓰였다. 학생들은 베토벤이 걸친 청동 망토의 옷자락에 쪽지를 붙여서 연락을 했다. 이를 테면, "우리는 201호실에 있어."라거나 "점심 같이 먹자." 같은 이야기들 말이다. 다분히 장난스럽고 정을 붙이는 행동이자 한편으로는 반항의 표식이었다. 이 음악원에서 최고가 된다는 것은 모든 학생들을 대상으로 경쟁을 한다는 뜻이었다. 한편으로 우리 모두는 이곳을 굽어보듯 서 있는 베토벤과 경쟁을 해야 한다는 뜻이기도 했다.

❃

음악원에서는 계절의 변화를 소리로 안다. 보스턴의 인디언 서머(가을인데도 비정상적으로 따뜻한 날이 계속되는 기간 ─ 옮긴이)는 조던 홀의 창문이란 창문은 모두 덜컹거리게 만드는 뇌우로 끝났다. 뇌우가 낮게 으르렁거리는 소리는 한참이나 계속되었다. 가을은 낙엽을 긁어모으는 소리며 보도를 다니는 사람들이 그 낙엽들을 밟으며 지나가는 소리로 시작됐다. 날씨는 연습실 밖에서 나는 소리였다.

소리에 유난히 주의를 기울이면 사용하는 감각의 비율에 변화가 생긴다. 연습실에서만 아니라 어딜 가든 마찬가지다. 주위에서 들리는 온갖 잡음에 유난히 민감해진다. 이를 테면 당신의 뒤쪽에 있는 테이블에서 냅킨을 리드미컬하게 구기는 소리나 기숙사 방문마다 나는 제각기 다른 삐걱거리는 소리라든지 말이다. 음악도들은 머릿속으로 계속 듣고 생각하며 살다보니 다른 사람에게는 들리지 않는 마음속 음악에 위험할 정도로 푹 빠져서 멍해 있기 십상이다. 나는 조던 홀에서 나와 길을 건널 때 자동차가 노란 불을 보고 가속페달을 밟는 소리를 거의 못 들을 때가 많았다. 가끔 구두 굽 소리가 머릿속을 가득 채운 오케스트라 소리보다 훨씬 더 크게 내 의식을 비집고 들어올 때면 소스라치게 놀라기도 했다.

10월 후반의 어느 토요일, 울적한 분위기의 밤이었다. 나와 친구들 열 명은 기숙사 라운지 곳곳에 자리를 잡은 채 빗소리를 듣고 있었다. 조던 홀과 기숙사 사이의 도로에 내리는 빗소리였다. 그런데 우리 귀에는 그 소리에 서너 겹으로 깔린 각기 다른 소리들까지 들어왔다. 이를 테면, 휘익 훑고 지나가는 빗줄기 소리며 그 영향으로 툭툭 거리는 소리, 빗방울이 길바닥에 후두둑 떨어지는 소리, 이 모든 소리를 모조리 씻어내 버리는 쉭쉭 거리는 반향 등이었다.

누군가 휘파람을 불며 우리 뒤를 지나쳐 여학생층으로 올라갔다. 비올리스트인 패트릭이 계단통 근처에 누워 있었다. 그는 양손을 컵처럼 말아 쥐고는 계단을 올라가는 여학생의 등에 대고 휘파람의 멜로디를 대위법으로 바꿔 불렀다. 음색이 풍성하고 깊이 울렸다.

"대성당 같아." 첼리스트인 더그가 불쑥 말했다. 그의 아버지는 성당의 오르간 연주자였다.

잠시 후 우리는 네 성부로 구성된 바흐의 찬송가 악보를 가지고 계단통에 다시 모였다. 바흐는 이 곡을 마틴 루터가 가사를 쓴 주일 칸타타의 일부로 작곡했다. 당시 바흐는 고용주들에게 "기괴하고 어려운 화성"을 사용한다는 비난을 들었다. 하지만 19세기에 들어 네 성부로 구성된 성악곡의 형식 규칙들이 이런 작품에서 비롯되었다. 우리가 공부하는 교과서의 기반이 되기도 했다. 우리는 아무도 성악을 전문적으로 배우지 않았지만 계단통의 자연스러운 음향 효과가 우리의 목소리를 보정해 주었다. 그 주 케빈의 여자 친구였던 수산나가 소프라노를 맡아 가극을 하듯 노래를 부르며 우리를 하나로 만들었다. 밖에서는 바람이 윙윙 거리고 안에서는 우리가 목청을 높이자 바흐의 기기묘묘한 장엄함이 기숙사 전체에 감돌았다.

우리의 이런 즉흥적인 행동이 기숙사의 다른 학생들을 자극한 게 틀림없었다. 이튿날 아침 일찍 트롬본 연주단이 TV 프로그램의 테마송을 메들리로 최고 볼륨으로 연주해 온 학교를 잠에서 깨웠다. 나는 창밖으로 목을 길게 빼고 길 건너 조던 홀의 열다섯 개 창문을 마주보고 있는 기숙사의 위층에서 툭 튀어나온 슬라이드 트롬본 열다섯 대를 보았다. '호건의 영웅들'과 '고인돌 플린스톤 가족' '나는 지니를 꿈꾼다'가 마주보고 선 두 건물의 벽에 부딪혀 스테레오로 울렸다.

학창 시절은 이런 장난기 다분한 경쟁이나 괴짜 같은 행동들로 가득했다. 또는 한 점으로 집약된 재능이 숨이 멎을 정도로 화려하게 드러나는 사건도 심심치 않게 있었다. 음악사 수업을 마친 어느 오후였다. 피아노 전공인 앨리스가 오케스트라의 악보를 한 번 보더니 그 주제를 래그타임으로 변주해 즉흥적으로 연주했다. 나의 청음 선생님은 파리에서 나디아 불랑제(프랑스의 작곡가이자 지휘자·교육자—옮긴이)를 사사했는데, 찰리 파커의 솔로곡을 음마다 도레미 음계를 붙여서 솔페지오로 불렀다. 로빈은 어느 날 밤 장난삼아 기숙사의 복도에서 첼로를 연주해 흥을 돋웠는데, 그가 연주한 곡은 벽 너머로 들려온 우리의 기타 연습곡을 첼로곡으로 완벽하게 편곡한 것이었다.

하지만 이렇게 자신의 실력을 발휘해 자유롭고 가볍게 연주를 하며 즐기는 와중에도 자신의 실력을 은근히 과시하는 모습이랄까 경쟁의 날이 숨어 있었다. 음악원에 입학한 우리들은 모두 재능이 있었다. 하지만 우리는 매일 아침 바이올린 전공자들이 미친 듯이 연주하는 멘델스존의 바이올린 협주곡에 잠을 깼다. 그들이 무엇을 연주하든 그 소리는 매서운 질문이자 도전으로 들렸다. 너 이거 할 수 있어? 너도 이렇게 잘 해? 이런 질문이랄지 비교하는 태도가 학교의 구석구석마다 동심원처럼 퍼져나갔다.

12월의 어느 분주한 아침이었다. 나는 발걸음을 재촉해 길 건너 조던 홀로 향했다. 밤새 꾼 꿈 덕인지 그날따라 2층의 넓은 연습실 하나를 독차지할 수 있었다. 연습실은 조던 홀의 위층 두 개 층에 벽을 따라 늘어서 있었다. 기숙사를 마주보고 있는 2층 방 네 개가 가장 좋았는데, 전망창이 달려있고 프렌치 도어를 열면 발코니가 나왔다. 이 방들은 여간해서 비어 있을 때가 없었다. 게다가 피아노도 가장 좋은 것이 놓여 있었기 때문에 피아노 전공생들이 이 방을 쓰기 위해 줄을 서서 기다렸다. 나는 대개 3층에서도 건물 뒤쪽에 있는 벽장만 한 연습실에서 연습을 해야 했다. 이런 연습실은 업라이트 피아노 한 대와 의자 두 개가 들어가면 꽉 찼다. 물론 벽에는 창문도 없고 문에 하나 달린 것이 고작이었다. 사방의 벽은 재료가 뭔지 모를 자재로 만들었는데, 어쨌든 방음용이었다. 거기에 형광등이 쉬지도 않고 계속 윙윙거리며 A플랫과 B플랫 사이의 소음을 냈다.

2층 연습실의 사치스러움을 만끽하며 나는 문과 창문 사이의 거리가 내 보폭으로 얼마나 되는지 재 보았다. 새로 깐 카펫 위에서 발걸음을 옮길 때마다 발이 푹푹 빠졌다. 먼저 라디에이터에 손을 녹였다. 밖을 내다보니 하늘이 칙칙하고 불길한 잿빛이었다. 나는 머리를 텅 비우기 시작했다. 내 주위는 물론 내 안의 소란을 머릿속에서 몰아내려고 집중했다. 그 다음으로는 의자와 발판의 자리를 잡고 방 한 가운데에 보면대를 세웠다. 그리고 기타를 조율했다.

문득 이런 생각이 들었다. 재능에도 계층이 있을까? 나는 이 정도의 재능을 부여받았지만 그 이상은 아니라는, 다시 말해 이 정도로 훌륭하지만 더 발전하지 못하리라 못 박아 놓은 천부적인 질서 같은 것 말이다. 나는 열심히 노력해서 이 연습실까지 왔다. 하지만 이곳을 다시 나가서, 다시 말해 연습실을 나가 무대 위에 설 만큼 재능이 충분할까? 나는 양팔로 기타를 감싸 안고 손을 현으로 가져갔다. 피아노 소리가 벽으로 새어들었다. 음표의 폭포가 유리 파편처럼 바닥으로 우수수 떨어져 내렸다. 나는 훌륭한 음악가일까? 아니면 엉터리일까? 나는 양팔을 옆으로 늘어뜨린 채 심호흡을 했다. 그리고 음계를 연습하기 시작했다. 옆방의 피아니스트는 브람스를 연습하고 있었다.

음악원에는 절대음감을 타고난 학생들이 있다. 절대음감이란 결코 연습으로 얻을 수 있는 능력이 아니다. 누군가 몸을 돌려 건반을 깔고 앉으면 오보에 전공인 미키코는 어떤 건반인지 음을 정확하게 알아맞혔다. 하지만 절대음감도 그녀를 최고의 음악가로 만들어주지는 못했다. 그녀는 연주를 너무 서둘러 끝내 버리곤 했는데, 결국 음악원 오케스트라에 뽑히지 못했다. 가장 뛰어난 재능을 타고나고도 최고의 음악가가 되지 못한다면 최고의 음악가가 반드시 최고의 재능을 타고나리라는 법은 없을 터였다. 음악 재능이라고 해도 종류가 무척 다양했다. 레너드 번스타인은 절대음감이 아니었다. 폴 매카트니도 마찬가지였다. 그렇다면 그들은 어떻게 그렇게 위대한 음악가가 되었을까?

나는 천천히 연주하면서 손가락 근육의 움직임을 유심히 관찰했다. 모든 움직임이 독립적으로 이어져야 했다. 한 손가락이 움직이고 연이어 다른 손가락이 움직이는데, 겹치거나 서로 간섭하지 않아야 한다. 동작은 손가락이나 손의 관절이 아니라 팔꿈치에서 시작해야 한다. 신속하고 정확해야 하며 소리를 낼 정도의 힘이면 충분하다.

옆방의 피아노 소리가 내 방으로 밀려 들어왔다. 몇 옥타브를 넘나들며 악절을 빠르게 질주하나 싶더니 강력한 크레센도가 이어졌다. 나도 그렇게 연주하고 싶었다. 브람스가 내 뱃속에서부터 펄떡거리더니 가슴과 팔로 올라왔다. 나는 위대한 음악을 연주하고 싶었다. 그 욕심이 손가락으로 쏟아져 들어갔다. 그러나 그 욕심으로 인대에 힘이 들어가고 관절이 뻣뻣해지면서 연주하던 음계만 흐트러졌다.

나는 일어서서 창가로 갔다. 하늘을 올려다보며 다시 한 번 마음을 비웠다. 연습이 아니라 연주를 하고 싶은 유혹이 나를 압도해 왔다. 청중을 연습실로 불러들이는 방법은 수없이 많았다. 내 노력을 전시하는 방법 말이다. 내가 그곳에 서 있는 동안에도 문가에 얼굴이 불쑥불쑥 나타났다. 연습실을 찾아다니느라 짜증이 난 피아노과 학생들이었다. 연습실에는 나밖에 없었지만 모든 사람이 나를 지켜보고 내 연주를 듣고 있는 것 같았다.

나는 다시 자리에 앉아서 연습곡 악보집을 펼쳤다. 애런 교수님은 내게 페르난도 소르와 마우로 지울리아니 같은 클래식 기타 작곡가들이 쓴 가장 간단한 작품들을 연주하면서 기초부터 새로 시작해야 한다고 계속 강조했다. 단조로운 선율이라 화음도 없고 그래서 숨을 곳도 없는 곡 말이다. 나는 악보집의 첫 번째 곡을 천천히 연주했다. 귀담아 듣고 문제를 찾아내 고친 후 다시 연주했다. 다음에는 분위기를 바꿔서 빠르게 연주했다. 이번에는 내 능력껏 음표에서 최대한 음악을 찾아내려고 신경을 썼다. 그러자 촘촘하고 압축된 소리가 났다. 내 손가락이 그 음표들을 그러잡았다. 한 번 더. 나는 눈을 감고 내가 아래층의 조던 홀 무대로 내려가서 연주회를 여는 모습을 상상했다. 잠시 동안 음악이 우아하게 호를 그리며 앞좌석에 닿았다가 다시 발코니로 · 뒷좌석으로 · 멀리 45미터 떨어진 곳까지 이어졌다. 상상의 기타 소리는 갑갑하지 않고 풍성하고 낭랑하게 들렸다.

옆 연습실에서 들려오는 피아노 소리에 나는 환상에서 퍼뜩 깨어났다. 잠시 연습을 쉬었던 옆방 여학생은 다시 피아노 앞으로 돌아와 이번에는 슈만을 연주하기 시작했다. 나는 운지법 연습을 훌쩍 뛰어넘어 곧장 무대에 서는 마법 같은 성공의 환상을 얼른 머릿속에서 몰아냈다. 일심으로 노력하고 의식적으로 주의하는 것 외에 나아질 방법은 없었다. 매일 한 계단씩 오르는 수밖에 달리 길이 없었다. 나는 눈에 힘을 주고 양손을 보며 움직임을 하나도 놓치지 않고 관찰했다. 단순하다고 해도 음악은 음악이다. 그리고 그 음악을 연주하려면 내 능력을 최고로 발휘해야 한다.

한 시간·두 시간·세 시간이 가도록 나는 정확한 동작이 나오는 올바른 자세를 유지했다. 옆방의 피아니스트도 여전히 연습 중이었다. 그녀는 베토벤으로 곡을 바꾸더니 슈베르트로 옮겨갔다. 연달아 들려오는 피아노 소리와 달리 소르와 지울리아니가 작곡한 소품들은 유리창을 탁탁 두드리는 파리 같았다.

나는 연습실에서 서성거리며 잔뜩 뭉친 목과 어깨를 풀었다. 여전히 내 팔과 다리로 음악이 마구 흘러들어와 미치도록 밖으로 나가고 싶어 하는 느낌이었다. 하지만 결국 나는 포기했다. 바닥에 드러누워 다리를 의자에 올린 채 피아노 소리를 들었다. 옆방의 피아니스트는 다시 브람스로 돌아왔다. 그녀는 같은 프레이즈를 반복하되 아티큘레이션과 음색을 변주하며 느릿하게 연주했다. 나는 기타를 가슴 위에 올려놓고 그녀가 연습하는 선율을 따라 연주하며 기타로는 프레이징과 울림이 어떤지 잘 들어보았다. 쾌활한 분위기의 소품들로 손가락을 푼 후라 위대한 작곡가의 곡이라 해도 연주는 어렵지 않았다. 옆방의 여학생과 나는 한 번도 말을 나누지 않았다. 어차피 피아노보다 더 작은 기타소리가 그녀의 연주 소리처럼 벽을 타고 그녀의 연습실에 전해지지도 않을 것이다. 하지만 반시간 동안 우리는 브람스의 곡 몇 소절을 두고 이런저런 질문을 하며 대화를 나누었다. 어떤 요소가 특정한 음이나 마디·악구를 버무려서 감정을 표현하는 음악을 만드는 걸까? 이 운지법일까? 기쁨이나 불안의 감정을 촉발하는 미세한 변화일까? 목이 메고 목의 뒷덜미에서 등줄기를 따라 소름이 돋는 느낌을 만들어낸 장본인이 약한 루바토나 아첼레란도일까?

나는 연습실 중앙의 내 자리로 돌아가 연습을 다시 시작했다. 소리를 최대한 명료하게 내기 위해 온 정신을 집중했다. 하지만 내 귀를 공격하는 옆방의 브람스를 외면할 수 없었다. 위대한 음악이다. 브람스와 베토벤·슈만·슈베르트. 내가 아무리 뛰어난 연주를 한다고 해도 이들과 경쟁할 수는 없었다.

이것이 내가 음악원에서 깨달은 두 번째 교훈이었다. 내가 기타로 옆방의 피아니스트만큼 브람스를 아름답게 연주할 수 있다고 한들 브람스는 기타곡을 쓰지 않았다. 이제까지 나는 스스로를 음악가라고 여겼다. 하지만 그때 처음으로 나는 그저 기타리스트라는 사실을 깨달았다. 아무 것도 변하지 않았다. 나는 여전히 연습해야 했다. 문득 이 연습곡들을 연습하고 있지만 유배라도 된 것 같았다. 나는 오직 기타리스트들만 관심을 가질 음악을 조용하게 익히는 중이었다.

내가 재즈 기타리스트가 되기로 마음을 먹었다면 이 상황은 아무 문제가 되지 않았을 것이다. 전자 기타는 재즈 앙상블을 구성하는 어느 악기와 견주어도 동등하게 겨룰 수 있다. 게다가 전자 기타가 품은 록스타의 아우라는 연주하는 곡마다 위험스럽고 매력적인 분위기를 더해준다. 하지만 내가 선택한 전공은 클래식 기타였다. 아니다. 이건 선택이 아니라 운명이었다. 내 상상력이 그 어느 때보다 다급하고 명료하게 받아들이라고 말했던 것이다. 나는 즉흥연주를 좋아했지만 내 장점은 해석이었다. 나는 클래식 음악을 더 잘 이해했다. 좀 더 마음 깊이 이해했다. 하지만 다음날 아침 베토벤 동상을 지나가는데 클래식 음악을 지배하는 악기는 피아노와 바이올린이라는 사실이 다시금 뼈저리게 다가왔다. 피아노 전공자라면 음악원의 연례 연주 대회에서 우승을 할 수도 있다. 반 클라이번 콩쿠르에 나가서 우승을 거머쥘 수도 있다. 바이올린 전공자라면 음악원 오케스트라의 악장으로 뽑힐 수도 있다. 그 자리는 훗날 뉴욕 필하모닉이나 필라델피아 오케스트라·보스턴 심포니의 단원으로 뽑히는 발판이 될 수도 있다. 하지만 클래식 기타는 작은 세계에서만 존재할 뿐이다. 우리 음악원은 기타학과를 만들 정도로 진보적이었다. 지금은 줄리어드 음대에도 기타 프로그램이 있지만 내가 고등학교 2학년이었을 때만 해도 아니었다. 나는 그때 순진하게 그곳에 전화를 걸어 응시요강에 대해 문의를 했는데, 마침 전화를 받은 여직원이 내 질문에 웃음을 터트렸다. 그때만 해도 나는 그 웃음의 의미를 알지 못했다. 하지만 사방에서 포효하듯 들리는 관악기와 현악기들의 소리를 듣고 있으니 뒤늦게 그 의미가 이해되었다. 음악원에서조차 기타는 진지한 악기에 들지 못했다. 우리는 오케스트라에 들어가지 못할 것이다. 우리는 오케스트라와 협연할 수 있는 연주자로 여겨지지도 않을 것이다.

내 악기가 내 경력의 한계이자 장애가 될 줄은 꿈에도 몰랐다. 세고비아는 카네기 홀을 청중으로 가득 메우지만 다른 기타리스트들은 그곳에서 독주회를 열지 않는다는 사실이 그때까지 한 번도 떠오르지 않았다. 지금 나는 진실을 듣고 있었다. 피아노 전공자들 덕분에 나는 영원히 묻힐 지도 몰랐다. 우리는 전 세계의 한정된 음악 방송을 놓고 경쟁을 하는 중이었고 그 싸움에서 승리는 늘 피아노의 몫이다. 최고의 기타리스트라고 해도 솔로 경력을 쌓을 기회는 희박했다. 그리고 그 기타리스트들 가운데에서도 나는 최고가 아니었다. 나는 처음으로 그 사실을 깨달았다.

❋

레퍼토리는 운명이다. 악기는 작곡가들이 그 악기를 위해 창조한 세상을 갈망한다. 하지만 기타에 한해서는 가장 뛰어난 작곡가들조차 침묵했다. 나는 소르와 지울리아니가 작곡한 음악을 계속 연주하며 그들의 눈과 상상력을 통해 나온 세상을 해석했다. 그런데 이제부터는 이들이 어떤 사람들이었으며 이 세상을 어떻게 살았는지 이해하는 것이 무엇보다 중요한 일이 되었다. 나는 그들의 세상으로 들어가 주위를 둘러보고 방법을 익히는 것만큼 주의 깊게 소리를 들었다. 나는 그들의 삶을 조사했다. 하지만 클래식 기타곡을 만든 가장 위대한 작곡가들의 삶이 아무리 흥미로워도 그들이 베토벤이 아니라는 사실을 외면할 수 없었다. 숙명과도 같은 충격의 순간, 나는 세 번째 교훈을 얻었다. '내 악기'는 앞으로 내 발목을 잡을 것이다.

페르난도 소르는 음악의 신동이었다. 그는 1778년에 부유한 상인의 아들로 바르셀로나에서 태어났다. 첫 번째 오페라인 〈칼립소 섬의 텔레마코스〉를 작곡했을 때 그의 나이는 열아홉 살이었다. 소르는 단번에 바르셀로나의 유명인사가 되었다. 그는 갈채를 받으며 스페인 음악계의 중심지인 마드리드로 활동무대를 옮겼다. 그리고 알바 공작부인의 후원을 받게 되었다. 공작부인은 화가인 프란시스코 고야의 후원자이기도 했다. (고야는 이 공작부인과 사랑에 빠져 그녀를 모델로 유명한 작품인 〈옷을 벗은 마야〉와 〈옷을 입은 마야〉를 그렸다고 한다.) 소르는 그녀가 죽은 1802년까지 5년 동안 그녀 곁에 머물렀다. 그는 교향곡과 4중주곡을 작곡했으며 성악곡도 다수 썼다.

1808년에 나폴레옹이 스페인을 침공하자 소르는 프랑스에 대항해 싸웠다. 하지만 마드리드가 함락되자 그는 침략자의 계몽주의 이상에 감화되었다. 1813년 프랑스가 전쟁에 패하자 소르는 스페인을 떠나 다시는 돌아오지 않았다. 그는 2년 동안 파리에서 체류한 후 1815년에 영국으로 떠났다.

소르는 런던에서 기타리스트와 작곡가로 유례없는 성공을 거두었다. 영국의 어느 비평가는 그의 성악곡 모음집을 이런 글로 환영했다. "소르 씨의 성악곡은 음악계의 일류 호사가들 사이에서 어찌나 높은 인기를 얻고 있는지 그의 펜에서 새로운 아리에 타들이 쏟아져 나올 때마다 《웨이벌리》의 작가(월터 스콧을 말한다. 그의 소설 《웨이벌리》는 당시 유럽에서 많은 인기를 얻었다 ― 옮긴이)가 신작을 출간한 것에 비견할 만한 반응이 돌아온다." 1817년 3월 24일 소르는 로열 필하모닉 소사이어티와 협연을 했다. 협회 역사상 연주회를 연 유일한 기타리스트였다. 그날 연주회에서는 소르가 작곡한 기타와 바이올린·비올라·첼로를 위한 '신포니아 콘체르탄테'도 연주했다고 하는데 그 악보는 이제 사라지고 없다. 조지 호가스는 자신의 〈필하모니 소사이어티의 회고담〉에서 소르가 "따라올 자가 없는 뛰어난 기량으로 청중의 혼을 쏙 빼놓았다."라고 썼다.

소르는 1823년까지 런던에 머물렀다. 런던 시절 말기인 1822년에는 발레곡인 〈샹들리옹〉을 작곡해 큰 성공을 거두었다. 이 발레는 1824년에 파리 오페라좌에서도 공연되었다. 그는 발레곡을 작곡해 음악이 아닌 면에서도 결실을 맺었다. 무슨 말인고 하니 그는 같은 해 파리 발레단의 주역 무용수의 한 명인 펠리시테 울랭과 결혼을 했다.

1823년 울랭은 모스크바 발레단으로부터 프리마 발레리나로 초청을 받는다. 1825년 1월 6일 그녀는 볼쇼이 페트로프스키 극장의 개장식에서 춤을 추었다. 바로 소르의 〈샹들리옹〉이었다.

러시아로 간 소르는 황족의 신임을 받았다. 하지만 알렉산드르와 엘리자베타 황제 부처가 몇 년 사이 연이어 사망한 후에는 소르 부부의 입지도 전과 같지 않았다. 결국 소르는 1827년에 파리로 돌아왔지만 펠리시테는 모스크바에 남았다.

파리로 돌아온 소르는 리스트가 활동했던 생기 넘치는 파리 음악계에서도 중심부에서 활동했다. 당시 파리 음악계에서는 쇼팽과 파가니니·베를리오즈 같은 음악가들이 이름을 날리고 있었다. 이 무렵 소르는 기타 독주곡을 상당수 출판했는데, 대부분 예전에 작곡해 둔 곡들이었다. 베를리오즈가 '환상 교향곡'을 초연한 1830년에 소르는 《기타 연주법Method for Guitar》을 출판했는데, 이 책은 아직까지도 심사숙고한 귀중한 테크닉을 기술한 교재로 손꼽힌다.

페르난도 소르는 생전에 어마어마한 대중적인 인기를 얻었다. 하지만 음악원에 입학한 해에 그의 전기를 읽었을 때 정작 내 관심을 끈 대목은 그가 사후에 맞이한 운명이었다. 소르는 쇼팽과 리스트가 피아노에게, 파가니니가 바이올린에게 했던 것과 달리 기타에게 아무런 유산을 남기지 못했다. 1839년에 사망한 그는 그대로 대중의 기억에서 사라졌다. 1840년에서 1920년 사이에 세고비아가 소르에 대한 관심을 다시 불붙였지만 그가 작곡한 곡은 이미 절판되었고 악보는 상당수 사라지고 없었다. 소르의 시신은 몽마르트에 있는 어느 후원자의 지하실에 매장되었는데, 이때 그의 이름이 누락되고 말았다. 그런 연유로 소르의 무덤은 1934년이 되어서야 발견되었다. 그는 당대 가장 뛰어난 기타리스트 중 한 명이었지만 그의 곡은 시간의 시련을 견디지 못했다. 세고비아조차 그 사실을 인정했다. 그가 1948년에 이런 글을 썼으니 말이다. "우리는 솔직해져야 한다. 그의 시대에 최고이자 아마도 유일무이한 기타곡 작곡가였던 소르는… 놀라울 정도로 쓸데없이 말이 많다."

요즘에는 소르의 기타곡 전곡이 열한 권짜리 학술서 전집으로 출간되어 있다. 하지만 그는 음악보다 기타와 관련해 중요한, 변방의 작곡가로 기억될 뿐이다.

모차르트는 기타곡을 작곡한 적이 없다. 그나마 기타곡과 가장 비슷한 곡이라면 1787년에 돈 조반니가 아리아 '오! 오라 창문으로'를 부를 때 연주하는 만돌린곡일 것이다. 베토벤은 만돌린곡을 스무 곡 가량 썼고 그의 유품에는 만돌린도 있었다. 그걸 보면 베토벤에게 기타는 꽤 친숙한 악기였을 것이다. 게다가 뛰어난 기타 비르투오조들과 친분도 나누었다. 하지만 그도 기타곡은 작곡하지 않았다.

마우로 지울리아니는 1781년 이탈리아의 아드리아 해안지방에서 태어났다. 그는 1806년에 빈으로 옮겨갔는데, 그곳으로 가기 몇 해 전 빈의 〈알게마이네 무지칼리쉐 차이퉁〉지의 음악분야 수석 평론가는 이렇게 썼다. "비르투오조를 평가하는 기준은 높고 마땅히 그럴 만하다. 그도 그럴 것이 우리는 가장 위대한 비르투오조들 중에서도 수많은 이들을 알고 있으니 말이다." 빈은 지울리아니를 열렬하게 환호했다. 1808년에 그는 완전하게 편성된 오케스트라와 협연해 기타 연주회를 열었다. 〈알게마이

네 무지칼리쉐 차이퉁〉은 그 연주회를 이렇게 평했다. "그는 적어도 한동안은 당대의 음악 영웅이 되었다."

1808년 빈에서 음악의 영웅이 되다니! 어떤 음악가가 이보다 더한 찬사를 기대할 수 있으랴! 그러나 이런 지울리아니도 기타 이외의 세상에서는 단지 '각주'에 불과했다. 음악사에 지울리아니라는 '각주'를 단 장본인은 한때 베토벤이 구애를 했으나 선택을 받지 못했던 젊고 아름다운 가수 엘리자베스 뤠켈이었다. 그녀는 후에 모차르트의 제자였던 피아니스트 요한 네포묵 훔멜과 결혼했다. 훔멜 부인은 자신을 두고 두 위대한 음악가들 사이에 적대적인 분위기는 없었다는 사실을 보여주기 위해 세 사람이 함께 식사를 한 어느 오후의 일화를 추억했다. 그리고 그 자리에는 "유명한 기타리스트인 지울리아니도 있었다"고 했다. 이 일화에는 지울리아니가 더이상 나오지 않는다. 오히려 식사를 하는 내내 베토벤이 은근히 훔멜 부인에게 "지분거리고 쿡쿡 찔렀다"는 이야기뿐이었다.

베토벤과의 점심이라. 이것이 위대한 기타리스트가 음악사에서 차지하는 몫이다. 지울리아니는 베토벤의 7번 교향곡 초연에서 첼로를 연주하며 빈의 음악계로부터 존경받는 일원으로 인정을 받았다. 베토벤이 이 공연이 가능하도록 도와준 여러 음악가들 중에서도 유독 지울리아니에게 공개적으로 감사를 표했을 정도였다. "궁정 작곡가인 살리에리는… 바이올린을 담당했다. 그리고 시보니 씨와 지울리아니 씨도 부수적인 역할을 했다." 그는 이렇게 적었다. 1814년 나폴레옹의 두 번째 아내인 마리 루이 황후는 지울리아니에게 '비르투오조 오노라리오 디 카메라'(실내악의 영예로운 비루투오조라는 뜻—옮긴이)라는 칭호를 내렸다. 이듬해 그는 바이올리니스트 요제프 마이세더·피아니스트 훔멜과 함께 여섯 차례에 걸쳐 쉰브룬궁 식물원에서 황족과 귀족들을 위해 음악회를 열었다. 1821년 1월에서 3월 사이에는 로마에서 로시니·파가니니와 협연을 하기도 했다.

하지만 소르처럼, 지울리아니가 거둔 엄청난 성공으로도 기타가 음악계에서 중요한 악기로 자리매김하는 데는 역부족이었다. 1829년 그가 숨을 거두자 〈양시칠리아 왕국 저널Giornale delle Due Sicilie〉은 "그의 양손에서 기타는 사람들의 마음을 감미롭게 어루만지는 하프 같은 악기로 탈바꿈했다."고 썼다.

그리고 그 역시 망각 속으로 사라졌다.

�֍

나는 매일 아침 바이올린 소리에 잠에서 깼다. 그 소리는 내 귀를 괴롭혔다. 나는 기숙사 식당에서 아무 맛도 없는 아침을 꾸역꾸역 넘긴 후 서둘러 조던 홀로 달려갔다. 기타 케이스를 꼭 붙잡고 빈 연습실을 찾아 계단을 헐레벌떡 뛰어올라갔다. 이런 음악가들과 경쟁할 수 있을까? 내 악기가 저들의 악기 옆에 당당히 설 수 있을까? 어린 시절 남들이 기본적인 테크닉을 익힐 때 나는 포크송을 연주하느라 시간을 너무 많이 허비하고 말았다. 다른 방에서 연습하는 소리가 들렸다. 그 소리에 내가 있는 연습실은 작은 독방처럼 쪼그라들었다. 그 압박감에 나는 미친 듯이 연습을 했다.

하지만 아무리 연습을 해도 실력은 점점 더 후퇴하는 것 같았다. 오래된 습관이 좀처럼 고쳐지지 않아 간단하기 짝이 없는 곡을 연주하는 것조차 큰 시련처럼 느껴졌다. 나는 소르와 카르카시·디오니시오 아구아도의 연습곡을 연습했다. 초심자들을 위한 쉽고 간단한 곡들이었다. 내가 열 살 때부터 연주한 곡들이기도 했다. 하지만 훈련으로 내 귀는 면도날처럼 날카로워진 터라 연주하는 음마다 결점이 들렸다. 나는 완벽하고 순수한 음색을 만들고 싶었다. 내 손가락이 사라질 때까지 연습을 해서라도 실수를 없애고 싶었다. 하지만 내 귀에는 손끝이 닿은 현에서 나오는 혀 짧은 소리만 들릴 뿐이었다.

"힘을 빼." 12월의 어느 레슨 시간에 애런 교수님이 이렇게 충고했다. 나는 오른쪽 팔로 기타를 감싸 안았다. 연주를 하다보면 기타를 안은 팔에 어느새 힘이 들어가 기타를 내 쪽으로 바싹 끌어당기곤 했다. 교수님은 내게 일어서서 발가락을 만진 후 방을 한 바퀴 돌아보라고 했다. "너는 지금 음악적 긴장을 육체적 긴장으로 바꾸고 있어."

일단 내 몸이 어떻게 움직이는지 의식하게 되면 결점을 고칠 수 있고 그렇게 되면 새롭게 연주할 수 있으리라 나는 믿었다.

나는 낡은 습관을 고치기 위해 최선을 다했다. 연습에 중독되었고 음계에 광적으로 집착하기 시작했다. 최고가 되려면 완벽하게 연주해야 했다. 하지만 내 연주를 만든 핵심이 바로 그 낡은 습관들이었다. 그러므로 내 마음이 음악으로 되돌아가는 순간 긴장이 다시 나타났다.

"연주하는 것마다 실수인 것 같아요." 내가 불평을 했다.

"실수는 중요하지 않아. 문제는 같은 실수를 반복하고 실수를 연습하는 거야." 그는 이렇게 대꾸했다.

연습실로 돌아온 후 나는 인내심을 발휘해 마음을 차분하게 정돈한 후 다짐했다. 옳지 않은 것이라면 반복하지 말자. 하지만 옳은 것이 거의 없었다. 뭘 어떻게 해도 내 손가락은 방해만 되었다. 기타 워크숍에서 기타를 배우던 시절 실력을 키우고 싶은 욕심에 똑같은 짓을 하염없이 반복했다. 이제 보니 그것은 일종의 광기였다. 나는 연주를 할 때마다 몸이 긴장되는 버릇을 고치기 위해 연주를 하려고 의자에 앉는 법에서 기타를 잡는 법, 음악이 내 몸을 타고 흘러가는 방식까지 전부 바꿔야 했다. 하루가 끝날 즈음이면 이런 비명이 터져 나왔다. "이래서야 뭐라도 제대로 할 수 있겠어?" 나는 음표 몇 개를 연주하는 것만으로도 기진맥진해 연습실을 나섰다.

어느 날 아침 계단을 올라가던 중이었다. 계단을 한 칸씩 올라갈 때마다 내 어깨도 따라 솟는 것이 아닌가. 그 모습은 마치 내가 음계를 연주하는 모습과 똑같았다. 나는 음계를 올라가는 연습을 하며 계단을 오르내려보았다. 할 때마다 결과는 동일했다. 나는 기타 케이스를 너무 세게 잡았다. 식사를 할 때면 나이프와 포크를 움켜쥐었다. 내가 음식을 너무 세게 씹고 과격하게 삼켰나? 나는 내가 어떻게 숨을 쉬는지 알지 못했다. 편하게 숨을 쉬어야 할 때도 너무 용을 쓰며 숨을 쉬었나? 최소한으로 쓸 수 있는 힘만 기울였나? 내가 하는 몸짓 즉, 평소 내가 어떻게 몸을 움직이고 쓰든지 간에 그 동작의 목적을 또렷하고 직접적으로 달성해야 했고 그것은 연주에 있어서도 똑같이 해당되었다. 기타를 넘어서려면 나 자신부터 극복해야 했다. 나는 시간을 멈추어 매 순간 내 동작을 점검해보고 싶었다. 그 순간을 파고들어가 그 안에 도사리고 있는 문제를 찾아내 바로잡을 수 있도록 말이다. 내가 연습해야 하는 대상은 음악만이 아니라 모든 것이었다. 나는 자신을 쉴 새 없이 경계하고 지켜보았다.

음악원에서의 첫 학기가 끝나갈 즈음 나는 스스로에게 실망하고 화가 난 채 겨울 방학을 보내기 위해 집으로 돌아갔다. 그 무렵 내 공책을 보면 이런 글귀가 있다. "연습을 하지 않거나 뭐든 건설적인 일을 하지 않는 시간은 낭비하는 것이나 다름이 없다. 스물이나 스물둘에는 최고가 되어 있어야 한다. 그렇지 않으면 기타리스트로서 희망이 없다." 그래서 나는 누나와 함께 영화를 보러갈 수가 없었다. 고등학교 친구들과 저녁에 한 잔 하러 나갈 수도 없었다. 나는 연습을 해야 했고 정신은 늘 맑게 유지해야 했고 잃어버린 시간을 어떻게든 되찾아야 했다. 나는 스스로 내 방에 갇혔다.

어느 날 밤 형이 연습을 하는 내게 칭찬을 했다. 문가에서 내 연주를 듣고 있었던 것이다.

"너 정말 잘한다." 형이 말했다.

"형이 그걸 어떻게 알아!" 나는 이렇게 쏘아붙였다.

마장조 연습곡

기타를 똑바로 세워 현이 천장을 가리키게 한 후 양팔로 기타의 허리 부분을 안는다. 이것은 기타를 포옹하는 나의 오랜 버릇이다. 이렇게 하고 있으면 악기도 몸이 있으며 연습이란 육체적인 관계맺음이라는 생각이 든다. 곡선으로 굴곡이 지는 기타의 어깨에 턱을 대고 뺨을 기타의 목에 살며시 비빈다.

바흐의 푸가가 어떻게 소리 나야 하는지 여전히 귓가에는 선하다. 이렇게 기타를 안고 앉아 있으면 내 양손은 얼른 연주를 하고 싶어 펄떡거린다. 양손은 지금 내가 요구하는 것을 뭐든 들어줄 것이다. 내가 연주를 하지 않을 때도 그렇게 느껴진다. 물론 현실은 전혀 다르다. 내 두 손은 내 귀에 들리는 소리를 표현할 준비가 안 되었다. 내 연주 방식에 뿌리 깊이 박힌 몇 가지 결점은 여전히 걸림돌이 되고 있다. 좀 더 앞으로 나가려면 반드시 그것들을 말끔하게 뽑아내버려야 한다. 하지만 지금은 휴식 시간이다.

창밖을 보니 어디선가 불어온 미풍에 맞은편 학교 주위로 늘어선 플라타너스의 잎사귀가 마구 흔들린다. 정원사는 건물의 벽과 창문마다 무성하게 자라 전면의 풍경을 해치고 실내 채광을 막는 덩굴을 뜯어내느라 분주하다. 나처럼 저 정원사도 영원히 끝나지 않을 임무를 수행 중이다.

나는 집중하느라 바짝 들어가 있던 기합을 빼며 숨을 길게 내쉰다. 이렇게 기타에 몸을 기댄 채 가만히 앉아서 창문 밖을 내다보는 것만큼 기분이 좋은 일도 없다. 내가 음악에 대해 꿈만 꾸고 싶다면 이렇게 영원히 앉아 있어도 좋으리라. '이렇게 영원히 앉아 있기.' 상상만으로도 마음이 편안하지만 동시에 두려워지기도 한다. 내 마음 한 구석에는 발전하기보다 이렇게 하루 종일 기타를 끌어안고 있고만 싶은 마음이 있다. 한편으로는 내가 듣고 꿈꾸는 것이 현실이 되기 전에는 절대 만족하지 않으리라는 다짐 한 조각도 어딘가에 있다. 나는 여전히 기타에 내 몸을 기댄 채 깊이 숨을 들이쉰다. 지금은 아주 중요한 순간이다. 휴식 시간이 너무 길어지면 오늘 연습은 그만 접어야 할지도 모른다. 정신을 가다듬으면서 바흐의 바이올린 소나타 악보를 덮고 이번에는 연습집을 펼친다. 내 연주는 어딘가에 꽉 끼여 있다. 그런 연주에 자유를 불어넣기 위해 나는 기본 테크닉으로 돌아간다.

페르난도 소르의 '작품번호 60, 16번 마장조'는 아름다운 곡이다. 쉬운 기타 연습곡 중에서 음악성이 가장 돋보이는 작품이기도 하다. 유난히 빠른 악절도 없고 손가락을 크게 벌리거나 괴상하게 짚어야 하는 부분도 없다. 아동용 클래식 곡처럼 공들이지 않고도 금세 연주를 익힐 수 있다. 하지만 이 곡은 결코 단순하지 않다. 소르의 작품들이 대개 그렇듯이 이 곡도 평가절하되기 쉽다. 편하게 들으면 마음을 달래주는 선율이 자장가처럼도 들린다. 악보에 나온 음들이 전부 다다. 하지만 소르는 깊이 생각하는 음악가였다. 그는 베토벤 같은 음악가는 아니었을지 몰라도 기타에 관한 한 천재였다. 소르의 곡을 주의 깊게 들어보면 그의 음악은 기타라는 악기의 심장을 파고든다. 연주를 하면 한결같은 음들이 이어지는데, 이 음들은 기타의 몸통에서 울려 낭랑한 반향이 점점 커지면서 내 귀를 파고든다. 화음이 진행되면 이렇게 울리는 음색이 일종의 음악적 상처를 벌리면서 충돌하기 시작한다. 그러니 이 곡은 결코 자장가가 아니다. 달콤한 선율 속에 보기보다 심오한 이야기가 깃들어 있다.

첫 완주 결과는 형편없다. 왼손의 손가락들이 낭랑한 음색을 다 집어삼켰다. 나는 다시 연주한다. 무엇이 순간적인 실수였고 무엇이 내 테크닉의 고질적인 문제점인지 잘 구별해야 한다. 실수는 연주를 하다보면 누구나 저지를 수 있다. 하지만 테크닉의 문제는 나도 모르게 반복하기 때문에 발전을 가로막는 장애가 된다. 소르의 연습곡은 테크닉을 키우기에 이상적인 곡이다. 너무 쉬워서 숨을 곳이 없기 때문이다. 이 곡이 품고 있는 우아하고 투명한 조직은 어설픈 손가락에서 나온 윙윙거리고 삐걱대는 소리를 버티지 못한다. 나는 매순간 내가 무엇을 원하는지 잘 아는 상태에서 재빠르고 정확하게 손을 놀려야 한다. 나도 모르는 것을 이 곡이 보여줄 리 없다.

문제는 들어가는 악절에서 일어났다. 나는 그 부분을 몇 번이고 다시 연주한다. 아주 천천히 무엇이 도사리고 있는지 끈기 있게 기다리면서 손가락을 유심히 관찰하는 것도 잊지 않는다. 마침내 내 근육이 떨리는 모습을 목격한다. 네 번째 손가락으로 현을 뜯을 때마다 손이 긴장하면서 다른 손가락에 힘이 들어간다. 아주 사소한 흠이지만 이 흠으로 내 손놀림이 위축되고 그 결과 소리가 왜곡된다. 나는 긴장을 털어내기 위해 같은 악절을 다시 연주한다. 그리고 한 번 더 연주한다. 나는 근육이 떨리는 원인을 되짚어 보아야 한다. 원인을 깨달아 고칠 수 있도록 말이다. 이 음표들에는 너무나 많은 것이 들어 있다. 하지만 모든 것은 내가 어떻게 연주하느냐에 달려 있다.

악기를 연주하는 행위가 물리적인 관계맺음이라면 테크닉은 연주의 몸체에 해당한다. 테크닉은 당신이 연주를 '하는' 방식이고 음을 다루는 방식이다. 빠르거나 느리게 연주하는 방식이며 음조와 강약을 조절하는 방식이기도 하다. 타고난 재능은 테크닉의 큰 부분을 차지한다. 하지만 여느 육체적 행위가 그렇듯이 타고난 재능보다 그 재능을 어떻게 이용하고 움직이는지가 더 중요하다. 당신이 운동선수든·외과의사든·미용사든·서커스의 광대든, 테크닉은 당신이 발휘할 수 있는 능력의 한계를 결정한다. 테크닉은 당신의 실력을 개선해 줄 수도 있지만 더 많이, 더 잘 하지 못하게 방해하는 걸림돌이 될 수도 있다. 그러므로 뭔가를 잘 하고 싶다면 테크닉을 키워야 한다. 그 과정은 당신의 습관과 이상 사이에서 벌어지는 전장이다.

십 분이나 같은 악절을 연주하고 나니 손가락의 긴장이 스르르 녹아내린다. 마침내 낭랑한 소리가 되돌아온다. 문제가 고쳐졌다. 나는 내 연주에 만족하며 연습곡을 처음부터 다시 연주한다. 기쁨도 잠시, 낭랑하게 울리던 소리가 뚝 멎고 탁한 소리가 들린다. 문제는 사라지지 않았다. 분통이 터질 노릇이다. 내 손은 머릿속에서 명료하게 울리는 소리를 만들어 내지 못하고 방해만 된다.

마음으로 기타를 연주할 수 있다면 좋으련만.

마음을 가라앉히기 위해 창밖을 바라본다. 밖에는 벌새 한 마리가 나팔 같은 꽃이 피는 나무 주위를 맴돌고 있다. 벌새는 내 시선을 알아차리고 훌쩍 날아가 버린다. 나는 내 손이 벌새처럼 움직이는 모습을 상상해본다. 가볍고 정확하고 믿을 수 없을 정도로 빠르다. 나는 벌새의 날갯짓을 꿈꾸며 다시 소르의 연습곡으로 돌아간다. 하지만 바라고 꿈꾸는 것도 내 문제의 일부다. 백일몽을 꾸기 시작하면 붙잡고 있는 일에서 주의가 멀어지기 마련이다. 벌새의 날갯짓은 마법이 아니다. 다만 효율적으로 날개를 움직인 결과일 뿐이다.

내 손이 제대로 움직이지 않는다면 그것은 손의 잘못이 아니다. 내 손가락들은 내가 훈련한 대로 연주한다. 지금 모습은 내가 언제나 연주를 하는 그 모습 그대로다. 흔히들 몸이 기억한다고 하는데, 몸이 익힌 테크닉은 믿음직하지만 동시에 변화에 고집스럽게 저항한다. 포크 잡는 방법을 바꾸려고 해보라. 아니면 화를 낼 때 배우자를 대하는 방식을 바꾸려고 해보라. 정신을 바짝 차리고 집중하면 그리 힘들지 않을 것이다. 하지만 정신이 딴데 팔린 순간, 다시 말해서 당신이 오랜 습관이나 테크닉에 의지하는 순간 어느새 익숙한 패턴으로 되돌아갈 것이다. 일시적인 실수를 바로잡기는 쉽다. 하지만 테크닉을 교정하려면 지금까지 해 온 연습을 싹 다 지워버려야 한다. 원래의 습관을 새로운, 다시 말해 더 좋은 습관으로 교체해야 한다.

이 연습곡으로 내 테크닉의 문제점이 드러났지만 내가 바꿔야 할 부분은 이 악절 하나나 손놀림 하나가 아니다. 나는 평생 기타를 연주한 시간을 몽땅 바꾸어야 한다. 그러니까 내 과거 말이다. 아주 천천히 연주하면 방금 저지른 실수를 바로잡을 수 있다. 하지만 표면에 드러난 문제를 해결하는 것일 뿐이다. 내 발목을 잡는 것은 내 손가락이 아니다. 바로 나 자신이다. 나와 기타의 관계 말이다. 나는 다시 연습곡을 시작한다. 이번에는 내 연주의 심장부로 들어가려고 애쓴다. 이 탁한 소리들 속에는 더 심오한 이야기가 들어 있다. 음악가로서 볼 때 내 첫 번째 완주는 형편없었다.

　세고비아는 이렇게 말했다. "기타는 오케스트라처럼 어딘지 멀리 떨어져 있고 신비로운 분위기가 난다. 이 악기의 소리는 우리가 사는 세상보다 훨씬 더 작고 섬세한 곳에서 오는 것만 같다." 세고비아는 곡을 쓰든 연주를 하든 기타의 소리가 꿈결처럼 들리게 했다. 이것이야말로 그가 가진 대단한 재능이었다. 하지만 꿈이란 원래 아득히 멀고 마법 같은 영역에 존재하는 것이다. 일상의 번잡함과 음악 문화의 주류가 싹 배제된 영역 말이다. 인정을 간절히 바라는 나 같은 젊은 음악가가 보기에, 그런 신비로운 경원감敬遠感 때문에 클래식 기타와 나는 멀리 추방되어, 기타는 진지한 음악에서 배제되고 나는 원하는 것에 결코 다가갈 수 없을 것 같았다. 1928년 세고비아의 뉴욕 데뷔 공연을 본 로렌스 길먼은 〈뉴욕 헤럴드 트리뷴〉 지에 기고한 리뷰에서 이렇게 썼다. "요정의 마법과 같은 그의 연주는 그 자체로 음악의 세계에서 왔다." 길먼은 이런 평을 상찬이라고 생각했을 것이다. 세고비아의 연주에 덜 감동을 받은 어느 비평가는 기타의 이미지에 달리 해석할 여지를 남기지 않았다. 〈뉴욕 타임즈〉의 올린 다운스는 세고비아의 연주를 거장의 솜씨라고 인정하면서도 이렇게 결론을 내렸다. "세고비아는 자신의 악기에 쳐져 있는 한계를 없애지도 못했고 그렇게 할 수도 없다. 다만 그는 이 한계를 있는 힘껏 잡아당겼다. 그는 현이 흔히 내는 소리를… 훨씬 뛰어넘었다. 그래봤자 울림과 음색·강약의 한계를 여전히 끌어안은 기타는 기타일 뿐이다."

"기타는 기타일 뿐이다." 이게 무슨 뜻일까? 분명 기타는 악기로서 한계가 있다. 하지만 그런 악기가 기타뿐인가. 요요마가 연주를 한다고 해도 첼로는 첼로일 뿐이다. 그렇다고 첼로라는 악기가 지닌 흠을 지적하는 음악 평론가는 아무도 없다. 음악원 시절 다운스의 평을 처음 읽고 나는 깊은 상처를 입었다. 기타가 뭘 어쨌다고 이러는 걸까? 나는 분통을 터트리며 따져 물었다. 다운스는 기타라는 악기를 제대로 이해하지 못했기에 그런 평을 서슴지 않았을 것이다. 그런데 다운스가 기타의 특성을 제대로 이해하지 못했다손 치더라도 그런 사람이 다운스만이 아니었다. 백 년도 전인 1832년에 프랑스의 음악 평론가 프랑소와-요셉 프티는 페르난도 소르의 연주회를 다녀온 후 똑같은 말을 했다. "소르 씨는 기타로 대단한 일을 했다. 하지만 고백하건데, 음악적 지성이 범인을 훌쩍 뛰어넘는 이런 예술가가 그의 재능에 더 많은 자원을 제공해 줄 수 있는 악기에 재능을 쏟지 않는다는 사실이 늘 유감스러웠다. 소르 씨의 연주를 들어보면 그가 얼마나 빼어난 음악가인지 누구나 인정할 것이다. 다시 한 번 더 말하지만 그는 왜 기타를 연주할까?"

기타는 어떤 점에서 다른 악기보다 열등할까? 나는 알고 싶었다. 왜 기타를 연주하면 평범한 것으로 치부해버리는가?

따지고 보면 기타는 이백 년이 넘도록 세상에서 가장 대중적인 악기의 하나였다. 소르와 지울리아니는 클래식의 시대에 가장 명성을 떨친 기타리스트였다. 하지만 그런 기타리스트가 그 두 사람만이 아니었다. 1800년에서 1840년 사이에 기타 비르투오조들은 유럽 각지를 넘나들었다. 마테오 카르카시는 피렌체 출신으로 젊은 나이에 이미 고향에서 큰 명성을 얻었다. 그는 십대에 독일을 돌며 공연을 했고 1820년에 파리 무대에 처음 올랐다. 그의 화려한 연주는 큰 반향을 일으키며 당시 파리를 주름잡던 기타 비르투오조 페르디난도 카룰리를 시대에 뒤떨어진 구식으로 만들 정도였다. 1770년에 태어난 카룰리는 베토벤과 동갑으로, 카르카시가 파리에 등장하기 10년 전부터 그곳 사교계의 터줏대감이었으며 삼백 곡이 넘는 기타곡을 작곡했다. 그러나 신예 카르카시에게 청중을 빼앗기고 말았다. 정작 카르카시는 빈에 지울리아니가 등장하자 쫓겨나듯 파리로 온 것 같았지만 말이다.

　니콜로 파가니니는 역사상 가장 위대한 바이올린 비르투오조였다. 하지만 동시대의 평가는 이랬다. "파가니니가 바이올린과 기타 중 어느 쪽의 대가인지 딱 잘라 말하기 어렵다." 프란츠 슈베르트는 가곡을 대부분 기타로 작곡하고 나중에 피아노 반주곡으로 옮겨 적었다. 슈베르트의 가곡은 대부분 처음에는 기타 반주가 들어간 채 출판되었다. 그런 곡들 가운데에는 '초조한 마음'(아름다운 물방앗간 아가씨 제7곡 — 옮긴이)과 '방랑'(제1곡 — 옮긴이) '들장미' '미뇽의 노래' 등이 있다. 당시 슈베르트가 소유했던 기타

가운데 적어도 석 대가 지금까지 남아 있다. 기타와 가까웠던 음악가는 슈베르트만이 아니었다. 작곡가들이 대개 피아노 비르투오조였던 시대에 엑토르 베를리오즈는 피아노 연주에 서툴렀다. 1820년대에 파리의 가난한 학생에 불과했던 베를리오즈는 방세를 벌기 위해 기타를 가르쳤다. 게다가 〈메피스토의 세레나데〉를 비롯해 그의 마지막 오페라인 〈베아트리스와 베네딕트〉를 작곡할 때도 여러 차례 기타로 작곡을 했다. 한때 베를리오즈와 파가니니가 소유했고 서명까지 남긴 기타는 현재 파리 음악원에 희귀 악기로 소장되어 있다. 마틴 루터도 기타를 쳤으며 벤저민 프랭클린과 리하르트 바그너도 마찬가지였다. 주제페 베르디는 기타를 옹호했다. 아놀드 쇤베르크와 이고르 스트라빈스키처럼 구스타프 말러도 기타곡을 작곡했다.

그런데 어떤 이유인지 음악계의 엘리트들에게 기타는 진지한 음악이 아니라 정서를 표현하는 악기로만 인식되었다. "기타는 시원한 나무 그늘이나 규방을 위한 악기며 사랑의 이야기에 곁들이는 악기다." 영국의 음악잡지인 〈하모니콘〉이 1829년 지울리아니의 음악을 평하며 기타를 이렇게 묘사했다. "하지만 기타에게 바이올리니스트가 연주해야 할 뛰어난 곡을 주고 연주회 무대를… 마련해 주는 것은 군악대 한 가운데에 있는 트롬본에 삐삐 우는 피리새를 올려놓는 것만큼이나 쓸데없는 짓이다." 슈베르트가 기타를 연주했다면 그것은 그가 그 정도로 가난했다는 뜻이지 음악적으로 선호했다는 말은 아닐 것이다. 생각해보라! 그는 제대로 된 악기를 살 돈조차 없었지 않은가! 베를리오즈는 분명 남의 시선을 개의치 않는 음악가였다. 모리스 라벨은 베를리오즈를 두고 "음악 천재들 중에서 최악의 연주가"라고 평했다. 그것을 우리가 어떻게 알까? 그가 기타를 연주하지 않았는가…. 슈베르트에게 기타가 가난의 상징이었다면 베를리오즈에게는 거친 태도와 제멋대로인 성격을 의미했다.

나는 이런 평가들이 실언이라고 하기에는 너무 일관적이라는 느낌을 지울 수가 없었다. 이런 평가는 결국 결함이랄지 기타에 대한 선입견을 드러낼 수밖에 없다. 평론가들이 기타의 소리를 편견 없이 듣지 못하는 뿌리 깊은 거부감 같은 것 말이다. 연주자의 기량에 상관없이 평론가들에게 기타는 기타일 뿐이었다. 너무 조용한 악기. 너무나 감미로운 소리의 악기. '뭔가'가 빠진 듯한 소리를 내는 악기. 그런데 그 '뭔가'는 도대체 무엇인가? 기타에게 다들 왜 이러는 걸까?

나는 음악원의 좁아터진 연습실에서 미친 듯이 연습을 했다. 이렇게 내 양손의 한계와 싸우는 중에도 나는 이런 의문들을 곱씹고 곱씹었다. 어디로 몸을 돌리든 사방이 꽉 막힌 것 같았다. 뭔가가 부족했다. 그 결핍의 고통이 점점 더 깊이 내 연주를 파고들었고 급기야 나는 더이상 음악을 듣지 못하는 상태가 되고 말았다. 대신 "기타는 기타일 뿐이다"라는 말만 귓가에 맴돌았다. 그 말보다 더 나를 아프게 하는 말은 없었다. 나는 내 자신도 ·내 능력도 만족스럽지 않았다. 더 발전하고 싶었다. 하지만 평론가들의 목소리가 귓가에서 끈질기게 속삭였다. "너는 영원히 이 상태에 머무를 거야."

소르의 마장조 연습곡을 다시 연주하면서 나는 독학으로 더 좋은 움직임을 연습한다. 이것은 느리고 고통스러운 과정이다. 극복해야 할 과거도, 내 연주 깊은 곳에 도사리고 있는 충돌도 여전히 잔뜩 있다. 나는 홀로 분투한다. 어차피 다른 방법도 없다. 나는 내 연주 방식을 바꾸고 싶다. 음표가 의미하는 정확한 소리를 만드는 연주를 하고 싶다. 하지만 그런 바람만으로는 변화를 만들어낼 수 없다. 내 몸이나 과거에서 벗어날 수도 없다. 음악가가 되는 것, 다시 말해 개성을 갖춘 사람이 된다는 것의 본질에는 테크닉이 있다. 테크닉이란 결국 당신이 상상하는 것과 당신의 본모습이 만나는 곳이자 당신의 이상이 당신의 습관과 만나는 곳이기도 하다. 당신이 변하려고 연습을 하든 변하지 않으려고 연습을 하든 결국 당신이 돌아가야 할 곳은 테크닉이다.

세상에서 가장 감미로운 소리

음악원에서 두 번째 맞는 겨울의 어느 오후였다. 애런 교수님이 그날 레슨을 보스턴에 있는 자신의 아파트에서 하자고 했다. 코가 떨어져 나갈 정도로 추운 날이었다. 매사추세츠 에비뉴를 따라 보일스턴 스트리트까지 몇 블록을 걸어가는데 눈을 밟자 뽀드득거리며 뼈가 갈라지는 것 같은 소리가 났다. 스키 장갑을 끼고 있었는데도 아파트에 도착하니 내 손은 기타 케이스의 손잡이 모양으로 얼어붙어 있었다.

나는 발을 굴러 방한화에 붙은 눈덩이를 털어내면서 벨을 눌렀다. 교수님이 문을 열더니 웃음을 터트렸다. 그는 낡은 청바지에 화려한 색깔의 모직 스웨터를 입고 있었다. 평소 학교에서 보던 반듯한 옷차림과는 사뭇 대조적이었다. 학교에서는 항상 빳빳하게 다림질을 한 버튼다운 셔츠에 칼같이 주름을 잡은 바지를 입고 있었다. 나는 그날 교수님의 집을 처음으로 방문했다. 익숙한 환경을 벗어나니 긴장되었다. 나는 모자와 코트·목도리·장갑을 차례차례 벗어 걸고 장화는 복도의 벽장 옆에 놓아둔 후 그를 따라 거실을 지나 식당방을 통과한 후 주방으로 들어갔다. 좁아터진 내 방에 비하면 그의 아파트는 궁전 같았다.

"이렇게 추우니 기타는 가지고 오지 말라고 미리 말해줬어야 했는데." 교수님이 차를 끓이려고 불에 물주전자를 올리며 말했다. "오늘은 너와 함께 음악이나 들으려고 불렀거든."

나는 가스 불 옆에서 두 손을 마주 비비며 녹였다. 그것은 아파트에서 레슨에 초대받았을 때의 의식이었다. 평소 학교에서는 그의 방 밖 복도에 기타 전공생들의 행렬이 늘어서 있었다. 가끔 교수님은 그 대열에서 한 명을 골라서 학교를 벗어나 수업을 했다. 평소보다 더 조용하고 연습할 시간도 더 많은 이런 레슨은 교수님이 학생의 연주에서 그동안의 결실을 알아보았기에 선택했다는 뜻이다. 나는 여름은 물론 가을 내내 연습곡에 매달렸다. 마침내 교수님으로부터 레퍼토리를 만들어도 되겠다고 말을 들은 참이었다. 우리는 머그잔을 들고 거실로 향했다. 교수님이 고갯짓으로 내게 소파를 가리켰다. 그는 전축 옆에 앉아 상자에 가득 든 LP판들을 훑기 시작했다.

"일단 바흐로 시작하자." 그는 앨범을 하나 골라서 내게 커버를 보여주며 말했다. 앨범은 존 윌리엄스가 1975년에 녹음한 〈류트 모음곡〉 1번이었다. 내가 연주하게 해 달라고 계속 조르고 있는 곡이었다. 나는 그 녹음을 잘 알았다. 고등학교 시절부터 그 음반을 사서 들었으며 그 후로 몇 년 동안 윌리엄스가 세고비아보다 더 낫다고 생각하기도 했다. 기타리스트였던 윌리엄스의 아버지는 일찌감치 아들의 재능을 알아보고 세고비아에게 보내 기타를 배우게 했다. 세고비아는 윌리엄스를 제자로 받아들인 직후 "기타의 왕자가 왔다"고 선언했다. 윌리엄스가 열여덟 살에 발표한 첫 번째 녹음은 바흐의 바이올린 소나타였다. 그는 바흐의 루트 연습곡 전곡을 녹음한 최초의 기타리스트이기도 하다.

교수님은 음반을 턴테이블에 올린 후 의자 끄트머리에 걸터앉아 귀를 기울였다. 윌리엄스는 프렐류드인 1악장을 질주한 후 프레스토로 넘어갔다. 그의 테크닉은 완전무결했으며 한 음 한 음 엔지니어와 같은 정밀함으로 공략했다. 바흐의 선율이 완전한 명징성을 획득해 전진해가며 공중에 음악의 구조물을 쌓았다. 그 구조물은 흡사 소리로 만들어진 기계였다. 음악원에 입학한 이래 나는 윌리엄스의 연주에 대해 점점 더 비판적으로 듣게 되었다. 오랜만에 그의 연주를 들으니 테크닉이 완벽한 그의 연주가 때로 바흐의 프레이즈를 압도했다. 그는 마디 하나하나를 극도로 정밀하게 연주했다. 그 결과 음악에서 전혀 생동감이 느껴지지 않았다.

악장이 끝나자 교수님은 다른 음반을 걸었다. 이번에는 같은 작품을 줄리안 브림이 1965년에 녹음한 음반이었다. 윌리엄스처럼 브림도 음악가의 아들이었으며 어린 시절에 재능을 인정받았다. 공식적으로 세고비아에게 찬사를 받은 적은 없지만 브림은 브리티시 필하모닉 기타리스트 협회의 문하생이었으며 왕립 음악대학 출신이었다. 1960년대와 1970년대에 그와 윌리엄스는 누가 뭐래도 세고비아의 후계자들이었다. 하지만 두 대가가 바흐를 해석하는 관점은 북극과 남극만큼 떨어져 있었다. 윌리엄스와 달리 브림의 테크닉은 결코 정련되지 않았다. 하지만 음악에 대한 감각이 훨씬 더 풍부했다. 브림은 음표를 따라 질주하는 대신 한 음 한 음을 음미했다. 기타의 특성상 연주자는 음색을 어마어마하게 변조할 수 있다. 브림은 자신의 해석을 연주에 적용할 때 기타의 이런 장점을 적극 활용했다. 과하다 싶을 정도로 말이다. 그는 각각의 음을 채색했기에 그가 연주한 곡은 무지개처럼 다채롭게 빛났다.

두 음반을 다 들은 후 교수님은 내게 어느 쪽을 더 좋아하느냐고 물었다.

나는 쉽사리 대답할 수 없었다. 브림은 윌리엄스보다 곡을 훨씬 더 잘 이해한 것 같았다. 하지만 그가 자신의 색을 덧입혀버린 해석으로 기타가 번쩍거리며 전경으로 뚫고 나온 결과 대위법 선율이 희미해지는 문제를 낳고 말았다. 한편 윌리엄스의 연주는 냉정했다. 그리고 자신의 표현을 억제한 덕분에 음이 독립적이고 확실하게 부각되었다. 하지만 그의 명징성은 섬세함을 희생한 결과물이었다. 윌리엄스가 음을 연주한 반면 브림은 기타를 연주했다. 그리고 두 사람 중 누구도 그 곡을 제대로 표현하지 못했다.

나는 잠시 생각을 한 후 마침내 말문을 열었다. "두 사람의 연주를 반씩 합치면 훌륭한 연주가 될 거예요. 어느 누구도 글렌 굴드만큼 뛰어나지 않아요."

그 수업이 있기 1년 전 글렌 굴드는 바흐의 '골드베르크 변주곡'의 마지막 녹음을 발표했다. 그때까지 들은 바흐 연주 중 최고였다. 서정적이고 명료했으며 즉흥적인 감흥에 자신을 내맡기면서도 완벽하게 감정을 제어한 연주였다. 굴드의 피아노 연주는 자신의 색채를 드러내면서 명징했다. 굴드의 선율은 몹시 자유로우면서 독립적이었다. 한편 각각의 음은 금강석처럼 단단하면서 다면적이지만 따뜻했다. 게다가 곡이라는 더 큰 구조 안에 정교하게 자리 잡고 있었다. 나는 소파에 앉은 채 몸을 앞으로 내밀고 양손을 허공에 흔들어대며 신이 나서 내 느낌을 말로 풀어내려고 애를 썼다.

교수님이 기대한 것이 바로 그런 모습이었던 것 같았다. 내가 음악을 듣고 열에 들며 감흥을 전달하고 싶어 신이 난 모습을 보고 싶었던 것이다. 여러 연주자들이 바흐를 어떻게 분석했는지 살펴보는 과정은 중요하다. 그런데 지금 생각해보면 그 레슨에서 교수님은 그런 해석에는 관심이 없었던 것 같다. 해석은 단지 어떤 연주를 하겠다는 이론에 불과하다. 음악을 경험하는 일은 이론을 실행에 옮기는 것 이상이다. 교수님은 내가 글렌 굴드의 연주에 대해 잔뜩 들떠서 늘어놓은 의견에 가타부타 말을 하지 않았다. 그는 내가 끝까지 말하도록 기다렸다가 몇 가지 질문을 한 후 차를 더 마시자고 말했다.

차를 다시 가져와 거실에 앉았다. 교수님은 잠시 무슨 생각을 하는 것 같더니 내게 눈을 감아보라고 했다. 들려주고 싶은 곡이 하나 더 있다고 했다. 교수님이 상자에 담긴 레코드들을 넘기는 소리며 그중 하나를 꺼내 재킷을 벗기는 소리가 들렸다. 음반을 턴테이블에 올리고 바늘을 홈에 내려놓는 소리도 이어서 들렸다. 다음 순간 생각지도 못한 곡이 들렸다.

러브, 우리를 봐요.
많은 면에서 서로 다른 우리를….

나는 화들짝 놀라며 눈을 번쩍 떴다. "교수님에게 카펜터즈의 음반이 있다니 믿을 수가 없어요." 나는 말까지 더듬었다. 하지만 교수님은 해명을 하는 대신 계속 들어보라고 했다.

나는 이를 악물고 눈을 감은 채 노래를 들었다. 오케스트라의 무미건조한 쾌활함이며 너무나 서정적이기만 한 현, 푸념을 늘어놓는 듯한 코러스의 "러~브"가 들리고 모든 소리 위로 비음 섞인 알토인 카렌 카펜터의 소리가 도드라졌다. 그녀의 목소리는 시시껄렁한 광고용 미소처럼 순수하면서 동시에 어딘지 꿍꿍이가 있는 것처럼 들렸다. 바흐를 들은 직후 이런 노래를 들으니 마치 신성모독이라도 저지르는 기분이었다. 나는 카펜터즈의 노래에서 겹겹이 들이부은 인공감미료 외에 아무 것도 들리지 않았다. 나는 더이상 눈을 감고 있을 수 없었다. 노래가 지나치게 감미로웠기 때문이다. 나는 당장이라도 그 자리를 박차고 나가버리고 싶었다. 그래서 소파에서 꼼지락거리며 창밖을 멍하니 보거나 내 손을 바라보면서 곡이 끝나기만을 기다렸다.

마침내 곡이 끝나자 교수님이 가사에 대해 어떻게 생각하는지 물었다.

나는 이런 질문을 하는 데는 다 이유가 있으리라 생각했다. 그렇지만 교수님이 도대체 어떤 부분을 귀담아 듣기를 바라는지 짐작도 되지 않았다. "사랑에 빠진 연인에 관한 시시껄렁한 대중가요잖아요." 마침내 내가 대답했다.

"그래? 다시 들어 봐." 그는 이렇게 말했다. 나는 불만스럽게 끙 소리를 냈지만 그는 신경도 쓰지 않았다. 그는 그 어느 때보다 진지하게 내게 그 곡을 다시 들려줬다.

도대체 내가 뭘 들어야 했을까? 다시 들어도 내 귀에는 여전히 설탕을 덕지덕지 바른 사랑 노래였다. 교수님은 눈썹을 치켜올린 채 나를 바라보았다. 내가 당혹감에 양손을 허공으로 들어올릴 때까지 말없이 시선을 떼지 않았다. 나는 머리가 텅 비어 아무 말도 떠오르지 않았다.

교수님은 고개를 끄덕이더니 차를 후 불어 식혀서 한 모금 마셨다.

"네 기타를 도둑맞았다고 상상해 봐. 일단 경찰서부터 찾아가겠지. 그런 후에는 전당포를 샅샅이 뒤져볼 거야. 하지만 기타는 어디에도 없어. 그냥 사라진 거야. 1년이 흐르고 2년이 흘러. 너는 새 기타를 장만했지. 그 기타에 아무리 정을 들이려 해도 예전 기타만 못할 거야. 그러던 어느 날 낯선 도시의 악기점을 지나가던 중이었어. 그런데 그 기타가 쇼윈도우에 전시되어 있는 거야. 너는 가게로 뛰어 들어가. 역시 그 기타가 맞았어. 네가 잃어버린 기타 말이야."

그는 이렇게 말한 후 다시 노래를 틀었다.

러브, 우리를 봐요.
많은 면에서 서로 다른 우리를….

내 손에서 기타의 느낌이 났다. 내 몸에 느껴지던 무게와 형태도 기억났다. 나는 기타를 안듯이 양손으로 팔을 감쌌다. 그러다가 불쑥 하던 행동을 멈추고 웃음을 터트렸다. 아마 얼굴도 붉혔던 것 같다. 노래는 여전히 너무 달콤했지만 이제 화가 나는 게 아니라 어색했다. 진부하고 말랑말랑한 감성에 반응하는 내 모습을 교수님에게 그대로 드러낸 바람에 당혹스러웠다. 몇 년을 찾아 헤맨 기타를 낯선 도시에서 우연히 본다면 나는 너무 행복해 머릿속이 아득해질 것이다. 내 기쁨과 안도감을 전할 어휘라고는 진부한 표현밖에 떠오르지 않을 지도 모른다. 다른 사람에게는 시시하게 들릴지 모른다. 말은 그 자체로 그다지 의미가 없으니 말이다. 내가 얼마나 오랫동안 그 기타를 다시 만나기를 기다렸고, 도둑을 맞은 후 내가 느낀 상실감이 얼마나 절절했는지 보여줄 수 있도록 말에 감정을 꾹꾹 담아 넣어야 할 것이다.

또 다시 나는 그 자리에서 도망치고 싶은 기분에 사로잡힌 채 소파에서 꼼지락거렸다. 하지만 이번에는 좀 전과 정반대로 감정에 복받쳤기 때문이었다. 교수님의 이야기가 경험을 바꾸어놓았다. 그는 노래를 끝까지 듣게 한 후 조용히 자리를 비켜주었다. 방금 일어난 일을 내가 곰곰이 되짚어 볼 수 있도록 말이다.

나는 무엇을 중요하게 생각했을까? 음표나 프레이즈 · 연속된 단어들이 특별한 의미를 지니게 되는 계기는 무엇일까? 교수님은 이 곡으로 내게 이렇게 말했다. "직접 알아내 봐. 네게 무엇이 중요한지 알아내. 그리고 그걸 연습해 봐."

❁

일주일 후 나는 음악원 2층에 있는 연습실 중 넓은 방 하나를 잡고 연습 중이었다. 마침 독감이 돌아 음악원이 텅 빈 상태였다. 음악원에서 독감은 겨울의 연례 행사였다. 숨을 깊이 들이쉬어야 하는 음악가들이 활동하는 곳이니 이곳은 확실히 폐렴의 온상이었다. 고약한 심보지만, 우리 현악기 연주자들은 이런 호흡기 질환의 창궐을 기대했다. 관악기 연주자들이 폐렴으로 가장 고생을 했기 때문이다. 덕택에, 연습에 무리가 없을 정도로 건강을 지킬 수 있다면 사방에 널린 것이 빈 연습실이었다.

그때 나는 마우로 지울리아니의 '주제와 변주'를 막 연습하기 시작한 단계였는데, 주제는 단순하지만 눈에 띄는 재미가 없어서 고군분투 중이었다. 이 곡을 아무리 연습해도 주제에서 자꾸 깡총거리며 뛰어가려는 느낌이 들었다. 부점으로 박자를 길게 늘인 덕에 곡은 확실히 개성을 얻기는 했지만 매번 연주할 때마다 자꾸 무표정한 얼굴로 시골길을 깡총거리고 뛰어가며 노래를 부르려는 모습이 떠올랐다. 상상만으로도 웃음이 터져 나올 것 같았다.

지울리아니의 곡은 당혹스러울 때가 있다. 한 번도 듣지 않았다고 해도 일단 들어보면 어디선가 들은 것 같다. 연습을 시작한 지 두 시간이 다 되어 갔지만 여전히 이 곡은 나를 당황스럽게 만들었다. 그 곡 안의 무엇이 내게 중요할까? 음을 의미 있게 만드는 요소를 어떻게 찾을 수 있을까?

나는 연주를 멈추고 잠시 귀를 기울여 들었다. 주제가 깡총거리는 것처럼 우스꽝스럽게 들렸다. 그건 그리 신경 쓰이지 않았다. 그 곡이 내게 그런 식으로 연주하라고 한 게 아니었다. 깡총거리는 이미지는 내 발상이었고 지울리아니의 곡에 대한 나의 무의식적인 반응이었다.

나는 소리를 주의 깊게 들으며 다시 연주했다. 그러자 카렌 카펜터가 따라 부르는 소리가 들리는 듯했다. 나는 인상을 찡그리며 느닷없는 한기에 어깨를 부르르 떨었다. 그때 문득 지울리아니도 이 주제를 우스꽝스럽다고 생각했을지 모른다는 생각이 들었다. 그도 지금의 나처럼 이 주제를 붙잡고 앉아서 음악을 익살스럽게 만들 방법을 고민했을 지도 몰랐다. 그에 대한 대답이 바로 변주였다. 그는 변주를 통해 그 곡에서 다른 분위기 즉 다른 개성을 이끌어내 보여주었다. 그는 멜로디를 가지고 '놀았다.'

나는 다시 한 번 더 연주를 했다. 이번에는 부점 리듬에서 좀 전까지 떠오르지 않은 것이 들렸다. 유머라고 할지 장난꾸러기 같은 분위기 말이다. 곡을 머릿속으로 떠올려보니 이 익살스러운 태도가 변주 곳곳에서 보였다. 갑자기 그 주제는 우스꽝스러운 태도와 기회로 가득차 있었다. 부점 리듬은 깡총거리지 않고 살금살금 움직였다. 마치 도둑의 노래 같았다. 범죄자가 골목길에서 휘파람을 부는 느낌이랄까. 그 도둑은 골목길을 후다닥 달려가는 게 아니라 덫을 놓고 기다리고 있었다. 이 곡은 매력적이고 영웅풍이었으며 교활하고 꼬리를 잡힐까 두려워하고 있었다.

어떻게 이런 걸 전에는 못 들었을까? 곡 전체가 이야기였다. 이 주제는 믿을 수 없을 정도로 단순한 인물 즉, 매력적인 사기꾼을 우리에게 소개해 주었다. 첫 번째 변주는 현란할 정도로 눈부신 손재주를 뽐내게 해주었다. 두 번째 변주는 첫 번째와 대조적으로 엄격한 느낌이어서 마치 꾸짖는 소리처럼 들렸다. 가장 높은 현과 베이스 현을 번갈아 치니 손가락을 흔드는 것처럼 손을 앞뒤로 계속 움직여야 했다. 마치 이 사기꾼이 양심의 가책을 느끼거나 경찰의 기나긴 설교를 듣는 인상이었다. 세 번째 변주는 허세로 가득차 과장된 몸짓을 하며 저항을 했다. 하지만 네 번째 변주는 소리를 낮추고 명상에 잠기듯 차분해지는데, 방금 전까지 허세를 부린 모습은 불안을 감추려는 위장이었나 싶을 정도였다. 마지막 변주는 추격전이어서 활기에 찬 선율은 신나게 몸을 흔든다. 도둑은 자신을 잡으려고 달려드는 경찰을 조롱했다. 도둑과 느리지만 악착같은 추격자가 프렛보드를 가로지르며 툭 트이고 놀라움으로 가득 찬 종결부로 저돌적으로 달려갔다. 바로 그때 도둑이 넘어지고 헐떡거리며 구석으로 몰린다. 그 순간 경찰의 태도가 변한다. 그도 기가 죽은 도둑처럼 악착같은 기세를 누그러뜨린다. 결국 두 명의 등장인물이 팔짱을 끼고 서서 화해의 노래를 흥겹게 부르는 이중창으로 곡은 끝이 난다.

나는 내가 상상한 드라마를 머릿속으로 재연하며 이 곡을 끝까지 다시 연주했다. 그 이야기 덕분에 특정한 프레이즈를 강조하고 이전에는 놓쳤던 리드미컬한 음형에 주목할 수 있었다. 변주마다 특유의 특징과 움직임이 있었다. 하지만 연주를 다 마치자 이번에도 곡 때문에 짜증이 나는 바람에 내심 놀랐다. 곡에 어울리는 이야기를 지어낸 덕분에 더 잘 연주하게 된 것은 사실이었다. 하지만 너무 억지스럽고 자의적인 해석이라는 생각이 불쑥 든 것이다. 이야기의 뼈대를 그대로 둔 채 살짝 비틀면 그런 이야기는 백 개도 더 만들어낼 수 있을 것 같았다. 이 곡의 주제는 도둑이 아니라 소년 행세를 하며 모험을 찾아다니는 소녀일 수도 있었다. 나는 이 곡으로 새로운 이야기를 만들어냈다. 그

랬더니 소리가 달라졌다. 곡의 효과가 바뀐 것이다. 리듬과 강약·분위기 모두가 극적으로 변했다. 하지만 더 나아졌다고 말할 수 있을까? 음악성의 관점에서 좀 더 뛰어날까? 나는 이런 의문에 선뜻 답할 수 없었다. 이 곡 때문인지 갑자기 속이 울렁거렸다. 열이 나는 것인지도 몰랐다.

문득 주위에 아무도 없는 것 같았다. 머리를 복도로 내밀고 주위를 살피니 으스스한 정적만이 흘렀다. 왼쪽을 봐도 오른쪽을 봐도 연습실은 텅 비어 있었다. 조던 홀이 이렇게 적막한 모습은 처음이었다. 두 눈이 따끔거리고 속이 좋지 않았다. 나는 복도에 있는 식수대로 가 얼굴에 찬물을 끼얹었다. 인적이 끊긴 복도를 보니 유령 마을에 온 것 같았다. 어디선가 멀리서 고독한 피아노 소리가 들려왔다. 아마도 조던 홀에서 나는 소리였으리라.

연습실로 돌아왔지만 더이상 지울리아니에 집중할 수 없었다. 나도 독감에 걸린 게 분명했다. 하지만 이대로 연습을 끝내고 싶지 않았다. 나는 보면대를 옆으로 치워놓고 편하게 연주할 만한 곡이 없을까 생각해 보았다. 어린 시절에 처음 배운 클래식 곡들 가운데 하나였던 작자미상의 '로만차'가 떠올랐다. 단순한 곡이었다. 연주에 공을 들이거나 정신을 집중할 필요가 없었다. 나는 모처럼 독점하게 된 조던 홀과 이 분위기를 마음껏 연주에 활용해 보고 싶었다. 게다가 이 곡은 오랫동안 내가 손에 익힌 테크닉들이 가득 담긴 저수조 깊이 가라앉아 있던 곡이었다. 나는 눈을 감고 텅 빈 방을 향해 연주를 시작했다.

열 때문에 내 귀가 이상해진 것 같았다. 어쩌면 영안실 건물 같은 교교한 분위기에 덜컥 겁이 났을 수도 있었다. 어쩐지 등줄기를 타고 열기가 스멀스멀 올라오고 머리에서부터 한기가 내려가는 듯했다. 머리는 어질어질해지면서 기묘한 느낌에 사로잡혔다. 기타 소리가 악기에서 떨어져 나와 저 멀리서 들리는 것 같았다. 나는 차분해지려고 애를 썼지만 온 몸이 벌벌 떨리면서 느닷없이 소리를 지르고 흐느껴 울고 싶은 충동을 억누를 수가 없었다. 정적이 나를 한없이 짓눌렀다. 나는 진심으로 이 '로만차'를 느낀 것이다. 그 곡은 이야기가 아니었다. 일찍이 들어 본 적이 없을 정도로 고독한 음악이었다.

�֎

어떤 요소가 음악에 의미를 부여할까? 나는 그로부터 일주일 동안 독감으로 앓아누웠다. 그리고 열에 달뜬 상태로 그날 외로운 '로만차'에서 받은 절절한 느낌을 다시 경험했다. 나는 전에도 그 곡을 수도 없이 연주했다. 하지만 한 번도 그날 같은 느낌을 받은 적이 없었다. 결정적인 순간에 선율은 강력한 감정들을 뿜어냈다. 달리 다른 방식으로는 표현할 수 없을 것만 같은 감정의 깊이랄까 의미의 세계를 드러낸 것이다. 아마 그 변화가 일어난 시간은 다 해 봐야 몇 분밖에 되지 않았을 것이다. 하지만 어떤 일이 확실히 '일어났다.' 그리고 그 시간은 이리저리 접혀 형태를 갖추었다. 시간으로 만든 '오리가미'가 된 것이다. 그 시간 동안 이 약간의 음표들이 당신을 사로잡아 안으로 파고들고, 그러면 당신은 상처를 입고 적나라하게 자신을 드러낸 기분에 사로잡힌다. 도대체 어떻게 이런 일이 일어났을까? 다시 기운을 차려 훌훌 털고 일어난 후 나는 책을 읽기 시작했다. 이런 의문에 해답을 찾아내고 싶었다.

고대로부터 사람들은 우리가 음악적인 우주에 살고 있다고 믿었다. 피타고라스는 태양계를 악기로 보고 지구와 행성들 사이에는 현들이 이어져 있고 그 현의 길이가 다 다르기 때문에 음계의 음정이 만들어졌다고 상상했다. 그에게 음악은 자연의 비밀을 푸는 열쇠여서, 음악을 이해하면 만물의 복잡한 질서를 이해할 수 있게 해줄 것이라고 믿었다. "현이 윙윙거리는 소리에 기하학이 있다. 천체의 간격에 음악이 있다." 그는 이렇게 썼다. 그 후로 몇 세기 동안 음악은 우리 마음의 진실만이 아니라 진실 그 자체를 표현하는 듯했다. 음악은 우리에게 신의 위대한 계획을 보여준다는 점에서 의미가 있었다.

이런 이야기를 들으면 우리는 당연히 전율하게 된다. 음악의 화음은 모든 창조물이 보여주는 더 큰 차원의 화음을 청각으로 이해할 수 있는 형태에 불과하다. 요하네스 케플러는 《우주의 조화The Harmony of the Universe》에서 이렇게 썼다. "천체의 운동은 귀가 아니라 지성으로 인식할 수 있는 영속하는 다성음악이다." 장조의 음악을 만들 때 우리는 "말하자면 천체의 운동에서 드러난 질서에 대한 한 편의 극을 무대에 올린 후 창조자인 신을 모방해" 연기할 뿐이라고 케플러는 느꼈다. 우리의 마음과 정신 · 별들의 고동은 모두 같은 주파수에 맞춰 진동한다. 그리스 철학자들에게도 르네상스 시대의 과학자들에게도 뉴 에이지의 구루들에게도 음악은 자연의 근본적인 조화를 증명하는 존재다. 그 누구보다 합리적인 관찰자였던 뉴튼조차도 무지개의 일곱 색깔은 서구의 장조음계를 구성하는 일곱 음과 파장이 일치한다고 생각할 정도였다. 진동은 자연의 중심에 있다. 우리는 음악을 통해 그 진동을 느낀다.

이런 내용을 읽고 나는 기분이 좋아졌다. 하지만 머리가 조금 더 맑아지자 이것은 설명이 아니라 비유일 뿐이라는 사실을 깨달았다. 밤하늘을 뚫어지게 쳐다보던 시인들과 과학자들 · 철학자들은 자신들이 그토록 찾아 헤매던 조화를 모두 하늘에서 찾았다. 그들에게 세상은 음악과 '같았다.' 그렇다면 이 사실이 무엇을 증명하는가? 이 사색가들은 모두 '공명'이라고 하는 기이한 물리 현상의 영향 아래 있었다. 똑같이 조율한 현악기 두 개를 나란히 놓고 한 악기의 첫 번째 현을 튕겨보라. 그러면 다른 악기의 첫 번째 현이 같이 소리를 낼 것이다. 그 모습은 마치 마법 같다. 피아노에서 약음기를 떼고 그 옆에서 말을 해보라. 그러면 앞서 예로 든 현악기와 같은 현상이 벌어질 것이다. 당신의 목소리와 같은 톤의 현이 공명을 하는 것이다. 철학자들의 믿음처럼 두 가지 사물이 조화로운 것처럼 보인다면 서로 관련이 있는 것이 아닐까?

이런 공명에서 음악적 우주론이 탄생했다. 17세기 예수회 고서수집가였던 아타나시우스 키르허는 이 이론을 고도로 정교하게 다듬어 우리에게 선보였다. 키르허는 세계 각지로 파견된 선교사들이 로마로 복귀할 때 가지고 온 공예품들을 분류해 카탈로그를 작성하는 일을 했다. 그는 세계 각지의 문명에서 공통적으로 나타나는 패턴을 알아보고 이런 통찰을 바탕으로 일견 다양해 보이는 외피 너머에 있는 거대한 질서를 떠올렸다. 그는 이렇게 주장했다. 세상은 "하나와 모두가, 그리고 모두와 하나가 이루는 경이로운 조화가" 체화된 것이다. 키르허는 자신의 이론을 시각적으로 보여주기 위해 '구현금' 연작을 그리기도 했다. '구현금'이란 이름에서도 알 수 있듯이 현이 아홉 개인 악기로, 서로 다른 창조의 질서를 표현했다. 이 악기들 사이의 공명은 우주적 조화가 어떻게 일어나는지 보여주었다. "만약 토성의 현을 치면 토성의 성질을 가진 것들이 모두 (예를 들어 납과 토파즈·헬레보레⟨미나리아재비과 식물 — 옮긴이⟩·사이프러스 등) 공명해서 진동할 것이다." 그는 이렇게 설명했다. 키르허는 공명 즉, 진동하는 현이 자신과 관련된 현들까지 진동하게 만드는 능력으로 모든 창조물의 응집력을 설명할 수 있다고 보았다. 다시 말해서 모든 크고 작은 것들을 하나로 모으는 거대한 거미줄 같은 관계 말이다.

어느 역사 시대나 음악의 힘에 대해 각자의 신화를 만들어냈다. 왜 우리가 음악에 감동을 받는지 시대마다 해석이 다 달랐다는 말이다. 1621년에 출간한 에세이 《음악의 비밀스러운 힘》에서 로버트 버튼은 음악이 "너무나 강력해서 '감각의 여왕regina sensuum'인 영혼을 달콤한 즐거움으로 황홀하게 만든다."고 했다. 장-자크 루소는 음악이 "마음의 고유한 언어"라고 했다. 6세기 로마의 철학자인 보에티우스는 음악을 정신계와 물질계를 하나로 엮는 힘으로 보았다. 그는 이렇게 물었다. "특별한 조화, 그러니까 저음과 고음을 조심스럽게 조율하는 것 외에 무엇으로 이성이라는 무형의 존재와 육체를 하나로 결합할 수 있을까?" 프톨레미우스는 음악이 도덕성의 본질을 설명한다고 생각해 이렇게 주장했다. "덕성은 영혼이 일종의 조화를 이룬 상태다. 악은 불협화음이다." 음악에 관한 대부분의 논문들은 작곡가들에게 음악으로 인체를 치료하고 영혼을 교육하는 것을 알려주기 위해 씌었다. 1686년 안드레아스 베르크마이스터는 "우울감에 빠져 있거나 정열적인 사람들은 불협화음의 정확한 사용을 무척 높이 평가한다."고 쓰기도 했다.

기숙사에서 자리보전을 하고 있으니 한바탕 몰려온 폐렴의 파고가 잦아들었다는 소식이 악기 소리로 전해졌다. 클라리넷과 오보에·바순·금관악기 등을 연습하는 소리가 또 다시 건물을 가득 메웠기 때문이다. 소란스러운 연습 소리를 듣고 있으니 과거 이론가들의 주장은 핵심을 비껴갔다는 생각이 들었다. 서서히 기력을 되찾아가던 나는 "음악에 대해 이론을 만드는 일만큼 소용없는 일도 없다."고 말한 독일의 시인 하인리히 하이네에게 감사했다. 마침내 내가 동의할 수 있고 귀담아 들을 만한 말을 하는 사람이 나타났다. 하이네는 이론을 제시하는 대신 자신의 경험을 기술했다. "음악의 정수는 계시다." 이렇게 말이다.

이 음악 애호가들에게 음악은 음악 이외의 무언가다. 각자가 생각하는 음악은 다 다를 수 있다. 하지만 그들이 가장 사랑한 대상은 언제나 음악이었다. 천문학자에게 음악은 모습을 바꾼 천문학이었다. 수학자에게 음악은 모습을 바꾼 수학이었다. 미적분학을 만든 라이프니치는 "음악은 정신이 스스로 수를 헤아리는 줄도 모르는 상태에서 무의식적으로 하는 수학 연습"이라고 목소리를 높인 바 있다. 철학자인 아르투르 쇼펜하우어도 똑같이 주장했다. "음악은 정신이 스스로 철학을 하는 줄도 모르는 상태에서 무의식적으로 하는 형이상학적 사고"라고 말이다. 음악원의 친구들도 음악이 우리가 겪는 감정적인 투쟁을 말해 준다는 개념을 당연하게 받아들였다. 수잔느 랭어의 표현을 빌리자면 음악은 "내면생활에 대한 우리의 근거 없는 믿음"이었다. 랭어는 18세기 이론가인 J. A.휠러의 글을 인용해 우리가 음악에 품은 생각을 표현했다. "'우리의 마음이 흡족하다면 그것은 음악이 자신의 임무를 수행했기 때문이다.'" 맞는 말인 것 같다. 물론 이 정도로는 음악의 힘을 충분히 전할 수 없다. 그래도 음악이 어떻게 우리의 욕망에 대한 순수한 은유가 되는지 잘 보여주었다.

저술가가 음악을 대하는 태도를 보면 그가 무엇을 가장 숭배하는지 알 수 있다. 이때 '음악'은 욕망이 이루어지는 매체, 즉 사랑의 상징이 된다. '어떻게' 그런 일이 일어나는지 여전히 미스터리다. 그러나 음악의 '의미' 즉 음악의 진실은 그 미스터리에 달려 있다. "키타라(하프와 비슷한 고대 그리스의 악기 — 옮긴이)의 음조는 그 자체로는 아무 것도 의미하지 않지만 가끔 그 소리를 듣는 청중에게 경이로운 마법을 걸어버린다." 롱기누스는《숭고미이론On the Sublime》에서 이렇게 주장했다. 롱기누스는 단순히 이론가가 아니라 음악가이자 연주가였음이 분명하다. 그는 청중은 음표가 아니라 연주에 감동을 받는다는 사실을 간파했다. 당신이 반응하는 것이 순서든 느낌이든, 이 두 가지가 신비롭게 결합한 것이든 간에, 자극은 동일하며 몇 세기가 지나도 알아볼 수 있다. 음악은 우리의 기분을 들뜨게도 가라앉게도 만든다. 음악은 멀리 떨어진 고독한 영혼이 마치 마법에 걸린 것처럼 교차할 수 있음을 보여준다. 음악은 두 개의 현이든 두 개의 마음이든, 둘이 하나처럼 진동할 수 있음을 보여준다. 음악은 우리의 존재를 설명하는 수많은 사실들이 실은 이면에 감춰진 모종의 의미 있는 계획을 확인해 주리라는 희망을 상징적으로 보여준다. 음악은 질서의 달콤한 쾌락인 장엄함을 표현한다. 음악은 공명을 통해 우리가 가슴 깊이 느끼는 것이야말로 '진실'일 수밖에 없다는 사실을 증명해 보인다. 그 증명을 통해 우리는 비로소 자신이 무엇을 가장 깊이 느끼는지 깨닫는다. 그리고 음악은 자신이 지속되는 동안 우리에게 경이로운 마법을 건다. 그러면 우리는 각자의 마음을 만족시킬 수 '있으리라'는 믿음을 품게 된다. "누구라도 이 사실을 좀 더 깊이 고민해 보면, 행성 일곱 개가 지구와 완벽한 4부 화음을 노래하고 있는데, 그 노래에서 불협화음은 너무나 예술적으로 화음과 결합하기에 세상에서 가장 감미로운 화음을 만들어낸다는 사실을 알 수 있을 것이다." 아타나시우스 키르허는 이렇게 썼다. 저마다 음악의 의미에 대해 각자 이론이 있겠지만, 자신의 이론이 타당한지 증명할 수는 없다. 하지만 그 이론은 각자 가장 바라는 것이 무엇인지 드러낸다. 우리의 갈망이 진실이라고 증명해 준다.

"더 천천히, 더 천천히. 자 이제 그대로 유지해." 애런 교수님은 자신의 모자 위를 맴도는 마술사처럼 내 곁을 맴돌았다. 그는 양팔을 흔들더니 내 앞에 쭈그리고 앉았다. 그러더니 느닷없이 벌떡 일어났다. "더! 더!" 그가 다그쳤다. "이제 피아노(음악용어로 '여리게'라는 뜻─옮긴이)."

봄볕이 연습실 벽을 환하게 밝혔다. 온갖 종류의 음악이 창문을 통해 새어 들어오고 있었다. 나는 '카프리초 아라베'를 연주하는 중이었다. 프란시스코 타레가의 곡으로 마음을 휘어잡는 로맨틱한 세레나데다. 우리는 곡을 작은 단위로 나눈 후 음을 하나하나 곱씹으며 연습을 했다. 그렇게 하기를 30분. 나는 처음으로 전곡을 연주하기 시작했다. 교수님은 아무 언질도 없이 자리에게 벌떡 일어나더니 지휘를 하기 시작했다. 그러더니 내 앞에서 곡을 연기하는 것이 아닌가.

"무게를 느껴봐, 무게를." 그는 바닥에 깔려 있는 상상의 쇠사슬을 끄는 시늉을 하며 속삭였다. "아이쿠! 너무 무거워."

그러자 그 부분을 연기하는데 정말로 무거운 느낌이 났다. 안간힘을 쓰며 악절을 밀고 나가는 느낌말이다. 그 느낌은 억지로 만들어낸 게 아니었다. 나는 교수님이 힘겹게 창문으로 다가가는 모습을 지켜보며 팔과 등·뱃속으로 그 고통을 함께 느꼈다.

"가라앉게 내버려 둬." 그가 방구석에서 말했다. 그냥 떨어지게 해." 그러더니 등을 벽에 댄 채 바닥으로 미끄러지면서 가라앉듯 쓰러졌다. "자, 이제 숨을 쉬어." 그는 한숨을 쉬며 이렇게 말했다. "그리고 허공으로 도약하는 거야!" 그는 양팔을 번쩍 들고는 천장을 만질 기세로 위로 훌쩍 뛰어올랐다.

지금 무슨 일이 벌어지는 걸까? 나는 연주자라는 위치를 깜박 망각한 채 웃음을 터트렸다. 그런데 내 손가락은 여전히 연주해야 할 곳을 연주하고 있었다. 심지어 전보다 더 훌륭하게 말이다. 나는 정신을 퍼뜩 차리고 음악을 따라가며 놀란 눈으로 내 손가락을 멍하니 보았다.

"뛰어 올라. 뛰어 올라. 하늘 위로 날아올라." 교수님은 양팔을 휘젓고 사방을 풀쩍풀쩍 뛰어다니며 목청 높여 소리쳤다.

이런 식으로 진행된 수업은 처음이었다. 그가 보면대에 발이 걸려 넘어지며 보면대를 힘껏 바닥에 굴려버릴 때는 내 몸이 일순 굳어버릴 정도였다.

"멈추지 마. 계속 흐르게 해!" 그가 소리쳤다.

일순 음악의 균형이 흐트러졌다. 하지만 벼랑 끝에서 빙그르르 몸을 돌리며 다시 기사회생했다. 마디마디가 프렛보드를 마음대로 주무르며 미친 듯이 질주했다. 그런데 이 마디들은 육중한 무게를 힘들이지 않고 들어올렸다. 악절들은 변덕이 죽 끓듯 해서 어느 순간 마음을 활짝 열어놓더니 다음 순간 상처를 받고 체념해 버렸다. 이 곡을 안지 몇 년이 되었지만 이런 식으로 연주한 적은 처음이었다.

교수님은 내게서 먼 쪽에 있는 문 옆의 구석으로 펄럭이듯 달려갔다. 서서히 속도를 늦추더니 바닥으로 툭 가라앉았다. 그는 아무 말도 하지 않았다. 대신 상상의 쇠사슬의 반대쪽 끝을 빙빙 돌려 자신의 몸에 감으며 몸의 근육으로 그 고통을 표현하기 시작했다. 잠시 후 그가 일어섰다. 그러더니 다시 몸을 웅크리고 방을 가로질러 느릿느릿 움직였다.

나는 귀로는 내 연주에 집중하면서 눈으로는 그의 움직임을 하나도 빠짐없이 지켜보았다. 내가 아니라 그의 연기가 내 기타로 소리를 만들어내는 것 같았다. 곡은 점점 힘이 모여들면서 강렬해졌다. 힘과 긴장이 터질 듯이 꽉 차오르다가 잠시 소강상태인가 싶더니 천천히 힘이 빠지다가 가라앉았다. 그는 악절 몇 개를 달래듯 서서히 저절로 사라지게 내버려두었다.

우리는 잠시 말없이 앉아 있었다. 나는 힘이 다 빠진 채 의자에 축 늘어졌다.

"이런 식이야." 마침내 교수님이 이렇게 말했다.

나는 웃음을 터트렸다. 무슨 말을 해야 할지 아무 생각도 떠오르지 않았다.

내가 상상했던 것보다 더 대단한 곡처럼 느껴졌다. 그 대단한 곡을 그때까지 어떻게 내보내야 할지도 모른 채 내 안에 계속 담아두고 있었던 것이다.

❋

롱아일랜드 이스트미도우의 아이젠하워 국립공원에 모여든 청중은 만 명에 가까웠다. 그들은 담요와 저녁거리를 챙겨와 드넓은 풀밭에 자리를 잡았다. 모두 롱아일랜드의 〈뉴스데이〉 신문사에서 후원하는 청소년 대상 오디션의 최종 결선을 보러 온 사람들이었다. 나는 기타의 목을 잡고 서서 넥타이를 바로잡고 어깨와 팔을 흔들며 몸을 풀었다.

"지금 기분이 어때?" 무대감독이 물었다.

나는 무대감독을 보며 정신을 집중하려고 애썼다.

기분이 어떠냐고? 평소에 연주를 앞두고 느끼는 그 기분이었다. 곧 집행될 사형을 기다리는 기분이랄까. 사기꾼이 된 것 같고 한편으로는 빅뱅을 앞두고 무한히 압축된 점이 된 듯도 했다. 무대감독은 격려를 해주려고 내 팔에 손을 얹었다. 그녀는 이 대회의 예선에서 심사위원을 맡았으며 최종 결선에서는 무대감독을 맡아 대회를 차질 없이 진행시키고 있었다.

"다음은 네 차례야." 무대감독이 말했다.

백스테이지의 조명이 흐릿했지만 나는 그녀가 나를 향해 윙크를 하는 모습을 확실하게 봤다. 무대에 오른다는 공포로 몸이 떨려왔다. 무대 커튼 뒤에서 오 분 더 무릎을 꿇고 마음의 준비를 했다.

한 달 전 여름 폭풍이 몰아치던 날, 로버트 모지스 주립 공원에 있는 허름한 시민문화회관에서 예선대회가 열렸다. 회관은 천장이 낮고 길쭉했으며 해변으로 난 유리문이 몇 개 있었다. 이런 행사가 열리지 않을 때는 빙고 게임이나 지역의 미인 대회가 열리는 장소였다. 기다란 테이블이 좁은 무대를 마주보며 방 한가운데에 놓여 있었다. 그 테이블에 클립보드를 든 여자 세 명이 앉아 있었다. 셋 중 가장 연상인 여자는 총감독으로, '놀라서 불쾌하다'라고 말하는 듯한 표정을 연신 지었다. 총감독보다 연하인 두 사람 중 한 명이 후에 무대감독을 맡았다. 방 안쪽에서는 수염이 텁수룩한 남자가 허리춤에 달린 열쇠 뭉치를 짤랑거리며 조명과 음향 장비를 조종했다. 대회 참가자들이 한 명씩 무대로 호명되면 나가서 자신의 기예를 뽐냈다. 모두 가수나 댄서·바톤 트월링(고무제의 추를 붙인 금속의 봉을 돌리거나 공중에 던지는 연기를 하는 퍼포먼스─옮긴이) 공연자·연주자들이었다. 도착해보니 그곳은 이미

백 명이 넘는 참가자들에 주위를 마구 밀치는 참가자의 부모들까지 모여서 발 디딜 틈 없이 북적거리고 있었다.

나는 애런 교수님이 연기로 보여준 프란시스코 타레가의 '카프리초 아라베'를 대회 참가곡으로 골랐다. 젊은 시절 세고비아는 바르셀로나에서 아가씨들을 유혹하려고 이 곡을 연주했다. 그는 후에 이 곡을 두고 "특히 여성의 심금을 울리기에 적합한" 곡이라고 말하기도 했다. 나는 마음은 늘 있었지만 누군가를 유혹해 본 적이 한 번도 없었다. 적어도 의도적으로는 말이다. 나는 그 곡이 기타의 아름다움을 잘 보여준다고 생각했다. 내게 너무나 큰 의미를 새긴 '로만차'를 극적이고 듣기 편하고 좀 더 세련되게 바꾼 곡이었다.

내 이름이 호명되자 나는 무대로 나가 내 소개를 하고 자리를 잡은 후 연주를 시작했다. 바로 그 순간 무시무시한 천둥소리가 실내를 뒤흔드나 싶더니 한 줄기 번개가 번쩍하며 유리문 바로 밖의 해변을 밝혔다. 실내의 전기가 나갔고 사람들이 비명을 질렀다. 나는 의자에서 벌떡 일어났다. 그 바람에 의자가 뒤로 벌렁 넘어갔다. 나는 무대 정중앙에 미동도 않은 채 가만히 서 있었다. 괜히 경솔하게 움직였다가 무대에서 떨어질까 두려웠기 때문이다. 다시 불이 켜졌다. 잔뜩 긴장한 사람들 사이에서 웃음이 터져 나왔다. 심사위원 석에서 중앙에 앉은 심사위원이 주위를 조용히 시킨 후 내게 물었다. "다시 시작하고 싶나요? 이번에는 번개 없이?" 나는 의자를 바로 세우고 자리에 앉아 벌벌 떨리는 손이 진정되기를 기다렸다. 조금 전까지만 해도 긴장한 것 같았는데, 이제 신이 내 연주를 듣고 있는 것만 같았다.

나는 준결승에 진출했고 마침내 결선에 올랐다. 결선에서 만날 경쟁자들은 여덟 명의 독주자로 좁혀졌다. 나는 출전자들 가운데 유일한 클래식 기타리스트였다. 내 경쟁 상대들은 발레 댄서와 오페라 가수·재즈 피아니스트 등을 비롯해 재능 있는 청소년들이었다.

커튼 틈새로 얼굴을 살짝 내밀어 보니 풀밭에 어마어마한 인파가 모여 있었다. 따지고 보면 머브 그리핀 쇼에서 한 공연의 청중은 수백만·수천만이었다. 하지만 그때 나는 밴드의 일원이었고 스튜디오에 모인 청중은 고작 몇백 명에 불과했다. 그러니 이렇게 많은 청중 앞에서 연주를 하는 건 그때가 처음이었다. 나는 부속건물에서 다시 무릎을 꿇고 손가락을 푸는 연습을 하고 어려운 악절을 다시 연주해 보며 청중이 아니라 연주할 음표에 정신을 집중했다. 나는 연주곡을 드라마로 만들만 한 이야기 한 편을 짰다. 걸리버 같은 여행자가 낯선 땅에서 깨어나 이해할 수 없는 사람들·음악·풍습과 조우한다는 내용이었다…. 모든 세부사항이 머릿속에 또렷이 그려졌다. 마침내 무대감독인 엘렌이 다시 내 어깨에 손을 얹었다. 그녀는 미소를 지으며 말했다. "일분 남았어."

그녀는 나보다 고작 몇 살 많았지만 내 눈에는 어엿한 어른이었다. 게다가 심사위원이기도 했기에 권위까지 갖춘 사람이었다.

대회 기간 내내 그녀는 내게 신경을 많이 써주었는데, 연주가 끝나자 군이 나를 찾아와 다른 심사위원들이 내 연주를 좋아했다는 말을 해주기도 했다. 문득 그녀가 내 관심을 자신에게 돌리기 위해 필요한 시간보다 좀 더 오래 내 어깨에 손을 올리고 있다는 사실을 깨달았다. 그녀의 옷차림은 수수했다. 청바지에 검은색 린넨 블라우스 차림이었다. 마침내 그녀가 말없이 몸짓으로 내 순서가 되었다고 알리는 순간, 그림자 진 그녀의 두 눈에 얼핏 서린 빛이 번개처럼 내게 꽂혔다.

나는 커튼을 열고 무대로 나갔다. 그리고 무대 중앙에 외로이 서 있는 접이식 의자를 비추는 스포트라이트 속으로 걸어 들어갔다. 악기를 조율하자 여기저기서 박수가 터져 나왔다. 나는 마침내 양손을 옆으로 늘어뜨린 채 심호흡을 했다. 그날 풀밭에서 부모님과 함께 내 공연을 봤던 누나가 나중에 그때 마이크에서 내 숨소리가 들렸다고 말해주었다. 사람들은 그 소리에 키득거리며 웃었다. 하지만 무대 위의 내게는 아무 소리도 들리지 않았다. 내 앞에 뻥 뚫린 거대한 공간이 있는 것 같았고 그 공간은 소리를 받아들이는 정적 같았다.

내가 아무리 조용하게 연주를 해도 확성기를 통과한 기타 소리는 크게 울렸다. 머리 위로 비행기가 한 대 지나갔다. 신문사의 사진기자가 무대 앞에서 연신 셔터를 눌러댔다. 나는 낯선 나라를 발견하는, 여행과 모험에 대한 이야기를 청중에게 들려주고 싶었다. 하지만 막상 연주를 시작하자마자 계획한 것을 몽땅 잊어버렸다. 대신 내 연주에 귀를 기울이며 음들이 허공에서 형태를 갖춰가는 소리를 들었다. 그곳에 없는 것은 아무 것도 덧붙이지 않았다. 나는 내 귀에 들리는 대로 솔직하게 연주하려 애썼다. 내 연주에 만족하며 그 소리를 양손에서 진짜로 느끼고 싶었다. 그 순간만큼은 그 곡이 청중과 비행기·사진 기자를 모두 끌어안을 만큼 거대한 것 같았다. 하지만 그것이 다가 아니었다. 그 느낌을 표현할 어휘가 좀처럼 떠오르지 않았다. 소리는 밖으로는 내 앞에 모인 사람들에게까지 가서 닿았다. 그리고 밖으로 뻗은 만큼 안으로는 있는 줄도 몰랐던 넓은 내 경험으로 들어왔다. 마치 곡이 하나의 현이고, 나는 현이 가장 확실하게 진동하는 중앙에 앉아 있는 것 같았다. 내가 음조를 키우고 줄이며 형태를 바꾸자 그 결과 곡의 색채와 분위기도 변한 것 같았다. 그 곡을 연주함으로써 모든 사람들이 듣고 볼 수 있도록 곡을 직접 겪어내며 음악이 품고 있는 것을 물리적으로 보여주기라도 한 듯 말이다. 하지만 나 혼자만의 경험이 아니었다. 우리 모두 그 음악 안에 있었다. 나는 그것을 연주했을 뿐이었다.

참가자들은 입상자들을 발표하기 전에 무대에 모두 올라와 단체로 인사를 했다. 우리는 손을 잡고 조촐하게 일렬로 늘어섰다. 2등은 쇼팽의 '강아지 왈츠'에 가사를 붙인 재미있는 노래를 부른 가수에게 돌아갔다. 1등은…. 나는 진행자의 발표를 못 들었다. 내 옆의 발레리나가 나를 포용하며 펄쩍펄쩍 뛰자 당연히 그녀가 우승자인줄 알았다. 그런데 그녀가 앞으로 나가지 않았고 대신 사람들의 시선이 모두 내게 쏠렸다. 마침내 발레리나가 나를 앞으로 슬쩍 밀자 나는 그제야 상을 받기 위해 앞으로 걸어나갔다. 상은 꼭대기에 날개 달린 천사가 있는 주석 트로피였다.

백스테이지는 야단법석이었다. 단체전에서 우승을 한 팀은 여학생 응원 팀이었다. 공연을 본 남학생들은 여학생들의 서명과 전화번호를 받으려고 야단법석이었다. 나는 부모님들과 참가자들의 친구들을 요리조리 헤치며 축하 인사와 포옹 세례를 간신히 빠져나왔다. 그 소란의 가장자리에서 무대감독인 엘렌이 얼핏 보였다. 그녀는 내게 손을 흔들더니 얼른 달려와 나를 잡았다. 우리는 잠시 꼼짝도 하지 않은 채 서로를 바라보았다. 그 순간 온몸에 전기가 통한 것 같았다. '카프리초 아라베'가 통했다. 게다가 이번에는 내가 해냈다. 우리가 막 키스를 하려던 참이었다.

그때 내 가족이 다가왔다.

엘렌이 나를 후다닥 포옹하더니 물러나 길을 터주었다. "우승할 만했어." 그녀는 트로피를 가리키며 말했다. 잠시 어색한 침묵이 흐르고 엘렌은 마침내 사람들 사이로 사라졌다.

"네가 정말 자랑스럽구나." 어머니가 말씀하셨다. 아버지는 내 등을 철썩 때리셨다.

우리는 축하를 하기 위해 모두 차에 올라타 베스킨라빈스 매장으로 향했다. 그리고 모두 더블 스쿱을 주문했다.

나는 황홀경에 빠져 아이스크림을 먹으면서도 어딘지 속은 것 같은 기분을 떨칠 수 없었다. 나는 음악의 본질을 계시라고 생각했다. 하지만 삶의 본질은 실망인 것 같다. 나는 훌륭한 연주를 선보였다. 그 어느 때보다 뛰어난 연주를 한 덕분에 대회에서 우승을 거머쥐기까지 했다. 난생 처음 음악이 나로 하여금 공감의 달콤함을 표현하게 해 주었다. 하지만 음악이 끝나면 그 경험도 스르르 사라진다. 하모니는 결코 영원하지 않다. 우리가 아무리 그것을 붙잡으려고 해도 소용이 없다.

열아홉 살의 나는 더 많은 것을 원했다. 나는 모든 것이 음악과 같기를 원했다.

기도와 춤

　내 손가락들이 능숙하게 움직이고 있다. 이제 새로운 곡을 연습할 준비가 된 것 같다. 그 곡은 요아퀸 로드리고의 '기도와 춤'이다. 기타곡 중 최고의 인기를 구가하는 '아랑훼즈 협주곡'을 작곡한 이가 바로 요아퀸 로드리고다. 이 곡은 지금껏 수십 차례에 걸쳐 녹음되었으며 기타와 오케스트라의 협주곡으로 자주 연주되는 유일한 곡이기도 하다. 서점에서도 레스토랑에서도 이 곡을 들을 수 있다. 마일즈 데이비스는 〈스케치스 오브 스페인〉 앨범에 이 곡의 2악장을 재즈 버전으로 편곡해 녹음했다. 반면 '기도와 춤'은 그리 알려진 곡이 아니다. 이 곡도 아랑훼즈 협주곡처럼 플라멩코 리듬이지만 연주가 거의 되지 않고 기타리스트들이나 아는 비밀의 곡 같은 곡이다. 이 곡은 장난스럽다가 생기가 넘치다가 활활 끓어오르다가 으스스하다가 마냥 행복해하는 등

분위기가 계속 바뀌는 바람에 어딘지 안정적이지 못하다. 나는 이런 자유분방한 변화 속에서 어두운 활기를 감지한다. 이 곡의 깊은 곳에 숨어 있는, 이 곡을 꼭 주위에 들려주고 싶게 만드는 뭔가를 말이다. 한편 이 곡은 무척 까다롭다. 감정과 테크닉을 제대로 결합시켜 곡을 연주하려면 이 둘을 내 능력의 극한까지 끌어올리지 않으면 안 된다. 내게는 꽤 도전이 될 곡이다.

새 곡을 배우는 과정은 낯선 도시를 방문하는 것과 같다. 그곳에 사는 사람들의 언어와 삶의 속도·표정까지 모든 것이 흥미진진하며 보는 이를 어리둥절하게 만든다. 그저 거리를 걷는 일도 모험이 될 수 있다. 자신이 어디에 있는지 알아내는 데 며칠이나 몇 주가 걸릴 수도 있다. '기도와 춤'은 전인미답의 상태로 내 주변에서 흐릿하게 보인다. 내 손가락은 어디로 가야할지 알지 못한다. 발을 내딛을 때마다 새로운 것이 눈에 들어오니 도저히 가야 할 길을 찾지 못할 것 같다.

"한 번에 한 악절씩." 나는 이렇게 마음을 먹고 깊이 숨을 들이쉰다. '기도와 춤'은 시작부터 배음이 연속적으로 이어지며 프렛을 누르는 베이스 음이 시작부를 강조한다. 그 결과 가볍게 너울거리면서도 어딘지 불안한 느낌도 지울 수 없다. 나는 첫 번째 음 네 개를 아주 천천히 연주한다. 마치 음들이 며칠씩 떨어져 있는 것처럼 말이다. 이렇게 천천히 연주한다면 전혀 어렵지 않다. 한편으로는 시간을 들여 천천히 연주하려면 몹시 힘이 들 수도 있다. 음표들이 모여서 만들어내는 느낌, 즉 곡의 분위기는 바로 코앞에 있다. 바로 여기 내 손끝 가까이에 말이다. 하지만 손을 아무리 뻗어도 닿지 않는다. 지금은 기다려야 한다. 그렇다고 마냥 기다리고 싶지 않다. 나는 지금 당장 내가 어디에 있는지 알고 싶다. 이 압박감에 양손이 또 긴장한다. 나는 기타의 목을 비틀기라도 할 것처럼 힘껏 움켜쥔다.

내 손가락이나 테크닉이 문제가 아니다. 내 문제는 이 초조함이다. 나는 손을 흔들어 긴장을 털어낸 후 '기도와 춤'을 다시 연주한다. 초조함은 음표 자체와는 아무 상관이 없다. 이것은 시간과의 싸움이다. 미지의 도시 같고 인생의 중요한 순간 같은 새로운 곡을 마주하고 있다면 당신은 지금 있는 곳에서 어서 앞으로 나가고 싶고 이왕이면 두렵고 혼란스러운 느낌을 훌쩍 건너뛰어서 익숙해지고 싶을 것이다. 하지만 대개의 경우 초조한 상태에서 손에 넣은 해결책은 시야가 좁고 어색하다. 기다리고 들어보고 좀 더 배워야 하는데 서둘러 반응하는 태도가 습관이 되어버리면 그 후로는 그 습관을 바로잡기 위해 모든 시간을 쏟아야 한다. 나는 머리를 비우고 내 안을 오로지 소리로만 채우려고 한다. '기도와 춤'이 바로 '여기'에 있다. 그 소리를 포착할 필요는 없다. 그냥 놓아주면 된다. 내 주위에서 음표들이 희미하게 빛난다. 하지만 여전히 이질적이고 분간이 되지 않는다. 나는 연주를 시작해 머뭇거리며 베이스 음들을 배음에 덧붙여간다. 저 멀리 미지의 골목에서 뭔가가 언뜻 보이는 것처럼 이 악절은 다른 삶이 있다는 힌트를 준다. 상상 속에서나 볼 수 있을 법한 경험과 표현의 세계가 있다고 말이다. 잠시 동안 나는 이 새로운 삶에 풍덩 뛰어들어 익숙하지 않은 곡을 연주하는 스릴을 만끽한다. 이 음표들로 나 자신을 다시 작곡할 수 있을 것만 같다. 새로운 곡을 연주할 때마다 이런 가능성과 만난다. 하지만 나는 다시 앞으로 질주하고 있다. 열의가 지나쳐서 손가락이 흔들리거나 집중력을 잃고 공상에 빠져든다. 결국 미지의 낯선 곳에 당도하기는커녕 나 자신을 반복하고 있다는 사실을 깨닫는다. 이제와 보니 나는 어디로도 출발하지 않았다.

"잠시 물러나자." 나는 이 말을 소리 내어 말하며 기타를 내려놓고 소파에 기댄다. 그리고 뒤로 물러나 팔짱을 낀 채 곡을 바라본다. 이 짧은 순간 기타는 덫처럼, 내 초조함은 숙명처럼 느껴졌다. 도저히 피할 수 없는 오래된 과거 말이다. 어쩌면 내 실력에 비해 너무 어려운 곡일지도 모른다. 어느 음악가든 자신의 영역이랄까 테크닉의 한계가 있다. 어쩌면 이것이 나의 한계일지도 모른다. 하지만 그런 생각을 하자 더 초조해진다. 나는 잠시 쉬고 싶다. 돌파구를 찾고 싶다. '뭔가'를 깨트리지 않으면 안 된다. 소파에 아무렇게나 기대 놓은 내 기타를 노려보고 있으니 존 벨루시가 영화 〈애니멀 하우스〉에서 기타를 벽에 세게 쳐 박살을 내버렸던 폭력적인 이미지가 문득 떠오른다. 다시 기타로 시선을 돌린다.

충동이 사라진다. 기타를 박살내면 기분은 좋아질 것이다. 잠시 동안 말이다. 그런다고 문제가 해결되지는 않는다. 내 발목을 붙잡고 늘어지는 것은 기타가 아니다. 내게 있는 문제점이다. 기타는 그저 기타일 뿐이다. 나무와 현으로 만들어진 악기 말이다. 하지만 나와 기타의 관계에 너무 많은 것이 뒤얽혀 있다. 나무의 곡선 부분마다, 진동하는 음마다 더 나아지고 싶은 내 욕망이 범벅이 되어 있다. 발전하지 못하면 어쩌나하는 두려움, 자신을 넘어서고 싶다는 욕심과 뒤얽혀 있다. 좀처럼 사라지지 않는 못된 버릇처럼 언제나 등장하는 이야기다. 나는 속도를 늦추어 내 두려움을 허공에 걸어둔 채 가만히 들어보아야 한다. 어쩌면 이 곡은 언젠가는 다시 나를 작곡할 것이다. 하지만 그것도 때가 되어야 한다. 속도와 싸워봐야 아무것도 되지 않는다. 나는 기타를 집어 들고 다시 연습을 시작한다. 내가 초조해하는 만큼 이 곡의 뭔가가 속도를 늦추기를 바라고 있다. 이 곡은 내게 무슨 이야기를 하고 있는 걸까? 이 음표들은 어떤 삶을 떠올리게 하는가?

기타리스트이자 작곡가인 디오니시오 아구아도가 1835년에 이렇게 썼다. "기타는 자신의 특별한 영혼이 있다. 그 영혼은 '달콤하고 조화롭고 구슬프다.' 비록 하프나 피아노 같은 웅장함은 부족하지만 때로 '위풍당당할' 수도 있다. 대신 기타는 조절과 결합으로 '신비로운' 분위기를 낼 수도 있다. 그러므로 이 악기는 선율과 감정 표현에 매우 적절하다."

아구아도가 이런 글을 쓸 무렵 유럽의 음악적 취향은 바이올린과 피아노의 영향력 아래로 들어갔다. 아구아도는 기타가 경쟁자들과 뚜렷이 구별되기를 바라며 기타가 위와 같은 특성을 지녔고 독자적인 영역을 차지하고 있다고 주장했다. 그의 노력이 얼마나 큰 성공을 거두었는지 궁금하면 동네의 CD 가게에 가 보면 된다. 아무 때나 음반 가게에 가서 클래식 기타 코너에 진열된 음반을 훑어보라. 어딜 가든 세고비아의 음반은 꼭 있을 것이다. 게다가 그의 직계 후계자인 존 윌리엄스와 줄리안 브림의 음반도 마찬가지다. 크리스토퍼 파크닝과 샤론 이스빈·페페와 앙헬 로메로 형제는 기타의 3세대 연주자를 대표한다. 그 외에도 리오나 보이드와 마누엘 바루에코를 비롯해 비교적 덜 알려진 연주자들의 음반도 약간 있다. 그런데 클래식 기타 코너에 누구의 앨범을 구비해 놓든, 앨범의 타이틀이 묘하게 단조롭다는 사실을 알 수 있다. 어딜 가든 '기타 매직'과 '기타의 마법'이 있다. 존 윌리엄스는 '기타의 로맨스'를 연주하고 앙헬 로메로는 '로맨스의 터치'를 연주한다. 줄리안 브림은 '로맨틱한 백일몽을 위한 인기 기타곡'이라는 부제가 붙은 음반을 발표했다. 샤론 이스빈은 〈세상의 꿈들〉과 〈기타를 위한 라틴 로맨스〉라는 음반을 냈다. 도이치 그라모폰에서 나온 컴필레이션 음반인 〈매드 어바웃 기타〉는 이런 경향을 다음과 같은 홍보 문구에 집약해 놓았다. "길모퉁이의 거리 악사에서 연주회 무대의 거장에 이르기까지 기타의 감미롭고 부드러운 소리와 스페인의 전통곡들은 낭만과 열정·미스터리를 불러일으킨다. 이 모든 것이 바로 여기 환상적인 디지털 음향으로 재생되어 있다."

당신이 무엇을 연주하는지는 중요하지 않다. 아구아도 이후 170년이 더 지났지만 기타는 여전히 달콤하고 향수를 불러일으키고 낭만적인 감상을 자아내는 악기다. 이 문제를 더 파헤쳐보자. 달콤하지만 끈적이는 덫이 되어 버린 기타의 이미지에서 벗어나려고 해보라. 당신의 분노나 당신의 지성·야망이나 괴로움을 자꾸 표현해 보라. 바흐를 연주하라. 멘델스존을 연주하라. 무소르그스키나 힌데미스·로드리고를 연주하라. 기타를 혁신하라. 그리고 평론가들이 어떻게 반응하는지 듣고 그들은 당신이 무엇을 연주했다고 생각하는지 잘 생각해 보라.

기타는 듣는 이들에게 꿈을 꾸게 하는 능력이 있다. 프로이드의 말을 빌리자면 꿈은 무의식으로 가는 확실한 방법이다. 1920년대에 세고비아가 무대에 올라 청중에게 기타를 소개했을 때, 그는 한 오라기의 선입견도 걸치지 않은 알몸 상태로 신세계로 들어간 게 아니었다. 그 무렵에도 이미 기타는 소원을 이루는 동화에나 나올 법한 어휘들로 잔뜩 치장되어 있었다. 〈뉴욕 타임즈〉의 평론을 보라. "가련한 신데렐라 같았던 이 악기는 세고비아의 마법과 같은 손길이 닿자 공주로 변신해 세고비아와 마차에 나란히 앉아 간다." 계속 읽어보라. 기타는 음악을 전하는 매체인 만큼이나 판타지의 악기이기도 하다. 그런 증거는 끝도 없이 나온다. 〈르 피가로〉지의 음악 평론가이자 1955년에 발표한 세고비아의 전기 작가 버나드 개보티는 세고비아와 그의 기타에 대해 숨 쉴 새 없이 상상의 나래를 편다. 그는 세고비아가 "고위 성직자와 같은 엄숙함"을 지녔다고 쓰면서 기타에 대해서는 이렇게 묘사했다. 그의 악기는 "그의 무릎에 무례하게 눕혀 놓은 초로의 여왕이다. 반짝거리는 광택은 분장용 화장품처럼 산전수전 다 겪어 더이상 놀랄 일도 없는 여인이자 자신의 나이를 인정하려 들지 않는 백 살 요부의 얼굴을 가려준다."

개보티 씨의 표현에 당혹감을 느낄 것이다. 하지만 엉덩이를 얻어맞을 준비가 된 고대의 창녀로 기타를 묘사하는 인식은 개보티 이전 세대의 작가들이 더 하면 더 했지 덜 하지 않았다. 1674년 작곡가이자 한때 나폴리의 킹즈 샤펠의 오르간 주자이기도 했던 가스파르 산츠는 기타 교재를 출판했다. 그는 책에서 기타를 소개하며 이렇게 썼다. "기타는 '보기만 하되 만지지는 마세요'라는 말을 적용할 수 없는 여자다. 그녀의 몸에 난 장미 모양의 울림 구멍은 실제 장미 꽃봉오리와 완전 반대다. 기타의 장미꽃은 당신이 아무리 만져도 시들지 않는다."

기타는 여자다. 이 말에 놀랐는가? 기타를 한 번 잘 보라. 기타는 이상적인 여체를 본 딴 악기다. 그리고 기타 소리를 들어보라. 분위기를 타고 감상적이고 부드럽다는 점에서 여성적인 기질을 그대로 표현한다. 판타지 속의 창녀인 기타가 음악계의 '리틀 레이디'(기본적으로 누군가의 아내나 약혼녀를 의미하지만, 비하나 모욕의 의미로 쓰이기도 한다.—옮긴이) 대접을 받아왔다는 사실을 알고 나면 지금까지 예로 든 표현들이 그리 충격적이지 않을 것이다. 어쨌든 달콤하고 부드럽고 신비로운 악기 취급을 받는 기타는 진지한 음악에서는 늘 배제되었다. 왜냐하면 '안타깝게도' 기타에는 본질적인 특징이 부족하기 때문이다. 어쩌면 반항적이고 해방된 시대에는 전자 기타가 기타의 야성적 면모를 마음껏 과시할 수도 있을 것이다. 하지만 클래식 기타를 깎아내리는 주장을 다시 한번 잘 들어보라. 기타는 늘 그 자리에 있을 뿐이고 기타는 표현력에 한계가 있고 레퍼토리가 적절하지 않다는 주장을 말이다. 세고비아의 말도 들어보라. 그 교활한 백마 탄 왕자님은 탄식하듯 이렇게 말한다. "기타는 존재하는 악기들 가운데 가장 예측하기 어렵고 믿을 수 없는 악기다." 그는 이렇게도 말했다. "동시에 기타는 가장 달콤하고 가장 따뜻하고 가장 섬세해서, 그 비애에 젖은 목소리는 당신의 영혼이 품은 찬란한 몽상을 일깨울 것이다." 기타는 여자다. 누군가의 독특한 환상에 등장하는 여자라고 할 수도 있으리라. 이 주장에서 세세한 부분을 잘 깊이 고민해보아야 할 것이다. 왜냐하면 당신이 기타를 연주하면 기타도 당신을 연주하기 때문이다. 그리고 당신과 기타가 맺은 관계가 이끌어내는 꿈은 당신이라는 존재의 바닥까지 파고들지도 모른다.

다시 한 번 나는 천천히 길게 숨을 쉬고는 이 어렵고 음울하고 생기 넘치는 '기도와 춤'을 처음부터 연주한다. 양팔로 기타를 감싸 안고 섬세한 현을 내 손끝으로 그 어느 때보다 부드럽게 스친다. 충만한 소리로 진동하는 기타의 몸체를 느낀다. 음악을 듣는다. 온몸으로 음악을 느낀다. 갈망과 쓸쓸함과 사랑으로 충만한 곡조가 어딘지 모를 깊은 곳에서 흘러나온다. 이것은 기타지 여자가 아니다. 다급함을 경험하고 그 감정을 표현하려고 애쓴 것도, 애를 썼지만 묵살당한 것도, 애썼지만 내가 들은 음악이 내 손길을 완강히 거절했을 때 분노와 억울함을 터트린 것도 바로 다 기타와의 관계에서였다. 음악이 품은 충만함·기쁨·괴로우면서 달콤한 따스함도 모두 이런 분투 속에서 사라졌다. 결국 음악도 사라졌다. 곡을 다시 시작해 하늘거리는 배음과 음울한 베이스 음조를 결합시킨다. 다시 처음으로 돌아가 이번만큼은 좀 더 훌륭하고 충만한 이야기를 들려준다. 기타에서 꿈을 보지 않고 기타가 온전히 악기가 되게 한다. 지금 내 현실과 싸우지 않고 그 현실을 살아내는 법을 배운다.

상징적인 기원들이 으레 그렇듯이 기원은 신화다. 하늘거리는 배음처럼 기타도 유령이나 다름없는 형태로 등장했다. 무슨 말인고 하니 터키 중부 알라카 휘윅에 있는 스핑크스의 문에 기타 같은 악기가 조각되어 있었다. 제작 시기가 기원전 1300년경으로 거슬러 올라가는 이 기타는 일명 '히타이트 기타'라고 부른다. 하지만 기타라기보다 지금은 사라진 미지의 악기이다. 차라리 스핑크스 자체라고 해도 되지 않을까. 우리는 이 악기가 어떤 소리를 냈는지 전혀 모른다. 연주자들에게 이 악기가 어떤 의미였는지도 알 길이 없다. 하지만 스핑크스는 예언자다. 이 기타는 모래시계 형태로 곡선이 아름다웠는데, 기록으로 남아 있는 음악사에서는 처음 보는 형태였다. 이것이 고대 음악가들에게 어떤 의미였든 이 소리 없는 이미지는 기타에서 여체가 연상되는 과정에 일조를 했다. 하지만 이 부조는 상징일 뿐이다. 진짜 기타를 만나려면 우리는 구불거리는 긴 길을 한참 따라 가야 한다.

히타이트 기타의 여성적인 선은 다른 현악기와 구별이 된다. 이 악기도 현을 뜯거나 쳐서 연주를 하지만 몸체가 눈물방울이나 서양 배처럼 생겼다. 기원전 2200년 경 메소포타미아에서 제작된 원통인장을 보면 목이 짧고 몸체는 거북이 등껍질로 된 지금보다 더 둥근 형태의 초기 기타를 볼 수 있다. 여기에서 형태가 살짝 바뀐 악기가 기원전 2000년 무렵부터 이집트 미술에 자주 등장한다. 목이 길고 울림통이 나무로 되어 있으며 크기가 좀더 커진 형태였다. 아크헤나텐 왕의 집권 초기부터 무덤 회화에는 음악가들이 독수리 깃털로 만든 픽으로 현을 치며 이 악기를 연주하는 그림이 나온다.

이 악기의 이름은 목재로 된 몸체에서 연유했을 것이다. 아랍어로 알루드al-oud는 '나무로 만든'이라는 뜻이기 때문이다. '우드oud'는 그 후로도 오랫동안 발전을 해 아랍 현악기의 어엿한 일원으로 기원 후 3세기에 다시 모습을 드러냈다. 오늘날 우드는 터키에서는 '우트ut'나 '우드ud', 그리스에서는 '라오우타laouta', 아프리카 일부 지역에서는 '우디udi'로 알려져 있다. 우드는 무슬

림들과 함께 북아프리카 전역으로 퍼져나갔다. 유럽에는 711년 무어인들이 스페인을 침략했을 때 전파되었다. 유럽으로 건너온 알루드는 후에 류트가 되었다.

류트와 기타는 사촌지간으로, 둘 다 현의 진동으로 소리를 내는 현명악기chordophones에 속한다. 이 일족의 최고 조상이자 동시에 모든 현악기의 조상이기도 한 악기는 음악용 활이다. 이 악기는 기원전 15000년으로 거슬러 올라가 남프랑스의 트루아 프레르에 있는 구석기 동굴 벽화에 처음으로 등장한다. 이 벽화에는 들소 가죽을 입은 사제 혹은 마법사가 가면을 쓴 채 입으로 활을 물고 있고 자신의 두개골을 울림통으로 쓰고 있다. 이런 활은 사하라 이남 아프리카에서 제례용인 '오콩고okongo'나 '코라 kora'로 이어졌다. 비슷한 음악용 활이 남미와 아메리카 원주민들 사이에서도 발견된다. 아프리카 동부에 사는 와샴발라 족은 남자가 음악용 활을 만들 때 활이 부러지면 결혼을 못 하게 된다고 믿었다. 캘리포니아의 마이두 족은 음악용 활을 접신을 하기에 가장 좋은 악기로 여긴다.

음악용 활에서부터 수금竪琴까지는 무척 가깝다. 수금은 활을 V자나 U자 형으로 구부리고 가로대를 달아서 삼각형으로 만든 악기다. 이런 형태의 수메르 수금의 역사는 기원전 2800년까지 거슬러 올라간다. 당시에는 길이가 똑같은 현 열한 개를 달고 레버나 줄감개로 음의 고저를 조절했다. 수금은 음악용 활에서 비롯된 또 다른 특징이 있었다. 이 특징을 보면 우리가 기타의 발전을 살펴보는 길을 제대로 찾았다고 확신할 수 있다. 고대의 활 연주자들은 소리를 더 크게 내기 위해서 활에 박(박과 식물 열매의 총칭 — 옮긴이)이나 거북이의 등껍질을 달아 몸체를 만들었다. 더 큰 소리를 내고 싶다는 욕망은 결국 지미 헨드릭스가 선호했던 앰프인 마샬로 이어졌다. (기타의 몸체는 이렇게 외치는 것 같다. "내 목소리를 들어 봐! 사람들에게 내 목소리를 들려주고 싶어.") 전기가 없던 시절의 인류 초기 음악가들은 대접처럼 생긴 과일이나 조개껍데기로 실험을 했다. 고정된 영구적인 울림통이 생기자 활은 수금의 팔로 발전을 했다. 그리고 마침내 류트와 기타·바이올린의 목으로 자리를 잡았다.

지금 우리는 선조들과 함께 있는 셈이다. 그들은 수호 정령이라고 해도 무방할 것이다. 나는 그들의 힘과 은밀한 역사를 모으고 싶다. 왜냐하면 그것들도 기타의 생득권에 속하기 때문이다.

그리스 신화에서 수금은 마법의 악기다. 수금을 발견한 공은 헤르메스에게 가야 한다. 헤르메스는 거북이 등껍질에 나무로 만든 팔을 달고 아폴로에게서 훔친 젖소의 창자로 팔과 팔을 이어 묶었다. 아폴로는 자신의 소를 훔쳐간 도둑이 헤르메스라는 사실을 알고도 수금 소리가 너무나 아름다워서 헤르메스를 용서해주고 심지어 자신의 소떼와 악기를 맞바꾸기까지 했다. 그후 아폴로는 음악의 신이 되었고 헤르메스는 소나 양을 치는 목동들의 수호신이 되었다. 호메로스에 따르면 제우스와 안티오페

사이에 태어난 아들인 암피온이 수금으로 테베의 벽을 쌓았다. 그의 연주 솜씨가 어찌나 뛰어난지 돌들이 저절로 제 자리를 찾아가더라는 것이다. 오르페우스가 아내인 에우리디체를 찾으려고 지하세계로 내려갔을 때에는 그의 수금 연주가 너무나 감동적이어서 운명의 세 여신이 그에게 아내를 데려가도 좋다고 허락을 하기에 이른다. 그 결과 수금을 든 오르페우스의 모습은 초기 오르페우스 교의 의식에서 불멸을 상징했다. 최초의 기독교도들은 이 이미지를 가져와 오르페우스 대신 그 자리에 그리스도를 넣었다. 그래서 천사들이 하프를 켜는 것이다.

호메로스는 헤르메스의 수금을 '키타리스'라고 불렀다. 화병에 그려진 그림을 보면 키타리스는 거북이 등껍질로 만든 가벼운 악기인데, 몸체에 가늘고 휘어진 두 개의 팔이 달려 있고 둥그스름한 껍질 위로 쇠가죽으로 팔을 묶은 형태다. 키타리스라는 이름의 기원은 기원전 2000년 무렵 앗시리아의 체타라chetara, 고대 히브리인의 킨뉴라kinnura나 킨노르kinnor, 칼데아의 키트라qitra로 거슬러 올라가야 한다. 이런 현악기들의 공통적인 뿌리는 '현 네 개'라는 뜻의 범어인 '차투르-타르chhatur-tar'에서 찾을 수 있다. 이 범어는 다시 페르시아로 건너가 차르(4)와 타르(현)가 되고 그곳에서 다시 그리스로 전파되었다.

그런데 7세기에 새로운 형태의 수금이 등장해 그리스의 키타리스의 자리를 차지했다. 이로써 앞으로 끊임없이 반복될 패턴이 등장한다. 새 악기는 목재로 만든 커다란 울림통이 달려 있으며 '키타라'로 불렸다. 키타라는 키타리스보다 더 무겁고 소리가 크고 음악적으로 더 다채로웠다. 게다가 어느새 키타라라는 이름이 연유한 악기의 자리를 차지하게 되었다. 제 자리를 빼앗긴 키타리스는 '리라Lyra'라는 새 이름을 얻었다. 그리고 민속악기로 위상이 격하되어 일반 그리스인들에게는 '켈리스(거북)'로, 로마인들에게는 '테스투도(바다거북)'라는 이름으로 알려졌다. 한 악기는 귀족의 악기가 되고 다른 악기는 민중의 악기가 되었다. 전자가 권력과 지성·시·철학을 대변한다면 후자는 나약함과 농민의 천박함·대중의 유흥·육욕을 상징했다. 몇 번이고 이 경계는 같은 선을 따라 계속 이어졌다. 그러나 그 선 위에서 또 다른 상징적 기원이 탄생하는 순간 기타가 우위를 점하게 된다.

기타의 이름이 연유한 새로운 키타라는 그리스와 로마에서 활동하는 전문 음악가들의 선택을 받았다. 동물의 내장이나 힘줄로 만든 현 일곱 개를 왼손 손가락이나 오른손에 쥔 픽으로 뜯으며 연주했는데, 경기장과 종교 축제에서 흔히 볼 수 있었다. 특히 이 키타라의 우아한 형태는 현대에 들어서도 연주회장과 동상·보면대 등 여기저기에서 클래식 음악의 상징으로 쓰인다. 기원전 5세기에는 누구나 키타라를 연주하고 싶어 했다. 사포는 소포클레스처럼 기타라의 비르투오조였다. 플루타르크는 테미스토클레스가 당시 아테네에서 가장 잘 나가는 키타라 연주자를 집으로 초대해 연주를 하게 했으며 그로써 공직을 얻기 위해 유명 음악가를 이용한 최초의 정치가가 되었다고 썼다. 소크라테스는 말년에 페리클레스의 스승인 다몬에게 키타라를 배웠다. 하지만 이 철학자가 이 분야에 재능을 보였는지는 이제와 알 길이 없다. 그는 임종하기 전 영혼이 자신에게 "음악적 소양을 키우라고" 말하는 꿈을 자꾸 꾼다고 고백했다. 슬픈 이야기다. 그는 숨을 거두기 전에 철학하는 시간을 줄이고 키타라 연습을 더 많이 했어야 했다는 말을 남겼다.

로마인은 그리스에서 키타라를 들여왔다. 라틴어로는 이 악기를 '피데스fides'의 지소형인 '피디쿨라fidicula'라고 부르게 되었는데, '현'이라는 뜻이다. 로마인이 유럽을 정복했을 때 그들은 키타라 혹은 피디쿨라를 피정복민의 삶과 언어 속으로 전파했다. 이후 피디쿨라는 중세 라틴어에서 피둘라 혹은 비툴라로, 프랑스어로는 비엘vielle로, 프로방스어로는 비울라viula로, 이탈리아어로는 비올라viola와 비올리노violinao로, 스페인어로는 비우엘라vihuela로, 독일어로는 비델레videle 혹은 피델레fidele로, 영어로는 피텔레fithele나 피들fiddle로 변해갔다. 기원후 64년 로마에 대화재가 났을 때 네로 황제가 연주했다는 악기는 바이올린이 아니라 키타라였다.

이 모든 이야기가 기타의 이름에 들어 있다. 하지만 악기 자체는 형태가 없이 순수하게 가능성으로만 남아 있다. 첫 번째 밀레니엄의 초기까지만 해도 고대 키타라는 로마 제국의 영향력 하에서 번영을 구가했다. 그러나 유럽에서 제국의 세력이 약화되기 시작하고 끝내 붕괴하자 문화에도 분열의 시기가 찾아왔다. 로마의 영향력은 추억이 되고 사라져 갔지만 여전히 그 흔적만큼은 생생했다. 이런 잔재는 악기의 형태에 고스란히 반영되었다. 키타라는 마치 모습을 자꾸 바꾸는 영혼이나 사춘기가 시작된 아이처럼 불규칙적이고 괴상한 변화의 시기를 맞이했다. 1957년에 리비아의 카스르 엘-레비아를 발굴 중이던 고고학자들이 모자이크를 발견했는데, 거기에는 기타를 닮은 목과 키타라의 팔들이 달린 기묘한 악기가 묘사되어 있었다. 그 모자이크의 제작 시기는 642년 알렉산드리아 정복 이후로, 키타라와 기타가 결합된 형태의 악기가 존재했다는 사실을 보여주는 가장 초기의 직접적인 증거다. 850년 경 랭스 교구에서 만들어졌지만 아마 5세기나 6세기의 기도서를 바탕으로 했을 위트레흐트 시편집에는 형태는 키타라인데 가로대 대신 프렛이 달린 악기와 고대키타라가 모두 나온다. 키타라의 팔은 장식 날개로 남게 되었다. (19세기 초에 키타라 형태의 '수금 기타'가 느닷없는 인기를 누렸는데, 나폴레옹 1세의 두 번째 황후인 마리-루이즈는 나폴레옹에게 받은이 악기를 지울리아니에게 주었다. 1823년에 지울리아니는 나폴리에서 이 '리라 디 아폴로Lira di Apollo'로 수차례 연주회를 열기도 했다.) 이 외에도 기타의 변종이라고 할 만한 악기는 수도 없이 많았다! 유럽에서는 12세기 무렵 키타라와 기타 사이의 어딘가에제 자리가 있을 법한 현악기들이 우후죽순으로 생겼다. 음유시인들은 이 악기들의 반주에 맞춰 노래를 불렀다. 하지만 이름만으로는 정확히 어떤 악기를 지칭하는지 구별하기 어려운 경우

가 많다. 중세 문헌에는 키타라만 아니라 키타이레kitaire며 퀴타
레quitare · 게테른getern · 기테른gittern · 귀테르네guiterne · 귀타라
guitarra도 나온다. 기타guitar라는 단어는 1621년에 접어들어서야
영어에 처음 등장했다. 당시 벤 존슨이 자신의 희곡《변신한 집
시들》에서 '기타'라는 단어를 썼다. 그 후로 기타는 요즘 우리가
아는 악기를 지칭하게 되었다. 물론 당시 철자는 kittar부터 gittar
· gytarrh · guytar · gitar · ghittar까지 다양했지만 말이다.

　무엇이 발전해 나가는 과정이 대개 그렇듯이 기타도 주로 경
쟁을 거치며 형태가 완성되었다. 유럽에서 키타라가 정체성을
확립하려고 고군분투 중일 때 스페인의 무어인은 자신들의 우드
oud를 꾸준하게 발전시켰다. 무어인은 스페인에서 무시를 받았
지만 정작 이들은 아랍 세계의 발전된 문화를 전파했으며 그 덕
분에 코르도바와 말라가 · 세비아의 궁중은 음악과 시의 중심지
로 명성을 얻었다. 무어인의 스페인에서 가장 유명한 우드 연주
자는 아불-하산 알리 이븐 나피였는데, 검은새라는 뜻의 '지랴
브'로 불렸다. 그는 흑인 노예였는데 바그다드에서 교육을 받았
다. 하지만 스승에 의해 그곳의 궁에서 쫓겨난다. 스승이 젊은 제
자의 뛰어난 능력에 위협을 느꼈기 때문이다. 822년에 지랴브는
코르도바에 도착해 안달루시아 왕의 궁정에 들어가게 되었다.
그의 손끝에서 떨리는 음색을 만들어낸 그의 기타는 새끼 사자
의 창자를 현으로 썼다고 전해진다.

　9세기에서 13세기 사이에 우드 음악은 서서히 무어인 궁정에

서 스페인 시골 지역으로 전파되었고 이윽고 유럽 전역으로 퍼져 나갔다. 유럽으로 전파된 후에는 로마인들이 남긴 키타라 연주의 전통과 뒤섞이더니 결국 하나가 되었다. 그리하여 중세와 르네상스에 걸쳐 류트와 초기 기타는 유럽 전역에서 연주되었다. 두 악기 모두 사랑 노래와 노동요·뱃노래·모험을 노래하는 발라드에 반주를 하는 대중적이고 세련된 악기로 여겨졌다. 하지만 운명과 언어의 장난에 인간의 감상과 선입견이라는 의외의 변수가 더해지면서 류트는 유럽의 궁정음악을 지배하는 악기가 되고 기타는 평민들의 악기가 되었다. 키타라와 수금처럼 기타와 류트는 문화적 상징성이라는 연옥에서 각축을 벌였고 이번에는 기타가 패배했다.

아랍의 학자들은 플라톤과 아리스토텔레스·피타고라스의 저작을 번역하면서 자신들에게 가장 익숙한 단어를 사용했다. 가령 그리스의 수금lyre을 아랍어의 우드oud로 바꾸는 식이었다. 그러므로 고전을 배우는 풍조가 유럽 문화에 퍼지면서 기타가 아니라 류트가 키타라에 서린 신화적인 아우라를 이어받게 되었다. 르네상스 내내 유럽의 철학자와 시인·음악가는 류트를 아폴로와 암피온·오르페우스의 신비로운 힘과 연관지었다. 류트는 철학자의 악기가 되면서 신고전 인문주의의 상징이자 학식과 궁정연애의 상징이 되었다. 한편 기타는 키타라와 더 가깝게 연결되어 있음에도 불구하고 정작 농부를 대하는 귀족의 경멸어린 시선과 육욕과 여자·쾌락을 폄하하는 기독교 철학자들의 태도를 그대로 덧쓰게 되었다. 다른 식으로도 얼마든지 변화할 수 있었겠지만 결국 이렇게 되고 말았다.

14세기 중반 페트라르카와 보카치오는 류트가 신의 사랑을 노래하는 악기라며 류트를 향해 찬가를 불렀다. 이와는 대조적으로 당대의 문헌과 그림을 보면 기타는 전복과 불안·정치적이고 사회적 저항·불명예스러운 에로티시즘을 의미했다. 현재 슈투트가르트의 왕립 도서관에 소장되어 있는 12세기 순교자 수난기를 보면 안디옥의 성녀 펠라기아가 당나귀를 타고 있고 동행이 두 명 있는데, 그중 한 명이 기타를 들고 있다. 여기서 기타는 순수함을 보여주는 장치가 아니다. 이 그림은 펠라기아가 성인이 되기 전을 그리고 있다. 성녀 펠라기아는 원래 춤과 연기로 먹고 살았던 예능인이었다. 기타는 그녀가 여전히 죄인이라는 메시지를 전하고 있다. 류트는 고귀하고 순수한 악기였다. 하지만 기타는 평범하고 천한 악기였다. 그런 이미지는 그 후로 5세기가 지나도록 사라지지 않았다.

1554년 영국 뉴캐슬의 수입상조합은 자신들의 견습생들에게 "문란한 자유행위"에 대해 고소장을 발부했는데, 거기에는 "주사위 놀이와 카드놀이와 가장행렬·음주·춤추기·성매수·밤에 기타 치기·턱수염 기르기" 등이 포함되어 있었다. 1969년 1월 경찰이 비틀즈의 옥상 콘서트를 급습했을 때 이 4인조 밴드는 존 스위튼엄과 윌러엄 갤소프·존 피커드에게 경의를 표했을 지도 모른다. 1381년 이 세 사람은 영국 최초로 '귀테르네'로 소동을 일으킨 죄목으로 감옥에 간 음악가들이 되었기 때문이다.

기타는 신화 속 조상들의 고향을 떠나버렸기에 극심한 타격을 입었다. 하지만 나는 이런 갑작스러운 축출이 오히려 고마울 따름이다. 관습적이고 신고전주의적인 유산에서 벗어나자 기타는 다양한 발전단계를 거치며 비딱한 이미지로 남았다. 클래식 기타는 단 한 번도 달콤한 이미지였던 적이 없다. 15세기부터 17세기까지 기타는 자유를 마음껏 표현할 수 있는 죄악의 악기라는 딱지가 따라다녔다. 한 시대를 지나며 음탕하다고 조롱을 받은 기타는 다음 시대에는 똑같은 이유로 각광받게 되었다. 기타는 충격을 줄 수도 추문을 일으킬 수도 유혹할 수도 있었다. 통치 방식과 도덕률에 매번 조롱을 던짐으로써 기타는 점점 성숙해지고 중요한 악기로 성장할 수 있었기에 음악적으로 더 복잡하고 다양한 특성을 지니게 되었다. 자신이 사는 시대의 포용성을 시험하고 싶으면 기타를 치며 추파를 던져보면 답을 알 수 있었다. 반면 몇 세기 동안 류트 연주자는 단 한 명도 체포되지 않았다.

앙리 2세의 치세 동안 프랑스에서 기타는 국왕이 정부인 디안 드 푸아티에에게 기타로 세레나데를 불러주면서 갑작스럽게 인기를 얻었다. 내 상상 속에서 앙리 2세는 정부의 방 창밖에서 무릎을 꿇고 "소들을 지켜봐줘요Gardame las Vacas"라는 노래를 부르고 있다. 이 곡은 1546년에 기타용 음악으로는 처음으로 출판되었으며 헤르메스가 아폴로에게 기타를 준 이래로 기타를 처음으로 목동과 관련지은 곡이기도 하다.

> 내 대신 소들을 지켜봐줘요. 그래야 내가 당신에게 키스할 테니.
> 아니면 내게 키스해 줘요. 그러면 내가 당신 대신 소들을 지켜볼
> 게요.

마드모아젤 푸아티에가 황홀해 하는 자태는 그림처럼 아름다웠다. 그럴 즈음 1556년에 궁정에 있던 익명의 관찰자는 이런 기록을 남겼다. "예전에는 기타보다 류트를 훨씬 더 많이 연주했다. 하지만 12년에서 15년 전부터는 너나 할 것 없이 기타만 연주한다. 그 결과 이제 류트는 기억하는 이가 거의 없다."

프랑스 궁정에서 연주했던 르네상스 기타는 크기가 우쿨렐레만 했다. 현도 여섯 줄이 아니라 복현으로 된 네 코스로, 현의 소리를 키우기 위해 두 줄 씩 묶어 놓았다. (12현 포크기타가 똑같이 복현을 사용해 공명효과를 낸다.) 전해지는 말로는 시인이자 사기꾼이었던 빈센테 에스피넬이 기타에 다섯 번째 현을 도입했다고 한다. 에스피넬은 세르반테스의 친구였으며 틀에 박히지 않은 삶을 영위한 것 같다. 그는 대학에서 제적되었고 그 후 성직자가 되었으나 성직에서도 쫓겨났고 결국 에로틱한 시를 쓰는 시인이 되었다. 하지만 그 시는 스페인에서 금지되었다. 에스피넬이 5코스의 바로크 기타를 만들었다는 전설 같은 이야기는 그가 죽은 지 8년이 흐른 1632년에 로페 드 베가가 쓴 희곡 《도로테아》의

대사에서 나왔다.

> 하늘은 에스피넬을 용서해 주시기를! 그는 우리에게 데시마 혹
> 은 에스피넬라(decima, 8음절 10행시를 말하며 에스피넬이 처음으로 만들었
> 기에 그의 이름을 따 에스피넬라라고도 한다.—옮긴이)는 물론 5현 기타까
> 지 선사해 주었다. 그리하여 샤콘느의 요란한 손짓과 음탕한 동
> 작 때문에 요즘은 아무도 과거의 춤들은 물론 과거의 고귀한 악
> 기들을 기억하지 못한다. 숙녀들의 미덕과 순결은 물론 음전한
> 침묵에 이토록 큰 모욕이 또 있으랴.

기타는 이제 성년의 나이가 되었다. 춤과 섹스를 위한 악기가
된 것이다. 관습과 사회적 억압에 저항하는 목소리기도 하다. 결
국 기타는 위협적이고 이질적이며 개탄스러운 것이고 검열이 필
요하지만 여전히 은밀하게 매혹적인 악기의 이미지를 얻는다.

베가의 희곡이 나오기 두 해 전인 1630년에 프랑스의 이론가
인 피에르 트리셰는 악기에 대한 논문을 출판했다. 그는 이 논문
에서 과장된 태도로 이렇게 묻는다. "프랑스 인에게는 류트가 더
적당하고 잘 맞는다. 게다가 류트가 여느 악기에 비해 가장 큰
기쁨을 준다는 사실을 모르는 사람이 어디 있으랴? 그런데도 우
리나라에는 기타에 빠져 기타를 배우기 위해 만사를 제쳐놓은
사람들이 있다. 그건 완벽하게 연주할 수준에 이르기에 기타가
류트보다 더 쉽기 때문이 아닐까? 혹은 그 악기에 여성스럽고 여

자를 기쁘게 하고 그들의 심장을 두근거리게 하고 그들을 관능에 끌리게 만드는 요소가 있기 때문은 아닐까?"

체제 전복적이고 천박하고 비도덕적인 기타는 로큰롤이 아니어도 충분히 대중의 눈엣가시였다. (그 논문을 읽으면 트리세가 위층의 아이들에게 고함을 치는 소리가 들리는 기분이 들 것이다. "그 끔찍한 소리 좀 줄여!") 1950년대 전자 기타처럼 5코스의 바로크 기타는 문화의 변혁을 상징하는 악기였다. 연주 스타일은 뒤죽박죽이었다. 그래서 이 기타가 연주한 노래와 춤에서 구세계가 신세계를 만났으며 최하층 계급의 음악이 주류로 등장해 성공을 거두었다.

에스피넬의 샤콘느처럼 라틴아메리카의 원주민들 사이에서는 사라방드(느리고 우아한 스페인의 춤이나 그 춤곡 — 옮긴이)가 태동했다. 이 춤은 스페인 선원들에 의해 유럽으로 전파되었고 사라방드 곡은 기타로 연주되었다. 16세기 후반에 대중의 유흥문화를 규탄하는 논문에서 후안 드 마리아나는 사라방드가 "어감이 매우 음탕하고 동작이 상당히 추해서 순수한 사람들조차 흥분할 수 있을 것"이라고 주장했다. 1590년대 스페인에서는 공공장소에서 사라방드를 연주하면 채찍 200대 형에 처해질 수도 있었다. 하지만 1606년 경에는 기타 음악을 다룬 책에도 포함될 정도로 사라방드의 이미지는 좋아졌고 1610년 무렵에는 유럽 전역에 사라방드 열풍이 휘몰아쳤다. 백년 후 바흐는 소품집에 항상 사라방드를 포함시켰다. 그럼에도 불구하고 1789년까지도 스페인과 스페인의 춤이 순수한 북유럽인들의 자제력과 도덕적 청렴함에 심각한 위협이 된다는 오명은 좀처럼 사라지지 않았다. 같은 해 프랑스 여행가 J. F. 부르구앙은 이 모호한 도전과 맞닥뜨린 후 이렇게 적었다. "세기딜랴(3박자의 스페인 2인무―옮긴이)를 추는 스페인 여인… 사랑이 자신의 제국을 확장하기 위해 이용할 수 있는 가장 유혹적인 대상 중 하나다."

그 결과 5코스 바로크 기타는 '스페인' 기타로 불리게 되었다. 정작 이 기타를 유럽 대륙에 전파한 사람들은 이탈리아인들이었지만 말이다. 하지만 이탈리아인들이 '스페인' 기타라는 용어를 썼기에 이 이름이 일반적인 명칭으로 자리 잡고 오늘날까지도 클래식 기타를 지칭하는 용어로 쓰이고 있다. (1939년 깁슨 사社가 자사 최초로 할로우 바디 전기기타를 생산했을 때 그 기타를 ES-150으로 불렀다. 이 ES가 바로 '전자 스페인Electric Spain'의 머리글자다.)

'스페인 기타'가 어떤 점에서 스페인적인지 여전히 불분명하다. 기타와 기타의 레퍼토리는 그리스와 로마를 시작으로 스페인의 무어인을 지나 이탈리아와 독일·프랑스·스페인에서 동시에 현대적인 형태로 완성되기까지 오랜 세월 유럽의 다양한 문화들이 서로에게 영향을 준 결과 탄생했다. 16세기 말에서 17세기 초까지 기타 제작의 중심지는 이탈리아 북부였다. 하지만 그 시기 제작된 기타들 가운데 지금까지 남아 있는 기타는 모두 독일인의 작품이다. 1640년 이후 기타 제작의 중심지는 프랑스로 바뀌었다. 루이 14세의 후원이 새로운 스페인 기타의 수요를 자극했다. 그 무렵 스페인에서는 '비우엘라'라는 조금 다른 악기가 인기를 얻었는데, 이 악기는 기타와 비슷했지만 기타는 아니었고 유일하게 스페인에서만 연주되었다. 엄밀한 의미의 기타는 18세기 말이 되어서야 비로소 널리 퍼지게 되었다. 하지만 그런 건 중요하지 않다. 상징은 상징 위에 켜켜이 쌓인다. 그때도 지금처럼 '스페인풍spanish'이라는 단어는 이국적인 것과 (성적인) 짜릿함·불안·특이함에 끌리는 감정 같은 의미를 나타내는 암호로 쓰였다. 스페인 기타는 동화와 도덕적 모호함에 대한 두려움과 창의적인 생산력이 주는 스릴, 거침없는 표현에 대한 암시 등을 노래하는 감정이 풍부한 음악을 표현했다.

이 시기에 기타가 독자적으로 발전했다면 지금은 그 모습이 얼마나 달라졌을지 궁금하다. 기타의 형태와 테크닉은 여전히 발전해야 할 부분이 많았지만 핵심적인 부분은 모두 갖추어져 있었다. 하지만 상황은 내 희망처럼 되지 않았다. 가능성이 충만했던 그때를 다시 곱씹어 보려니 마음이 아프다. 또 다시 기타는 경쟁을 거쳐 새로운 형태로 발전할 운명이었다. 그 결과 기타의 이미지에는 지워지지 않을 해악이 깊이 새겨지게 될 운명이었다.

루이 14세의 기타 스승은 이탈리아인 프란체스코 코르베타로 그는 그 시대에 가장 유명한 기타리스트였다. 코르베타가 젊은 왕에게 기타를 가르치기 위해 파리에 도착했을 무렵 그는 이미 대표적인 비르투오조로 명성을 날리며 만투아 공작과 오스트리아의 대공에 연달아 봉사를 한 경력의 소유자였다. 그는 파리에서 루이 왕을 비롯해 잠시 폐위된 잉글랜드의 국왕 찰스 2세에게도 기타를 가르쳤다. 1660년에 찰스가 왕좌를 되찾자 사무엘 페피스는 국왕의 기타를 안전하게 런던까지 호송하는 임무를 맡는다. 그리고 일기에 이렇게 기록했다. "전하의 기타 때문에 고생이 말이 아니었다. 나는 기타가 시시한 물건이라고 생각한다." 1667년 8월 5일 페피스는 궁정에서 코르베타의 연주를 듣는다. 그는 연주회가 끝난 후 이렇게 털어놓았다. "내가 너무 지독하게 고생을 해서 그 고생이 전부 악기에 해로운 영향을 미친 것이 틀림없다."

페피스는 류트를 연주했다. 지금도 우리는 이런 종류의 일에 익숙하다. 그의 오만함은 그가 틀렸다는 데서 우리가 느끼는 쾌감을 더욱 부채질할 것이다. 아, 불쌍한 페피스! 당신의 왕처럼 당신의 악기도 곧 역사의 무대에서 사라질 운명이라오.

"류트 연주자가 여든까지 산다면 그는 생애의 60년을 조율을 하느라 보낼 것이다." 1713년에 독일의 음악 평론가인 요한 마테손은 이렇게 썼다. 1700년 경 류트는 고도로 복잡한 형태로 발전을 해서 현만 해도 8코스와 11코스, 심지어 13코스까지 있었다. 동물의 내장으로 만든 현이 스물다섯 개 혹은 열여섯 개나 되는 악기를 관리하기란 결코 쉽지 않았고 이런 문제가 결국 도저히 뛰어넘을 수 없는 장애가 되어 류트의 발전을 가로막았다. 류트를 관리하는 비용만으로도 아무나 류트를 가질 엄두를 낼 수 없었다. 마테손의 계산에 따르면 "파리에서 류트 한 개를 가지고 있으려면 말 한 마리를 먹여 살리는 만큼 돈이 든다." 신고전주의 이상을 향한 유럽의 관용도 좀 더 합리적인 시대가 찾아오자 눈 녹듯이 사라지고 말았다. 그 결과 신화 속 수금의 화려한 이미지 속에서 그토록 오랜 세월 찬미 받았던 류트는 이 시기에 들어서는 낡고 유행에 뒤떨어진 것의 대명사가 되었다. 1800년이 되자 류트는 실질적으로 자취를 감추었다. 그것 참 쌤통이라는 생각이 들기도 하지만 한편으로는 서글픈 이야기가 아닐 수 없다. 생각해 보라. 사람들이 여전히 기타에 불만이 있다고는 해도 이제 와서 류트를 연주하는 시늉을 하거나 활활 타오르는 불속에 전자 류트를 던져 넣는 사람은 어디에도 없을 테니 말이다.

기타와 류트는 물리적인 영역과 정신적인 영역으로, 천박한 사람들과 교양 있는 사람들로 이 세상을 양분했다. 그러나 오백 년에 가까운 시간을 기타와 경쟁했던 류트는 무대에서 돌연 퇴장했다. 그 덕에 마침내 기타는 대중의 관심을 독점하게 되었을까? 그렇지 않다. 그러기는커녕 기묘하고 비극적인 상황이 이어졌다. 기타가 현이 여섯 개인 현대적인 형태로 접어드는 바로 그 순간에, 기타를 음악적으로 완벽하게 만들어 줄 수 있는 가장 위대한 클래식 연주가들과 작곡가들이 출연한 바로 그 순간에, 기타의 청중이 현명하게도 마침내 객관적인 태도를 견지하게 된 것 같은 바로 그 순간에, 기타는 새로운 경쟁자의 기습을 받았다. 그리고 이 충돌로 기타는 완전히 받아들여지지도 않은 상태에서 또 다시 거부당할 운명이 되었다.

1709년 바르톨로메오 크리스토포리는 자신이 새로 고안한 악기인 피아노포르테의 설명서를 출판했다. 그로부터 몇십 년 동안 이 악기는 현을 손으로 뜯는 것보다 활로 연주하는 현악기를 점점 선호하는 현상과 더불어 류트와 기타의 경쟁을 무의미하게 만들었다. 기타는 새로운 자유를 맞이해 만개했다. 하지만 도도한 경쟁자에게서 승기를 거머쥔 기타는 클래식 기타로 완전히 발전하자마자 도저히 저항할 수 없는 힘과 맞닥뜨리게 된다. 그것은 바로 낭만주의 사조였다. 또 다시 상징의 바퀴가 돌기 시작했다. 기타는 섹스와 전복·반란의 악기로 자리매김했지만 베토벤과 파가니니·리스트 등이 내뿜는 악마적인 에너지를 연료로 하는 바이올린과 피아노에게 그 지위를 빼앗기고 만다. 그리고 그 순간 기타는 음악적으로 성숙한 경지에 도달한 셈이 되었다. 결국 기타의 상징적인 발전도 그대로 멎어버렸다. "뱃놀이를 떠올려보라. 잔잔하거나 잔물결이 치는 호수의 은빛 수면 위를 고요하게 노 저어 갈 때, 저 하늘의 달이 그 풍경으로 은은한 달빛을 비추어줄 때, 바로 그 순간 이 악기가 부르는 노래만큼 달콤하고 심금을 울리는 음악이 또 있을까?" 죄악을 상징하던 과거를 뒤로 하고 기타는 여성스러운 덕목과 감성을 상징하는 새로운 이미지를 얻게 되었다. 여자와 기타는 같은 재료로 만들어졌다고 음악가들과 평론가들은 힘주어 주장했다. 기타는 "여자들의 유쾌한 명랑함과 소소한 슬픔들·차분한 평온함·고귀하고 고양된 사상을 너무나 적확하게 보여주기 때문에 원래부터 딸려 있는 부속물이며 그들의 어여쁜 가슴 속 상태를 보여주는 진정한 징표라고 해도 과언이 아니다."

내 손에서 음악이 그대로 얼어붙는다. 유령 같은 배음과 음울하고 꼼꼼히 따지는 듯한 베이스 음이 결합된 여섯 마디를 연주하자 로드리고의 '기도와 춤'은 잠시 숨을 돌리기 위해 휴식을 취한 후 급박하게 주제로 뛰어든다. 또 다시 가장 낮은 음들이 움직이는 한편 더 높은 음들은 긴장한 듯 떨림으로 반응한다. 바로 여기다. 바로 여기서 내 손은 공포로 그대로 굳어버린다. 두 선율을 결합시키기가 너무 어렵다. 나는 한 번에 두 가지를 해낼 수 없다.

나는 하지 못한다. 그렇지만 나는 여기 있다. 내가 어떻게 생각하든 그것은 일어난다. 선율들이 나를 극도로 긴장시키며 반대 방향에서 다가온다. 이곳에는 내면의 거부할 수 없는 급박함과 저항·두려움, 더 나쁘게 저자세와 진부함, 이 곡을 진지하게 받아들이기 거부하는 태평스러운 모습 등이 혼재되어 있다. 이곳에서 나는 언제나 얼어붙는다. 바로 이곳이 나를 격분하게 하고 좌절하게 하고, 내 인생에서 그 무엇보다 나를 비참하게 만든다. 게다가 아무리 연습을 해도 내가 느끼고 들은 것은 바뀌지 않을 것 같다. 언제나 내 귓가에서 "안 돼. 너는 할 수 없어. 하지 않아도 돼."라고 속삭이는 목소리도 절대 바뀌지 않을 것 같다.

기타가 이 세상에 존재하는 동안 바위처럼 단단한 권위를 갖고 되풀이하고 있는 말이므로. 내가 도저히 연주할 수 없는 소리를 표현하려들 때 내가 맞닥뜨리는 현실이다. 기타가 여성적이라거나 여성이어서가 아니다. 기타는 거부가 체화된 악기이기 때문이다. 내가 어떻게 행동 '해야만' 하고, 내가 무엇을 느끼도록 허용되어 있는 지에 대한 억압적인 환상이 바로 기타이기 때문이다. 이 순간, 기타는 가정적인 안락함과 인공적인 감상이라는 단단한 블록 안에 갇혀서 목이 졸리고 억눌리고 얼어붙어 있다. 기타와 여자는 모두 아이처럼 다뤄지고, 아무도 그 아이가 자라서 어른이 되기를 원치 않는다. 그리고 나는 예술가가·기타리스트가·남자가 되는 낭만적인 꿈을 꾸는 어린아이로서 내 자신을 기타의 이 이미지와·운명과·얽매임과 동일시하거나 이런 것들을 배척하기 위해 싸웠다. 다른 투쟁은 너무나 압도적이었기 때문이다. "여자들의 유쾌한 명랑함과 소소한 슬픔들." 나는 주먹을 꼭 쥔다. 내 양 주먹 안에 음악이 얼어붙어 있다. 그리고 이것이 내가 연습하는 대상이었다. 여섯 개의 현에 얽혀 있는 존경과 인정을 손에 넣기 위해 어린 시절 벌인 전투였다. 어른이 느낄 수 있는 폭 넓은 감정에 다다를 수 있는 바로 지금 나는 마비되어 꼼짝도 하지 않는 그것을 느낀다. 어떻게 이겨내야 할지 결코 알지 못한, 도망칠 수 없는 오래된 이야기는 결코 내가 도망칠 수 있으리라 믿지 않는다.

　나는 양손을 편하게 쉬게 한 후 다시 로드리고의 '기도와 춤'

의 작은 악절을 연주해 본다. 두 선율을 한꺼번에 연주해 본다. 이 곡은 정말 어려운가? 어쩌면 지금은 다를지도 모른다. 음악은 나를 넘어서는 어딘가가 아니라 바로 '여기'에 있다. 다만 익히는데 시간이 걸릴 뿐이다. 시간과 관심·인내심·용서가 필요할 따름이다.

연습이 필요할 뿐이다.

기타의 역사에서 이 위대하고도 비극적인 순간에 디오니시오 아구아도가 끼어들어 기타를 "감미롭고 듣기 편하고 구슬픈" 악기라고 외쳤다. 그도 그 시대의 가정적 판타지에 합류한 걸까? 나는 그렇게 생각하지 않는다. 내게는 아구아도가 친구인 페르난도 소르와 밤늦게까지 앉아서 그들이 사랑하는 악기의 운명에 대해 이야기를 나누는 모습이 보인다. 때는 1835년으로 장소는 파리였다. 두 남자는 경력의 정점을 찍고 있는 저명한 비르투오조였다. 그들은 압생트를 앞에 두고 앉아서 젠체하는 평론가의 펜에서 나온 최신 헛소리를 읽고 있었다.

"잔잔한 마음 속 상태!" 두 사람 중 연하인 아구아도가 종이를 벽난로의 불속으로 던지며 소리치는 어조는 사뭇 신랄하다. "어떻게 하면 저 사람들이 '제대로 듣게' 만들 수 있을까요?"

그러자 지금껏 받은 모든 형편없는 평론들 때문에 여전히 속이 쓰린 소르가 대답한다. "우리는 할 수 없다네."

"하지만 이것들은 단지 말에 불과해요. 다른 표현도 있잖아요.

웅장하다거나 신비롭다거나." 아구아도가 반론을 제기한다.

그러자 소르가 머리를 가로젓는다. 그는 전에도 이런 논의를 수없이 했기에 이런 이야기가 무의미하게 느껴질 뿐이다. "자네는 왜 다른 표현을 찾거나 기타를 피아노나 바이올린에 비교해야만 하나? 피아노와 바이올린도 훌륭한 악기라네. 하지만 한쪽이 다른 쪽에 비해 더 완벽하고 더 표현력이 뛰어난가?"

그는 술잔을 내려놓고 연주를 시작한다. 곡은 단순한 연습곡이다. 작품번호 31, 4번 B단조. 서른두 마디로 구성되어 총 연주 길이가 1분도 되지 않는 소품이다. 하지만 그가 연주하는 동안 모든 것 즉, 음악의 충만함이 그곳에 흐른다.

"기타는 자네보다 위대하다네. 모든 악기가 다 그렇지. 자신을 이 위대함에 맡겨 보게. 이 위대함을 통해 마음을 열고 상상력을 확장시켜 보게. 하지만 이 위대함의 영혼을 자네의 어휘로 얽매지 말게. 자네가 할 수 있는 음악을 하게." 친구에게 이렇게 말한 소르는 한숨을 쉬고 의자 뒤에 기대며 말을 끝맺는다. "그리고 기타가 기타가 되게 내버려두게."

끝없는 연습

"모차르트가 바그너의 리듬을 사용했다면 어땠을까?" 새 학기가 시작한지 한 달이 지났을 때였다. 나의 작곡 교수님이 피아노 앞에 앉아 있었다. 그 교수님은 키가 작고, 통통한 몸집이 어딘지 유쾌해 보이는 남자였다. 그는 피아노 건반에서 몸을 뒤로 젖혀 둥근 배가 눌리지 않게 했다. 그러고는 모차르트의 피아노 소나타 C장조를 치기 시작했다. 피아노를 처음 배울 때 거의 모두가 연습하는 곡이다. 그런데 왼손으로 연주하는 시원시원한 아르페지오가 멜로디를 받쳐주는 대신 점점 부풀어 오르는 화음의 구름 속으로 음표들을 뿜어냈다. 그의 얼굴은 손가락이 건반 위를 오르내리는 동안 지어낸 고통 속에서 일그러졌다.

"이번에는 바그너가 모차르트의 리듬을 썼다면 어땠을까?" 학생들이 웃음을 멈추자 교수님은 이런 질문을 우리에게 던진 후 〈트리스탄과 이졸데〉의 서곡을 연주했다. 담배 연기처럼 휘날리는 한 무리의 음조 대신 말이 마차를 끌고 조약돌로 포장한 도로를 또각또각 걸어가듯 일정하게 16분 음표 속도로 두드리는 듯한 소리가 났다. 그는 등을 똑바로 세우고 눈을 동그랗게 뜬 채 호기심에 찬 표정으로 우리를 바라보았다.

그 연주는 비평이었다. 이 시간에 우리는 '미분음 작곡microtonal composition'을 공부했다. 이 수업의 담당 교수인 조셉 마네리는 우리가 한 번도 못 들은 음악을 들어보라고 했다.

우리 음악원의 커리큘럼은 줄리어드처럼 원래 오케스트라를 구성하는 악기들을 위해 만들어졌다. 강의 목표는 바흐에서 모차르트를 거쳐 베토벤과 말러에 이르는 장려한 전통을 영구화하는 것이다. 나는 화성법이나 청음·음악사 등의 수업 시간에서는 서구 음악이 지닌 관습의 기원에 대해 배웠다. 하지만 조 교수님의 작곡 수업에서는 그런 것들은 멀리 던져버려야 했다. 우리 음악원의 군터 슐러 총장님은 1974년에 '제3의 물결'이라는 혁신적인 프로그램을 도입했다. 재즈와 클래식·월드 뮤직이 합종연횡하는 분야에서 새로운 장르를 탐색하기 위해서였다. 음악원은 여전히 오케스트라의 단원을 양성했다. 베토벤은 우리 로비에서 여전히 군림하고 있었으니 말이다. 하지만 조던 홀 곳곳에서 학생들은 자유분방하고 대담한 실험을 벌였다. '미분음'은 서구 음계에서 반음보다 더 작은 음을 의미한다. 17세기 중반 유럽에서는 음계가 '등분평균율'이라는 체제로 표준화되었다. 등분평균율이란 한 옥타브를 똑같이 분할한 12음으로 나누는 것이다. 도·반음 올린 도·레… 이런 식이었다. 하지만 평균율은 자연의 소리에 기반한 체계가 아니다. 오히려 자연에서 보면 질서가 흐트러진 것처럼 보이는 논리적인 순서일 뿐이다. 아랍이나 인도·중국 같은 다른 문화권에서는 서구의 12음계를 사용하지 않는다.

20세기 초 몇몇 작곡가들은 4분의 1음으로 실험을 하며 12음을 반으로 나눠서 24음으로 구성된 옥타브를 만들었다. 헝가리의 죄르지 리게티는 으스스한 분위기로 저승의 음악인 듯한 '레퀴엠'의 작곡가로 유명한데, 이 곡은 스탠리 큐브릭 감독의 1968년 영화 〈2001: 스페이스 오디세이〉의 사운드트랙으로도 쓰였다. 이 리게티가 1968년에 현악 앙상블 용으로 4분음 음악을 작곡했다. 미분음으로 작곡을 하면 4분음보다 훨씬 더 폭넓게 음을 활용할 수 있다. 그도 그럴 것이 한 옥타브가 72음으로 구성되기 때문이다. 이런 음계로 만든 곡은 서양 음악에서는 말 그대로 듣도 보도 못한 음악이었다.

"이걸 봐." 조 교수님은 피아노에서 일어서며 자신 앞에 쌓인 과제물들을 흔들며 말했다. "다-데-다-데-다. 여러 페이지와 그것의 페이지들."

그는 악보 용지 묶음을 책상 위로 털썩 떨어뜨리고는 칠판으로 다가갔다. 그러고는 하얀색 새 분필을 하나 들고 부러질 때까지 칠판에 세게 눌렀다. 산산조각이 난 분필이 칠판의 알루미늄 받침대에 튕겨서 바닥으로 떨어졌다.

"이 소리 들었니?" 그는 느닷없이 우리를 향해 돌아서며 물었다. 그는 분필이 부서지는 소리를 흉내 냈다. "취-크레-브쵸프-둥." 그는 손등으로 입을 닦으며 말을 이었다. "사방에는 새로운 리듬이 존재해. 왜 너희는 아직도 '다데다데다'를 고수하는 거지?"

조 교수님은 색소폰과 클라리넷 연주자로 경력을 시작해 주로 재즈와 그리스·터키·유대의 민속 음악을 연주했다. 1950년대에 그는 알반 베르그와 아놀드 쇤베르그의 제자였던 조셉 슈미트를 사사했다. 그리고 70년대에 들어 미분음을 사용해 곡을 만들며 전인미답의 영역을 개척해 나갔다. 이 강의의 목적은 확장된 음계로 새로운 종류의 음악적 표현을 만드는 연습을 하는 것이었다. 그런데 미분음을 접하자 그때까지 우리가 알고 있던 멜로디와 화음·리듬·음표 같은 음악 구조가 양자 수준의 기이한 상호작용을 드러내면서 붕괴하기 시작했다. 우리는 너무 관습에 젖어 있어서 충분히 주의해서 듣지 않았다. 익숙한 리듬으로 낯선 화음을 연주하는 것은 바그너의 선율을 모차르트의 악절에 집어넣는 것과 마찬가지라고 교수님은 말했다. 그는 우리가 그때까지 힘들게 습득한 음악적 관습을 모두 깨버리라고 귀가 따갑게 잔소리를 했다.

"사람들의 말소리를 잘 들어봐." 그는 바닥에 떨어져 있던 비닐봉지를 꼬아서 매듭을 만들더니 코 밑에 수염처럼 댄 채 말했다. "사람들은 바그너 어로 말하지 않아."

우리는 다시 연습을 시작했다. 나는 친구인 패트릭과 함께 앉아 있었다. 그는 내가 음악원 1학년 시절부터 사귄 비올라 전공생이었다. 우리는 공책을 무릎 위에 올려놓고 연필을 쥔 후 허공에서 새로운 뭔가를 잡아내기 위해 기다렸다. 그러자 근처의 누군가가 웃음을 터트렸다. 우리는 그 웃음소리의 리듬을 적어보려고 머리를 굴렸다.

"넌 4분의 4박자로 했어? 아니면 4분의 3박자?" 펫이 물었다.

미분음은 음악의 기본 재료들을 다시 생각해 보라며 우리를 몰아붙였다. 미분음 시대의 시그니처는 무엇인가? 미분음 역학은 무엇인가? 강의가 시작되면 처음 20분 동안 우리는 항상 청음 연습을 했다. 청음 수업에는 원시적인 1현금을 썼는데, 나무 조각을 따라 현 하나가 이어져 있었다. 과거 피타고라스가 진동하는 현의 수학을 알아낸 것과 같은 악기였다. 교수님은 음의 미세한 차이를 가르치며 우리에게 도와 반음 높은 도 사이에 있는 음 다섯 개를 불러보게 했다. 그 다섯 음의 소리를 제대로 내자 마치 중학생 오케스트라처럼 불협화음으로 들렸다. 하지만 그 경험으로 우리가 음을 듣는 방식이 변했다. 파격적인 청음 수업을 받은 지 한 달이 지나자 온갖 소리가 귀에 심하게 거슬리기 시작했다. 평범한 음계를 연주할 때는 행성 사이를 여행하는 기분이 들었다. 음과 음 사이의 거리가 그만큼 멀게 느껴진 것이다. 어느 바이올린 전공생은 이 강의를 들은 후 청음이 엉망이 되었다며 수강을 포기했다. 오케스트라와 함께 연주를 할 때 정확한 음을 연주할 수 없게 되었다는 것이다. 남은 우리는 음의 높이가 정확하지 않을 때 음악가들이 곧잘 짓는 불편하고 떨떠름한 표정을 지으며 계속 더듬더듬 실수를 연발했다.

한 번은 팻과 웃음소리를 악보에 어떻게 옮길지 토론을 할 때였다. 한 순간이었지만 조 교수님이 매일같이 경험하는 아찔한 도약을 나도 느꼈다. 지금까지 음악 양식의 의의라고 배운 지식들이 모두 사라졌다. 우리가 사랑하고 영원히 듣고 싶었던 음악이 돌연 손쓸 도리 없이 낡은 것처럼 들렸다. 베토벤과 바흐·모차르트는 모두 몇백 년 전 사람들이었다. 하루 동안 이동할 수 있는 거리가 최대 15킬로미터에 불과하고 방혈 처방이 의학 발전의 선봉에 서 있었던 시절이었다. 잠시 동안이지만 나는 교수님도 느꼈을 아찔한 무중력 상태를 경험했다. 매 순간 다시 시작할 수 있다는 자유였다. 다음 순간 나는 팻과 함께 쓴 것을 다시 읽어보았다. 그대로라면 괴상한 리듬 때문에 아무 의미도 읽을 수 없었다. 익숙하지 않은 조합의 음표들이 그 리듬을 꼭 필요한 것으로 만들어야 했다. 그리고 그 리듬에는 선율이 깃들어야 했다. 그래서 그 음표들이 함께 꼭 필요하게 느껴져야 했다. 이 자유로움을 이용해서 '올바르게' 소리 나게 만들어야 하는데, 이 작업에 적용할 만한 가이드라인이 전혀 없었다. 우리는 앞으로 조금씩 나아가는 기분이었다. 그렇지만 추락은 여전히 두려웠다.

"브르-바-쾅-작-가-작!" 교수님이 양손을 머리 위로 들어 휘젓고 엉덩이를 흔들며 구석에 모여 있는 학생들에게 뭔가를 보여주었다. 그는 가만히 있지 못했고 때로는 완전히 새로운 음악을 만들고 싶어 안달이 난 기인이었다.

팻과 나는 연필로 책상을 탁탁 두드렸다.

"저 선생님은 분명 천재일 거야." 팻이 소곤거렸다.

❋

"위대한 사람들 틈바구니에서 네 자리를 찾아라." 레오폴드 모차르트는 스물두 살인 아들에게 보내는 편지에서 이렇게 썼다. 이 편지의 수신인인 볼프강 모차르트는 그때 유럽의 문화 수도인 파리로 향하지 않고 만하임에서 빈들거리고 있었다. 그곳에서 여자친구는 생겼지만 정작 일거리가 생기지 않았다. 그의 아버지는 아들에게 타고난 재능과 맞먹는 야망을 키우라며 닦달을 해댔다. "아우트 체사르 아우트 니힐Aut Caesar aut nihil!" 레오폴드는 이렇게 일갈했다. "케사르가 되지 못하면 아무 소용이 없다!" 모차르트에게는 이 말이 훌륭한 좌우명이 되었다. 하지만 우리 같은 사람들에게는 울적한 협박에 불과하다.

어느덧 3학년이 된 나도 그곳의 실력파 학생들 틈바구니에서 내 자리를 찾기 위해 고군분투 중이었다. 나는 미분음 작곡가가 될 가망이 없다는 사실을 일찌감치 깨달았다. 수업을 함께 들은 팻이나 다른 학생들도 마찬가지였다. 미분음은 역시 조 교수님의 매체였다. 하지만 그 수업을 들은 학생들은 누구나 그 누구도

들은 적 없는 음을 듣고 다른 사람에게도 들려주고 싶은 교수님의 열의에 감화되었다. 가장 보수적인 태도를 보였던 피아노 전공생조차도 오래된 곡의 소리를 새롭게 만들어보려고 노력했을 정도니 말이다. 물론 알아차릴 듯 말 듯 미세한 해석에 의지한 시도이기는 했다. 조 교수님은 자신의 머릿속에 있는 음악을 실현하기 위해 기묘하고 충격적인 색이 가득 담긴 팔레트를 도구로 썼다. 이런 성격의 실험적인 감각으로 연주를 하면 베토벤의 '월광 소나타'도 생전 처음 듣는 충격적인 곡이 될 수 있다. 절벽에서 훌쩍 날아올라 매 순간 무한히 열린 마음으로 귀가 웅웅 울리게 할 수도 있다. 구태의연한 감각의 틀을 박차고 나와 항상 듣던 대로 듣겠다는 안이한 습관을 벗어던지고 도약을 하기만 하면 된다. 조 교수님은 매일 그것이 가능하다는 사실을 직접 보여주었다. 하지만 대개의 경우 도약을 하더라도 추락하고 만다. 적어도 처음에는 그렇다. 음악을 듣던 대로만 듣고, 미지의 땅으로 모험을 떠나느니 좋아하는 음악을 반복하는 편이 훨씬 더 안전하다. 사실 우리 중에 케사르는 그리 많지 않으니 말이다.

방학이 끝날 무렵 개강을 앞두고 나는 부모님과 함께 브로드웨이에서 피터 쉐퍼의 연극 〈아마데우스〉를 관람했다. 이 희곡을 각색한 밀로스 포먼의 영화는 제작되기 전이었으므로 우리가 브로드허스트 시어터의 오케스트라석에 앉을 때만 해도 연극에 대해 대략적인 줄거리밖에 몰랐다. 연극에서는 이언 멕켈렌이 오스트리아의 요제프 2세 황제의 궁정 작곡가이자 당대 가장 성공한 음악가인 안토니오 살리에리를 연기했다. 살리에리는 성실하고 재능 있는 음악가였다. 어린 시절 그는 명성과 명예를 얻을 수 있게 해달라고 빌었다. 그리고 그 기도는 응답을 받았다. 황제에 봉사하며 성공을 구가하던 살리에리는 다작을 하며 인기를 얻었다. 어느새 그의 음악은 유럽 전역에서 인기를 얻는다. 다음 장면은 모차르트 무대 등장. 탁월하고 유치한 볼프강 아마데우스 모차르트.

모차르트의 음악을 들은 살리에리의 귀는 숭고할 정도로 영감이 번뜩이고 압도적이며 완벽한 핵심을 놓치지 않았다. 바로 그것이 그를 파멸로 몰고 갔다. 자신이 도저히 붙잡을 수 없는 아름다움과 대면한 살리에리는 고통 속에서 재능과 성공을 망쳐갔다. "재능을 알아볼 줄도 모르는 사람들에게 지난 30년 동안 '재능 있는 남자'로 불렸다니!" 빈의 청중이 자신들과 함께 있는 천재를 무시하고 살리에리에게 환호를 보내자 살리에리는 이렇게 절규했다. "모차르트가 될 수 없다면 아무 것도 되고 싶지 않다." 그는 결국 소원을 이룬다. 모차르트는 사후에 불멸의 음악가가 되었지만 여전히 살아있는 살리에리는 완전히 잊히고 말았다. 그리고 재능이 없는 자들의 수호성인이 되었다. 늙고 버림받은 궁정작곡가가 된 살리에리는 마지막 대사에서 현대의 청중에게 이렇게 말한다. 그와 마찬가지로 귀담아 들을 가치가 없는 우리 모두에게 말이다. "평범한 이들은 사방에 있다. 지금도 그렇고 앞으로도 그럴 것이다. 나 이제 그런 당신들은 죄가 없음을 선고하노라." 그는 결코 모차르트가 되지 못할 우리의 실패에 공감하며 이렇게 말한 것이다.

맨해튼에서 집으로 돌아가는 동안 부모님은 배우들의 호연과 인상적인 줄거리에 대해 열띤 목소리로 대화를 나누셨다. 부모님에게 그날 밤의 연극 나들이는 만족 그 자체였다. 반면 내 안에서는 뭔가가 뚝 부러지는 느낌이었다. 내 눈에 살리에리는 나의 가장 큰 공포가 실체화된 모습이었다. 내 재능이 내게 '너는 평범하다'고 선고하는 모습 말이다. 집에 도착해 부모님이 잠자리에 든 후 나는 주방에서 연습을 시작했다.

하지만 이제 와 생각해 보니 〈아마데우스〉는 당시 내가 거부했던 것과 다른 이야기를 들려준 것 같다. 그 연극의 극적인 힘은 가장 비현실적인 요소에서 비롯된다. 쉐퍼가 창조한 살리에리는 역사의 귀로 듣는다. 그는 청중이 훗날 시간이 흘러야 알게 되는 것을 이미 다 알고 있다. 모차르트가 1781년 빈에 도착했을 때 그의 재능은 명백했고 그 누구도 부정할 수 없었다. 하지만 그가 천재인지는 여전히 사람들의 판단에 따라 달랐다. 그는 아직 '그' 모차르트가 아니었다. 피터 쉐퍼는 역사적인 사실의 무게에 의문을 품음으로써 살리에리를 기만했다. 살리에리는 모차르트가 천재라는 사실을 알기 때문에 파멸이 불가피해 보인다. 하지만 살리에리를 비롯해 모든 예술가들 즉, 위대해지기 위해 고군분투하는 사람들 모두가 짊어져야 할 짐은 (훗날 명백해질 사실을) 당시에는 알지 못한다는 것이다. 당신은 어떻게든 용기를 그러모아 절벽에서 뛰어내려야만 한다. 하지만 당신이 비상할지 추락할지는 당신에게 달린 문제가 아니다.

12월 초 조던 홀의 히터들이 끼끼거리는 소리를 낼 무렵, 한 무리의 기타리스트들이 비공식적인 워크숍을 열고 싶다며 베토벤 조각상에서 홀을 가로지르면 있는 대형 리허설 공간 사용을 요청했다. 1학년부터 나와 친구로 지낸 존과 마누엘이 새까맣게 타버린 나무들처럼 방안에 쌓여 있는 무겁고 시커먼 보면대들을 말끔히 정리했다. 릴라와 마커스·나는 접이식 의자를 일렬로 정리했고 데미언과 다른 친구들은 우리가 벗어 놓은 코트들을 돌돌 말아서 문과 창문의 틈새를 막았다. 외풍을 막기 위해서였다. 실내를 다 정리한 후 우리는 제비뽑기로 연주 순서를 정했다.

우리가 신입생이던 시절 기숙사 조교였던 마커스는 후배 기타리스트들 사이에서 암묵적인 리더 역할을 했다. 그는 성품이 온화하고 관대했으며 언제나 상대의 이야기를 경청하고 조언을 아끼지 않았다. 그의 연주를 모두가 좋아하는 것은 아니었다. 하지만 연주와 비평을 목적으로 모인 우리 모임에 대한 그의 헌신과 통찰력에 우리 모두는 존경을 보냈다. 그는 이런 공동의 활동이 실력을 키우는데 도움이 되리라 믿어 의심치 않았다. 하지만 현실이 항상 그의 비전에 부응하는 것은 아니었다.

마커스처럼 대학원생인 릴라가 제일 먼저 연주를 했다. 그녀는 도메니코 스카를라티의 하프시코드 소나타를 직접 기타곡으로 편곡한 곡을 연주했다. 릴라는 말썽꾸러기 악동 같은 표정을 짓고 있었지만 연주 실력은 우리 학교의 기타 전공자들 가운데 가장 뛰어난 축에 들었다. 그녀가 편곡한 음악은 그녀의 개성과 잘 어울렸다. 분위기는 활기차고 중간으로 가면 조를 바꾸는 순서가 독특해서 듣는 이들은 저절로 귀를 쫑긋 세우고 집중하게 되었다. 릴라는 곡이 기타에 잘 어울리도록 한 학기 내내 곡을 손보았다. 그녀는 소나타에 두 가지 속도를 시험해 보기 위해 두 번 연주했다. 그녀는 구겨지고 메모가 난무한 악보를 보며 연주를 하는 내내 턱을 살짝 들고 날카로운 스타카토처럼 눈에 힘을 잔뜩 주었다.

릴라의 연주가 끝나자 우리의 논의는 대조되는 두 개의 악구가 교차하는 악절로 모아졌다. 뭔가가 잘 들어맞지 않았지만 그것이 무엇인지 의견이 일치하지 않았다. 레슬링 선수 같은 체격에 남미 작곡가들의 곡을 좋아하는 존은 타이밍이 문제라고 생각했다. 연주를 할 때면 흐느적거리는 듯한 손과 어깨가 리드미컬하게 움직이는 마누엘은 기타리스트라기보다 농구 스타처럼 생긴 친구였다. 그는 릴라의 조음에 문제가 있다고 했다. 우리가 이렇다 할 결론을 내리지 못하고 갑론을박을 하는 동안 릴라는 이렇게 저렇게 바꿔 연주를 했다.

한동안 우리의 토론을 잠자코 듣고 있던 데미언이 짜증스러운 기색을 보이며 벌떡 일어났다. 그는 금발머리에 빈정거리기를 잘 하는 친구였다. 나보다 두 해 먼저 들어온 그의 손가락은 신비스러울 정도로 정확하게 음을 짚었다. 마치 손끝이 절대음감을 지니기라도 한 것 같았다. 우리는 그런 그의 아우라에 주눅이 들곤 했다. 그의 연주를 처음 들었을 때 남은 평생 음계를 연습한다고 해도 그의 능숙한 손놀림을 따라가지 못하겠다고 생각했다. 하지만 정말 부러운 부분은 따로 있었다. 데미언은 세고비아에게 레슨을 받은 경험이 있었던 것이다. 아주 오래 전 그가 어린아이였을 때였지만 그는 늘 이 사실을 자랑거리로 여겼다. 그래서 음악원의 복도를 걸어 다닐 때면 늘 잘난 척하는 웃음을 지었다. 우리들이 죽어라 하는 연습에는 별 흥미가 없다는 듯 심드렁하고 자기만족에 빠진 표정이었다. 그는 기타를 어색하게 들고릴라의 의자에 한쪽 발을 올린 후 그녀를 굽어보는 듯한 자세로뭔가가 잔뜩 적힌 악보를 읽었다. 그러더니 악보를 보자마자 한번도 연주해 본 적이 없는 문제의 악절을 수월하게 연주했다.

"너는 '이' 손가락이 '이' 손가락을 현에서 밀어내고 있어. 네운지법이 문제야."

데미언은 문제점을 지적하고는 자리에 다시 앉았다. 동정하는 듯한 서글픈 미소가 서린 그의 얼굴은 이렇게 말하는 것 같았다. "너희는 관두는 게 낫겠다. 희망이 없어."

릴라는 좀 전과 다르게 현을 짚으며 연주를 했다. 역시 문제는사라졌다. 릴라는 이 해결책이 무척 만족스러운 것 같았다. 문제는 자신의 연주가 아니라 운지법이었으니 말이다. 하지만 존과마누엘을 비롯해 우리는 감탄과 짜증이 뒤섞인 기분으로 잠자코 앉아 있었다. 왜 우리는 그 문제점을 알아차리지 못했을까? 데미언은 정말 우리보다 훨씬 더 뛰어날까?

데미언이 선보인 연주는 말 그대로 난공불락이었다. 음악원은 자신의 손가락이 그렇게 완벽하게 연주하는 음들을 이해하지 못하는 테크닉의 비르투오조들로 가득했다. 데미언은 자신의 순서가 되자 훌리오 사그레라스의 대표곡인 '엘 콜리브리'를 연주했다. 누구나 한 번은 연주해보고 싶어 하는 곡이었다. 이 곡은 벌새의 날갯짓을 표현한 작품으로 기타곡 가운데 가장 기교가 요구되는 곡이기도 했다. 흠이라고는 없는 연주였다. 데미언은 연주를 마친 후 제 자리에 가 앉았다. 마치 자신의 연주에 흠이 있다면 찾아보라는 태도였다.

"연주가 난폭한 편 아닌가?" 마누엘이 용감하게 데미언의 음색과 프레이징에 대해 거론했다.

우리 중 몇몇이 동의한다는 듯 고개를 끄덕였다. 당연히 우리는 흠 잡을 데 없는 그의 테크닉을 부러워했다. 게다가 하나같이 졸부 같은 모습도 부러워했다. 그 많은 돈과 그 돈을 흥청망청 쓰는 모습을 말이다. "데미언은 기술적으로는 환상적이야. 하지만 음악성이 떨어져." 우리 중 누군가는 늘 그런 말을 했다. 거의 매일 누군가는 이런 비판을 했다. 이런 비판은 누구든 모두의 부러움을 받는 학생들에게 향했다. 손가락이 재빠르거나 정확하게 음을 짚는다고 추어올리면서 동시에 아무리 그래도 말로 표현할 수 없는 중요한 뭔가가 빠졌다며 흠을 잡았다. 대단하지만 깊이

가 없다고 지적하면서 우리는 데미언처럼 동정하듯 서글프게 고개를 가로저었다. 이렇게 말하려는 듯이 말이다. "손가락이야 그렇게 술술 움직이지만 그래봤자 너는 희망이 없어. 그냥 관두는 편이 낫겠어."

"멜로디를 좀 더 가볍게 해 봐. 좀 더… 살아있는 생물이라고 생각해봐." 마커스가 데미언의 연주에 없는 부분을 정확하게 표현하려고 애쓰며 온화하게 말했다. "악절이 숨을 쉬게 해 봐." 이렇게 말하는 그의 목소리는 흡사 가르랑거리는 것 같았다. 그러더니 자신의 기타를 들고 다리를 꼰 후 처음 몇 마디를 데미언이 연주한 속도로 정확하게 연주했다. 데미언의 연주보다 더 우아했다. 마치 음들이 아주 미세한 공기 흐름에도 반응하듯이 공기 중에 떠 있는 것 같았다. 마커스는 언제나처럼 좋은 교사가 되기 위해 애를 쓰고 있었다. 하지만 나는 재능 있고 성질 고약한 데미언이 제 자리에서 투덜거리는 소리를 들으며 다른 친구들과 소리죽여 킬킬거렸다.

합스부르크 왕조의 으리으리한 궁정에서 살리에리와 모차르트에게도 이와 똑같은 일이 벌어졌을 것이다. 1781년에도 마찬가지로, 해석과 음악성에 대한 평가는 모두 의견일 뿐이었다. 우리처럼 표준적인 레퍼토리를 연주하는 연주자들은 그 차이가 매우 미미하다. 음악이라는 칼의 날 위에 서 있는 조 마네리와 달리 우리는 대부분 그러지 못했다. 조 교수님은 전통을 벗어나 홀로 무에서 새로운 소리를 만들어내는 반면 우리는 전통의 해석자였다. 그러므로 음조와 테크닉처럼 명확한 것들을 두고 서로 경쟁을 하며 한편으로는 싫어하는 경쟁자들을 비난하기 위해 방어적으로 연대했다. 시건방진 애송이 무리처럼 우리는 엘리엇의 새 앨범이 나오면 콧대를 세운 채 "너무 급하지 않아?"라거나 "너무 불안해." 같은 말을 했다. 아니면 조던 홀의 발코니에 모여 줄리안 브림의 연주를 들으면서 "너무 산만하지 않아? 몸에 힘이 잔뜩 들어간 것 같기도 하고." 같은 소리를 지껄이곤 했다. 음악원은 야망이 불타오르는 장소였다. 우리의 경력은, 다시 말해 자신에 대한 믿음은 소리로 재현된 음악을 다른 사람보다 얼마나 더 듣느냐에 달려 있었다. 하지만 강렬한 야망은 대개 옹졸한 방식으로 표출되었다. 우리는 영감이 아니라 흠을 잡으려고 음악을 들었다. 마치 이렇게 말할 구실을 찾으려는 듯 말이다. "내가 최고가 아니라면 아무도 최고가 될 수 없어."

마침내 내 연주 순서가 되었다. 나는 '엘 콜리브리'와 최대한 분위기가 다른 마누엘 드 팔라의 '드뷔시의 죽음에 바치는 오마쥬'를 골랐다. 나는 테크닉으로 경쟁하기보다 곡을 얼마나 깊이 있게 이해했는지 보여주고 싶었다. 어딘지 수다스러운 느낌의 통통 튀는 곡보다 느릿하고 틈이 많은 곡이 연주하기 훨씬 더 어렵다. 음울한 느낌이 짙게 배인 침묵과 애절한 슬픔이 폭발하는 느낌을 잘만 표현하면 테크닉이 뛰어난 연주자들도 내 실력을 인정할 것이라고 생각했다.

"처음부터 끝까지 너무 비슷비슷하게 이어져. 강약과 음조를 다르게 해보면 어떨까?" 존이 머뭇거리며 말했다. 그러자 다른 사람들이 고개를 끄덕였다.

"특히 중간의 이 부분." 데미언이 빠른 악절 한 곳을 가리키며 말했다. "이 부분은 시작과 끝부분과 다르게 완전히 힘을 빼야 해."

그들의 말이 다 맞았을 것이다. 우리 중 누군가가 나처럼 연주를 했다면 나도 똑같은 평가를 내렸을 것이다. 하지만 이런 평가들이 도움이 되기는커녕 내 연주에서 자유를 구속했다. 나는 분명 이 곡에서 심오한 차원의 감정을 '들었다'. 하지만 겉은 예의 바르지만 속에는 칼을 품은 친구들 앞에서 무방비 상태로 내 감정을 드러내고 표현하려니 너무 무서웠다. 흠 잡을 데 없이 잘하지 못하면 어쩌나하는 두려움이 내 연주의 폭을 제한했다. 그것이 친구들의 평을 더 날카롭게 만들었다. 만약 연주가 처음부터 끝까지 비슷비슷하다면 이런 평이 나올 것이다. "네 연주는 지루해." 첫 부분에서 힘을 빼지 않으면 또 이런 평이 나올 터였다. "연주가 너무 딱딱해." 이런 평가를 친구들에게 하면서 우리는 마음의 평화를 얻었다. 우리는 모두 뛰어난 실력을 갖추고 있었다. 하지만 우리 중 누가 가장 훌륭한지 알 길이 없었기에 서로를 비판하면서 자신감을 얻은 것이다. 각자의 음악적 장점이 무엇이든 이런 평가들의 속내는 대개 이랬다. "내가 너의 실수를 고쳐줄 수 있다면 내 실력이 더 위라는 거지." 모차르트도 아마 이렇게 느꼈을 것이다. 그리고 살리에리도 그와 똑같이 느꼈을

게 분명하다. 누군가는 진짜 천재일 수 있지만, 우리에게 비극은 누가 천재냐 아니냐가 아니다. 천재라는 사실이 드러나려면 오랜 세월이 흘러야 한다는 것이다. 게다가 그렇다고 해도 대개 우리 판단은 검증을 받게 된다. 아니다. 비극은 따로 있다. 우리는 대부분 경쟁을 하면 할수록 자신의 음악이 더 보잘 것 없다고 느낀다. 우리가 들은 음악이 우리를 망치는 것이다. 이것이 바로 우리의 비극이다.

음악적이라는 판단은 누가 하는가? 음표들을 추상적인 형태로 인지하는 작곡가인가? 악기 연주로 음표를 실현하는 음악가인가? 아니면 조용히 앉아서 그 음악을 듣는 청중인가?

�֍

모차르트는 1781년 빈에 도착한 직후 아버지에게 보내는 편지에 이렇게 썼다. "저를 믿으세요. 저는 최대한 돈을 많이 벌겠다는 목표 하나밖에 없습니다. 건강 다음으로 돈이 최고니까요."

음악원 시절 우리는 밤을 지새우며 누구의 연주가 음악성이 가장 뛰어난지 토론을 벌이곤 했다. 하지만 무엇이 성공인지에 대해서는 의견이 일치했다. 독주자로 경력을 쌓고 전 세계를 돌며 연주회를 열고 위대한 음악을 만드는 것. 그것이 아무도 이의를 제기하지 않는 성공의 정의였다. 당연히 그런 성공에 뒤따라오는 부도 기대했다. 하지만 우리가 궁극적으로 추구하는 목표는 돈이 아니었다. 우리가 추구하는 예술적 야망에 비하면 물질적인 성공은 보잘 것 없어 보였다. 그렇다고 해도 돈을 벌 거라 생각하면 부인할 수 없는 만족감도 느껴졌다. 예술적인 성공을 생각하면 그 과정도 결과도 모호했지만 부를 쌓는다고 하면 언짢기는 해도 구체적으로 명확한 이미지가 그려졌다. 우리는 시장의 가치를 증오했다. 그러면서도 성공하고 싶었다.

우리는 학생이었기에 직접 연주회를 열기가 힘들었다. 나는 대개 동료 기타리스트들을 위해 반주를 했고 1년에 한두 번 교회나 지역 도서관·학교에서 열리는 외부 연주회에서 연주했다. 그런데 우리가 원하기만 하면 돈을 벌 수 있는 일은 널려 있었다. 파티나 결혼식·갤러리 개관식 같은 행사에서 음악을 연주해 줄 사람을 구하는 요청이 매일같이 음악원으로 들어왔다. 이런 시장에서는 오케스트라 단원의 수요는 매우 낮다. 하이든의 후원자였던 에스테르하치 대공은 저녁을 먹은 후에 교향곡 듣기를 좋아했기 때문에 주방 직원의 일원으로 개인 오케스트라를 고용했다. 하지만 이런 귀한 의뢰인은 보스턴에서도 소수에 불과했다. 공연 사무실로 들어오는 일거리는 하프·현악 4중주·파티에서 연주할 재즈 밴드 그리고 클래식 기타 연주자들을 찾는 의뢰였다. 이 악기들은 배경음악 연주용으로 더할 나위 없이 좋았다. 듣기 좋고 분위기 있고 튀지 않는 음악을 연주하니 말이다. 나는 2학년에 올라간 후로 거의 매주 이런 아르바이트를 했다. 당신이 무명의 연주자라면 사람들은 당신의 연주를 공짜로 듣고 싶어 할 것이다. 하지만 그들이 칵테일을 홀짝이며 수다를 떠는 동안 당신이 연주를 해준다면 그들은 음악을 듣지 않는 대가로 기꺼이 넉넉히 지불할 것이다.

공연 사무실의 주선으로 나는 브룩클린의 맨션에서 열린 개인 파티에서 연주를 한 적이 있다. 그 파티에서 회사 사장 세 명이 술에 잔뜩 취해서는 기타 반주에 맞춰서 빌리 조엘의 '저스트 웨이 유 아'를 불렀다. 그 외에도 나는 백화점의 속옷 매장 개업식에서도 연주를 했다. 장소가 장소인지라 몸매를 뽐내는 모델들과 샴페인이 완비되어 있었는데, 둘 다 내가 테크닉을 뽐내는 데 방해가 되었다. 보스턴의 노스엔드에 있는 이탈리아 문화원에서 열린 연례 오찬에서는 갑자기 병이 난 친구를 대신해서 마지막 순간에 대타로 나가 바이올리니스트의 반주를 했다. 우리는 턱시도 차림에 빨간 넥타이를 매고 같은 색의 넓은 허리띠를 한 채 포도넝쿨로 뒤덮인 격자 구조물 아래에 서서 세 시간 동안 오페라 아리아를 연주했다.

3학년 봄 로드아일랜드의 뉴포트에서 열린 결혼식장에서 연주했던 날 나는 학생 신분의 직업 연주가로 경제적 성공의 정점을 찍었다. 해변에 서 있는 자그마한 예배당에 도착한 아침은 구름이 잔뜩 낀 흐린 날이었다. 예비부부와 들러리들은 식장을 꽃으로 장식하고 좌석마다 카드를 배치하는 등 한창 식장을 꾸미는 중이었다. 뒤쪽에 마련된 내 자리에 앉자마자 신부의 어머니가 와서 내게 식 중에도 연주를 해야 한다고 했다. 의뢰를 할 때만 해도 예비부부는 내게 피로연에서 연주할 '그들의 노래'만 준비해 달라고 했다. 그런데 그날 가보니 두 사람이 결혼식 계획을 직접 짜면서 그 노래가 식의 대미를 장식하도록 한 것이었다. 결국 나는 '사랑은 인내하는 것'이라는 셰익스피어의 글을 인용한 후 뮤지컬 〈캣츠〉의 삽입곡인 '메모리'를 편곡한 곡을 연주했다. 내 연주가 끝나자 킬트를 입은 백파이프 연주자가 신랑신부와 하객들을 해변으로 안내했다. 그곳에서 우리는 모두 70피트짜리 요트에 올라타 남은 하루를 뉴포트 하버를 항해하며 보냈다.

나는 오후 내내 요트의 고물에서 연주를 했다. 어느새 날은 청명해졌고 햇살이 비친 수면은 찬란하게 반짝거렸다. 요트의 앞쪽 어딘가에서 마리아치 밴드가 돌아다니고 있었다. 누군가가 갑판으로 나오려고 선실의 문을 열 때마다 트럼펫 소리가 길게 새어 나왔다. 나는 커다란 국기 아래 처진 차양 그늘에 앉았다. 국기가 미풍에 뚝뚝 부러지듯 휘날렸다. 내 발밑에서 엔진이 웅웅거리고 그 진동이 의자를 타고 올라왔다. 나는 내가 아는 곡을 죄다 연주했다. 레퍼토리가 다 떨어지자 며칠 전에 산 연습곡 악보집을 보면서 연주했다. 도돌이표란 도돌이표는 다 지켰다. 악보집을 끝까지 다 연주하자 나는 처음으로 돌아가서 이번에는 전과 다른 속도로 연주했다.

내가 자리에 앉아 있는데 중년 신사 한 명이 다가왔다. 키가 크고 혈색이 좋으며 턱시도를 입은 모습이 꽤 기품이 있어 보였다. 그 신사는 내 자리 주위를 빙빙 돌더니 잠시 서서 내 연주를 들었다. 마침내 안으로 돌아가려다가 불쑥 록큰롤을 하는 시늉을 하고 입으로 "뉴-뉴-뉴"하고 전자기타 소리를 내며 내 연주를 거들었다.

시간이 흘러 해가 서쪽으로 떨어지기 시작할 즈음 나는 잠시 쉬느라 난간 옆에 서 있었다. 추파를 던지듯 화려한 용모의 여자가 내게 다가왔다.

"아하, 기~타 연주자." 그 여자는 난간에 등을 기대고 머리 위를 빙빙 돌고 있는 갈매기들을 바라보았다. 그녀는 피로연이 지루하다고 했다. 무슨 곡을 연주하면 그녀의 기분이 살아날 수 있을까? 나는 다시 기타를 집어 들고 그녀가 감수성이 예민하기를 기대하며 '카프리초 아라베'를 연주하기 시작했다. 그녀는 난간에 기대서 꿈꾸는 듯한 눈빛으로 바다를 바라보았다.

"고마워요. 너무 감미로워서 하마터면 잠이 들 뻔했어요." 내가 연주를 마치자 그녀가 인사를 했다.

하지만 달리 보면 그날 오후는 대성공이었다. 해질녘에 항구에 정박하자 마냥 행복한 신부가 술기운이 올라서 시간 당 50달러인 평소 예식장 공연비에 40퍼센트를 팁으로 얹어 주었다. 팁과 공연비를 다 합치니 그날 내가 쓴 비용과 한 달 집세를 제하고도 남을 액수였다. 갤러리 개업식에는 몇 시간을 연주하고 20~30달러를 받았다. 한편 크리스마스 같은 명절을 앞두고 열린 사무실 파티에서는 100달러에 보너스로 공짜 음료까지 제공받았다.

뉴포트에서 결혼식 연주를 마친 후 집으로 차를 몰고 돌아오면서 좋은 음악과 나쁜 음악을 구분하지 못하는 사람들을 대상으로 돈을 벌기가 얼마나 쉬운지 생각하자 헛웃음이 나왔다. 해변에 늘어서 있는 으리으리한 맨션들을 지나치는데 나도 모르게 고생도 경쟁도 그리고 언제나 손을 놓을 수 없는 연습도 다 버리고 살면 얼마나 좋을까 하는 생각을 했다. 나도 원한다면 돈을 잘 벌고 부모님처럼 안락한 생활을 할 수 있었다. 꼭 실력을 키워야 할 필요도 없었다. 이미 생계를 유지할 정도의 실력은 갖추었기 때문이다. 음악원의 강사들 가운데 내가 꿈꾸는 경력에 도달한 사람은 드물었다. 그들은 대부분 말하자면 이중의 정체성을 가진 사람들이었다. 강의를 하면서 음악을 하거나 음악학을 연구하면서 음악을 했다. 내가 아는 가장 뛰어난 기타리스트 가운데 한 명은 열쇠수리공이었다. 그런 사람도 있는데, 결혼식에서 연주해 먹고 사는 게 뭐가 나쁜가? 나는 당장에라도 직업 기타리스트가 될 수 있었다. 더이상 실력을 쌓을 이유도 다음 연주를 위해 미리미리 연습할 필요도 없을 것이다. 어차피 다른 기타리스트들은 내 연주야 어떻든 흠만 찾아낼 텐데, 실력을 키우는 게 무슨 의미가 있을까? 이벤트에서 연주를 할 때는 요구사항도 별로 없었다. 베토벤을 연주해도 되고 도레미만 연주해도 괜찮았다. 무엇을 연주하든 사람들은 감미로운 곡이라고 말해 줄 것이다. 어쩌면 그것으로 충분할 지도 몰랐다.

그날 밤 집에 도착해 악보집을 가방에서 꺼내는데 2년 후·3년 후·10년 후의 내 모습이 보였다. 연습으로 실력을 갈고 닦는 길을 버리고 본질적으로 똑같은 사람들을 위해 결혼식장을 전전하며 늘 똑같은 곡을 연주하면서 그곳을 클래식 음악을 닮은 감미로운 소음으로 장식하는 미래 말이다. 나는 진저리를 치며 머릿속에서 그 생각을 지워버렸다. 평생 감미롭기만 한 인생. 이것은 내가 원하는 모든 것과 정반대였다. '감미로움'은 아무 의미도 없었다. 이 단어는 모든 힘, 음악을 위대하게 만드는 모든 것이 다 빠져나간 당의糖衣를 입힌 음악을 묘사하는 표현에 지나지 않았다. 살리에리는 빈의 사람들을 대상으로 감미로운 곡을 써서 부를 쌓았다. 하지만 그의 성공에도 불구하고 아무도 살리에리가 되려 하지 않는다. 여전히 내게 위대한 음악가가 될 기회가 있다면 '감미로움'의 인생을 목표로 삼는 행위는 참을 수 없는 배신이 될 것이다.

나는 저녁을 먹은 후 다시 연습을 하려고 앉았다. 연습곡은 에이토르 빌라 로보스의 프렐류드로, 길고 무거운 선율이 어둠을 휘감으며 흘러가는 곡이었다. 어떻게 해야 그 곡을 음악적으로 연주할지 감이 잡히지 않았다. 내 앞에는 몇 달이고 몇 년이고 시간이 있었다. 아직도 연주할 기량을 갖추지 못한 곡들도 잔뜩 있었다. 나는 어딘지 모를 곳 한 복판에서 도약을 배우는 중이었다. 막상 그렇게 생각하니 나도 모르게 마음이 편해졌다. 멋진 집·요트·브로드웨이에서의 하룻밤을 살 돈을 못 번다고 한들 그게 뭐 그리 중요하겠는가? 단지 유쾌하고 안락한 삶보다 예술가의 삶이 더 좋지 않을까? '감미로운' 연주를 벗어나지 못하리라는 사실을 확실히 아는 것보다 차라리 자신이 무슨 곡을 연주하는지 그 가치를 모르는 편이 더 좋지 않을까? 나는 내 실력을 확신하지 못한 채 사는 것보다 음악이 뭔지도 모르는 사람들을 대상으로 같은 곡을 몇 번이고 연주해야 하는, 아무 것도 아닌 삶이 더 두려웠다. 그런 삶은 분명 내 음악을 망칠 게 확실했다. 이런 이유로 나는 내가 다른 길을 걸으리라고, 성공하리라고 확신했다. 내가 이 정도까지 열정을 바친 일이 모두 허사가 되다니 상상조차 할 수 없었다. 아니 이토록 애정을 쏟아 붓는 대상이 내게 상처를 줄 리가 없지 않은가. 대신 나는 다른 운명이 더 두려웠다. 매일 "내가 좀 더 귀 기울여 들었더라면, 더 열심히 공부했더라면, 더 연습했더라면…."이라는 회한에 빠져 허무하게 흘려보낸 자신을 후회하는 악몽 같은 인생을 말이다.

대성당

진동하는 물체는 다른 물체를 진동하게 한다. 음향악에서는 이런 현상을 물체를 '흥분'시킨다고도 하는데, 정식으로는 '진동 짝지음vibraional coupling'이라고 한다. 나는 낮은 E음인 1번 줄의 음을 다시 높인다. 이 악기가 품은 깊고 어두운 곳을 엿보는 것처럼 나는 로드리고의 '기도와 춤'을 연습하기 위해 가장 낮은 음을 한 음 더 낮춰 놓았다. 이제 조율용 핀을 돌려서 1번 줄을 한 음 올린다. 그러면 기타의 다른 부분이 진동한다. 오른쪽 엄지손가락으로 현을 튕긴다. 1번 줄의 홈이 텅하고 울리면서 현이 고정되어 있는 브릿지라고 하는 뼛조각을 흥분시킨다. 그러면 브릿지는 브릿지를 고정하는 새들을 흥분시키고 새들은 그 진동을 기타의 전면으로 전달한다. 이번에는 이 진동이 현의 주파수와 똑같이 진동하면서 우리가 들을 수 있는 소리를 낸다. 내가 만든 진동이 돌고 돌아 나를 흥분시킨다.

이번에는 무슨 곡을 연주해볼까? '기도와 춤'을 연습하고 나면 어쩐지 초조하고 기묘한 느낌에 사로잡힌다. 지금 내 손에 잡힌 기타에서 낯선 느낌이 난다. 익숙한 느낌이 아니다. 손가락의 온기는 여전히 기타의 몸체에 남아 있다. 그럼에도 불구하고 마치 기타를 난생 처음 만져보는 것 같다. 기타가 변한 걸까? 아니면 내 손이 변한 걸까? 나는 당혹감에 휩싸여 잠시 가만히 있어본다. 정말 기타의 형태가 달라질 수 있을까? 아니면 내가 변할 수도 있는 걸까?

나는 기타를 내려놓고 부엌으로 가서 차를 만든다. 차는 잠시 일어나 방안을 서성거릴 핑계에 지나지 않는다. 나는 매일 차를 옆에 가져다 놓아야한다고 마음속으로 다짐을 한다. 하지만 막상 연습을 시작하면 그 다짐을 잊어버리고 결국 차가 차갑게 식어서 마시지 못할 지경이 되도록 방치한다. 오늘만큼은 잊지 않고 주의하리라. 나는 스토브에 올린 물이 끓는 동안 그 앞에 서 있다. 그리고 차가 우러나도록 가만히 기다린다.

햇살 속으로 김이 모락모락 올라오는 찻잔을 들고 다시 연습 장소로 돌아온다. 나는 기타를 무릎 위에 세운다. 혹시 기타의 모양이 변했는지 잘 들여다보고 싶다. 상판은 삼나무로 진한 벌꿀 색이고 후판과 양쪽 측면은 브라질자단목이다. 불꽃같은 나뭇결이 브라질자단목의 시그니처인 황금색 줄무늬 사이로 이어져 있다. 좋은 기타는 대개 다 자란 나무 중에서도 가장 나이가 많은 부분으로 만든다. 그런 부분은 이미 몇백 년 전부터 수액이 말라 붙은 상태다. 이런 나무의 속을 심재心材라고 하는데, 가장 단단하고 결이 가장 촘촘하고 울림도 가장 좋은 부분이다. 내 기타의 측판은 야광으로 빛나는 변재(나무껍질 바로 안쪽의 희고 무른 부분 — 옮긴이)가 둘려져 있다. 기타 제작자인 코르도바의 미구엘 로드리게스는 이 기타를 교회의 오래된 문짝으로 만들었다고 장담을 했다. 아마 거짓말일 것이다. 그러니 측판의 화려한 색깔은 인위적으로 만들어냈을 가능성이 다분하다. 변재로 만들었든 색깔을 칠하든 기타의 소리에는 큰 영향을 미치지 않는다. 눈을 감고 잘 들어보라. 이런 이야기와 기타의 모습이 사라지고 오로지 기타가 자신과 공명하는 풍부한 음색밖에 들리지 않을 것이다.

나는 눈을 감고 개방현을 퉁긴다. 이 소리와 느낌을 표현할 어휘가 좀처럼 떠오르지 않지만 내 기분은 한껏 들뜬다. 내가 쓰는 말들은 다 틀렸다. 헛웃음이 나올 정도로 부적절하다. 오직 현의 진동을 느끼기 위해 코드를 몇 개 짚어 본다. 내가 감지한 차이는 눈으로 볼 수 없다. 하지만 귀로 알 수 있다. 마치 소리가 전보다 기타의 더 깊은 곳에서 나타난 듯, 진동을 할 때마다 몸체에서 더 많은 소리를 모아 낸다. 가슴으로 그 진동이 느껴지더니 어느새 진동이 가슴을 지나 다리로 내려간다. 기타의 소리는 감정을 자극하고 마음을 파고든다. 나는 이 감정을 어쩌면 좋을까?

악기도 사람처럼 자신의 말에 말문이 막히기도 한다. 페르난도 소르가 1839년에 사망한 후 몇십 년 동안 기타는 밋밋하게 감미롭기만 하더니 그 감미로움 때문에 세상에서 사라지게 될 것만 같았다. 1859년에 엑토르 베를리오즈는 낭만주의 시대의 가장 위대한 비르투오조인 이탈리아인 마르코 아우렐리오 자니 디 페란티의 연주를 듣고는 최악의 상황을 두려워하게 되었다. 베를리오즈는 이렇게 썼다. "그의 손끝에서 기타는 꿈을 꾸고 흐느낀다. 누군가는 목전에 닥친 자신의 종말을 예고한다고 말할지 모른다. 그래서 목숨을 구걸한다고 말이다. 류트와 만돌린의 사이에서 태어난 불쌍한 고아는 이렇게 말하는 것 같다. '요정의 왕, 오베론의 아름다운 멜로디를 내가 얼마나 잘 부르는지 들어봐. 소심하면서 신중한 사랑의 어투를 내가 얼마나 잘 아는지 들어봐. 신비로운 애무의 목소리와 나의 떨리는 목소리가 얼마나 잘 어울리는지 들어봐! 류트는 죽었어. 만돌린도 죽었어. 이제와 나마저 죽게 내버려두지 마!'"

자니 디 페란티의 기타가 아무리 감미롭게 울어도, 베를리오즈가 아무리 많은 요정들을 들먹인다 해도, 말만으로는 긴 잠에 빠져드는 낭만주의로부터 기타를 구할 수 없었다. 애호가들과 마니아들 덕분에 기타는 생명은 부지할 수 있었다. 하지만 아무리 꿈을 꾸거나 간청을 한다한들 그 잠을 깨울 수는 없었다. 기타가 필요한 것은 판타지가 아니었다. 판타지라면 지금껏 차고 넘치도록 많았다. 기타에게는 주의 깊게 들어줄 사람이 필요했다. 머릿속에 가득한 기타의 상징적 의미에 방해받지 않고 순수하게 기타의 소리를 들어줄 사람 말이다. 기타의 이미지가 아니라 있는 그대로를 받아들이고 기타의 표면 아래 깃들어 있는 생명을 그대로 보아줄 사람이 필요했다.

몇 세기 동안 평론가들도 기타 제작자들도 기타의 육감적인 곡선에 집착했다. 기타가 어떻게 소리가 나는지 연구한 사람은 극히 드물었다. 기타 제작자들은 연구는커녕 류트의 제작 방법을 답습했다. 이것은 실수였다. 르네상스 시대의 류트는 가로대라는 복잡한 시스템으로 현에 가해지는 압력을 상쇄했다. 이 가로대는 얇은 나무판을 공명판의 밑면에 풀로 붙인 것으로, 힘과 안정성을 보강해 준다. 가로대를 대면 현을 잡아당길 때 공명판을 적절하게 지지해 준다. 하지만 이로 인해 공명판의 진동이 약해지기 때문에 결국 류트의 음조와 서스테인(지속적으로 울리는 소리―옮긴이)을 제한한다. 더욱이 가로대를 달면 공명판이 습도 변화에 유연하게 반응할 수 없다. 이렇게 불균등한 움직임으로 긴장이 발생하면 악기의 현을 풀어 두어도 공명판에 금이 갈 수 있다. 그래서 르네상스 시대의 류트가 지금은 거의 남아 있지 않은 것이다. 악기의 형태가 그 기능과 상충되었기 때문이다.

하지만 류트가 역사의 뒤안길로 사라진 후에도 기타는 계속 변화하며 살아남았다. 1820년대와 1830년대 사이에 부채살이라는 새로운 기술이 기타 구조에 도입되었다. 이러한 발전은 곧장 현대의 콘서트 기타의 출현으로 이어졌다. 카디스 출신의 조세프 베넥디드와 호제 파제스를 비롯해 런던에서 페르난도 소르와 친분을 맺은 현악기 제작자인 루이스 파노르모 등이 누구보다 먼저 기타에 부채살을 도입한 제작자들이었다. 1759년에 프란시스코 상귀노가 제작한 기타는 부채살을 단 것으로 알려진 기타 가운데 가장 오래 된 것이다. 하지만 부채살을 단 결과와 그 장점을 처음으로 이해하고 그것을 기타 제작에 전격적으로 도입한 제작자는 안토니오 토레스였다.

베를리오즈가 기타를 향해 걱정에 찬 찬사를 쓴지 꼭 3년 만인 1862년에 토레스는 기타는 여기에 덧입혀진 상징이나 형태가 아니라 움직임이 중요하다는 사실을 입증했다. 기타의 음색은 몸체가 아니라 현이 진동을 상판으로 얼마나 잘 전달하는지로 결정된다. 이 전달의 비밀이 바로 가로대다. 현대의 클래식 기타에 달린 여섯 현은 그 길이와 구성에 따라 약 90파운드의 견인력을 공명판에 가한다. 그런데 이런 압력으로 악기가 파괴되는 현상을 가로대가 방지한다. 하지만 기타는 공명판이 공명할 수 있을 만큼 탄력도 있어야 한다. 류트는 정작 가로대 때문에 마음껏 공명할 수 없었다. 반대로 부채살 형태의 가로대는 진동을 강화한다. 부채살 가로대는 공명판을 여러 부분으로 구획해 제작자가 목재를 '조율'할 수 있는 가로막의 역할을 한다. 뻣뻣한 목재는 자연히 떨리는 음을 돋보이게 하고 반면 탄력이 있는 목재는 최저음을 두드러지게 한다. 토레스는 상판의 두께를 조절하고 내부의 가로대의 크기와 형태·위치를 조정해 가며 기타의 균형을 잡아서 명료한 소리를 만들고 소리가 악기 전체에 울리는 법을 알아냈다. 토레스는 스페인 어느 지방에서 무명으로 일하면서 혼응지(펄프에 아교를 섞어 만든 종이 재질─옮긴이)로 만든 기타로 자신이 알아낸 사실을 입증했다. 이 기타는 상판은 최고급 전나무로 만들었지만 측판과 후판은 종이였다. 이 혼응지 기타는 따뜻하면서 풍부한 소리를 내 모두를 놀라게 했다. 현재 이 악기는 바르셀로나 음악원에 소장되어 있다. 수금에 쓴 거북이 껍질과 키타라의 목재 울림통처럼 기타의 몸통은 공명기 역할을 하며 소리를 모으고 퍼트린다. 몸체의 크기와 모양·구조는 소리의 크기에 영향을 미친다. 하지만 풍부한 음색은 균형이 잘 잡힌 공명판의 산물이다. 토레스가 만든 기타는 다른 제작자가 만든 것들에 비해 음색이 월등히 뛰어났으므로 19세기가 끝날 무렵이 되자 다른 형태의 가로대는 더이상 쓰이지 않게 되었다. 이 시기에 이르러 부채살 가로대라는 혁신으로 말미암아 유럽과 아랍 문화·귀족과 민중의 취향·신구 세계의 스타일이 고루 뒤섞인 용광로인, 마법의 키타라의 후손인 기타는 비로소 스페인의 악기가 되었다. 육감적인 여체를 빼닮은 기타의 형태에서 비롯된 선입견이 몇 세기나 사라지지 않았지만 결국 곡선은 부차적인 요소라는 사실이 밝혀졌다. 토레스의 기타는 형태가 아름답다. 하지만 아름다운 선에서 그치지 않고 내부의 힘과 유연성을 생각하면 가히 혁명적이었다. 그의 기타는 스스로 진동할 만큼 강했다.

나는 찻잔으로 손을 뻗는다. 물론 이미 다 식었다. 하지만 그런

건 어찌되든 상관없다. 이제 연주할 곡이 떠올랐다. 아구스틴 바리오스 만고레의 '대성당'이다. 바리오스는 미구엘 요베트처럼 20세기 초에 이미 국제적인 명성을 얻은 콘서트 기타리스트였다. 세고비아가 여전히 그라나다의 작은 무대에서 활약할 무렵이었다. 파라과이에서 태어난 바리오스는 기타리스트로서 최초로 바흐의 〈류트 모음곡〉 전곡을 연주했으며 최초로 기타 앨범을 녹음했다. 1913년과 1929년 사이에 바리오스는 쉰 곡이 넘는 작품을 녹음했는데, 대부분 자작곡으로 그중 절반 정도가 지금까지 전해진다. 1920년대와 1930년대에는 라틴 아메리카를 돌며 공연을 했다. 그는 1944년에 사망한 후 대중의 기억에서 사라졌다가 1970년대 후반에 몇몇 기타리스트들과 학자들에 의해 재발견되었다. 내가 '대성당'의 연주를 시작한 때는 그로부터 몇 년 후인데, 마치 사라진 사원의 발굴대에 참가한 기분이 들 정도였다.

'대성당'은 곡의 형태가 '기도와 춤'과 비슷해서 느리고 분위기 있는 도입부로 시작해 변덕스럽고 리드미컬한 춤곡으로 이어진다. 이 곡은 단순한 음형인 아르페지오를 중심으로 구성되어 있다. 바리오스는 몇 번이나 이어지는 코드 변화를 통과하면서 아르페지오를 밀고나간다. 코드 변화는 소소한 장치로 그 자체로는 분간도 가지 않지만 음악적인 가능성이 꽉 들어차 있다. 나는 보면대를 옆으로 치워 악보를 보지 않고 연주를 시작한다. 왼손 엄지손가락이 베이스 음을 잡으면 그 위로 주제가 머뭇거리듯 오르락내리락한다. 내 왼손은 안정감 있고 든든하게 느껴진다. 음악이라는 건축물이 지어지는 터 같은 느낌이라고 할까. 내 손가락들이 재빠르게 움직이며 소리가 더 크고 무거워지면 체중과 질량을 얻는 움직임을 진동으로 내보낸다. 아르페지오는 점점 불안하고 고집스럽게 변해간다. 나는 내가 연주하는 모든 음을 느낀다. 단지 손가락만이 아니라 손가락의 움직임이 시작되는 팔꿈치를 지나 두 어깨와 목·가슴·등을 따라 느낌이 전해진다. 모든 것이 이어져 있다. 내 귀와 근육들·살·음표들·이 나무와 현·이렇게 진동하는 하나하나의 부분들이 모여서 서로의 진동을 주고받는다.

지금은 연주가 다르게 느껴진다. 이 곡을 연주한 이래 처음으로 '대성당'이 춤을 추고 있다. 이 곡은 의심스러운 불안 위에 서 있다. 하지만 그 구조는 간청이 기도로 변해가듯 점점 듣는 이를 안심시킨다. 이런 감정은 악보에 나와 있지 않다. 음표 안이나 음표들 사이와 내 몸과 기타의 몸체 안에서 일어나는 일이기 때문이다. 나는 음악원 3학년 시절에 이 곡을 처음으로 연주했다. 교회 문짝으로 만든 기타를 막 구입했을 무렵이었다. 너무나 훌륭한 악기를 손에 넣고 나니 내가 연주하는 곡마다 아직 탐험하지 않은 차원이 도사리고 있는 기분이 들었다. 마치 내가 생각지도 못한 것을 기타는 다 알고 있는 것 같았다. 내게는 대단한 미래를 약속해 준 순간이었다. 이 기타는 내가 무엇을 상상하든 그 이상의 울림을 들려주었다. 그리하여 단지 현이 만들어내는 것보다 훨씬 더 큰 힘을 울림에 전해주었다. 하지만 그 무렵에는 이런 느낌을 연주로 표현할 수 없었다. 당시는 내가 너무 꽉 조여져 있었기 때문이다. 그런데 지금은 어쩐지 더 단순해진 기분이다. 나는 기타라는 판타지나 내 자신을 연주하는 게 아니다. 나는 '이' 악기를 · 이 나무를 · 이 현들을 연주한다. 나는 음을 춤추게 해 이 곡을 연주한다.

음악이 얼마나 단순한지 쉽게 잊어버린다. 나는 흥분을 전달하고 긴장의 균형을 잡는 공명판과 같다. 악기를 만들고 연주법을 배우려면 복잡한 물리학적인 원리를 이해해야 한다. 하지만 음악은 처음부터 끝까지 진동이다. 그리고 내 스스로 감동을 받도록 마음을 여는 것이다.

노력의 결실

조던 홀에는 비밀 통로가 세 군데 있었다. 두 개는 2층에 있었는데, 비품을 넣어두는 옷장처럼 생긴 문 뒤에 감추어져 있었다. 그런데 음악원에 입학한지 몇 달 후 어느 눈썰미 좋은 학생이 이 문들이 콘서트홀의 발코니로 이어져 있으며 콘서트 중에는 잠겨 있지 않다는 사실을 알게 되었다. 다시 말해서 음악원의 대형 이벤트를 원하면 언제든지 쉽고 간단하게 감상할 수 있는 통로였다. 나는 갤러리(한쪽은 벽으로 막히고 한쪽은 실내를 내려다 볼 수 있도록 개방된 넓은 복도 — 옮긴이)로 숨어 들어 내 생애 최고의 연주회를 몇 번이나 감상했다. 가령 오자와 세이지가 지휘한 음악원 오케스트라 연주회며 과르네리 현악 4중주단의 베토벤 현악 4중주곡 전곡 연주·재즈 드러머 맥스 로크의 환상적인 단독 공연 등을 기꺼이 즐겼다.

알음알음 알고 있는 세 번째 통로는 음악원의 지하실에 있었는데, 이 문은 백스테이지로 이어졌다. 오케스트라가 리허설을 시작하기도 전인 이른 아침이나 콘서트가 끝난 늦은 밤, 불 꺼진 복도를 살그머니 따라 가다보면 역사적인 객석의 심장부가 나왔다. 나는 3학년이 끝나갈 무렵 이 통로를 처음 발견했다. 그 후로 4학년 가을까지 일주일에 한 번은 이 통로로 숨어들어서 큰 무대에서 졸업 연주회를 준비했다. 가끔 경비원이나 건물에서 작업 중인 전기기사나 음향기사와 마주칠 때도 있었다. 하지만 내가 십 분이나 십오 분 정도 연주를 하는 정도는 다들 눈감아 주었다. 카네기 홀의 무대로 오르려면 연습 밖에 길이 없을지 모른다. 하지만 조던 홀은 관리팀 직원과 안면만 트면 된다.

졸업 연주회는 지난 4년 동안 열심히 달려 온 레이스의 결승선이었다. 이 연주회는 전문적인 연주자로서의 데뷔를 본격적으로 준비하는 단독 공연이었다. 4학년 시절 시월의 어느 날, 나는 컴컴한 통로를 지나 텅 빈 콘서트 홀로 몰래 들어갔다. 가는 내내 지금은 아침 여덟 시가 아니라 저녁 여덟 시며 내 공연을 앞두고 백스테이지에서 준비하는 중이라고 상상을 했다. 나는 관객으로 가득 찬 객석을 상상했다. 앞좌석에는 보스턴 음악계의 유명인사들이 턱시도와 휘황찬란한 이브닝드레스를 근사하게 차려 입고 줄지어 앉아 있었다. 어중이떠중이 같지만 의욕 넘치는 동료이자 학생들이 발코니 석을 가득 메우고 곧 시작될 연주를 기대하며 휘파람을 부르고 발을 굴렀다. 객석에는 부모님과 친구들·스승인 애런 교수님의 얼굴이 보였다. 그들은 미소를 짓거나 진지한 태도로 손을 흔들었다. 그 몸짓과 미소에 격려를 담아서 그들의 자신감을 내게 전혀 주려는 것 같았다. 하지만 나는 도움이 필요하지 않았다. 평생 이 순간만을 기다려온 것처럼 모든 준비를 완벽하게 끝냈기 때문이다. 잠시 후 내가 연주할 음들이 머릿속에서 너무나 명료하고 정확하게 느껴졌다.

그러나 현실의 홀은 텅 비어 있었다. 게다가 졸업발표회에서 어떤 곡을 어떻게 연주할 지도 정하지 못한 상태였다. 나는 내 기타 케이스와 백팩을 내려놓았다. 가방에는 책이며 악보집·접이식 금속 발 받침대까지 들어 있어서 무거웠다. 나는 백스테이지에 있는 피아노 의자를 가져와 무대 중앙에 내려 놓았다. 그러느라 살짝 쿵 하는 소리가 텅 빈 객석에 메아리쳤다. 음향의 균형이 너무나 훌륭해서 어떤 소리도 숨길 수 없을 것 같았다. 연주자가 무대에 오르면 객석에서는 그가 눈을 깜박이는 소리까지 다 들릴 것이다. 나는 기타 케이스를 열면서 걸쇠를 손으로 감싸 쥐어 소리가 새어나가지 않게 조심했다. 기타를 조율하며 문에서 무슨 소리가 들리지 않는지 연신 귀를 기울였다. 조던 홀은 출입허가가 난 학생과 직원만 출입할 수 있었다. 게다가 나는 이미 두 번이나 가볍게 경고를 받은 상태였다. 음악원의 주 출입구는 홀 밖에 있었다. 그곳에는 보안 요원이 서서 신분증을 검사하고 질서를 유지했다. 평소 사방이 소란스러운 아침에는 보안요원이 내 운동화에서 나는 끽끽 소리나 기타 소리를 알아차리지 못했다. 음악원에서 규칙을 무시하는 사람이 나만 있는 것도 아니었다. 하지만 홀에 몰래 숨어들었다는 사유로 퇴학처분을 받는 첫 번째 학생이 되고 싶지는 않았다.

불안이 나를 파고들었다. 발표회 연주를 위해 무대로 올라가면 똑같은 기분이 들 것 같았다. 내가 이 무대에 속한 사람이 맞는지 자신감도 없고 언제 들킬지 몰라 전전긍긍하는 기분 말이다. 내가 경험하는 감정은 결국 일종의 무대 공포증이었으므로 그런 감정을 무시한 채 연주를 해야 했다. 눈을 감고 무대에서 연주하는 모습을 다시 떠올려 보았다. 나는 내 몸짓에 홀을 가득 채운 청중이 조용해지는 기색을 느끼며 양손을 제 위치로 가져갔다. 청중은 숨을 참고 기다렸다. 모든 것을 빨아들이는 고요가 내려앉았다. 기대감과 갈망으로 가득 찬 고요다. 나는 낮은 D음을 내는 현을 튕긴다. 바흐의 '프렐류드·푸가·알레그로'의 첫 번째 음이다. 현이 프렛보드를 찰싹 때린다. 나는 놀라서 고개를 들었다. 조던 홀에는 아무도 없었다. 입구의 양쪽문틈을 비집고 들어오는 빛의 기둥 속을 둥둥 떠다니는 먼지가 보인다. 내 눈에 들어온 유일한 청중은 녹색불이 켜진 비상구 표지판뿐이었다.

내 전공은 '클래식 기타 연주'지만 정작 음악원은 수업에서 연주까지 가르쳐주지는 않는다. 레슨 시간에는 항상 연주의 현실적인 측면에 집중했다. 이런 방향과 관련해서 할 일이 무척 많았다. 애런 교수님과 나는 레퍼토리를 짜면서 테크닉과 해석 위주로 수업을 진행했다. 매주 나는 연주가 아니라 교수님의 평가를 위해서 연습했다. 강의에 들어가면 음악이론과 음악사·작곡·지휘를 공부했다. 우리는 각종 교양과목에 문학·과학까지 공부했다. 하지만 연주는 어떻게 하고, 청중을 앞에 두고 어떻게 당당하게 앉아 연주를 하는지 강의에서는 알려주지 않았다. 연주의 역학이라는 주제는 너무나 개인적이고 예민한 부분으로 여겨졌다. 그래서 학생은 연습실이라는 사적인 공간에서 그 모든 것을 홀로 깨우쳐야 했다.

조던 홀에 앉아 졸업 연주회를 상상하면서 나는 되도록 내가 원하는 대로 음악을 만들어 보려고 했다. 나는 연주를 훌륭하게 한다는 말이 무대 위의 순간이 내 손 끝에 반응하게 만들면서 나의 실력을 보여준다는 뜻이라고 생각했다. 공연은 뭔가 웅장한 것이어야 하며 희열이나 감정의 폭발처럼 일상과는 다른 특별한 것이어야 했다. 연주를 하면 소리가 듣는 이의 내면으로 파고들어 그 안에 침묵하는 감정을 활짝 열어젖혀야 했다. 연주자는 긴장을 하거나 독감에 걸려 고생 중일 수도 있다. 청중은 무기력한 상태이거나 일자리나 가족·주차 장소에 대해 걱정을 하고 있을지도 모른다. 하지만 공연은 이런 장애를 모두 뛰어넘고 그것들을 몽땅 빨아들여 변화시켜야 한다. 연주라는 호된 시련의 장을 관통하는 초조와 불안감은 강렬한 긴장감으로 변한다. 이 긴장감을 감지한 청중은 미친 듯이 뛰는 가슴을 부여잡고 몸을 앞으로 쑥 내민 채 연주에 집중하게 된다. 연주에서 뿜어져 나온 화학물질이 무기력감과 만나면 무기력감은 점점 진화해 둥글고 통통해져서 일종의 고결한 만족감과 장엄함으로 변화한다. 공연이 시작되기 전 청중이 어떤 감정을 느끼고 있었던지 간에 그 감정은 공연을 들으며 점점 더 심오하고 솔직하게 느껴질 것이다. 공연은 일상생활과 뚝 떨어져 있는 게 아니다. 일상생활이 더 심오하게 과장된 결과물이다. 이런 이론을 어떻게 내 연주에서 실현시켜야 할지 나는 알 수가 없었다. 하지만 나는 그런 연주를 들었고 그런 변화를 경험했다. 무엇보다 그 반대의 지루한 연주를 원하지 않는다는 점만큼은 잘 알았다. 시간이 관객들 위로 무겁게 가라앉으며 그들을 눌러 생기를 짜내버리는 연주 말이다. 나도 그런 연주회에 가 본 적이 있었다. 그런 곳에서는 연주자가 연주회장을 연습실 크기로 쭈그러들게 만들었다. 음은 거기에 있었지만 연주는 그 음을 작은 연습실로 줄어든 연주회장 안에 가둬버렸다. 음악으로 고결해지거나 변화되었다는 기분이 들기는커녕 연주를 들으면서 짓눌리는 것 같았다.

음악가들은 대개 혼자 있을 때 가장 행복하게 연습을 한다. 조던 홀에 숨어들면서까지 나는 연습실에서 탈출하려고 했다. 그렇게 해서라도 연습과 공연 사이의 심리적인 경계를 뛰어넘고 싶었다. 나는 지난 몇 년 동안 수도 없이 청중을 상대로 연주를 했다. 하지만 무대에서 독주를 한 시간은 매번 기껏해야 반시간을 넘지 않았다. 졸업발표회는 두 시간을 홀로 연주해야 했다.

침착함을 되찾은 나는 다시 홀을 상상의 청중으로 가득 채우고 바흐를 연주하기 시작했다. 음악이 움직이기 시작하자 각각의 음마다 시작부분을 유심히 들었다. 소리가 내 주위로 펼쳐졌다. 나는 내 악기 소리처럼 실내의 소리를 들으려고 애썼다. 설령 내 연주를 들어주는 이가 녹색 비상구 표시등뿐이라고 해도 무대에서의 연주는 연주의 경험을 바꾼다. 연습을 할 때는 얼마든지 다시 연주할 수 있다. 하지만 공연은 다르다. 인생도 다르다. 공연은 회복할 수 없고 반복할 수 없는 현실이다. 어떻게 연주하는지만 깨우치면 어떻게 연습하든 상관없을 것 같았다. 그렇게만 되면 나는 무대에 속하게 될 것이다.

✤

"나는 연주회를 열기에 적당한 사람이 아니야. 대중 앞에 서면 겁이 나. 관객의 숨결에 질식할 것 같고, 그들의 호기심 어린 시선에 온몸이 마비되고 모르는 얼굴의 바다 앞에서 말문이 턱 막힐 것 같아." 쇼팽은 친구인 프란츠 리스트에게 보내는 편지에 이렇게 썼다.

쇼팽은 운이 좋았다. 1830년대의 파리에서 그는 대중을 상대로 하는 연주회 대신 소수의 귀족 친구들을 대상으로 여는 개인 연주회만으로도 성공을 거둘 수 있었다. 배짱이 없는 현대의 연주자들은 운이 참 나쁘다. 요즘은 성공한 연주자라면 1년에 백 회 이상 연주회를 열어야 하겠지만 쇼팽은 평생 단 서른 번밖에 연주회를 열지 않았다. 요즘은 전문 음악가라는 말이 연주자라는 말과 같은 뜻으로 쓰인다.

내가 열네 살이었을 때였다. 나는 기타 워크숍의 여름 강좌에서 연주 수업을 들었다. 수업은 그 학교의 작은 강당에서 열렸는데, 구내식당을 겸하는 곳이었기에 한쪽 끝에 주방이 있었다. 주방의 반대편에는 리놀륨 바닥에서 어린아이 기준으로 세 칸 계단 높이에 무대가 있었다. 때로는 이 작은 계단 세 칸이 연주자와 청중을 나누는 유일한 경계였다. 그런데 그 경계를 넘는 일은 카네기 홀에서 공연을 하는 것만큼 무섭고 조마조마한 일이었다.

여름 강좌가 시작되고 얼마 후 나는 그 계단을 올라가 바흐의 부레(가보트 비슷한 옛 프랑스와 스페인의 춤곡—옮긴이)를 연주했다. 1년 넘게 그 곡을 연주해왔기 때문에 그동안 가족과 친구들 앞에서 몇 번이고 연주를 한 경험이 있었다. 그런데 그날 무대 위에 앉아 있으니 무대에 있다는 사실이, 다시 말해 기타를 안고 손가락을 움직여야 한다는 사실이 그 어느 때보다 피부에 와 닿았다. 공기가 물로 바뀐 것 같았다. 어떻게든 그 물에 떠있으려면 연주하는 손을 멈추지 말아야 했다. 연주를 멈추면 그대로 가라앉을 게 분명했다. 청중은 등을 곧게 펴고 자리에 앉아 있었다. 그들의 한껏 고조된 관심이 보이지 않는 미끌미끌한 촉수가 되어 내 온몸을 뒤덮는 듯했다. 그들은 뭔가 대단한 것을 들을 거라 기대하며 무표정한 표정으로 자리에 앉아 있었다. 저쪽 주방에서 접시가 달그락거리는 소리가 들렸다. 내 의자에서 삐걱거리는 소리가 났다. 청중은 계속 기다렸다. 나는 그저 간단한 곡을 한 곡만 연주하면 되었다. 그런데 내 연주력의 반이 어디론가 사라진 것 같았다. 음이 흔들렸다. 한 번도 실수하지 않은 부분에서 음을 놓쳤다. 그러자 나는 연주를 얼른 끝내버리고 싶어 서둘렀다. 때문에 끝에 가서 또 실수를 했다. 마침내 연주가 끝나자 나는 너무 창피했다.

같이 기타를 배우는 동료들이 격려를 해주었다. 무대에서 그 곡을 완주했다는 사실부터가 대단한 것이라고 이구동성으로 칭찬을 해주었다. 나는 고작 열네 살이었고 나보다 더 나이가 많은 사람들도 무대가 무섭다며 투덜거렸다.

그때였다. 자신의 두 아이들에 대한 노래를 몇 곡 부른 여자가 불쑥 말했다. "관객이 발가벗었다고 생각해."

"나는 관객들 머리 위로 맞은편 벽을 봐요." 록스타를 꿈꾸는 이십대 남자 수강생이 이렇게 말했다. 그는 노래를 시작할 때마다 스타디움에 꽉 들어찬 관객이 연호하기를 바라기라도 하는 듯 이렇게 소리쳤다. "안녕하세요, 여러분!"

내 순서가 되자 나는 주눅이 들고 당황하고 말았다. 동정과 충고는 상황을 더 악화시킬 따름이었다. 설령 내가 그들의 옷을 벗기든 시선을 피하든 청중은 나를 지켜보며 뭔가를 듣기를 기다리고 기대할 것 같았다. 다음에 다시 무대에 오를 기회가 생기자 나는 소심하게 대충 했다. 마치 연주가 결례라도 된다는 듯 말이다.

"이 곡은 아직 준비가 되지 않았어요. 일단 해보기는 할 게요." 나는 웅얼거리듯 대답했다. 그리고 뭐가 뭔지도 모르는 상태에서 어떻게든 관객의 관심에서 벗어나겠다는 생각으로 서둘러 끝내버렸다.

나중에 기타 워크숍이 정오에 여는 가창 수업을 이끄는 덩치 큰 제프 선생님이 내게 이 말을 해보라고 했다. "나는 연주하기 전에는 사과하지 않는다."

"꼭 해야 한다면 나중에 사과할 시간이 충분히 있어." 제프 선생님은 신탁을 내리듯 낮고 굵은 목소리로 말했다.

여름 강좌를 들으면서 나는 다른 사람들도 무대에서 연주를 하면 겁이 나고 부끄럽지만 여러 방법으로 감추고 있다는 사실을 알게 되었다. 자신의 연주에 대해 사과를 하지 않은 이들은 킥킥 웃거나 꼼지락거리거나 재채기를 해서 관객의 주의를 자신들로부터 돌리는 방법을 찾아내려 머리를 굴리며 자신들의 연주로 변명을 했다. 관객이 발가벗었다는 상상은 연주가 못된 짓이라고 인정하는 것에 불과했다. 게다가 이런 조언을 건넨 여자는 상상으로 관객을 당황스럽게 만들어서 자신의 부끄러움을 덮으려고 했다. 젊은 남자는 큰 키에 스타일도 멋져서 사람들 앞에서 부담을 느끼지 않을 것 같았다. 그런 그가 의외로 맞은편 벽만 보며 공연을 한다니, 결국 공연장에 자신밖에 없다고 생각해야만 자신감이 생긴다는 뜻이 아닌가. 그게 아니면 수많은 관객에 둘러싸여 있으면 자신을 그대로 지워버리는 것일 수도 있었다. 무대에 앉아 딴 생각 하지 않고 연주만 할 수 있는 사람은 존재하지 않는 것 같았다. 우리 모두는 각자의 방식으로 연주가 실제와는 다른 것인 척 굴었다. 결국 연주란 옷을 다 갖춰 입은 사람들이 당신과 당신이 만들어 내는 음악에 귀를 기울이는 것일 뿐인데 말이다.

나는 공연을 어떻게든 해내기 위해 여러 방법을 실험해 보았다. 내가 이런저런 사람이 되었다고 상상해보았다. 한 번은 길게 기른 백발을 뒤로 묶은 남자가 헛기침을 하자 내가 세고비아라고 상상하며 그 남자를 노려보았다. 공연이 아니라 연습 중이라고 상상해 보기도 했다. 틀리면 다시 연주할 수 있으니 어떻게 연주하든 상관없다고 생각하는 것이다. 공연이 다 끝났고 지금은 얼마나 연주를 잘 했는지 복기해보는 시간이라고 생각해 보기도 했다. 얼마 후 나는 바로 이 순간이라는 감각에서 나를 능숙하게 지워버리게 되었다. 덕분에 나를 부담스럽게 만드는 기대감으로부터 스스로를 지킬 수 있었다. 이렇게 자꾸 경험이 쌓이다보니 어느새 긴장하는 버릇도 사라졌다. 몇 년이 지난 후 나는 다른 사람이 되었거나 다른 곳에 있다는 상상이 무대에 서는 비법이라 여기게 되었다. 나는 이것이 제프 선생님이 말해준 규칙의 참뜻이라고 생각했다. 그런데 선생님은 또 다른 연주 규칙을 정해 놓고 수업 시간마다 최소 한 번은 따라하게 했다.

"무대에 오르거나 말거나 둘 중 하나야. 하지만 일단 무대에 오르면 연주를 해." 이것이 제프 선생님의 입버릇이었다.

나는 고등학교와 음악원 시절 내내 무대에 올랐다. 그리고 매번 어서 연주를 하자고 자신을 독려했다. 열아홉 살의 나는 좋은 연주란 음악으로 관객을 유혹해 그들의 경험을 책임지는 행위라고 생각했다. 관객은 연주자의 권위와 열정에 휩쓸리고 싶어 한다. 그 당시의 나는 청중이 자신이 느낀 연주자의 권위와 열정을 힘이나 능력으로 해석한다고 믿었다. 반면 연주자는 연주에 완전히 몰입하고 있는 대중의 표정이나 흠모의 눈빛에서 힘과 용기를 얻는다. 이런 상호작용이 내가 배운 음악사에서는 이렇게 그려져 있다. "천사의 검 같은 그의 활이 경이로운 악기로부터 불꽃과 빛을 쏘아냈다." 1831년 9월 파가니니가 파리 무대에 데뷔했을 때 어느 평론가는 그의 연주를 이렇게 묘사했다. "그의 활은 눈부신 화음을 뿜어냈고 동방의 향수처럼 달콤한 선율을 뿌리며 마치 신의 연주라도 되듯 우렁찬 박수소리를 이끌어냈다."

쇼팽의 친구였던 리스트와 함께 1830년대 후반에 현대적인 독주회를 확립한 연주자가 바로 파가니니였다. 그전만 해도 모차르트나 베토벤은 오케스트라를 고용해 교향곡이나 협주곡·오페라 아리아 모음집·오페라 장면 같은 다양한 작품을 관객에게 선보였다. 1832년 펠릭스 멘델스존은 대중을 대상으로 한 음악회에서 처음으로 베토벤의 피아노 소나타 '발트슈타인'을 연주했다. 5년 후 클라라 슈만은 베토벤의 피아노 소나타 '열정'을 초연했다. 그녀는 이 연주회에서 악보를 보지 않고 기억으로만 연주해 현대적인 연주회의 전범을 확립했다. 그러나 독주회의 형태와 환경을 무대에 홀로 올라 연주자가 기교와 카리스마를 뿜내는 쇼케이스로 완성한 공은 파가니니와 리스트에게 돌아가야 한다. 1838년 5월 빈의 〈알게마이네 무지칼리쉐 차이퉁〉은 리스트의 독주회에 대해 이렇게 평했다.

> 모든 음으로 형태를 창조하는 프로메테우스고, 모든 음계로부터 마술처럼 전기를 끌어 모으는 마력을 가진 남자이자, 사랑하는 연인인 피아노를 상냥하게 다루다가도 다음 순간 폭군으로 변하는 놈gnome이자 쾌활한 괴물인 그는 사랑하는 여인을 애무하다가도 토라지고 꾸짖고 때리고 머리카락을 잡아당긴다. 감정이 점점 더 격화되며 사랑의 불길과 광휘가 기세를 더해가자 그는 소리를 지르며 양팔로 그녀를 안고 모든 공간 속으로 사라진다. 하지만 어느새 그는 그곳에 기묘한 미소를 지으며 나른하게 의자에 몸을 기댄 채 고개를 숙여 절을 하고 있다. 온 우주에서 경의가 폭발한 후의 느낌표처럼. 이 남자는 바로 프란츠 리스트!

나는 바로 이런 모습을 원했다. 비틀스에 열광하는 것처럼 성적으로 자극적이고 감정적으로 고양된 원초적인 무대 말이다. 클래식 공연은 내가 연주자가 되었을 즈음에는 이미 고루한 일이 되었지만 나는 고루해 보이는 외피 아래에 이런 힘들이 도사리고 있다고 느꼈다. 뛰어난 연주는 그 힘들을 밖으로 이끌어낸다. 청중은 예민하고 형체가 없는 점토와 같아서 연주자는 그 점토에 형태를 부여하고 열을 가해 그 형태를 굳힌다. 청중이 없다

면 연주는 단지 리허설에 불과하다. 그리고 연주자가 없다면 청
중은 단지 군중일 뿐이다.

그러나 이런 것들은 책으로 습득한 지식만 많을 뿐 실제 연주
경험은 충분하지 않은 연주자의 설익은 생각이었다. 그 무렵까
지 내가 거둔 성공에도 불구하고 나는 여전히 연주에 대해 관찰
자라는 생각을 하고 있었다. 발코니석이 내 자리라고 말이다. 나
는 여전히 백스테이지로 가는 길을 찾지 못했다.

3학년이 끝나갈 무렵 나는 세계 최고의 기타리스트 가운데
한 명인 페페 로메로가 일주일 일정으로 진행하는 마스터 클래
스를 들었다. 셀레도니오 로메로에게는 기타리스트인 아들이
셋 있었는데 그들 모두 클래식 기타의 비르투오조였다. 페페는
그중 둘째였다. 로메로 부자는 따로 또 같이 활동하면서 눈부신
콘서트 경력을 쌓았다. 페페는 십대부터 연주를 하고 음반을 녹
음했다. 그의 연주는 동생인 앙헬처럼 화려하지는 않지만 로메
로 가족 가운데 음악성이 가장 뛰어났다. 그는 기타를 내면으로
부터 이해하는 것 같았고 그의 연주는 열광적인 갈채를 받았다.
나는 그해 여름 페페가 매년 진행하는 마스터 클래스에 참가할
여섯 명 가운데 한 명으로 뽑혔다. 닷새 동안 참가 학생들은 한
명씩 돌아가면서 다른 참가생들과 유료 청중들 앞에서 한 시간
씩 레슨을 받았다. 금요일 밤에 참가생들은 합동 발표회를 열었
다. 마스터 클래스는 토요일에 열린 페페의 콘서트로 대단원의

막을 내렸다.

사람의 진을 쏙 빼놓는 습한 7월, 나는 텍사스 주 휴스턴에 위치한 라이스 대학에 도착했다. 녹음이 우거진 학내는 적도의 정글 같았다. 여장을 푼 기숙사에서 강당까지 걸어가는 잠깐 동안 벌써 땀에 절고 지친 것 같았다. 강당은 환하고 사방을 흰색으로 칠해서 식민지 저택의 격식을 차린 응접실 같았다. 그곳은 150명을 수용할 수 있는 소규모 연주회장으로 만들어진 곳으로 학기 중에는 자습실로 사용되는 것 같았다. 강당 곳곳에 의자들이 몇 개씩 모여 있고 벽을 따라 작은 작업대들이 세워져 있었다. 무대의 아래에 놓인 기다란 테이블에는 노트와 연필·물병 들이 준비되어 있었는데, 물병의 표면에 물방울이 방울방울 서려 있었다. 페페는 그 테이블의 중앙에 앉아서 그 수업의 진행자들과 이야기를 나누고 있었다. 참가생들과 팬들은 그 앞에 둥글게 모여서 다가갈 기회를 엿보며 기다리고 있었다.

페페는 참가생들과 악수를 나누고 인사말을 건넨 후 각자 자기소개를 부탁했다. 버트와 사이먼은 플로리다에서 음악을 가르치는 교수로, 교직에 안착한 기타리스트들이었다. 페페의 오랜 친구들이기도 한 두 사람 모두 삼십대 후반이었고 페페만큼 눈부신 재능을 달빛처럼 은은하게 뿜어내는 것 같았다. 로한도 기타를 가르치는 교수였다. 그는 캐나다의 매니토바에서 사는데 이 수업을 듣기 위해 먼 길도 마다않고 왔다. 마르고 풍상에 찌든 외모의 오십대로 링컨 수염을 길렀으며 쉬는 시간만 되면 얼른 밖으로 나가 파이프로 담배를 피웠다. 텍사스에서 온 카렌과 캘리포니아 남부에서 온 페르난도는 나처럼 음악을 공부하는 대학생들이었다. 나이도 경력도 많은 연주자들의 경륜이 넘치는 분위기에 주눅이 든 우리 세 사람은 당연히 금세 뭉치게 되었다. 우리는 음악가로서는 여전히 덜 여문 상태였다. 그러니 페페와 그의 친구들, 그들이 성취한 것들이 존경스러울 수밖에 없었다.

페페는 빵 만드는 할아버지처럼 부드러운 인상에 무척 유쾌하고 겸손했다. 그와 동시에 뭔가 마법 같은 분위기를 풍겼다. 그 분위기는 그의 명성이나 재능을 넘어서는 것이었다. 누구나 그와 친해지고 싶게 만드는 느낌이라고나 할까. 수업이 시작되고 나는 그를 지켜보면서 그가 얼마나 주의 깊고 완벽하게 듣는지 보았다. 당연히 그는 참가생이 연주하는 곡을 모두 다 알았고 그 곡들에서 테크닉이 필요한 부분도 꿰뚫고 있었다. 하지만 그가 연주를 듣는 태도에서는 그런 것보다 좀 더 심오한 차원의 집중력이 느껴졌다. 마치 기타를 지나서, 연주자의 손가락을 지나서, 심지어 작곡가의 의도마저 지나서 음악적 감정의 근원 즉, 우리가 본능적으로 따를 수밖에 없는 원초적인 인간적인 충동에 귀를 기울이는 것 같았다. 그가 몇 번 의견을 건네는 것만으로도 참가자의 연주에서 눈부신 변화가 일어났다. 내 차례가 되자 나는 완전히 주눅이 들었다. 그 앞에서는 어떤 것도 슬그머니 넘어갈 수 없었다. 그는 미래를 내다보는 능력이 있는 천리안 같았다. 나는 내 미래를 알고 싶은지 확신이 서지 않았다.

첫 번째 수업을 위해 내가 고심 끝에 고른 곡은 카르카시의 연습곡이었다. 무대에 올라가 앉아 있으니 손이 벌벌 떨리고 바늘 방석에 앉은 것처럼 버티기도 힘들 것 같았다. 마침내 연주를 했다. 솔직히 마치 양손을 활짝 펼치고 "뭐가 보이나요?"라고 묻는 심정이었다.

"자네는 대단한 재능이 있어. 다른 곡을 연주해 보게." 내가 연주를 마치자 페페가 말했다.

나는 남들도 다 들리도록 안도의 한숨을 크게 내쉬고 '카프리초 아라베'를 연주했다. 애런 교수님에게는 내 연주에 맞춰 연습실을 빙빙 돌며 춤을 추게 했고 내게는 뉴스데이 대회의 우승컵을 안겨 준 작품이었다. 나는 롱아일랜드의 옥외 무대로 다시 돌아간 내 모습을 상상했다. 그때의 연주는 성공적이었다. 그 연주를 그대로 재현해 당시 심사위원들에게 좋은 인상을 줬듯이 페페에게도 잘 보이고 싶었다. 페페는 원하기만 하면 학생들 중 누구에게라도 멘토가 되어줄 수 있었다. 게다가 경력을 쌓을 수 있는 공연담당자와 연결을 시켜줄 수도 있었다.

연주가 끝나자 페페가 무대로 올라와 내 맞은편 의자에 앉았다.

"코드를 짚어보게. 뭐라도 좋아. 하지만 아주 조용하게, 피아니시모로." 그가 말했다.

내 손가락에 닿는 그의 눈빛에서 온기가 느껴졌다.

"이제 좀 더 크게, 피아노로." 그는 내 손놀림을 좀 더 가까이 보려고 몸을 숙이며 말했다. "자, 이제 메조포르테. 다음은 포르테."

바로 그때 페페가 놀란 표정으로 나를 보았다. 소리가 점점 커지며 음표를 꽉 채우는 풍부한 소리가 사라지고 불안정하고 거친 소리만 남았다. 페페는 벌떡 일어나 외과의나 조각가처럼 내 오른손과 손목을 지나 팔뚝에 이르는 근육을 만졌다.

"자네의 연주는 여기, 메조포르테와 포르테 사이에서 뚝 끊어져." 그는 이렇게 말하며 손가락으로 내 팔꿈치 안쪽을 톡톡 쳤다. "뭔가가 움직임을 막고 있어. 일단 그것부터 제거해야 해. 그런 후에 소리가 어떻게 나는지 들어보게."

그 후로 마스터 클래스가 끝날 때까지 우리는 내 연주로, 깊이 있는 테크닉으로, 음악적 발상이 물리적으로 실체를 갖는 지점으로 계속 파고들었다. 나는 연습에 연습을 반복하며 내 손에 소리가 익게 했다. 그런데 내 의지가 가장 강렬하게 고무된 순간, 소리가 점점 더 커지거나 힘이 넘치는 순간 나는 그대로 얼어붙었다. 나도 모르게 뭔가에 심리적으로 저항하는 것이었다. 그곳에 내가 넘어서야 하는 선이 있었다. 단순히 악기를 연주하는 것과 무대에서 정식으로 연주하는 것 사이의 보이지 않는 경계를 넘을 수 있는 작은 계단이 하나 있었다. 나는 그 계단을 혼자 올라야 한다는 사실이 두려웠다. 결국 나는 열네 살 이후 늘 써오던 방법을 또 써먹었다. 진짜 공연을 해야 하는 순간 심리적 거리감과 물리적 긴장감을 방패삼아 청중으로부터 나를 보호한 채 내면으로만 파고든 것이다.

마침내 마지막 시간이 되었다. 나는 늦은 오후 쏟아지는 오렌

지색 햇살을 받으며 무대에 앉아 있었다. 페페는 두꺼운 안경을 쓴 채 나를 바라보고 있었다. 그는 기타를 가슴팍으로 받친 채 허벅지에 올려놓았다.

"연주를 하면서 내 손을 잘 지켜보게." 그는 내게 이렇게 말했다. 우리는 이사크 알베니스의 '전설'을 함께 연주하기 시작했다. 그는 고요하게 연주했다. 내 연주의 중심에 자리 잡은 결정 같은 그의 기타에서 음표로 만들어진 소리가 흘러나왔다. 나는 그의 손가락을 보며 내가 만들어 낸 소리가 그에게서 나온다고 상상했다. 나는 전날에도 그 곡을 연주했는데, 연주 하는 내내 최대한 평정을 유지하려고 애를 쓴 기억이 났다. 마지막 날 페페는 그 곡을 다시 좀 더 자유롭게 들어보고 싶어 했다. "자유분방하게." 그는 이렇게 강조했다. 나의 첫 시도는 실패였다. 그러자 페페가 함께 연주해주면서 나를 있는 줄도 몰랐던 곳으로 이끌었다. 혼자서는 무서워서 갈 엄두도 못 내는 곳으로 말이다.

나는 내가 손을 움직이고 있다는 느낌도 잊을 정도로 그의 손가락에 온 정신을 집중했다. 어느 순간 기묘한 감각에 사로잡혔다. 마치 두 개의 현이 갑자기 동시에 움직이는 느낌이었다. 우리가 함께한 연주는 아름다웠다. 두 사람 가운데 누구의 손이 그런 아름다움을 빚어냈는지 알 수 없었다. 그러자 느닷없이 이제껏 알고 있던 그 어떤 무대 공포증보다 날카로운 공포가 나를 덮쳤다. 심장이 마구 뛰었다. 귓가에서 웅웅거리는 소리가 점점 커졌다. 뭔지 모를 생명체가 내 손 안에서 꿈틀거렸다. 나는 공포에

질려 비명을 지르거나 속을 다 게워내고 싶었다.

"계속 연주해." 페페가 살며시 말했다.

나는 퍼뜩 정신을 차리고 변함없이 우아하고 자유롭게 움직이는 그의 손에 집중했다. 어느새 공포가 잦아들었다. 그 순간 생각지도 못한 일이 벌어졌다. 소리가 어떻게 나는지 분석하려 들지 않은 채 들리는 소리에 그저 귀를 기울이게 되었다. 그러자 점점 기분이 좋아졌다. 그저 행복했다.

안전한 벽으로 둘러싸인 연습실로부터 나와 기대와 객석을 가득 메운 호기심에 찬 눈빛을 받으며 시계바늘이 재깍재깍 흘러가는 무대 위를 향해 작은 계단을 홀로 올라가려면 당연히 무섭다. 연습실도 나름의 위험을 안고 있지만 이런 무대에 오르는 공포를 애초에 차단해준다. 하지만 용기를 끌어내어 당신을 관객들 앞으로 내보내는 이 작은 계단이야말로 연주의 연료이자 불꽃이다. 항상 우리는 연주를 하려고 하면 두려움에 사로잡힌다. 마치 생전 연주가 처음인 사람처럼 말이다. 그 순간이 오기 전까지의 시간은 전혀 중요하지 않았다는 것처럼 말이다. 느닷없이 모두의 주목을 받는 중요한 사람이 된 느낌과 마주하는 순간 우리는 패닉에 빠진다. 누군가의 시선에 노출된다니 이래도 괜찮은가 싶다. 그래서 우리는 숨어버린다. 우리는 가장 가치 있는 것을 꽁꽁 숨겨놓고 잃어버려도 상관없는 것만 보여준다. 나는 어떤 음악이 어떤 의미인지 다 안다고 생각했다. 그래서 음표들을 놓아주기는커녕 움켜쥐고 놓지 않으려고 했다. 그 음표들이 소리를 낸 후에도 통제하려 들고 관객에게 내 소리는 이렇게 들으라고 정해주려고 했다. 그 결과 오히려 연주를 하지도 못하고 살아 숨 쉬는 뭔가를 만들어내지도 못한 채 내가 품은 뭔가를 그대로 사산시켜 버렸다. 내 팔꿈치의 긴장 상태는 단지 핑계였다. 음악을 떠나보내고 내게는 아무 것도 남지 않을 것이라는 두려움에 대항하는 방어적인 자세였다. 내 자신이 아무 것도 아니라는 두려움 말이다. 페페는 자신의 연주로 내 연주를 든든하게 받쳐주면서 두려움과 긴장을 살며시 가져가 내가 무대에 앉아서 음악을 연주하도록, 공연을 하도록 만들어 주었다.

우리가 '전설'을 마치자 객석이 웅성거렸다. 나는 방금 일어난 일에 압도되어 무대를 내려갔다. 지금껏 완전히 오해를 하고 있었다는 생각이 들었다. 6년 전 기타 워크숍에서 제프 선생님은 내게 이렇게 말했다. 일단 무대에 올라가면 연주를 하는 거라고 말이다. 나는 그 말의 참뜻을 완전히 오해하고 있었다. 연주는 당신이 숨을 수 있는 방책이 아니다. 오히려 그 반대다. 연주는 당신의 두려움과 흥분 속에 들어 있는 일종의 자유다. 연습이 내 안에 쌓아두고 붙잡아둔 것들이 무대에서 연주를 함으로써 모두 풀려난다. 연주란 재능을 숨겨두거나 재능이 있는 척 가장하는 것이 아니라 재능을 마음껏 써버리는 것이다. 객석에 앉아 다른 참가자들의 연주를 듣는데, 모든 것이 전과 다르게 들렸다. 음악이 어디로 향하던, 그곳으로 가야 제대로 연주할 수 있다면 나는 기꺼이 음악을 보내주어야 했다.

※

그로부터 반년이 흘렀다. 보스턴 거리에는 매서운 겨울바람이 휘몰아쳐 눈보라가 고다드 예배당의 창문을 사정없이 두드렸다. 교회 안으로 들어서자 눈발이 스테인드글라스를 두드리는 소리가 마치 은으로 만든 핀 천 개가 바닥으로 떨어지는 것 같았다. 질풍이 불어 교회 건물이 들썩거렸다. 하지만 바깥에서 휘몰아치는 눈보라 소리에 실내의 고요함이 더욱 강조되며 따뜻하고 아늑하게 느껴졌다. 스물다섯 명이 용감하게도 악천후를 뚫고 내 음악을 들으러 왔다. 그들은 나무로 만든 신도석에 코트와 스웨터를 벗어 산처럼 쌓아두었다. 사람들의 방한화 주위로 눈이 녹아 물이 고여 있었다. 나는 졸업 발표회의 예행연습으로 한 시간 약식 프로그램을 준비했다. 그런데 일기예보대로라면 우리가 이 교회에서 언제 나갈 수 있을지 장담할 수 없었다.

연주회를 열 예배당은 보스턴 근교의 메드포드에 위치한 터프츠 대학 캠퍼스에 있었다. 나는 이듬해 봄 졸업 발표회를 이곳에서 열기로 미리 준비를 해 두었다. 운 좋게도 예행연습을 할 수 있는 기회도 얻었다. 나는 그 예배당의 공간이 무척 마음에 들어 연주회 장소로 선택했다. 실내는 울림이 좋고 기타 소리와도 잘 어울리는데다 환하고 아늑한 느낌이 들었다. 나는 더이상 조던 홀에 몰래 숨어들어 연습하지 않게 되었다. 어차피 그곳에서 발표회를 열 수 있는 학생은 가장 뛰어난 피아노 전공생들뿐이었다. 다른 학생들은 대부분 음악원의 소규모 연주회장을 쓰거나 보스턴에서 괜찮은 장소를 따로 구하기도 했다. 나는 소규모 연주회장이 웅장한 조던 홀에 비하면 구질구질하고 방치된 느낌이 들었다. 뉴잉글랜드 음악원이 기타라는 악기를 대하는 태도가 거기서 그대로 드러나는 것 같기도 했다. 나는 차선책인 홀에서 내 연주회를 열고 싶지 않았다. 졸업 발표회는 지난 4년의 노력을 선보이는 날이었다. 고다드 예배당은 터프츠 대학에서 연주를 하기 가장 좋은 장소였다. 나는 그곳에 연주를 하려고 몰래 숨어들 필요가 없었다.

애런 교수님과 나는 300년을 넘나드는 곡들로 연주 프로그램을 구성했다. 첫 번째 발표곡은 지울리아니의 '주제와 변주'로 정했다. 곡이 경쾌하고 가벼워서 청중에게 환영의 인사를 전하고 나도 무대에 오른 긴장을 풀기에 적합할 것 같았다. 다음 곡도 '주제와 변주'였는데, 이번에는 영국의 현대 작곡가인 레녹스 버클리의 곡이었다. 지울리아니의 곡과 동명의 곡이지만 분위기는 완전히 달랐다. 전반부를 마무리하는 곡은 바흐의 파르티타로, 대위법을 적용한 총 8악장으로 구성된 곡이었다. 이 곡은 연주도 감상도 정밀해야 했다. 중간 휴식시간이 끝나면 나는 다른 졸업예정자와 함께 2중주곡을 두 곡 연주하기로 했다. 함께 연주할 친구는 바이올린 전공자인 리처드로 그와는 몇 차례 공연을 함께한 경험이 있었다. 마지막으로 다시 독주로 돌아가 빌라 로보스의 '독주 기타를 위한 브라질 민요 모음곡'을 연주하기로 했다. 재즈 시대에 작곡된 아르데코 스타일로, 대조적인 분위기의 악장 다섯 개로 구성된 작품이었다.

졸업발표회와 달리 예행연습에는 솔로곡만 연주하기로 했다. 내심 관객에게 유쾌한 놀라움을 주고 싶다고는 생각했지만 설마 이런 눈보라로 놀라게 할 줄은 몰랐다. 지울리아니의 곡으로 연주회를 시작하자 바람이 내 연주를 가르고 들어와 창밖을 때리는 눈송이처럼 내가 만든 기타 소리가 창문을 때리게 했다. 벽이 삐걱거리며 지울리아니의 가벼운 멜로디에 위험한 기색을 더했다. 마치 곡의 주제가 폭풍을 앞질러 도망치려는 듯했다. 하지만 이 곡에는 질풍에도 흔들리지 않게 단단히 잡아주는 중심 같은 것도 있었다. 예배당처럼 이 곡도 바람이 힘껏 몸을 부딪칠 수 있는 뭔가를 품고 있었다. 관계를 맺고 저항할 수 있는 지점 말이다.

"눈보라가 몰아치는 소리를 들어보세요." 나는 바흐의 곡을 연주하기 전에 한쪽 귀를 창문으로 돌리고 눈발에 미세하게 덜컹거리는 소리를 들으며 청중에게 이렇게 말했다.

눈보라 덕분에 어쩐지 음악회라기보다 마치 명절을 맞은 것 같은 분위기가 되었다. 더이상 격식을 차릴 필요도 느껴지지 않았다. 연주를 할수록 소리는 내가 연습을 할 때와 점점 더 달라졌다. 바람이 평소와 다른 효과를 내기 시작했다. 나는 연주를 하려고 곡을 준비했지만 연주를 하는 동안 벌어진 모든 상황을 준비할 방법은 없었다. 내 손에서 잘 버무려져 얼어붙은 덩어리처럼 만들어진 소리가 어느새 강력하고 광활한 격류로 바뀌어 폭포수처럼 쏟아져 내렸다. 나는 어디쯤 연주를 하는지 잊거나 실수를 할까봐 걱정이 되었다. 관객의 귀를 통해 내 연주를 듣고 그렇게 필사적으로 연습해 도달한 해석이 아둔하고 결점을 품은 해석에 불과하다는 사실을 깨닫게 될까봐 두려웠다. 이토록 완벽하고 심오한 곡이 내 손을 거쳐 평범한 곡으로 들릴까봐 무서웠다.

그런데 막상 연주를 하자 내가 눈보라를 연주하기라도 하듯 곡은 이렇게 연주하는 것이 당연한 것처럼 자연스럽게 들렸다. 나는 소리의 주머니에 들어간 것 같았다. 온갖 감각에 둘러싸였다. 나는 바로 이 순간 이 소리를 연주할 수 있는 시간과 테크닉·경험을 모두 보유하고 있었다. 더이상 청중이 두렵지 않았다. 그들도 눈보라와 내가 연주하는 음악의 일부분인 것 같았다. 메드포드까지 20킬로미터 가까이 떨어진 이곳까지 와준 음악원 친구들은 아무도 없었다. 오히려 이곳에 자리해 준 사람들이 더 친구 같았다. 눈보라 덕분에 우리는 연주자와 청중이 아니라 동료가 되었다. 이런 경험을 공유하며 우리는 서로를 이해하게 되었다. 음악과 바람의 상호작용이 우리의 유대감이었다.

마지막으로 빌라 로보스를 연주하는 동안 관객과 음악·내 자신에 대한 느낌이 순식간에 좀 더 사적이고 폭넓게 변해갔다. 어느새 밖에서 휘몰아치는 폭풍우는 까맣게 잊어버렸다. 내 앞에 청중이 있다는 사실도 더이상 신경이 쓰이지 않았다. 내가 상상

한 것과 내가 들은 것, 내가 스르르 녹아버린 곳을 가르는 경계
도 사라졌다. 그런데 이런 경계가 사라져도 폭풍우와 예배당 실
내·음악·음악을 감상하는 사람들이 흐릿하게 한줄기로 뒤섞이
지 않았다. 오히려 그 순간의 모든 것이 생각이나 이미지가 아니
라 소리와 음악으로 그 어느 때보다 명료하게 인식되었다. 내 인
생에서 그 어느 때보다 깊이 있고 유쾌하게 집중하다보니 어느
새 편안하게 연주를 하고 있었다. 마치 여러 음이 각자의 진동
속에서 물리적인 공간과 시간의 흐름, 우리 사이의 관계를 만들
어낸 것 같았다. 소리가 내 몸을 통과해 흘러가는 움직임을 느꼈
다. 나는 이루 셀 수 없이 많은 현이 달린 악기였다. 그리하여 그
순간의 풍성함에 공명했다. 나와 청중 사이에는 아무런 차이도
없었다. 각각의 소리의 삶이 우리의 경험의 질감을 빚어냈다. 이
삶이 흥했다가 저무는 모습은 가슴이 터질 정도로 황홀하고 긴
장감이 끓어오르고 온전했다. 우리는 다음에 무슨 일이 벌어질
지 몰랐다. 매 순간 소리가 우리를 더 먼 곳으로 데려다 주었고,
결국 음악은 우리가 느끼는 전부였기 때문이다.

이윽고 연주회가 끝났다. 하지만 청중은 따뜻한 예배당을 선
뜻 나서지 못하고 모두 자리를 지켰다. 어떤 교수님이 내게 다가
와 잔뜩 흥분해 이탈리아어로 말을 걸었다. 키가 작고 팔다리가
가늘고 머리카락도 성긴 분이었는데, 말을 할 때마다 펄쩍펄쩍
뛰며 온몸으로 몸짓을 했다. 나는 그의 말을 한 마디도 알아들을
수 없었다. 그런데도 그는 쉬지 않고 이야기를 쏟아내며 간간이

내 팔을 잡거나 내가 연주한 곡의 몇 소절을 흥얼거리기도 했다. 그는 연주회를 감상하러 왔는데, 도중에 금방 사라질 듯한 반짝이는 아이디어가 떠올랐다면 내 덕이라고 했다. 그리고 한참 동안 그 아이디어를 설명하더니 마침내 내 손을 잡고 열렬하게 악수를 하며 말했다. "고맙습니다. 그라치에. 고마워요."

묵직한 이동용 케이스에 기타를 넣고 있는데 어떤 여자 분이 내게 다가와 고맙다고 했다.

"바이올린 연주를 듣는 줄 알았어요." 그녀는 바흐의 파르티타에 대해 말했다. "눈을 감고 듣다가 다시 눈을 뜨고는 깜짝 놀랐죠. 당신이 기타를 들고 있는 모습을 봤거든요."

분명히 영어로 말을 하고 있는데도 정작 나는 그녀가 하는 말을 조금밖에 알아듣지 못했다. 그녀는 분위기가 인상적이었다. 나이는 사십대인 듯했고 검은 머리를 정수리로 틀어 올렸으며 눈 밑으로 깊은 주름이 몇 겹이나 져 있었다. 몹시 감동을 받은 듯했는데, 금방이라도 흐느껴 울 것 같았다. 그녀는 내 연주에서 무엇을 들었을까? 무슨 상상을 했을까? 그녀가 바이올린과 무슨 관계일지는 이탈리아인 교수의 설명만큼이나 불분명했다. 그녀는 나와 정겹게 악수를 나눈 후 회오리치는 자신만의 생각 속으로 다시 빠져들며 예배당을 나섰다.

나는 코트를 입고 목도리를 목에 둘둘 감고 두꺼운 오리털 장갑을 꼈다. 날씨가 더 나빠지기 전에 얼른 집으로 돌아가고 싶었다. 연습을 할 때면 나는 늘 뭔가를 포착하려고 애썼다. 성취감을 느끼고 싶었다. 막상 공연을 끝내고 나니 더이상 성취할 것이 남아 있지 않다는 생각이 들었다. 나는 무대에서 내 실력을 충분히 발휘했다. 하지만 연주를 들은 사람들이 저마다 털어놓은 감상을 듣고 있으니 내가 어떻게 연주를 했는지 자신이 없어졌다. 나는 내 자신의 경험에 푹 빠져 있었다. 폭풍우와 바람을 가르는 음악이 만들어내는 경험 말이다. 하지만 청중은 각자 자신의 생각 속에서 살아왔을 것이며 내가 결코 알지 못하는 것들을 경험하며 살았을 것이다. 그런 생각을 하니 느닷없이 극심한 피로감이 몰려왔다. 울적해지기까지 했다. 한편으로는 묘하게 마음이 편해졌다. 난생 처음 가진 독주회에서 나는 내 연주를 청중에게 주었다.

연주를 하려고 무대에 앉아 있으면 온 세상이 당신의 손가락이 움직이는 모습과 그 손가락이 만들어 내는 소리에 집중하는 기분이 들 것이다. 호의에 찬 청중의 관심을 받다보면 당신의 연주를 통해서 당신과 청중의 차이·상충하는 욕구·서로 다른 인상들이 하나의 경험으로 녹아들 것이라는 환상이 생긴다. 하지만 연주가 끝나 무대를 내려오면 당신은 또 다시 당신만의 세계로 돌아와 있을 것이다. 연주의 감흥이 남아 감각은 각성해 있고 고양되어 있을지 모른다. 그러나 잠시 후 친구와 행운을 빌어주는 청중이 모두 돌아가고 연주복을 갈아입거나 샤워를 하려고 욕실로 들어갈 때 비로소 이 사실을 깨달을 것이다. 다시 혼자가 되었다는 사실 말이다. 모든 것이 끝났을 때 찾아오는 고독감이 당신의 배를 움켜쥐고 쥐어짤 것이다. 연주를 하는 동안에는 고된 훈련이며 누군가 들어주기를 바라는 갈망·연결되고 싶은 간절한 마음 등 연습을 구성하는 여러 가닥의 마음이 하나로 모인다. 하지만 연주가 끝나면 하나로 모였던 가닥들이 다시 풀어진다. 연주를 하는 동안 음악을 깊이 느꼈을 수도 있다. 하지만 음악은 그 상태로 머무르지 않는다. 당신은 매번 새로 시작해야 한다. 어쩌면 연습을 하면서 꿈꾸었던 것을 연주에서 다 성취했을 수도 있다. 하지만 이제 연주는 끝났다. 그러니 여기서 다시 움직여야 한다. 졸업 발표회로 다시 무대에 오를 즈음에는 내 음악은 지금과 완전히 달라져 있을 것이다.

예배당을 나설 즈음 약해진 눈발이 밀가루처럼 포슬거렸다. 눈은 30센티미터 가량 쌓여 있었다. 방한화가 눈을 밟을 때마다 단단히 뭉쳐지며 뽀드득 소리가 났다. 나는 미끄러운 길에서 양손으로 기타를 꼭 안아 들고 중심을 잡았다. 가로등 불빛이 수정처럼 빛났다. 눈이 팔랑팔랑 떨어지는 소리 외에 아무 소리도 들리지 않았다. 연주회를 개최한 사람은 나였지만 그 연주는 더이상 내 것이 아니었다.

❋

5월이 되었다. 바야흐로 봄이었다. 새들이 지저귀고 햇살이 따스했다. 일곱 시 십 분 전, 나는 고다드 예배당에 마련된 무대의 백스테이지에서 곧 있을 연주를 준비 중이었다. 애런 교수님이 아직 도착하지 않았다. 터프츠 대학까지는 초행길이라 어쩌면 길을 잃고 헤매는 중일 지도 몰랐다. 하지만 졸업 발표회는 교수님 없이는 시작할 수 없었다. 나는 시계를 힐끔거리며 손을 풀기 시작했다. 정장 양복의 단추들이 기타의 뒷면에 쓸려 소리가 났다. 무대에서는 잊지 말고 기타 뒤에 천을 끼워둬야 했다.

부모님은 벌써 자리에 앉아 있었다. 두 분은 전날 롱아일랜드에서 손수 운전을 해서 온 후 보스턴에서 하룻밤을 묵었다. 발표회 날은 연주회가 끝난 후 내 자취집에서 열릴 파티를 위해 하루 종일 치즈와 간식거리·와인·맥주를 사느라 장도 대신 봐주었다. 부모님이 하루 종일 말없이 내 주위를 서성거리는 바람에 나는 도무지 긴장을 풀 새가 없었다. 옆문으로 객석에 앉아있는 부모님을 힐끔 보았다. 아버지는 한 주 전에 쉰아홉 번째 생일을 맞았다. 문틈으로 보이는 아버지는 편안하고 유쾌해 보이기까지 했다. 1년 전 아버지는 사무실을 맨해튼에서 그레이트 넥으로 옮겼다. 이제 매일 왕복 세 시간이나 되는 출퇴근길에서 해방된 것이다. 아버지는 내 기억보다 더 젊고 행복해 보였다. 아버지는 유일하게 연주회를 위해 격식을 갖춰 입은 청중이었다. 마치 오케스트라의 연주를 감상하러 온 것 같았다. 옆자리의 어머니는 살짝 긴장한 듯 보였다. 어머니도 정장 차림이었는데, 푸른색과 크림색이 섞인 실크 블라우스에 감청색 바지 차림이었다. 애런 교수님이 도착하지 않아 연주회가 늦어지고 있다는 사실을 알고 있었기에 연신 시계를 보았다. 어머니는 맞은편의 누군가를 향해 손을 흔든 후 아버지에게 귓속말을 했다. 그러자 아버지도 그쪽을 향해 손을 흔들었다. 어머니의 손짓은 어쩐지 방어적이고 무기력해 보였다. 연주를 들으며 모든 일이 다 잘 되기를 조용히 기도하는 것밖에 어머니가 달리 뭘 더 할 수 있겠는가. 어머니의 표정을 보니 염려스러운 기색이 역력했다. 어머니는 내 연주에서 영감의 불꽃을 찾으려 할 터였다. 내가 1년 전보다 연주자로서의 성공에 좀 더 다가갔다는 증거와 발표회가 성공으로 가는 발판이 되리라는 증표를 말이다.

부모님 주위로 화창하고 따뜻한 봄날 저녁에 내 연주를 들으러 온 관객 60명이 앉아 있었다. 줄마다 모르는 얼굴이 있었다. 어렴풋이 아는 친구의 친구들도 있고 처음 보는 사람들도 있었다. 클래식 기타를 사랑하거나, 음악 하는 학생들을 응원하거나 언젠가 내 연주를 듣고 다시 들으러 온 사람들이 대부분이었다. 어떤 이는 사랑과 책임감으로 참석했고 어떤 이는 우정과 연대의 뜻으로 참석했다. 어쩌면 몇몇은 주위 나무를 푸른색과 붉은색·황금색으로 밝히는 예배당의 불빛에 이끌려 오다가다 들렀을 것이다. 두 번째 줄에 나이가 들어 보이는 여자 두 명이 앉아 있었다. 남편을 먼저 떠나보낸 사람들이거나 친구 혹은 연인 사이로 학교에서 열리는 공짜 연주회를 들으러 왔으리라. 삼십대인 두 커플은 애런 교수님의 지인들인 듯했다. 영문학 교수와 철학 교수였는데 아마도 음악을 듣고 싶어 여기까지 왔을 것이다.

그들은 나나·음표나·내 손가락이나 그 손가락에 중요한 테크닉이나·기타의 역사나·기타가 세상에서 차지하는 위치나·기타가 내게 얼마나 중요한지 등이 궁금해서 온 게 아니었다. 그들은 단지 음악을 위해 왔을 뿐이었다. 즐거움과 음악이 주는 독특한 기쁨과 만족감을 만끽하기 위해서 말이다. 그들이 이곳에 온 이유는….

관두자. 어차피 나는 저 사람들이 왜 내 연주를 들으러 왔는지 혹은 무엇을 기대하며 왔는지 알 도리가 없다. 그저 이곳에 왔다는 것만 알 뿐이다. 저들은 내 청중이다. 나는 내 자신을 저들의 손에 맡겨야 한다.

존과 마커스가 문틈으로 머리를 집어넣더니 재빨리 안으로 들어왔다. 마커스도 몇 주 후면 석사 학위 과정을 마감하는 발표회를 앞두고 있었다. 그는 내 어깨를 잡고 흔들더니 낡은 의자로 올라갔다. 그리고 우리 둘 다 이제 시작이라는 듯 의자에서 훌쩍 뛰어내렸다. 존도 나처럼 대학생이었지만 졸업 발표회는 1년 후였다.

"손톱을 부러뜨려(영어에서 행운을 빌 때, 'break a leg'라고 하는 것에 빗대 'break a nail'이라고 한 것이다.—옮긴이)." 그가 기타리스트의 미신을 불쑥 말하며 웃음을 터트렸다.

공연 직전에 손톱을 부러뜨리라니, 기타리스트에게 그런 악몽은 또 없을 것이다. 손톱이 부러지면 손가락과 현의 관계가 바뀐다. 정성을 다해서 조율해 놓은 소리가 망가지면서 공연 전체가 위험에 빠질 수 있기 때문이다. 공연 사흘 전부터 나는 어떻게든 손을 다치지 않으려고 전전긍긍했다.

나는 억지로 웃으려고 했지만 표정만 어색해졌다. 그런 내 얼굴을 보고 정작 두 친구가 배꼽을 잡고 웃었다. 우리는 같은 목적을 향해 매진하는 친구들이었다. 우리는 함께 연주했고 서로에게서 장점을 배웠고 언쟁을 하고 서로를 격려했다. 하지만 나는 그들이 내 연주를 어떤 마음가짐으로 들을지 누구보다 잘 알았다. 내가 그들의 연주회에서 연주를 들을 때와 똑같을 터였다. 동료의 연주에 이런저런 감회와 흥분이 뒤섞인 복잡한 심정이 되어 나도 잘 하기를 빌면서 한편으로는 말없이 그들의 연주와 내 연주의 장단점을 비교할 것이었다. 존은 내가 어떤 점이 뛰어나고 어떤 점이 부족한지 들어보고 싶을 것이다. 내가 그보다 더 나을까? 1년 후의 존보다 지금의 내가 더 나을까? 경험이 더 풍부한 마커스는 내가 그동안 거둔 성과에 미소와 성원을 보내면서 음악을 즐길 것이다. 그리고 다음 주가 될지 몇 달 후가 될지 모르지만 내가 어떻게 좋아졌는지 부드럽게 말해줄 때를 대비해서 내 연주를 잘 기억해 둘 것이다.

여덟 시 십 분이 되었다. 존과 마커스는 객석으로 향했다. 나는 손이 떨렸다. 뱃속의 온 신경이 난동을 피우는 것 같았다. 그제야 대기실로 쓰는 그 방의 천장이 아치형이라는 사실이 눈에 들어왔다. 지붕을 떠받치고 있는 굵은 나무 들보에는 육중한 금속 샹들리에가 매달려 있었다. 갑자기 내가 얼마나 점프를 할 수 있는지 알아보고 싶어졌다. 나는 샹들리에를 만지려고 도움닫기를 해 훌쩍 뛰어올랐다. 세 번을 뛰었는데 몇 센티미터만 더 손을 뻗으면 만질 수 있을 것 같았다. 마지막으로 뛰어 올라 공중에서 몸을 퍼덕거리는데 교수님이 도착했다.

"숨 쉬는 거 잊지 마." 교수님은 숨을 헐떡이며 서 있는 나를 보며 말했다. 그리고 내 넥타이를 바로잡아 주었다. 그는 나와 악수를 하고 고개를 끄덕였다. 마치 자신이 할 수 있는 일은 다 했다고 말하는 것 같았다. 어떤 의미에서 내 실력은 교수님의 실력이기도 했다. 지난 4년 동안 함께 노력했으니 말이다. 그는 나의 테크닉을 처음부터 다시 조립하고 음악가로서의 틀을 잡아 주었다. 이제 나는 그의 학생으로서는 마지막으로 청중 앞에 나서려 하고 있었다. 그는 이제 뒤로 멀찍이 물러나 있을 것이다. 졸업 발표회는 내가 얼마나 많이 배웠는지, 그를 모범으로 삼아 얼마나 실력이 늘었는지 보여주는 자리가 될 것이다. 둘이 함께 짠 프로그램에는 내가 연주를 할 수 있는 폭과 실력의 성숙도, 상상력을 제대로 보여주기에 충분한 곡들이 다양하게 들어 있었다. 나는 아직도 더 배워야 할까? 아니면 전문적인 연주자로 한 걸음 내딛은 걸까? 이번 발표회는 순식간에 지나가며 내 실력을 보여주는 통과의례의 자리가 될 것이다. 교수님은 이제 더이상 내게 해 줄 수 있는 일이 없었다. 그도 객석으로 가 내 부모님 뒷줄에 자리를 잡고 앉았다.

마지막 순간 나는 잠시 혼자가 되었다. 수많은 이미지가 갑자기 몰려왔다. 음악원의 연습실을 향하는 교수님의 모습이며 졸던 홀의 발코니에서 줄리안 브림의 연주를 들으며 키득거리는 한 무리의 애송이 기타리스트들, 금요일마다 할머니 댁에 저녁을 먹으러 가는 어두운 차 안에서 부모님이 '바이 바이 블랙버드'를 부르던 일들이 떠올랐다. 나는 그 이미지와 느낌을 모두 내 연주에 담고 싶었다. 나 자신을 증명하고 싶었다. 낯선 이들에게 내 실력을 뽐내고 친구들과 부모님에게 즐거움과 강한 인상을 남기고 싶었다. 나 자신에게 부끄럽지 않은 수준으로 전체 프로그램을 무사히 끝내고 싶었다. 성공하고 싶고 위대한 음악가들 사이에 내 자리를 마련하고 싶었다. 그 순간 하고 싶고, 이루고 싶고, 손에 넣고 싶은 것들이 너무나 많이 떠올랐다. 너무 많아 어디에 적어 전할 수도 없을 것 같았다.

나는 케이스에서 악기를 꺼냈다. 그리고 소리굽쇠를 내 무릎에 친 후 귀로 가져갔다. 기타는 완벽하게 조율되어 있었다. 나는 음계를 두 번 빠르게 쳐보았다. 이어서 손가락 스트레칭으로 손을 풀었다. 작은 방에서 기타 소리가 장엄하게 울려 퍼졌다. 나는 첫 번째 곡의 첫 코드를 짚었다. 손가락의 압력이 현의 긴장을 날려버렸다. 기타의 몸체가 부풀어 올랐다가 다시 수축했다. 나는 숨을 깊이 들이쉬고 원하는 것을 모두 놓아버렸다. 일어날 일은 어떻게든 일어나리라. 우리가 그걸 알아차릴 정도로 의식할 때는 드물지만, 결국 매 순간 일어날 일은 일어나기 마련이다. 그런데도 우리는 인생도 연습을 하면 연습한 대로 살 수 있다는 듯이 항상 계획하고 보호하고 바라고 원하며 산다. 연습은 할 만큼 했다. 마침내 나는 기타의 목을 잡은 채 문을 열고 무대로 발을 내딛었다.

블루 기타

아침 내내 나는 실체가 없는 것을 잡아보려고 손을 계속 뻗었다. 내 손은 내부에서부터 빛이 난다. 피와 뼈·근육이 섬세한 에너지와 함께 빛을 내며 고동친다. 독특한 온기가 내 이마의 정중앙에서 발산된다. 정신을 깊이 집중한 상태에서 도달한 명료함과 강렬함일 것이다. 시간이 멈춰 있었던 것만 같은데 어느새 세 시간이 훌쩍 지나갔다. 내 손가락에서 시선을 든다. 그리고 벌써 찾아온 한낮에 나는 깜짝 놀란다.

창밖을 보니 눈부신 정오의 햇살이 마당을 가득 채우고 있다. 길 건너편 보도는 학생들로 북적인다. 그 아이들은 맘에 드는 상대에게 추파를 던지거나 점심을 먹거나 휴대폰으로 통화를 하고 있다. 안개가 스멀스멀 지붕을 덮기 시작했다. 여기서 보이는 풍경은 매일 똑같다. 그런데 오늘은 어제와 조금 다른 것 같다. 거리감이 변한 것도 같고 색깔이 변한 것 같기도 하다. 뭐라 딱 꼬집어 말할 수는 없다. 다만 따스한 온기와 미풍·학생들의 웃음소리·반짝거리는 주차된 차들이 내 감각을 꿰뚫고 들어와 생각지도 못한 즐거움을 불러 일으켰다. 시시각각 흘러가는 순간들이 생명력으로 충만한 느낌이다. 내 집은 조용하고 평화롭다. 하지만 귓가는 웅웅거리고 피부 아래에는 온기가 들어차 있다. 한낮의 열기가 내 몸을 관통하면서 전소해 열과 소음을 만들어 낸 것이리라. 시간은 조용하게 고여 있지 않았다. 모든 것이 변했다.

갑자기 온몸에 에너지가 넘쳐흘러 가만히 앉아 있을 수가 없다. 나는 기타를 바닥에 내려놓고 어깨와 팔을 힘차게 흔든다. 하지만 이 정도로 해소되지 않는다. 열기가 터져 나와 연소한 결과물인 이 흥분이 내 몸에서 빠져나가지 않도록 가슴을 한껏 쥐어짜듯 양손으로 몸을 꼭 안고 방을 마구 뛰어다닌다. 나는 지금까지 가만히 앉아서 몇 번이고 다시 시작하며 실수를 바로잡았다고 생각했다. 하지만 내내 불 위에 앉아서 전혀 그 사실을 알지 못했다. 이제야 이 느낌에 압도된다. 이 순간의 희열과 위험에 말이다. 나는 나중을 위해 내 힘을 아끼면서, 온갖 이야기로 만들어진 방화벽으로 내 자신을 보호하면서 극히 조심스럽게 굴었을 뿐이었다. 하지만 여호와의 트럼펫처럼 '대성당'이 그 벽들을 흔들어 허물어뜨렸다. 이제 그 순간이 마음껏 우렁찬 소리를 지르며 내 속의 자유로움과 불안감으로 내 감각에 불을 지른다.

기타의 목을 잡고 나는 다시 마음을 가라앉히며 거실을 빙 둘러 걷는다. 뱃속이 불편하고 귓가에서 쉭쉭 소리가 난다. 나는 다시 앉아 눈을 감은 채 기타에 대한 내 감각을 가다듬는다. 어느새 오늘 내가 느끼고 경험한 것이 전부 다급하고 맹렬하게 내 정수리로 모인다. 기타는 내 손에서 변하고 있고 나 또한 변하고 있다. 내게 연주를 할 시간은 바로 이 순간뿐이며 바로 지금의 충만함을 표현할 악기는 바로 이 기타뿐이다. 나는 양손을 현으로 가져간다. 나는 기다리며 귀를 기울인다. 고요함이 내 감각을 더 명민하게 만든다. 음악은 언제 어느 때고 순간의 흐름 속으로 성큼 들어올 수 있다. 나는 그때를 기다린다. 그리고 마침내 시작한다.

❋

공기처럼 가벼운 멜로디의 음형이 E장조 일곱 번째 코드의 윤곽을 강조하며 빙빙 돌아 위로 올라간다. 이 곡은 마이클 티페트 경의 작품 '블루 기타'의 1악장인 '변화'다. 1983년에 쓰인 이 곡은 느긋한 무조無調의 곡으로, 결·음색·리듬이 뚜렷하게 대조를 이루며 나란히 놓인 충동적이고 날카로운 분위기다. 곡의 제목은 월리스 스티븐스가 1937년에 쓴 시 〈푸른 기타를 든 남자〉에서 유래했다. 피카소도 이 시에 영감을 얻어 1903년에 눈 먼 거리 악사의 초상화를 그렸다. 나는 눈을 지그시 감고 서서히 잦아드는 첫 부분의 소리에 귀를 기울인다. 소리가 부유하듯이 나도

서서히 움직이는 기분이다.

공기 같은 두 번째 코드가 다시 상승한다. 하지만 완전히 마무리가 지어지기도 전에 짓밟히고 만다. 세 차례의 강력한 충격이 멜로디를 마지막 숨이 남을 때까지 사정없이 깔아뭉갠다. 음은 힘없이 흐늘거리며 상승하지만 리드미컬한 쿵쿵 소리가 아홉 번의 육중한 공격과 함께 되돌아오고 그 기세는 점점 집요해진다. 수정 같은 배음들이 영혼처럼 기타의 최고 음역까지 치솟다가 기타의 목을 따라 곤두박질쳐 고요한 상태에 다다른다. 상승하는 음형이 학대받아 헐떡거리다니, 고통스럽다. 아니 이것은 고통이다. 마치 내가 손을 뻗었지만 거세게 거부당한 것 같다. 나는 이 멜로디가 이런 식으로 끝나기를 '원하지 않는다.' 하지만 그렇게 끝이 난다. 나는 음이 서서히 스러지는 게 싫다. 하지만 어쩔 수가 없다. 소리가 나를 통과해 흘렀다가 다시 사방의 벽과 창문들 · 실내의 공기에 반사되어 되돌아온다. 안의 소리와 바깥의 소리. 나는 이런 구분을 안고 살아야 한다. 내 몸 안에는 상실감이 떠돌아다닌다. 하지만 음악은 이렇게 항상 움직이는 법이다.

일관성 없이 흩어져 있는 16분음표들이 질풍을 일으킨 틈을 타 리드미컬한 코드가 도망친다. 내 손가락이 현을 위로 아래로 좌로 우로 쏜살같이 누비며 제어하는 내 능력을 극한으로 몰아붙인다. 이제 더 짧게 폭발한다. 1현에서 6현까지 가볍게 치고 빠진다. 나는 이 예리한 칼날 같은 소리들을 하나로 모을 수 있을까? 꼭 그래야만 하나? 나는 테크닉을 연습하느라, 다시 말해 손가락을 길들이느라 수많은 시간을 쏟아 부었다. 왜 그랬을까? 왜 연습을 한다고 내가 더 나은 음악가가 되리라 기대를 하는가. 왜 언제나 목적에 도달해야 하고 언제나 모난 곳을 다듬어야 하는가. 이 움직임에는 난폭함이 있다. 그것을 연주해야 한다는 부담을 집어던지고 미친 듯이 움직이고 싶다. 내 테크닉에는 저항이 도사리고 있다. 음악은 그것을 소화하고 난폭함을 자유를 향한 거대한 요구로 바꾸면서 그 저항을, 아니 의구심을 빨아먹는다. 소리가 서서히 잦아들다가 이내 다시 사라진다. 내 양 손과 이 곡·악구의 모난 움직임이 모두 모여 파도처럼 커지는 강렬함을 만들어 내면, 이 강렬함이 나를 채우고 예전에 항상 멈춰 섰던 곳을 지나 계속 나아가도록 밀어붙인다. 야성은 음악 너머가 아니라 음악 '안에' 있다. 나는 이렇게 연주할 수도 있는 줄 몰랐다. 이토록 자유를 확장할 수 있는 줄 몰랐다.

이 난폭함을 더이상 참을 수 없을 즈음 선율에서 힘이 살짝 빠져나가나 싶더니 잠깐 쉬면서 숨을 가다듬는다. 나도 잠시 숨을 돌린다. 밀려왔던 파도가 뒤로 물러가면서 이제 공허함이 느껴지는 공간이 나타난다. 이 공허함은 자유의 대척점이다. 오늘은 그 공간이 그 어느 때보다 더 공허하게 느껴진다.

바로 그때 지판(기타나 바이올린에서 손으로 현을 누르는 곳—옮긴이)의 높은 곳에서 내 왼손이 선율을 찾는다. 내 엄지손가락은 다른 손가락들을 지탱하기 위해 목의 뒷부분에서부터 슬그머니 움직이다가 기타의 목과 몸체 사이의 접합부분 아랫면에서 멈춘다. 또렷이 구별되는 멜로디 두 개가 서로 겨루며 경합을 벌인다. 더 높은 멜로디는 한결같고 경쾌하고 더 낮은 멜로디는 통통 치는 듯하지만 마치 실로폰의 음색처럼 통통 울려 퍼진다. 두 선율은 구별되면서 동시에 뒤얽혀 있다. 둘 가운데 어느 하나를 선호하지 않고 똑같이 주의를 기울여 선명하게 연주하기란 도저히 불가능한 균형인 것 같다. 마치 두 선율을 하나처럼, 한 선율을 둘처럼 연주하라는 말이다. 그러다가 곧 위치가 역전되어, 더 낮은 선율이 한결같이 경쾌한 분위기로 바뀌고 더 높은 선율이 날카롭고 리드미컬하게 변한다. 다시 균형이 뒤집히지만 멜로디는 여전히 구별되면서 너무나 아름답게 합을 이룬다. 그 사실에 나는 숨이 멎을 만큼 감동한다.

흐름을 마무리 짓는, 침묵으로 꽉 채운 마지막 마디는 '고요'를 응시하는 늘임표에 의해 시간을 벗어나 있다. 내 양손이 악기로부터 살짝 떨어진다. 침묵이 강렬해진다. 기다림의 무게를 견딜 수 없다. 내가 이 침묵 속에서 살 수 있을까. 이렇게 고통스럽고 무수한 시간 속에서? 기다림으로 가득찬 이 순간을 들어보라. 만약 음악이 다시 시작된다면 기적처럼 느껴질 것이다.

느릿하게 쳐야 하는 강력한 코드 여덟 개가 정적을 깨트린다. 코드마다 음조의 꼬리를 길게 남기며 사라지더니 마지막 코드는 평범한 음을 벗어나 미분음이 된다. 재즈나 록 기타리스트처

럼 나도 벤딩(현을 밀어 올려 음을 높이는 테크닉으로 클래식 기타에서는 쓰지
않는 주법이다.—옮긴이)을 한다. 클래식 기타의 현은 재즈 기타나 록
기타의 현과 비교해 훨씬 더 무겁기 때문에 음이 정확한 음조에
서 사분의 일만큼 덜 떨린다. 그 효과는 너무나 비현실적이어서,
마치 실내가 녹아내리거나 옆으로 휘는 것 같다. 사소한 동작이
지만 그로 인해 발생한 소리의 낯설음에 나는 마음이 흔들려 진
정되지 않는다. 음악에서 음이란 반드시 정확해야만 곡에 꼭 필
요한 요소로 여겨지는 것은 아니다. 나는 이 음을 직접 연주한
적도 들어본 적도 없었다. 하지만 이 음은 지금 여기, 바로 이 변
형된 순간에 있다. 마치 작품의 모든 긴장과 상냥함을 비롯해 곡
자체가 벤딩으로만 표현될 수 있다고, 벤딩으로 만든 음이 아니
면 참일 리 없다고 말하는 것 같다.

그리고 찾아온 낙하. 음은 자신들로부터 위태롭게 멀어지고
바닥은 그들 아래에서부터 훌쩍 뛰어오른다. 하나의 선율이 둘
로 나뉘고 음정은 같아도 박자와 높낮이가 다른 두 선율이 겨루
기를 하듯 이어진다. 바로 카논이다. 선율이 밀려들어오는 그 순
간에는 두 선율의 관계를 귀가 알아차리기 어렵다. 하지만 나
는 그 관계를 느낀다. 음악에서 느껴지는 희열에 찬 팽팽한 긴장
감, 내게 앞으로 나갈 추진력을 주는 거대한 소리의 급습을 감지
한다. 그런데 두 선율이 함께 나아가는 길에서 뭔가가 점점 어두
워지고 깊어지고 단호해진다. 내 손가락이 현을 가볍게 치는 동
안 이 동작이 지닌 힘이 모두 공중으로 날아간다. 공중으로 뻗어

가는 힘에는 난폭함과 공허함이 공존한다. 그리고 이 둘의 균형이 너무나 섬세하게 맞춰져 있어서 단지 듣는 것만으로도 그 균형이 흐트러지거나 당신이 산산조각날 것이다. 오프닝처럼 공기 같은 멜로디가 다시 날카로운 리듬의 저항과 만나고 마주친 두 면은 거칠게 서로를 갈아낸다. 나는 그 안에 얼마나 많은 생기가 살아 숨 쉬고 있는지 느낀다. 그 마찰의 갈급함이 내 몸을 활활 태우면 소리의 불길이 화르르 불타올랐다가 서서히 사그라진다. 곡은 마지막 부분을 장식하는 코드들로 새로운 형태를 성취하며 가라앉는다. 나와 내 악기는 새로운 생명을 얻은 미지의 것으로 바뀌어 가고 진동은 서서히 고요로 잦아든다.

나는 이 곡의 놀라운 형태를 음미하며 여전히 방안을 떠도는 소리를 음미한다. 나는 내 연주를 내주었다. 그것이 지금 내가 줄 수 있는 모든 것이다. 아마도 오늘 내 연주를 본 유일한 관객은 나일 것이다. 그러므로 오로지 나의 관심만이 이 순간을 내 집에서 단순히 기타를 친 시간이 아니라 어엿한 공연으로 완성시킨다. 단 한 사람의 관심일 지라도 그 관심이 모든 것을 변화시킨다.

이 경이로움을 만끽하다보면 웃음이 터져 나오리라. 나는 연습에 관한 새로운 이야기를 찾았다. 비록 내가 오늘 아침에 연습을 하려고 앉았을 때 기대했던 것은 아니지만 그건 상관없다. 연

습을 할 때면 한 음을·한 부분을·전 곡을 백 번이고 반복해야
할 때도 있다. 마치 연습을 하기 위해서라면 이 세상의 모든 시
간을 마음대로 쓸 수 있는 것처럼 말이다. 이런 식으로 생각하
면 매 순간의 초조함을 잊고 느긋하게 발전할 수 있으리라. 그러
나 매 순간은 늘 다급하다. 그러므로 결국 연습은 거짓이다. 하지
만 꼭 필요한 거짓이다. 우리가 지금 무엇을 하는지 혹은 자신이
누구인지 점검하고 숙고할 수 있도록 시간을 잡아두는 허구라는
점에서 말이다. 어쨌든 거짓은 거짓이다.

　음악은 오로지 연주 속에서만 숨을 쉰다. 음악이 연주될 때 비
로소 우리가 듣는 것이 현실이 된다. 연주는 우리가 보여줄 수
있는 것을 모두 드러낸다. 그렇기 때문에 우리는 첫 연주에서 대
부분 형편없는 연주를 한다. 그리고 과거로 되돌아가 실수를 바
로잡으면 좋겠다고 갈망한다. 우리에게 이 갈망만큼 간절한 것
이 또 있을까. 그도 그럴 것이 과거로 되돌아갈 수 없다는 사실
을 잘 알기 때문이다. 하지만 연습이라는 허구는 우리가 마음만
먹으면 과거로 돌아갈 수 있다고 느끼게 한다. 그러므로 우리는
이런 허구만으로도 충분히 삶을 바꿀 수 있다.

　연습을 하는 시간은 매 순간이 요구하는 것들 즉, 매 순간의
삶과 죽음으로부터 잠시 피할 수 있는 시간이다. 우리는 바로 이
시간에 연습을 통해 성장할 수 있다. 연습실에 있으면 시간이 멈
춘 것 같다. 이곳에서 영원히 보호를 받으면서 연습을 하고 발전
할 수 있을 것만 같다. 이런 환상은 변화의 힘을 품고 있다. 하지

만 한편으로는 위험한 유혹이기도 하다. 연습은 그 자체로 완벽에 도달하려는 꿈이다. 오로지 연주만이 혼자만의 연습을 탈피하고 나와 남의 시간이 만나 음악이 되는 공동의 경험으로 변화시킬 수 있다. 그러나 연습은 우리가 잠시 휴식을 갖고 스스로를 안정시키기 위해 필요한 거짓말이다. 연습이야말로 우리가 깨달음을 얻기 위해 발전하고 성장하고 앞으로 나갈 수 있게 해주는 내적인 전환점이다. 바로 연주의 내적인 삶인 것이다.

가장 오해받는 악기

"떠났다니 무슨 말이죠?" 나는 도무지 영문을 모르겠다는 표정으로 수화물 창구에 앉아 있는 매처럼 생긴 여직원을 빤히 바라보았다.

"죄송합니다, 손님. 비행기가 출발했습니다." 그녀가 활기차게 대답했다.

나는 말끔한 빈의 국제공항 유리창 밖으로 시선을 돌렸다. 타맥으로 포장된 도로 옆으로 소들이 풀을 뜯고 있었다. 동쪽을 보니 길게 꼬리를 남긴 비행기의 제트배기가 천천히 사라지고 있었다.

"하지만 나는 수화물 보관표가 있어요." 나는 말까지 더듬었다. 내 기타가 사라졌다는 사실이 여전히 실감이 나지 않았다.

"항공기에 두고 내리신 물건이 있다면 부쿠레슈티에서 다음 항공편으로 돌아올 겁니다." 직원이 말했다. "혹시 돌아오지 않으면 항공사에 대한 불만 사항을 접수하셔야 합니다." 그녀는 이렇게 말하며 카운터 앞으로 서류 한 장을 밀었다. "빈에서는 어디에 머무르십니까?"

나는 내 백팩에서 유럽학연구소로부터 받은 초청장을 꺼냈다. 하지만 손이 너무 떨려서 신고 양식에 있는 작은 네모 칸에 주소를 베껴 쓰기도 힘들었다. 내가 신고서를 다 작성해 제출하자 그녀는 초청장도 같이 받아들더니 내가 묵을 주소의 거리 이름을 또렷하고 둥글둥글한 서체로 다시 썼다.

"부쿠레슈티에 손님의 짐이 도착하면 바로 연락을 드리겠습니다."

부쿠레슈티! 불과 몇 시간 전만 해도 나는 소비에트 최대의 여객기인 일류신 62기의 쿠션이 있으나마나한 딱딱한 좌석에 앉아 있었다. 루마니아의 국적기로 하는 여행은 얼마나 이국적이고 가슴 뛰고 보헤미안 분위기가 물씬 났던지! 1984년 8월 옛 동유럽의 공산국가들은 항공 요금을 현찰로 지불할 경우, 상당히 지원해 주었다. 모든 상황이 어린 시절 내가 꿈꾸었던 젊은 예술가의 이미지와 들어맞았다. 심지어 루마니아 항공사의 체격 좋은 승무원조차 나를 싱글벙글하게 했다. 승무원복은 전통의상을 변형한 스타일이었는데, 밑단은 붉은 색이고 작업복 같은 앞치마가 달려 있었다. "먹어." 그녀는 기내식 쟁반을 내게 건네며 말했다. '먹다'는 그녀가 아는 영어 어휘 두 개 중 하나였다. 잠시 후 그녀는 팔에 버들고리 바구니를 걸고 돌아와 말했다. "사과." 하지만 이런 이국적인 체험이 지금은 나를 극도로 난처하게 했다. 나는 분명히 내 악기가 루마니아에 도착한 것을 보았다. 루마니아가 어떤 나라인가. 소비에트 블록에서 가장 가난한 나라임과 동시에 〈드라큘라〉 덕분에 클리셰가 되어 버린 나라 아닌가. 어느 산속의 남루한 마을이며 쇠스랑을 든 농부들, 악의에 찬 기다란 파이프에서 나오는 연기 같은 이미지로 말이다. 그런데 그곳에 추적할 방도도 없이 무서운 루마니아로 사라져버린 내 기타가 있었다. 내 머리에는 누군가 공산당 간부에게 내 기타를 주고 버터나 밀가루로 바꿔가는 모습이 떠올랐다. 아니면 포장마차에 실려 어딘지 모를 오지로 떠나는 집시에게 팔리는 모습이 그려졌다. 머릿속으로 울리는 으스스하고 신비로운 음악을 배경으로 내 기타가 산산조각으로 쪼개져 불쏘시개가 되는 소리가 이어졌다.

내 기타! 어떻게 이렇게 멍청할 수가? 세고비아는 연주여행을 떠날 때면 악기를 놓기 위해 '미스 세고비아'라는 이름으로 좌석을 하나 더 예매했다고 한다. 하지만 내 형편으로는 루마니아의 물가를 고려해도 그런 예방조치가 사치였다. 결국 내 기타는 수화물 칸에 실려 여행을 했고 그 결과 기타는 사라졌다.

더이상 손을 쓸 방도가 없었다. 나는 카운터 뒤의 직원을 한 번 노려본 후 기차를 타기 위해 발길을 돌려야 했다. 그리고 세계 음악의 수도로 향했다.

나는 졸업 발표회에서 깊이와 자유로움을 모두 살린 연주를 선보이며 좋은 평가를 받았다. 하지만 졸업 발표회는 단순히 연주회일 뿐 직업 연주자로서 대단한 경력을 쌓은 것은 아니었다. 그것은 앞으로 나가야 할 방향에 대해 의문을 던져줄 뿐이었다. 나는 연주 경험을 더 쌓아야 했다. 하지만 어떻게? 내 이름을 알리려면 연주회를 열고 콩쿠르에도 계속 나가야 했다. 그러는 와중에 집세를 내고 학자금 대출도 갚아야 했다. 처음에는 보스턴에 남아서 결혼식 연주라도 계속 하면 어떨까 잠시 고민해 보았다. 하지만 결혼식은 더 많은 결혼식을 부를 뿐이었다. 나는 안주하지 않고 앞으로 나가고 싶었다. 얼른 연주회 경력을 쌓고 싶었다. 연주회를 많이 하는 방법은 연주회를 여는 것밖에 없으니 말이다. 문제는 어떤 식으로 시작할지였다. 고민 끝에 나는 열의는 누구 못지않지만 명성을 얻지 못한 무명의 예술가들이 수없이 걸었던 길을 따라가 보기로 했다. 그래서 나는 음악원을 졸업한 후 다른 학교를 다니기로 했다.

마커스는 대학원 학위를 딴 후 빈 국립음악대학교의 기타 학과 학과장인 콘라드 라고스니히를 사사하기 위해 입학시험을 보았다. 플루트 주자인 베스는 비엔나음악원 입학을 목전에 두고 있었다. 나라고 그들을 따라 빈에 못 갈 이유도 없지 않은가. 빈이 어떤 도시인가! 하이든과 모차르트·베토벤·말러·쇤베르크의 도시가 아닌가! 빈은 〈마술 피리〉가 대중문화인 도시였다. 적어도 나는 그렇게 상상했다. 내가 꿈꾸는 삶이 실체화 된 도시가 있다면 그곳은 빈이었다. 나는 아직 음악원 졸업을 위해 이수해야 할 과목이 하나 더 있었다. 하지만 유학프로그램을 이용해 내가 자격을 만족시킬 수 있다고 학교를 설득했다. 학위를 끝내는 동안 다음 단계를 준비할 수도 있었다. 그 후에 내가 시간이 더 필요하다고 판단이 되면 마커스처럼 빈 국립음대에 지원해볼 수도 있었다. 이 계획은 현실적인 이점도 있었다. 학생 신분이면 학자금 대출의 상환을 연기할 수 있었다. 오스트리아의 대학과 대학원은 학비가 기본적으로 무료였다. 하지만 나는 경제적인 이점보다 더 심오하고 예술적 성취를 위해서도 중요한 목적이 있었다. 연주를 위해서 경험의 폭을 넓힐 필요가 있다고 자신을 다독였다. 외국어를 배우고 낯선 문화를 접하면서 나는 인간적으로 풍요롭게 될 터였다. 게다가 빈에서 살면 내가 좋아하는 음악에 한층 더 가까이 다가갈 수도 있었다. 내가 성공할 가능성이 얼마나 될지 감도 잡히지 않았다. 하지만 나는 앞으로 나아가고 있다는 느낌이 필요했다. 그런 점에서 환경을 바꾸면 내가 안주하지 않고 있다는 느낌을 줄 것 같았다.

덜컹거리는 기차의 차창으로 오스트리아의 시골들이 보였다. 들판은 독일어의 자음처럼 불규칙하고 모양도 제각각이었다. 잠시 후 농장은 자취를 감추고 도시의 교외 지역과 공장 건물들이 나타났다. 나는 주위 풍경이 제국의 고도로 바뀌고 있다는 사실을 거의 알아차리지 못했다. 내 눈에는 머릿속에 그려진 끔찍한 이미지밖에 보이지 않았다. 나는 진짜 음악가가 되기 위해 빈에 보무도 당당하게 입성하는 길이었다. 그리고 그 길에서 제일 먼저 겪은 일이 기타의 분실이었다.

✳

유럽학연구소는 건물주인 노쇠한 오스트리아 공작부인으로부터 쇠락해가는 궁의 두 층을 임대해 사용했다. 바로크 풍의 무도회장을 대강의실로 사용했는데, 정교하게 장식된 천장에는 보송보송한 분홍색 구름 사이로 둥둥 떠 있는 천사들이 그려져 있었다. 먼지가 켜켜이 쌓인 거대한 샹들리에 두 개가 플라스틱 의자 위에서 번쩍거렸다. 위에서 보면 쉼표 모양인 필기용 의자의 표면은 인조 나무로 마감되었으며 나무의 결이 그려져 있었다. 해외에서 학기를 시작하는 기쁨에 들뜬 대학 3학년생들이 복도마다 넘쳐 났다. 나무를 깎아 만들었고 높이가 4미터에 육박하는 문을 지나 건물 이곳저곳을 다녀보면 곳곳에서 미국 유학생들이 나이트클럽과 주말 베니스 여행에 대해 즐겁게 이야기꽃을 피우고 있었다. 빈에는 놀러 갈 맥주집이며 와인 가든 들이 있었고 거대한 대관람차와 유명한 리피자너 백마들도 있었다. 이 모든 것들이 나와 너무나 이질적이었다. 단지 외국이기 때문만은 아니었다. 이 학생들에게서는 내가 음악원 시절에 늘 보았던 집중력과 야망 같은 것이 전혀 보이지 않았다. 오하이오의 케니언 전문대에서 온 남학생은 전공이 심리학이었지만 자신이 무엇을 하고 싶은지 여전히 알지 못했다. 매디슨의 위스컨신 대학교에서 온 여학생은 법대에 들어가지 않았다면 건축가가 되었을 거라고 했다. 제대로 공부를 하려고 온 학생은 아무도 없었다. 그들은 열아홉이나 스물 살에 불과했다. 자신에 대해서 어렴풋이나마 알 뿐이었다. 나는 그들보다 한 살이 더 많았지만 그들과 다르다고 생각했다. 나도 그곳에 공부를 하려고 온 것은 아니었지만 적어도 내가 무엇을 원하는지는 확실히 알고 있었으니 말이다.

빈에 도착한 후 걱정으로 전전긍긍했던 이틀이 지나고 마침내 기타는 아무 손상도 입지 않은 채 부쿠레슈티에서 내 품으로 돌아왔다. 배달해 준 사람은 구부정하고 살집이 있는 남자였는데, 한 손가락으로 손잡이를 잡고 있었다. 나는 대리석 계단을 뛰어올라가 무도회장으로 들어갔다. 그리고 대뜸 케이스를 열었다. "러브, 우리를 봐요." 이틀 동안 나는 반쯤 넋이 나가서 절망에 휩싸인 채 몽유병자처럼 고도古都를 헤매고 다녔는데, 이제야 내 자신과 재회해 내가 온전히 도착한 기분이 들었다. 간신히 마음이 진정되자 나는 졸업 발표회에서 연주했던 지울리아니의 '주제와 변주'를 연주했다. 이런 방에서, 아니 어쩌면 바로 이 방에서 지울리아니는 베토벤을 위해서 연주를 했을 것이고 모차르트는 합스부르크 왕가의 귀족들을 위해 즉흥연주를 하지 않았을까. 우아한 변주곡들이 좇고 쫓기면서 샹들리에를 지나 천사들의 영역으로 올라가자 금박을 입힌 목조부와 번갈아가며 벽에 붙어 있는 칙칙한 골동품 거울들에 내 모습이 비쳐 보였다. 나는 눈을 감은 채 기타가 처음 클래식 악기로 출연하고 지울리아니가 이 도시에서 '주제와 변주'를 초연했던 시절과 내 사이에 놓인 175년이라는 시간을 훌쩍 뛰어넘었다. '마침내 도착했어.' 나는 기대감으로 벅차오르는 가슴을 안고 이렇게 생각했다.

"이봐, 버스가 출발해."

누군가가 문가에 서서 내게 얼른 나오라고 손짓을 했다. 학교는 신입생들을 대상으로 빈에서 두 시간 가량 떨어진 산속에 있는 작은 마을에서 신입생 오리엔테이션을 진행했다. 내 기타는 출발하기 고작 20분 전에 내게 되돌아온 것이다. 하지만 나는 재빨리 기타를 케이스에 넣고 교장실의 벽장에 보관을 했다. 그리고 다른 학생들과 버스를 타고 마리아젤로 향했다. 그렇게 아름다운 곳은 난생 처음이었다. 그리고 나는 10년 만에 처음으로 단 하루도 연습을 하지 않은 한 주를 보냈다.

오리엔테이션을 마치고 빈으로 돌아오자마자 나는 새로운 생활로 훌쩍 뛰어들었다. 매일 아침 나는 다른 미국 학생들 세 명과 함께 쓰는 빈 외곽의 작은 집에서 통근 열차를 타고 다뉴브 강을 건너 빈에서 가장 큰 놀이공원인 프라터까지 갔다. 그곳에서 다시 지하철로 환승해 세 정거장을 간 후 슈테판스플라츠에서 내렸다. 역을 나가면 1182년에 처음 지은 슈테판 대성당이 나왔다. 나는 140미터나 되는 웅장한 첨탑의 그림자가 지는 카페에서 패스트리 하나를 산 후 낡은 궁에서 진행되는 수업을 받았다.

하지만 나의 진짜 하루는 저녁부터였다. 캐른트너 슈트라세에서 몇 블록만 가면 그곳에는 콘체르트하우스와 무직베라인·빈 국립오페라 극장처럼 세계적으로 유명한 빈의 콘서트홀들이 줄지어 서 있었다. 몇 시간이고 줄을 설 각오가 되어 있다면 1달러에 입석표를 살 수 있다. 빈의 수다스러운 음악 애호가이며 무대의 연주가들에게 툭하면 키스를 날리는 오십대 아주머니가 귀띔해 준 이야기에 따르면, 입석표마저 매진될 때는 좌석 안내원의 손바닥에 50실링짜리 지폐를 꼭 쥐어주면 티켓과 같은 효과를 발휘했다. 일주일에 사나흘은 밤마다 세계에서 가장 훌륭한 연주회장의 무대에 오른 가장 뛰어난 음악가들의 연주를 들었다. 레오나르드 번스타인이나 헤르베르트 폰 카라얀이 지휘한 빈 필하모닉의 공연부터 줄리어드 현악 4중주단·리처드 구드(뉴욕 태생의 피아니스트―옮긴이)·앙드레 와츠(독일 태생의 미국 피아니스트―옮긴이)·이자크 펄만(이스라엘계 미국인 바이올리니스트―옮긴이) 등의 연주를 직접 보고 들을 수 있었다. 정작 음악원을 다니던 시절에도 이렇게 음악에 깊이 빠져든 적은 없었다. 역시 이 도시의 심장은 음악이었다.

빈에 도착한지 삼 주가 되었을 때였다. 오페라 하우스 밖의 인도에 자리를 잡았다. 그때가 오후 네 시였는데, 공연은 일곱 시 반이었다. 그날은 처음으로 빈의 오페라를 감상한 날이었다. 나는 이 날을 위해 특별히 모차르트를 아껴 두었다. 고등학교 시절 〈돈 조반니〉는 안락하고 따분한 중산층 가정에서 나와 스티븐을 모험으로 가득 찬 삶으로 데려가 준 마법의 양탄자였다. 그 오페라를 들으며 우리는 스스로를 혁명적이라 여겼다. 그랬던 내가 모차르트가 그 오페라를 쓴 도시에서 스물한 살의 나이에 오페라 하우스를 보며 서 있었다. 나는 지금의 나를 만든 것을 듣고볼 시간을 기다리며 기대감에 몸을 떨었다.

입석표를 사려는 줄이 신르네상스 풍의 로지아(한 면이나 여러 면이 트여 있는 방이나 복도 — 옮긴이) 아래로 구불구불 이어져 있었다. 로지아는 사방에서 모인 학생들로 북적였는데, 그들은 자신의 이야기나 연주회에 대한 각종 팁을 주고받았다. 내 앞에 선 이탈리아 남학생 두 명이 스페인 아가씨와 이야기를 하려고 더듬더듬 말을 걸었고 그 아가씨는 그 남학생들의 이야기를 신혼여행을 온 젊은 부부에게 프랑스어로 통역을 했다. 부부 중 남편은 독일어를 조금 할 줄 알아서 내 옆에 선 아가씨와 이야기를 몇 마디 나누었다. 모두 영어는 조금씩 했다.

"부다페스트는 정말 아름다워요. 꼭 가봐야 해요."

"저는 프라하가 더 좋은 것 같은데요."

"그렇지만 거기는 너무 우울해요!"

"언제 피렌체에 가게 되면 우리 같이 가요."

순간 머릿속에 그려진 유럽 지도에 반짝하고 불이 들어왔다. 그 지도에서는 기차만 타면 빈에서 유럽 어디든 갈 수 있었다. 배낭을 메고 똑같은 여행책자를 든 젊은이들이 온 대륙에서 몰려와 관광을 하고 새로운 문화를 탐험했다.

"〈돈 조반니〉 알아요?" 내가 독일 아가씨에게 물었다. 표정이 진지하고 손가락은 길고 우아한 아가씨였다.

"저는 모르는 사람인데요." 그녀의 대답을 보니 내 말을 제대로 이해시키려면 사전부터 뒤져야 할 것 같았다. 그녀의 이름은 크리스틴으로 빈 국립음대에서 비올라를 전공하고 있었다. 그녀는 단정하게 이름을 써 붙인 플라스틱 용기에 도시락을 준비해 왔다. 그리고 작은 접이식 의자에 편안하게 앉아서 도시락을 먹었다. 한두 번 해 본 솜씨가 아닌 듯했다.

"모차르트는 비올라를 좋아하죠." 나는 짧은 독일어 실력을 최대한 발휘해 한 마디 더 해보았다. 나는 이틀 전에 모차르트가 살던 아파트에서 그의 비올라를 보았다. 그 아파트는 우리가 앉아 있는 곳에서 1킬로미터도 못 가서 있었다. 그러자 크리스틴도 내 사전을 들춰보고 손짓을 곁들여가며 교외에 있는 하일리겐슈타트에 다녀온 이야기를 들려주었다. 청력을 회복할 수 없다는 사실에 자살을 결심한 베토벤은 1802년에 그곳에서 유서를 썼다고 한다.

"내 발길을 붙잡는 것은 나의 예술뿐이다." 크리스틴은 과장되게 베토벤의 유서 한 대목을 인용했다. 그녀는 긴 갈색 머리를 뒤로 땋아서 묶었고 눈동자에는 섬세한 호박색 점들이 박혀 있었다. 그녀는 말을 할 때마다 고개를 도전적으로 살짝 기울였다.

빈에 살면서 서툰 독일어로 더듬더듬 모차르트와 베토벤에 대해, 그들의 음악에 대해 말하는 경험은 무척 색달랐다. 빈이라는 장소와 독일어라는 언어가 그 두 사람을 내가 읽은 책에서 되살려 현실로 느끼게 만들어 주었다. 그도 그럴 것이 그들의 이야기는 바로 이곳에서 실제로 일어난 일이었다. 그들이 쓴 악보만 해도 몇 블록만 가면 나오는 문서보관소에 보관되어 있을 정도였다.

경비원들이 오페라 하우스의 문을 열자 그때까지 질서정연했던 줄이 삽시간에 엉망으로 뒤엉켰다. 입석은 오케스트라 섹션 뒤쪽에 있는 계단을 따라 배치되어 있었다. 과거에 황제가 관람했던 귀빈석 바로 아래였다. 계단 사이사이로 철제 난간이 세워져 있어서 공연을 보다 피곤하면 몸을 기댈 수 있었다. 너도나도 제일 좋은 자리를 차지하기 위해 밀치고 들어갔다. 자리를 확보해 두려면 손수건이나 스카프를 난간에 묶어두면 되었다. 사람들은 자리를 먼저 잡으려고 스웨터를 벗어서 훌쩍 던졌다. 나는 서로 밀치는 사람들에게 순식간에 떠밀렸지만 6열로 방향을 잽싸게 틀어 다른 신참자들 틈새를 비집고 들어갔다. 아무려면 어떤가. 나는 세계에서 가장 유명한 오페라 하우스 가운데 한 곳, 그곳에서도 가장 비싼 자리에서 살짝 떨어진 곳에 있지 않은가. 구스타브 말러는 이곳에서 오페라를 지휘할 때 공연 중 조명을 낮추었다는 이유로 빈의 관객들로부터 미움을 받았다. 그는 용감하게도 관객의 옷차림보다 무대 위 배우들의 연기가 더 중요하다는 사실을 강조했던 것이다. 그날 밤 로덴 코트(알프스 티롤 지방의 두껍고 털이 있는 천으로 만든 코트 — 옮긴이)를 입은 관객들이 모여들자 내 눈에는 세기말의 화려한 분위기에 찬란하게 치장한 빈의 귀족들이 내 상상속에 있는 오페라 하우스에 속속 도착하는 모습으로 연상되었다.

오페라가 끝나자 나는 두 명의 이탈리아 청년들과 스페인 아가씨·크리스틴과 함께 서둘러 캐른트너 슈트라세로 나와 모차르트의 발자취를 따라 구시가로 향했다. 오페라는 기대에 살짝 미치지 못했다. 소리는 모두 거기 있었지만 오페라 말미에 등장한 석상같은 배우들의 연기는 활기가 느껴지지 않고 무정하기만 했다. 그해 빈 국립오페라단은 〈돈 조반니〉를 20회나 무대에 올렸다. 관광객들에게는 놓쳐서는 안 될 공연이었겠지만 내가 기대했던 수준은 아니었다. 모차르트가 오페라 하우스에 없다면 어쩌면 집에 있을 지도 몰랐다. 우리 다섯 명은 슈테판스플라츠 역으로 전력 질주했다. 가는 길에 모차르트가 최후를 맞이한 아파트가 있었던 자리에 들어선 건물을 지나쳤는데, 그 건물에는 백화점이 들어서 있었다. 건물의 4층, 주방용품 매장 근처에 붙어 있는 현판에는 모차르트가 그곳에서 죽었다고 새겨져 있었다. 대성당 뒤의 좁은 골목길을 요리조리 지나 우리는 마침내 돔가세Domgasse에 도착했다. 모차르트는 이곳에서 살던 1786년에 〈피가로의 결혼〉을 작곡했다. 그의 오페라의 대본을 쓴 로렌초 다 폰테는 아마도 길 맞은편 아파트에 살았을 것이다. 그래서 작곡가와 대본작가는 빨랫줄을 이용해 대본과 곡이 적힌 종이들을 주고받곤 했다. 그 건물은 여전히 주거용이었고 위쪽으로 불 켜진 집이 몇 곳 있었다. 모차르트가 살았던 집은 지금은 박물관이 되었는데, 우리가 도착했을 때는 어둡고 텅 비어 있었다. 실내에 전시된 물건들만으로는 모차르트를 전혀 되살릴 수 없을 것 같았다. 하지만 그 건물의 돌계단만큼은 진짜였다. 사람들의 발길로 반질반질하고 중앙이 둥글게 패인 계단은 그에게도 몹시 친숙했을 게 분명했다. 인기가 정점에 달했던 그 3년 동안 모차르트는 잰걸음으로 이 계단을 오르내렸을 것이다. 우리는 이곳에서 그가 만진 것을 만질 수 있고 그가 살았던 세상에 들어갈 수도 있었다. 우리는 계단에 앉아 모차르트가 살았던 집의 문을 경외감에 찬 눈빛으로 올려보았다.

분명 그 순간에는 몇백 년의 시간과 언어를 뛰어넘어 비슷한 사람들을 하나로 묶어주는 가슴 떨리는 울림이 있었을 것이다. 모퉁이를 도니 모차르트가 가장 좋아하던 레스토랑이 있던 자리에 '카페 디글라스'가 들어서 있었다. 우리는 모차르트를 위해 잔을 들었다. 그리고 우리를 이 순간 이 자리에 모이게 해준 우연에게 건배를 했다. 빈은 관광객들에게 모차르트를 기억하고 경험하게 하면서 그를 희화화했다. 하지만 이 음악가의 삶은 여전히 이곳에 있었다. 어떻게 찾아내는지만 알면 얼마든지 그 삶을 들여다볼 수 있었다. 우리는 여러 외국어가 뒤범벅된 대화를 더듬더듬 이어나가며 흥에 취했다. 그리고 박물관과 기념비에서는 죽어 있지만 우리에게는 여전히 생생히 살아 있는 천재와 은

밀하게 이어졌다는 생각으로 황홀한 기분에 빠졌다.

내게 빈은 외국의 도시였고 독일어는 외국의 언어였다. 나는 뉴욕의 해변에 서서 내가 원하는 것들의 고향인 외국의 땅을 그리며 눈앞에 펼쳐진 먼 바다를 바라보았다. 그랬던 내가 지금은 크림색으로 환하게 빛나는 빈의 어느 카페에 앉아 대리석 테이블의 가장자리를 잡고 나와 함께 앉아 있는 네 명의 낯선 이들에게 미소를 보내고 있었다. 꿈꾸던 삶에 도달한 것만 같았다. 우리가 웃음을 터트리며 현지 와인을 마시자 눈앞에 여러 대륙이 나타나 빙빙 돌았다. 바다 건너 먼 해안에 서 있는 내 모습이 보였다. 그곳의 소리며 그 사람이 낯설게 여겨지기 시작했다. 이탈리아 청년 한 명이 스페인 아가씨를 한 팔로 안았다. 나는 내 팔로 크리스틴의 어깨를 둘렀다. 그리고 새로운 언어라는 자유의 가면을 쓴 채 그녀에게 미소를 지었다. 나는 예전과 같은 사람일 필요가 없었다. 이곳에서는 아무도 나를 몰랐다. 나도 나 자신을 잘 몰랐다. 크리스틴이 내게 마주 웃어 주었다. 잠시 후 그녀는 내게 입을 맞추기까지 했다. 내 볼에 말이다.

❊

11월의 어느 늦은 밤 나는 카페 하웰카 밖에서 옷에 배인 담배 냄새를 털고 있었다. 벽에 붙은 현판에는 프란츠 카프카에 대한 글귀가 독일어로 새겨져 있었다. 그 글귀를 소리 내어 읽고 있는

데, 뒤에서 낯익은 목소리가 들렸다.

"그걸 번역할 수 있으면 내가 커피 한 잔 살게."

목소리의 주인공은 마커스였다. 검은 코트 차림에 무정부주의자 분위기가 물씬 풍기는 수염 때문에 나는 그를 선뜻 알아보지 못했다. 마커스도 빈에 도착한지 몇 주 되었지만 우리는 둘 다 전화가 없었고 지금까지 오며가며 마주치는 일도 없었다. 우리는 그간 못 다한 이야기도 할 겸 뒷골목의 더 조용하고 담배 연기도 덜 한 카페인 티롤레호프로 갔다. 마실 것은 내가 샀다.

마커스는 빈에서는 낮은 물가로 버티고 미국으로 돌아가면 입주 작가 프로그램에 응모해 버틸 요량이었다. 보스턴의 음악원에서는 그가 나보다 몇 년 선배였지만 이제 우리의 입장은 똑같았다. 둘 다 학교를 졸업하고 앞으로 무엇을 할지 암중모색하는 단계이니 말이다. 그는 국립악보보관소에서 지울리아니와 디아벨리를 비롯해 기타의 위대한 고전들의 시대에 두 사람 주위로 모여든 기타리스트들의 악보를 찾고 있다고 했다.

"원본 악보를 복사해서 출판하면 돈을 잔뜩 벌 수 있어." 마커스는 가방에서 복사지를 한 다발 꺼내며 말했다. 퀭한 눈과 아무렇게나 자란 턱수염을 보니 황홀경에 빠진 러시아의 신비주의자처럼 보였다.

"'이미 보편적이기는 하지만 여전히 제대로 이해받지 못하고 있다. 솔직히 말하면 가장 오해받는 악기이다.'" 그는 문득 사이먼 몰리터가 1811년에 쓴 기타 연주법의 한 부분을 인용했다. 그는 웃음을 터트리며 손가락을 들어 다음 부분을 강조했다. "'하지만 진짜 기타연주가 여기 우리가 사는 빈만큼 널리 행해지는 곳을 찾아보기 힘들 것이다.'"

벽을 목재로 마감한 조용하고 아늑한 티롤레호프에서 우리는 유난히 활기에 넘쳤다. 미국인 두 명이 나누는 열띤 대화는 빈의 기준에서 보자면 폭동이나 다름이 없었다. 마커스는 창가 칸막이 석에 앉은 노부부에게 고개를 까닥했다. 그러자 노부부가 우리를 탐탁지 않은 눈빛으로 바라보았다. 노부부는 전형적인 빈의 노인들로 잘 어울리는 황록색 재킷을 단정하게 입고 있었다. 남자는 짧은 말털로 장식한 모자를 벗어 잘 챙겨두려는 듯 바로 옆에 두었다. 그의 아내는 붉은색과 흰색이 섞인 화려한 스카프를 목에 두르고 있었는데, 그녀에게서 그 스카프가 유일하게 화사한 느낌을 주었다. 그 노부부는 칠십대인 것 같았다. 팔백 년의 역사를 자랑했지만 지금은 몰락한 제국의 역사적인 수도 빈에서 평생 산 토박이들이었다. 얼굴은 통통하게 살집이 있었지만 주름이 깊이 져 있었다. 두 사람은 커피 잔을 앞에 두고 씁쓸한 눈빛으로 테이블 위나 창밖·다른 손님들을 바라보았다. 마커스와 나는 두 시간 동안 그들을 관찰했는데 두 사람은 단 한 마디도 하지 않았다.

관광객들이 보는 여행 설명서를 보면 빈은 스트라우스 왈츠와 클림트의 '키스'·자허 토르테(초콜릿 케이크의 일종으로 살구잼과 초콜릿 당의를 입힌다.─옮긴이)의 도시다. 그곳에 처음 도착해 몇 주를 보낼 때까지도 빈에 대한 내 인상이나 경험은 그 설명서와 크게 다르지 않았다. 나의 하루도 바로크 풍의 무도회장이며 〈돈 조반니〉·패스트리가 전부였다. 하지만 석 달을 살고 나니 문득 이 도시가 비트겐슈타인과 프로이트를 추방한 도시라는 사실이 떠올랐다. 이곳에서 모차르트와 슈베르트는 가난 속에서 죽었으며 쇤베르크는 무대에서 야유를 받았다. 빈은 역사의 무게 아래서 쇠락해 갔다. 추위가 다가오고 날씨가 점점 흐려지니 내가 도착했을 때만 해도 찬란하게 빛나던 궁전들이 링 슈트라세를 따라서 옹송그리며 모인 육중한 잿빛 건물로밖에 보이지 않았다.

마커스와 나는 목소리를 낮췄다. 화려하게 장식된 대리석 테이블에 앉아 있으니 우리가 경력을 쌓을 수 있는 방법이 매우 제한적이라는 사실이 애석할 따름이었다. 마커스는 빈 국립음대에서 수업을 듣고 있었다. 하지만 시간 죽이기에 지나지 않았다. 그는 학위는 더 필요하지 않았다. 나는 빈에 와서 어떤 연주회도 열지 못했다. 모차르트와 베토벤·브람스를 연주하는 바이올린과 피아노 주자들이 무대에 오르면 관객들로 성황을 이루는 빈의 콘서트홀에 무명의 기타리스트가 설 수 있는 길은 쉽사리 보이지 않았다. 협연을 할 오케스트라도 없는 기타리스트인 우리는 각자 알아서 길을 찾아야 했다.

"빈 사람들은 음악을 사랑해. 살아있는 음악가들의 음악만 빼고." 마커스가 말했다.

그는 담배에 불을 붙였다. 그리고 나는 핫 초콜릿을 한 잔 더 주문했다. 그 시절의 티롤레호프는 오스트리아 어디에서도 맛볼 수 없는 최고의 핫 초콜릿을 팔았다.

기타가 연주홀에 당당하게 입성해 바이올린과 피아노와 어깨를 나란히 겨루도록 만들고야 말겠다. 이것은 세고비아가 필생을 건 목표였다. 그는 소원대로 눈부신 성공을 거두었다. 64년 동안 세고비아는 전 세계를 돌며 뉴욕의 에이버리 피셔 홀(현재는 데이비드 게펜 홀로 명칭이 바뀌었다.─옮긴이)이나 빈 필하모닉의 무지크페라인 같은 뛰어난 오케스트라의 전당에서 클래식 기타를 연주했다. 그는 류트와 르네상스 기타를 부활시켰고 소르와 지울리아니가 클래식 기타에 남긴 유산을 일깨웠다. 요아퀸 투리나나 마누엘 폰체·페데리코 모레노 토로바를 비롯한 작곡가 수십 명에게 새 곡을 의뢰했다. 하지만 빈 사람들처럼 세고비아도 기본적으로 보수적인 취향을 선호했다. 그는 기타의 낭만적인 이미지를 부각시키는 작곡가들을 편애한 나머지 20세기의 가장 중요한 작곡가들을 외면했다. 쇤베르그의 음악을 듣고 "귀를 괴롭히는 극심한 형벌"이라고 할 정도였으니 말이다. 우리보다 고작 한 세대 앞선 연주자들인 데이비드 라이스너나 데이비드 탄넨바움 등만 해도 필립 글래스나 스티브 라이히·버질 톰슨·네드 로렘 등의 곡을 연주했다. 우리는 음악원 시절 이런 연주를 많이 들었다. 이들은 당대의 뛰어난 작곡가들의 작품을 연주한 훌륭한 연주자들이었다. 하지만 세고비아의 팬들 가운에 이들의 연주를 듣는 사람은 극히 일부였다. 세고비아가 거둔 성과에도 불구하고 기타는 클래식 음악에서 외부자로 남았다. 클래식 음악계에 존재는 알려져 있지만 결코 받아들여지지 않는 악기로 말이다. 마커스와 내가 연주자로서 입지를 다지려면 뭔가 새로운 것이 필요했다. 다른 사람들과 구별되는 음악을 연주해야 했다. 우리는 카페의 무거운 침묵 속에서 말없이 앉아 있었다.

"활력을 불어넣을 방법이 분명 있을 거야." 내가 말했다.

우리는 선택을 해야 했다. 우리는 소르와 지울리아니의 곡을 계속 연주하면서 기타의 고전적인 레퍼토리를 계속 이어나갈 수 있었다. 고개를 뒤로 돌리고 이미 사라진 황금시대를 바라보며 사는 빈 사람들처럼 말이다. 아니면 여러 나라의 문화가 융합된 유산 덕분에 기타만이 표현할 수 있는 현재의 불꽃을 포착하려고 노력하는 길도 있었다. 우리는 기타가 자신을 인정해주지도 존경해 주지도 않는 클래식 세계라는 덫에 빠졌다는 사실에 동의했다. 그렇다고 우리가 남은 연주자로서의 인생 동안 기타의 달콤하고 낭만적인 이미지와 싸우며 그 세계에 계속 남아야 할까? 우리가 왜 세고비아의 십자군을 영속화하는데 가담해야 하는가? 왜 우리는 사방에서 기타가 대표적인 세련된 악기로 여겨지는 시절에 아무도 원치 않는 아웃사이더가 되어야 할까?

우리가 받은 교육은 대중음악을 무시하라고 했다. 대중음악이 얄팍하고 조잡하다는 이유에서였다. 하지만 우리는 대중음악을 어떻게 연주하는지 잘 알았다. 나는 재즈 뮤지션으로 활동한 적이 있었고 마커스는 재능 있는 작곡가였다. 어쩌면 우리가 새로운 바람을 몰고 올 수 있을지 몰랐다. 기타에 다양한 문화가 녹아 있는 특성을 살려 실험을 하면서 깊이 있는 작곡에 즉흥연주의 속도를 결합해 보면 어떨까. 우리의 실력으로 기타의 다양한 목소리를 통합할 수 있다면 새로운 것을 발견할 수 있을지 몰랐다.

마커스는 잔뜩 흥분해서 테이블 위를 손바닥으로 탁 쳤다. 일순 온 카페가 충격으로 얼어붙었다. 암묵적인 규칙 같은 것을 우리가 깨트린다면 사람들이 우리를 주목하지 않을까. 지금처럼. 서둘러 카페를 빠져나온 후 우리는 며칠 후 다시 만나 새로운 소리와 새로운 아이디어를 모색해 보기로 약속을 잡았다. 빈 사람들이야 모차르트와 베토벤을 숭배하라지! 그들을 기념비로 세우라고 해! 그들의 음악이 지금까지 사랑받는 것은 그 당시에는 혁명적이었기 때문이다. 세고비아조차 기존의 음악계의 일원이 되기 전에는 배척을 당했다. 이것이 우리의 선택이었다. 역사를 반복하는 대신 역사에 도전할 터였다. 몇 달 후 새로운 자신감으로 무장한 우리는 클래식 기타의 역사를 다시 쓸 수 있을 거라고 생각했다.

그때만 해도 내가 다 관두게 될 줄은 꿈에도 몰랐다. 빈에서 4개월을 보낸 후 나는 마지막 과목을 이수하고 졸업식 없이 음악원을 졸업했다. 나는 빈 대학에서 그리 멀지 않은 곳에 작은 방을 얻었다. 어둡고 허물어져가는 원룸 아파트로 건물의 중정이 보이는 방향이었다. 그래도 집세가 한 달에 80달러밖에 하지 않왔다. 나는 연습을 계속 하면서 마커스와 함께 일을 하며 연주가로서의 미래도 준비할 수 있을 거라고 부모님을 안심시켜 드렸다. 그리고 내 자신에게도 그렇게 되뇌었다. 하지만 의욕이 충만한 예술가에게 졸업은 자신도 모르게 찾아온 재앙인 경우가 많다. 어떤 목표가 사라지고 나면 설령 대답할 준비가 안 된 상태라도 매일같이 자신의 경력과 미래에 의문을 품게 된다. 결국 기술을 연습하거나 자신의 상상력을 탐색하는 대신 의문을 날려버릴 야심찬 계획을 세우느라 머리를 쥐어짠다.

겨울 내내 마커스와 나는 연주를 하고 토론을 하고 리허설을 했다. 마침내 우리는 복잡하기 짝이 없는 대위법 선율과 리드미컬한 즉흥연주가 고르게 들어간 곡들로 프로그램을 완성했다. 이듬해 3월 우리는 나이트클럽과 카페를 돌며 오디션을 보았다. 몇 주 만에 우리는 여름까지 몇 차례의 공연 일정을 잡을 수 있었다. 우리는 포스터를 인쇄하고 지역 신문과 음악 잡지에도 연락을 했다. 4월 말, 우리는 일주일에 최소 두 번은 야간에 연주를 했다. 팝과 재즈·록·클래식 스타일을 뒤섞은 우리의 음악은 에너지가 넘치고 변화무쌍했다. 우리는 직접 고른 작품들을 연주하는 게 무척 재미있었다. 게다가 청중도 좋아하는 것 같았다. 우리는 점점 실력이 향상되었다. 게다가 음악도 완성도가 올라가면서 더 흥미로워졌다. 우리의 공연을 따라다니며 감상하는 팬들도 생겼다.

그해 6월 팝스타인 팔코가 빈 시청 청사의 으리으리한 탑들 아래에서 열리는 빈 음악축제의 개막 행사에서 히트곡인 '락 미, 아마데우스'를 부른다는 소식이 일간지 첫 면을 장식했다. 같은 주 늦은 밤 마커스와 나는 비엔나 변두리에 있는 인기 카페의 무대에 올랐다. 그 카페는 낡은 공장을 리모델링한 곳이었다. 강철 대들보와 증기관이 벽돌 벽을 따라 이어져 있고 낡은 기계의 부품을 모아서 만든 바가 설치되어 있었다. 카페는 대학생들과 젊고 억눌린 듯한 표정의 젊은이들로 가득했다. 실내를 자욱하게 매운 담배 연기가 무대를 비추는 형형색색의 조명에서 쏟아진 빛의 기둥에서 환상적으로 소용돌이쳤다. 크리스틴은 그 무렵 마커스와 사귀었던 스위스 아가씨인 안나와 무대 앞 테이블에 앉아 있었다. 두 사람은 우리가 연주를 하는 동안 즐겁게 이야기를 나누었다.

마커스는 담배를 한 모금 길게 빨고는 기타 헤드의 현과 현 사이에 끼웠다. 다음 곡을 들어가는 신호를 하며 그는 박자를 평소보다 훨씬 느리게 연주하기 시작했다. 나는 멜로디 부분을 담당했다. 박자에 맞춰 살짝 주춤거리며 흘러가듯 연주했다. 우리가 함께 만들어낸 소리는 꽤 근사했다. 그때 마커스가 턱짓으로 크리스틴과 안나를 가리켰다. 두 사람은 눈을 감고 있었다. 문득 손님들이 우리의 음악에 귀를 기울인 모습이 눈에 들어왔다. 코드를 반복하며 마커스는 솔로로 즉흥연주를 했다. 이 코드는 불규칙적인 연주와 합쳐져 불꽃을 튀겼다. 우리가 점점 속도를 높이고 다음 곡으로 넘어가려고 하자 관객 중 누군가가 영어로 "고!"

라고 소리쳤다. 음악이 변하고 관객이 일어서서 점점 앞으로 다가오며 움직이자 마커스와 내게도 어떤 변화가 찾아오는 기분을 느낄 수 있었다. 관객들은 사방에서 무대를 향해 다가왔다. 마커스와 나는 점점 더 연주 속도를 높여갔다. 멜로디가 활처럼 하늘로 높이 솟아오르자 우리가 그렇게 열심히 리허설을 했음에도 꼭 즉흥연주를 하는 것 같았다. 게다가 우리가 무대에서 연주를 하는 도중에 만들어 낸 미세한 차이들이 관객에게 눈에 띌 정도로 흥분을 불러일으켰다. 우리가 연주하는 곡을 무대 주위로 몰려드는 사람들의 얼굴에서 읽을 수 있었다. 여자의 입술 한 구석이 살짝 올라가나 싶더니 순간 입술이 반달처럼 휘었다가 스르르 풀어졌다. 크고 통통한 얼굴에 니체 수염을 기른 남자가 눈을 가늘게 뜨더니 다시 부릅떴다. 마치 눈으로 지휘를 하려는 것처럼 말이다. 나는 마커스를 힐끗 보았다. 곡이 처음 시작했던 곳으로 다시 떨어지기 전 마지막으로 위로 비상하자, 마커스도 그에 맞춰 의자에서 앞뒤로 몸을 흔들었다.

관객은 그날 밤 내내 우리와 함께 했다. 덕분에 우리는 계획했던 것보다 한 시간 더 무대에서 공연을 했다. 크리스틴과 안나는 차편이 끊어지는 새벽 한 시 전에 마지막 전차를 타러 먼저 떠났다. 나는 무대에서 좀 더 연주를 하다가 바에서 맥주를 몇 병 마셨다. 우리는 빈 사람들이 우리를 칭찬하는 말을 알아들으려고 열심히 귀를 기울였다. 그들은 연주회장의 청중의 모습이 아니었다. 카페의 손님들은 음악을 듣지 않아도 상관없었다. 어차피 피장파장이었다. 그도 그럴 것이 우리도 클래식 기타에 연상되는 이미지를 버렸기 때문이었다. 우리는 과거를 향한 공허한 경외감 때문에 무대를 찾는 관객들을 기다리는 대신 직접 청중의 관심을 끌어야 했다. 우리는 살아 있는 감수성에 우리 자신을 시험하는 중이었다. 결혼식에서 연주하는 것과 달리 만약 우리가 이곳에서 충분히 잘 해낸다면 이 음악이 우리를 전 세계에 있는 무대로 이끌어줄 지도 몰랐다. 우리는 공연을 시작할 때마다 스스로 이렇게 다짐했다. 하지만 공연을 끝내면 과연 우리 생각대로 풀릴지 점점 확신이 없어졌다.

카페의 사장은 도둑이나 다름없었다. 키가 작고 어깨가 무척 넓은 그 남자는 앞니가 벌어져 그 사이가 시커멓게 보였다. 우리가 짐을 챙기고 있는데 그가 다가와 좋은 공연이었다고 칭찬을 했다. 그러더니 우리에게 각각 10달러 정도를 건넸다. 그날 밤 우리가 받기로 한 공연비는 100달러였는데 말이다.

"술을 마시게 할 정도는 아니었어." 그가 바를 향해 오만하게 손짓을 하며 덧붙였다. "음악은 좋았어. 하지만 술을 마시게 할 정도는 아니었다고."

바텐더 두 명이 우리를 가게 밖까지 배웅했다. 그들은 분위기만으로도 그 사장이 논쟁을 좋아하지 않는다는 메시지를 확실하게 전달했다.

몇 주 후 크리스틴과 나는 빈이 내려다보이는 벤치에 앉아 있었다. 6월이 끝나가는 어느 이른 저녁이었다. 성 슈테판 성당의 첨탑을 오렌지색과 은색·검은색으로 물들이고 있는 푸른색 커튼 사이로 여름의 빛이 흐릿하게 깜박거렸다. 그 자리에서 크리스틴이 이런 말을 했다. "새로운 것을 하려면 용기가 필요해. 그러니까 인내심을 가져야 해."

그녀의 말이 당연히 옳았다. 10달러든 100달러든 액수가 중요한 건 아니었다. 그렇지만 공연이 끝난 후 공연비를 다시 이야기하자고 하면 우리는 어떻게 해야 할까? 연주 값을 받기 위해 돌린 모자를 누가 들고 도망치면 어떻게 할까? 모차르트도 활동하는 동안 내내 이런 문제로 고통을 받았다. 그가 사망하기 꼭 1년 전인 1790년 10월이었다. 모차르트는 빈을 떠나 오스트리아의 새 황제인 레오폴드 2세의 대관식에 참석을 했다. 당시 서른네 살이었던 모차르트는 빚에 허덕이고 있었지만 여전히 공식적인 직위는 없었다. 그는 아내에게 이런 내용의 편지를 썼다. "마인츠에서 온 편지를 당신이 받아보았기를 바라. 우리가 출발하기 전날 나는 선제후 앞에서 연주를 했어. 고작 15캐롤린을 받았지." 음악가들은 늘 이런 일을 당한다. 당신이 음악가라면 속임을 당하고 착취당할 것이다. 음악가의 길이 얼마나 힘든지 모두 다 안다. 그렇다고 해서 음악의 가치가 줄어들지는 않는다.

크리스틴과 나는 손을 잡고 포도원과 개암나무 숲 위로 하늘이 점점 어두워지고 저 멀리 다뉴브 강의 수면이 녹색과 보라색으로 물드는 모습을 지켜보았다. 그녀의 말투는 상냥했고 태도에서 나를 돕고 싶어 하는 마음이 느껴졌다. 하지만 내가 정작 무엇 때문에 괴로워하는지 그녀는 잘 모르는 것 같았다. 나는 쥐꼬리만한 벌이나 클럽 사장들의 비양심적인 태도 때문에 기가 죽은 게 아니었다. 그 무렵 나는 내가 꿈 꿔온 삶이 근본적인 차원에서부터 잘못 되었다는 느낌을 떨칠 수가 없었다. 나는 내가 원하는 것을 확실히 알았다. 위대한 음악이며 고양된 경험·영감·참된 연주 같은 것들이었다. 이런 이상이 내 안에서 어찌나 환하게 빛을 발하는지 나는 그저 눈을 감기만 하면 그것을 되살려 낼 수 있었다. 하지만 눈을 뜨면 내가 있는 곳은 술집이고 내 앞에는 꾀죄죄한 사람들이 술에 취해 흥청거리고 땅딸막하고 속이 시커먼 사장이 자신의 몫을 계산하고 있었다. 이 상황에서 마커스와 나는 부수적인 요소였다. 단지 유흥의 수단에 불과했다. 관객이 우리의 음악을 아무리 사랑해 줘도 무대는 너무 작았고 제한적이었고 평범해서, 성공했다는 느낌이 들지 않았다. 나는 우리가 연주하는 음악을 즐겼다. 우리가 막 연주생활을 시작했다는 사실도 알고 있었다. 하지만 이 상황과 내 이상 사이의 불협화음은 모든 상황을 시시하게 만들어 버렸다. 이것은 내가 상상했던 삶이 결코 아니었다.

크리스틴은 점점 쌀쌀해지는 저녁 공기에 몸을 부르르 떨었다.

"좀 걸을까." 그녀는 내 손을 잡아끌며 말했다.

나는 내 감정을 어떻게 그녀에게 설명해야 할지 막막했다. 나는 너무 젊었고 그 사실조차 깨닫지 못했다. 그녀는 온기를 느끼기 위해 내 겨드랑이로 팔을 끼워 넣었다. 하지만 사랑스럽게 느껴지기보다 그녀가 부럽고 그녀에게 분한 감정마저 느껴졌다. 그녀 앞으로 죽 뻗은 길은 또렷하게 보였다. 그녀는 전문적인 훈련을 받기 위해 빈으로 온 재능 있는 비올라 연주자였다. 열심히 하기만 하면 오케스트라의 단원으로 경력을 쌓을 수 있으리라. 그녀에게 예술가로서의 인생은 과감하게 달려들어 쟁취하는 것이 아니라 자연스럽고 일상적이기까지 한 것이었다.

"저 남자 믹 재거처럼 생기지 않았어?" 나는 그날 벤치에 앉아 있을 때 우리를 지나쳐 언덕 아래로 내려가는 한 무리의 관광객을 보며 그렇게 물어본 적이 있었다.

"누구?"

크리스틴은 롤링 스톤즈의 음악을 한 번도 못 들었다. 놀랍기도 하고 귀엽기도 한 이야기였다. 그녀는 독일 북부에서 대학으로 유명한 작은 도시 출신이었다. 그래서 내 어린 시절을 가득 채웠던 문화적 긴장감을 접한 적이 없었다. 그녀가 어렸을 때는 공무원인 아버지는 퇴근을 하고 돌아오면 저녁마다 슈베르트의 가곡을 들었다. 때로 그녀가 말을 잘 들으면 함께 음악을 듣기도 했다. 음악은 그녀에게 항상 한 목소리로 말을 걸었다. 하지만 내게는 항상 수많은 목소리로 말을 걸어왔다. 그 불협화음을 들으며 선율을 포착해 내야 했다.

우리는 '베토벤의 산책로'라고 알려진 오솔길을 따라 걷기 시작했다. 사실 나는 이상주의의 열정에 사로잡힌 젊은 예술가가 꿈꿀 만한 것을 모두 가지고 있었다. 동화 같은 낭만적인 도시에 살면서 별 볼일 없기는 해도 꾸준하게 공연도 했다. 비록 허름하지만 집세가 싼 집에 살았고 재능 있고 마음씨 고운 여자 친구도 있었다. 하지만 그런 이상적인 삶의 본질에는 불만이 도사리고 있었다. 왜냐하면 이렇게 순수함의 절정에서는 살 수가 없기 때문이다. 크리스틴은 음악가가 겪는 삶의 시련을 나와 함께 나누고 싶어 했다. 하지만 서로에게 팔을 두르고 도시로 되돌아오는 길에서 나는 어디 다른 곳에 있는 느낌이 들었다. 상상의 예술의 세상에 사는 기분이었다. 그 세상을 전부 가질 수 없다면 일부를 가져보았자 부족할 뿐이었다.

7월이 오자 크리스틴은 두 달 예정으로 빈을 떠났다. 그녀는 여름 동안 독일의 유서 깊은 청년 오케스트라에 들어가게 되었다. 크리스틴이 떠나고 몇 주 후 마커스도 미국으로 돌아갔다. 한 달 동안 미드웨스트의 작은 대학에서 지내기로 했기 때문이다. 나는 다시 혼자 연습을 시작했다. 밀라노와 마드리드에서 개최되는 기타 콩쿠르에 응모도 몇 번 했다. 콩쿠르 지정곡인 알베르토 지나스테라의 소나타 47번과 로드리고의 아랑훼즈 협주곡을 매일 아침 네 시간 씩 연습했다. 가을의 마감일이 다가왔지만 녹음테이프를 선뜻 보낼 용기가 나지 않았다. 마커스와 너무 많이 연주를 한 나머지 정작 콩쿠르를 준비할 시간이 부족했다.

새로운 것을 시작하려면 용기가 필요하다. 8월 말 내 원룸은 숨이 막힐 듯이 푹푹 쩠다. 중정 쪽으로 창문을 열어놓으면 이웃

이 틀어놓은 TV 소리며 기침 소리·다투는 소리까지 온갖 소리
가 다 들렸다. 옆집에서는 아기가 밤낮을 가리지 않고 빽빽 울었
고 그럴 때마다 엄마가 피곤에 절은 목소리로 힘없이 아기의 이
름을 계속 부르며 달랬다. 빈에 온지도 어느덧 1년이 되어가고
있었다.

"인내심을 가지자. 나는 아직 스물두 살이야. 아직 시간이 있
어." 나는 늘 이런 말로 자신을 다독였다.

나는 3주를 더 일했다. 그러고 나서야 학교를 막 졸업하고 난
생 처음 유럽에 온 젊은이처럼 갈아입을 옷 몇 벌과 침낭을 배낭
에 챙겨 넣고 기차역으로 향했다. 기타는 챙기지 않았다. 악기는
유스 호스텔에서 잃어버리기에는 너무 좋은 기타였던 데다가 이
미 한 번 잃어버린 경험도 있지 않은가. 무엇보다 하루 종일 방
안에 틀어박혀 있지 말고 여행을 실컷 하고 싶었다. 학생용 유레
일패스 덕분에 나는 부다페스트와 베를린·파리·로마로 차례로
향했다. 1년 전 나는 꼬박 일주일 동안 연습을 하지 않았다. 그런
데 1년 후 일곱 살 이래 처음으로 한 달이 넘게 기타는 건드리지
도 않았다.

✾

내가 이때 기타를 관둔 걸까? 나는 가을 무렵 빈으로 돌아와
비즈니스 영어를 가르치는 학원에 취직을 했다. 그 학원의 원장

인 체스터 씨는 용수철 같은 백발을 한 기인이었다. 그는 수업 시간에 라이브음악의 사용을 권장하는 불가리아 심리학자의 주장을 신봉했다. 강사가 학생들에게 영어를 큰 소리로 읽어주는 동안 나는 분당 60비트의 안정적인 속도로 뒤에서 조용하게 연주를 했다. 이 속도의 곡을 들으면 자궁에서 들은 어머니의 심장 박동소리가 떠올라 마음이 고요해지고 그런 상태가 되면 언어를 무의식적으로 흡수할 수 있다는 원리였다. 희한하게도 그 논리가 효과가 있는 것 같았다. 나는 보면대의 메트로놈이 깜박거리는 것을 보면서 연습곡이나 바흐의 프렐류드를 연주했다. 주중에는 대학에서 청강을 하고 틈이 나면 바르샤바와 프라하·이스탄불로 여행을 다녔다.

나는 프라하에서 동갑인 여자를 알게 되었다. 그녀의 아버지는 잭 캐루악과 알렌 긴즈버그의 작품을 체코어로 번역한 사람이었다. 1968년 프라하의 봄 이후 그녀의 아버지는 체포되었고 그녀가 어렸을 때 사망했다. 그로부터 17년이 흐른 그해 그녀는 대학 입학을 세 번이나 거부당했다. 폴란드의 자유노조는 불법이었고 군법이 여전히 유효했던 바르샤바에서 나는 활동가였던 사제의 죽음을 추모하기 위해 시민 40만 명이 모여서 조용하게 거리를 행진하는 모습을 목격했다. 노조의 붉은 배지는 사람들이 팔에 찬 검은 완장 아래에 감춰져 있었다. 시위대의 측면에 있는 무장한 트럭들을 찍다가 군인 한 명에게 세 블록이나 추격을 당했다. 지하철로 급히 몸을 숨기는데 흡사 스파이라도 된 것 같았다.

그해 겨울에 마커스가 오스트리아로 돌아오자 우리는 다시 합주를 했다. 우리는 영국과 프랑스·독일·덴마크에 있는 공연 에 이전시에 연주를 녹음한 테이프를 보냈다. 그러면서도 나는 외국어 학원의 일을 계속했다. 알아차리지도 못했고 알았다한들 인정하지도 않았겠지만 나는 어느새 연습하는 음악가가 아니라 일하는 음악가가 되어 있었다. 마커스와 내가 음악가로 살아남을 수 있을 정도로 충분히 연주회를 열려면 한참이 걸릴 것 같았다. 어쩌면 그런 날이 오지 않을지도 몰랐다. 그동안 우리는 가르치고 출판하고 화랑의 개막식에서 연주를 하면서 다른 수입원을 만들어야 했다.

나만은 다를 줄 알았다. 그간 내가 기울인 노력과 헌신이면 남들과 다를 줄 알았다. 그러나 연습을 하며 마음을 다잡아도 나도 결국 다르지 않다는 생각을 쉽사리 떨쳐버릴 수 없었다. 음악학 연구가나 열쇠공처럼 다른 직업으로 생계를 유지해야 음악을 할 수 있었던 친구들이나 선생님들과 다르지 않다는 생각이 들었다. 마커스와 나는 연주가로 데뷔를 하기 위해 고군분투하면서 닥치는 대로 연주무대에 올랐다. 하지만 결국 이런 마구잡이 연주가 우리의 '경력'이 되고 말았다. 내가 아무리 전심전력을 기울여도 오랜 세월 의심과 투쟁을 먹고 자란 절망적인 확신이 마음의 어둠 속에서 자랐다. 눈을 뜨면 어느새 서른 살·서른다섯 살·마흔 살이 되어 매번 비좁고 지저분한 아파트에서 여전히 다른 삶을 꿈꾸며 살고 있을지 몰랐다. 음악 세계의 주변부가 아닌 중심에서 활약하는 삶 말이다. 그 나이에도 여전히 연주회장을 꿈꾸고 예술가가 되는 꿈을 꾸며 살고 있을지 몰랐다. 공연 의뢰는 끊이지 않았지만 결코 충분하지 않았다. 우리는 방향성이 없었다. 나는 눈을 감고 내가 원하는 모습을 떠올렸다. 온 정신을 집중해서 무엇이 중요한지 귀를 기울였다. 2월에 덴마크의 에이전시에서 우리의 테이프에 답장을 보내주었다. 결혼식 공연에 관심이 있느냐는 내용이었다.

그해 5월, 오스트리아에서 보내는 두 번째 해를 맞아 나와 마커스는 결과적으로 마지막이 된 합주를 했다. 크리스틴까지 합류해 우리 세 사람은 기차를 타고 빈의 남쪽에 있는 그림 같은 산을 넘어 그라츠로 향했다. 그곳의 어느 화랑이 우리를 "새로운 클래식"이라는 이름으로 홍보를 했다. 예스러운 마을이 산골짜기 곳곳에 들어서 있었고 굴뚝에서 나온 연기가 눈부신 들판으로 뭉게뭉게 흘러갔다. 크리스틴은 어릴 시절 방학 때 이 코스로 여행을 한 적이 있었다. 그녀는 잔뜩 들떠서 창밖을 내다보며 잊은 줄 알았던 어린 시절의 추억을 다시 떠올렸다. 그녀에게 도시를 잠시 벗어나는 이 여행은 특별한 선물이었을 것이다. 그 무렵 크리스틴은 빈의 제2의 오케스트라인 빈 교향악단에서 대체단원으로 뽑혀 학업과 리허설을 병행하며 바쁜 나날을 보내고 있었다. 우리는 전만큼 자주 만나지 못했다. 하지만 이런 변화의 진짜 의미를 그녀도 나도 드러내놓고 인정하지 않았다. 오히려 우리 세 사람은 잔뜩 들떠서 여행을 떠나, 마커스와 나는 가는 내내 과장되게 예술가인양 하면 크리스틴은 우리를 따라다니는 팬 시늉을 했다. 그때만 해도 마지막 합주가 될 거라고는 생각하지 않았다. 하지만 빈으로 돌아올 즈음에는 뭔가가 돌이킬 수 없을 정도로 부서져 버렸다. 기차가 눈으로 뒤덮인 고개를 지나갔다. 그 모습을 보며 마커스와 나는 하이디와 젖소 엘시가 미국에서 순수한 알프스의 상징이 된 연유에 대해 신이 나서 떠들었다. 한편 크리스틴은 오스트리아의 민간설화에 등장하는 크람푸스 이야기를 들려주었다. 크람푸스는 산타클로스와 반대인 악마인데, 혀가 길고 성 니콜라우스가 도착하기 전날 밤에 못된 아이들을 채찍으로 때린다고 알려져 있다. 내가 유럽에서 경험하고 싶었던 것이 모두 그 기차 안에 있는 듯했다. 친구들과 자유·새로운 문화와 언어·여러 면에서 새로운 정체성까지 말이다. 하지만 깊이 숨겨 둔 마음 한 구석에서는 이 정체성이 얼마나 위태로운지, 그리고 내게 연습을 할 힘을 준 이상이 약해지면서 그 자리를 야금야금 차지하는 분노와 울분·좌절감을 얼마나 아슬아슬하게 끌어안고 있는지 알고 있었을 것이다. 어슴푸레하게 그 사실을 알고 있었다고 해도 나는 애써 무시했다. 어쩌면 그 느낌을 다른 감정과 혼동을 한 것일지도 모른다. 뭔가 새로운 것을 하고 있다는, 언제 사라질지 모르는 열의와 내 길을 내 손으로 개척하고 있다는 흥분이 뒤섞인 감정 말이다. 너무 많은 것들이 위태롭기

짝이 없었다. 게다가 가장 깊은 곳에 있어야 할 것들이 때로는 훤히 보이는 곳에 나와 있었다. 마침내 그라츠 역에 내리자 화랑의 사장이 우리를 연신 추켜세우며 공연장으로 안내했다. 모든 것이 되어야 하는 대로 진행되었다.

마커스와 나는 훌륭하게 연주를 마쳤다. 70명이 넘는 관객이 우리에게 기립박수를 보내주었다. 사장은 기뻐하며 가을에 다시 와서 연주해 달라고 했다. 하지만 마커스는 입주 예술가 프로그램에 이미 응모를 해 두었고 나도 이듬해에 있을 콩쿠르를 준비하기로 마음을 먹은 상태였다. 우리는 약속을 한다한들 지킬 수 있을지 확신하지 못한 상태로 애매하게 얼버무렸다. 와인을 두 잔 마신 후 우리는 빈으로 돌아가는 기차에 탔다. 이번에는 지는 해에 산 속의 계곡이 잿빛으로 변해가는 모습을 지켜보았다.

우리는 말없이 앉아서 어둠 속에 객차가 시시각각 작아지는 모습을 바라보았다. 마커스는 벤치형 좌석에 드러누워 어느새 곯아떨어졌다. 크리스틴과 나는 창가의 구석에 앉아서 빈으로 돌아가서 저녁을 함께 먹을 수 있을지 이야기를 나누었다. 그녀는 이른 아침에 리허설을 했고 나도 공연으로 심신이 피곤했다. 우리가 사귄지 벌써 일 년 반이 되었다. 하지만 그 무렵 우리의 관계는 가깝다기보다 익숙하다는 말이 더 적당할 터였다. 그녀는 앞으로의 인생의 토대를 세우는 중이었고 경력을 쌓을 준비를 하는 중이었다. 게다가 아직 스무 살이었지만 벌써 가족을 생각하고 있었다. 아직도 손만 뻗으면 잡을 수 있을 것만 같은 꿈을 줄기차게 좇고 있는 내게는 너무나 먼 꿈같은 이야기였다. 우리의 공감대는 음악에서 비롯되었다. 가장 내밀한 감정들을 공유하게 만들어주는 음악을 듣는 감수성에서 비롯되었다. 어쩌면 이것이야말로 순수한 사랑일 것이다. 하지만 인간관계처럼 음악에서도 삶을 함께 하기에는 순수한 사랑만으로는 부족하다. 잠시 후 나는 연주회에 대해 이야기를 꺼냈다. 무대 위에서는 열심히 했지만 완전히 엉망으로 연주한 부분에 대해서도 이야기했다. "우리 연주는 괜찮았어." 나는 이렇게 말했다. 하지만 뭔가가 부족했다. 마커스는 다른 데 정신이 팔린 것 같았고 나는 내 솔로 연주가 별로였다.

"실력은 뛰어난데 연습을 충분히 하지 않은 연주처럼 들렸어." 크리스틴이 고개를 숙인 채 말했다.

새로운 음악을 시작하려면 용기가 필요하다. 애초에 음악가가 되려면 용기가 필요하다. 하지만 음악가로 남으려면, 음악이 당신에게 무슨 이야기를 하든 음악이 규정해준 삶의 형태대로 살려면 용기보다 더 많은 것이 필요하다. 나는 열두 살이 된 후로 내가 듣는 삶, 그러니까 예술가의 삶을 살겠다는 꿈을 꾸었다. 하지만 나는 내 자신과 욕망·야망을 오해했다. 예술가가 된다는 것이 어떤 의미인지 전혀 잘못 알고 있었다.

사실 나는 이제 막 시작하는 단계였다. 이 세상에서 예술가로 산다는 게 어떤 것이고 어떻게 살아야 하는지 배워나가는 단계였다. 하지만 내 상황은 지금까지 열심히 추구한 세상이 아니었다. 그 순간 내가 있는 곳과 있고 싶은 곳의 거리가 따라잡을 수 없을 정도로 멀다는 사실을 깨달았다. 도저히 도착할 수 없을 것 같았다. 거기까지 생각이 미치니 문득 내가 어디에 있는지도 알 수 없었다. 언제나 꽁꽁 숨겨두기만 했던 씁쓸한 욕망이 폭주하듯 터져 나왔다. 그 감정은 음악을 향한 내 꿈을 황폐화시켰다. 내 손가락들이 나를 실망시킨 게 아니었다. 내 테크닉과 재능의 잘못도 아니었다. 예술가의 삶을 너무 순진하고 유치하게만 상상했던 내 잘못이었다. 너무나 큰 갈망을 속에 품은 채 예술가의 삶은 시적이고 순진하고 순수할 것이라고 상상하다가 끝내 그 이미지가 내 음악을 망쳤다.

나는 고개를 들고 크리스틴에게 무슨 말이라도 하려고 했다. 하지만 더이상 내가 왜 음악가인지 알 수 없어졌다. 그녀는 음악가로 성공할 것이다. 하지만 나는 아니었다. 오래 전부터 그 사실을 알고 있었다. 그동안의 모든 노력이 결국 허사로 돌아갔다.

"미안해. 쓸데없는 말을 했네." 그녀는 내게 몸을 기대며 속삭였다.

내 연습에 대한 이야기는 결국 이렇게 끝이 났다. 기타는 내 꿈을 이뤄 줄 악기였다. 그런데 이제 그 꿈이 별안간 끝났다.

자리에서 일어나며

영혼에 음악을 품고 있는 사람은 가장 사랑스러운 사람과 사랑에
빠질 것이다.

– 플라톤 《국가》

곡을 쓰는 것으로는 아무 것도 이룰 수 없어.
곡을 쓰는 것으로는 아무 것도 이룰 수 없어.
곡을 쓰는 것으로는 아무 것도 이룰 수 없어.

– 존 케이지 〈사일런스〉

사람은 일 년이고 이 년이고 계속 연주해야 한다.

– 월래스 스티븐스 〈푸른 기타를 든 남자〉

벌써 오후가 되었다. 바다에서 시작된 미풍이 뭍으로 올라오며 거세져 창밖에 보이는 가로수의 잎들이 눈에 띄게 흔들리고 있었다. 결국 떨어져 내린 나뭇잎들이 사방에 굴러다닌다. 저 멀리 금문교 아래의 무적(霧笛, 항해 중인 배에게 안개를 조심하라고 알리는 고동소리 — 옮긴이)이 신호를 울린다. 습기를 잔뜩 머금은 여름 안개가 짙어지는 모양이다. 오늘 밤이면 분명 안개가 온 도시를 뒤덮고 안개의 블리자드가 가로등들 사이를 휘몰아치며 지나갈 것이다. 여름의 샌프란시스코에서는 단 하루 동안에도 사계절을 경험할 수 있다.

나는 지치고 맥이 풀렸다. 연습을 시작한지 세 시간이 훌쩍 지났다. 물론 세 시간의 연습으로 지친 것이 아니다. 나는 흘러가는 시간을 전혀 의식하지 못했다. 연습을 하는 동안 시간이 나를 빨아들였다. 그래서 순간으로 느낀 시간이 몇 년을 훌쩍 건너뛰기도 한다. 나는 호기심 어린 눈빛으로 주위를 둘러본다. 거실의 모습은 연습을 시작한 아침과 비교해 조금도 달라지지 않았다. 녹아내린 흔적도 없다. 다만 바닥으로 떨어지는 햇살의 방향이 달라졌을 뿐이다.

나는 여전히 손가락을 현 위에 올려놓은 채 소리가 나를 떠나간 자세 그대로 앉아 있었다. 그제야 나는 숨을 길게 내쉬고 몸에서 힘을 뺀다. 연주는 내게 놀라움을 안겨 줬다. 꿈에서 깨어나거나 꿈에 빠져들기라도 하듯 기타를 바라본다. 도대체 기타란 어떤 악기인지 의아할 따름이다. 물론 소리를 만들어 내는 도구로, 간단한 나무 장치다. 이 장치는 진동하는 현이 만들어내는 운동에너지를 소리로 바꾸어 발산한다. 기타는 자신도 모르게 기압계로도 작용해서 습도와 기압의 미세한 변화를 포착한다. 수많은 사람들에게 기타는 상상력과 환상의 악기다. 무의식적인 욕망을 소리로 표현하는 공명판인 것이다. 기타를 쥔 팔을 쭉 뻗은 채 이 악기를 보며 생각해보니 적어도 내게는 기타가 항로를 표시해 주는 도구다. 항상 내가 있는 곳을 가리키고 있으니 말이다. 기타의 표면에 비친 내 얼굴을 본다. 내 숨결에 현들이 바르르 떨린다.

여기서 연습을 끝내고 싶지 않다. 나는 조율이 흐트러진 현을 조정하며 마지막 코드 몇 개를 다시 연주해 본다. 조금만 더, 한 곡만 더 하자. 하지만 마음대로 되지 않는다. 내 손가락들이 이미 집중력을 잃었고 마음마저 남은 하루 속으로 스르르 흘러가고 있다. 해야 할 일들도 있다. 나쁜 버릇들이 슬그머니 돌아와 오전 내내 내가 성취한 것들을 원래대로 돌려놓을 시간이다. 내 안의 아이 같은 목소리는 '제발, 제발, 제발'하고 보채며 딱 1분만이라도 더 연주하자고 매달린다. 나는 현의 조율 상태를 살핀 후 스콧 조플린의 '위핑 윌로우 랙'으로 오늘의 연습을 마무리하기로 한다.

'위핑 윌로우'는 어릴 때 기타 워크숍에서 포크송을 연주하고 부르는 단계에서 클래식 기타로 넘어갈 때 처음으로 진지하게 연주한 곡들 가운데 하나였다. 나는 이 곡을 당김음과 재즈 풍의 하모니가 가미된 밝고 경쾌한 선율로 기억하고 있었다. 무엇보다 선생님들과 친구들·가족을 깜짝 놀래주고 싶은 열한 살 꼬맹이에게 완벽한 곡이라고 말이다. 그런데 몇 달 전 악보를 처음부터 끝까지 다시 읽고 곡에 어린 비애감을 느끼게 되었다. 악보를 보고 있으니 가슴이 무겁게 아파왔다. 장조곡인데도 선율에서 구슬픈 느낌이 났다. 반음을 내린 블루 노트(음계의 제3·5·7음보다 반음 낮은 음으로 흔히 재즈에서 사용된다.─옮긴이)로 인해 선율이 마음속으로 파고들었다. 어린 마음에도 연습곡으로 '위핑 윌로우'가 제일 먼저 귀에 들어왔다. 내가 음악으로 무엇을 성취할 수 있을지 이 곡이 살짝 엿보게 해주었던 것이다. 30년이 흐른 후 다시 연주해보니 내가 무엇을 배웠고, 내가 포기했을 때 무엇을 잃었는지 보여주는 것 같았다.

나는 작업대 옆에 쌓인 악보 더미에서 악보를 꺼내고 탁상용 스탠드를 켠다. 바흐의 바이올린 소나타 집처럼 그 악보에도 박자를 지시하기 위해 "끝까지 천천히 고르게"와 "하 차차" 같은 메모들이 빼곡히 적혀 있다. 선생님의 말이 이해되었던 순간과 악절이 내게 생생하게 살아나던 순간이 기억난다. 오늘 오후에는 처음으로 음표들을 소리로 바꾸는 법을 배웠던 시절의 흥분과 기쁨 같은 감정이 다시 되살아난다. 오늘의 마지막 연습으로 악기를 품에 안고 느닷없기라도 하듯 전곡을 처음부터 끝까지 머릿속으로 연주를 해 본 후 마침내 진짜 연주를 시작한다.

＊

　연습은 이야기다. 악기를 가지고 자리에 앉으면 당신은 모든 것이 불투명하지만 언젠가는 당신을 변화시킬 고된 연습에 시간을 투자하고 지금보다 더 나아져 있을 미래를 상상한다. 이야기는 연습에 맥락을 부여해 쉼 없이 변화하는 이미지를 만들어 매일 같이 작은 걸음을 보태어 긴 여정을 완성할 수 있게 한다. 연습을 계속 이어나가는 한 어떤 목표를 세워도 언젠가는 달성할 수 있을 것만 같다. 결국 시간과 노력의 문제인 것처럼 느껴진다. 어쨌든 연습이라는 이야기는 좋든 나쁘든 당신의 노력을 빨아들여 당신에게 앞으로 뻗은 길을 보여준다.

　마커스와 마지막 연주회를 마치고 빈에 돌아온 후 내 연습의 이야기는 엉망이 되어버렸다. 빈의 기념비적인 석조 건축물과 그것이 반영하는 음악 문화의 현실에 둘러싸인 채 나는 그만 길을 잃어버렸다. 클래식 기타리스트로 생계를 유지하지 못할 이유는 전혀 없었다. 기타를 가르칠 수도 있고 카페와 결혼식에서 연주를 할 수도 있었다. 때때로 연주회를 열 수도 있었다. 하지만 그런 삶은 내가 추구했던 이상과 너무나 동떨어져 있었다. 시간이 쪼개졌다. 연습은 고통이 되었다. 이런 상태니 콩쿠르를 준비해봤자 부질없을 것 같았다. 나는 습관적으로 연습을 계속했다. 하지만 어느 날 정신을 차리고 고개를 들어보니 나도 내가 무엇을 하고 있는지 알 수 없었다. 내가 누구인지도 더이상 알 수 없었다.

9월이 되자 나는 더이상 공연할 곳을 알아보지도 않고 그대로 빈을 떠나 뉴욕으로 돌아왔다. 당시 누나는 어퍼 이스트 사이드에 있는 아파트에 살았는데, 내게 손님방을 내주었다. 누나는 아버지의 회사에 들어가 가업을 이었다. 나는 뉴욕 공립도서관에서 빌려온 책으로 밤늦게까지 타자치는 법을 익혔다. 한 달 후 출판사에 취직을 해 음악에 관한 책을 만드는 부서에서 일을 하게 되었다. 매일 아침 나는 아득하고 막막한 심정으로 몽유병자처럼 스무 블록을 휘적휘적 걸어서 3번가에 있는 사무실로 출근을 했다. 그때까지는 어떤 길을 가든 그 끝에는 '예술'이 있었다. 그런데 이제 뭐가 어떻게 된 것인지 모르는 상태로 길을 잃고 헤매게 되었다.

나의 상사였던 앤마리는 삼십대 후반의 활달하고 독립적인 여성이었다. 내가 편집자로 클 수 있도록 기꺼이 도와주겠다고 했다. 그녀는 내게 책의 기획서를 쓰는 법과 수치 자료를 잘 작성해서 모든 프로젝트가 성공할 것처럼 보이게 만드는 법을 가르쳐주었다. 뿐만 아니라 사무실 문화에 적응하는 법이며 메모를 남기고 전화를 돌리는 법, 우리 부서의 책임자인 딸기코에 꼴 보기 싫은 편집장을 구워삶는 법을 알려줬다. 그는 야구와 낚시·범죄물에 관한 책을 좋아했다. 그리고 앤마리를 좋아하지 않았다.

시간이 내 피부를 긁어대는 사포처럼 느껴졌다. 나는 분당 50단어를 쳤고 몇주 치 서신이 쌓이면 파일에 정리했다. 나는 회사가 출판하는 음악학에 대한 학술 논문들과 명곡 감상에 관한 개론서에 도무지 애정이 생기지 않았다. 하는 일에 목표와 애정이 없으니 일이 지겨울 정도로 하찮게 느껴졌다. 나는 내 자리의 벽에 독자 투고 원고를 붙이기 시작했다. 그런 원고들이 내 책상 위의 먼지처럼 계속 쌓여갔다. 미친 왕 루드비히에 관한 소설도 있고 위대한 작곡가들의 일생을 운문으로 쓴 연작시도 있었다. "엑토르 베를리오즈는 여자버릇이 고약했다네. 그를 다치게 한 것은 바로 그런 태도였다네." 시는 이런 식으로 시작했다. 매일 일생을 낭비하고 있다는 생각을 지울 수가 없었다.

예술가가 되려고 15년을 하루같이 연습을 했다. 하지만 나는 그것이 무엇을 의미하는지 오해를 했다. 진실은 이렇다. 음악의 위대함은 가상의 개념 같은 것이 아니다. 그것은 구체적이고 물리적인 형체가 있으며 현실적이다. 예술을 바라보는 내 시야가 원대하거나 말거나 음악에 대한 감정이 심오하거나 말거나, 결국 연주는 당신이 어떻게 연주를 하느냐로 모아진다. 기타는 도구일 뿐이다. 어떤 이는 그 도구를 다루는 법을 완벽하게 익히고 테크닉과 역사를 자신의 것으로 만든 연주가가 되었다. 하지만 나는 그러지 못했다. 사람들은 대부분 시간이 흐르면 예술과 탐험·발명에 대한 환상을 버린다. 나는 자신만큼은 다를 거라고 생각했다는 사실에 불같이 화가 났다. 그리고 남과 다르지 않다는 사실에 더욱 화가 났다.

저녁에 걸어서 퇴근을 할 때면 눈을 거의 감은 채 수많은 사

람들이 보도를 밟고 퇴근을 하는 소리를 들었다. 도시는 1970년
대 경기 불황의 잔재에서 벗어났다. 이제 지하철은 깨끗하고 거
리는 전보다 더 안전했다. 게다가 상권이 흥하면서 분위기도 한
껏 들떠 있었다. 뉴욕의 한 블록에서 마주치는 움직임과 강렬한
야망과 질투는 빈 전역에서 마주치는 야망과 질투를 전부 합친
것보다 더 대단했다. 하지만 나는 그 분위기의 일부가 아니었다.
그곳에는 내가 원하는 것이 없었다. 나는 푸른색이나 회색·갈색
정장을 입은 군중 사이에 섞여들어 잰걸음으로 도망가는 비둘기
처럼 다가오는 자동차들을 후다닥 피하며 따분한 일터에서 걸어
서 퇴근을 했다. 그게 다 내가 포기한 결과였다. 내 손가락을 탓
할 일이 아니었다. 내 부모님도·선생님들도·음악사나 내 악기
를 탓할 문제도 아니었다. 한 걸음씩 내딛을 때마다 나는 내가
얼마나 실패자인지 처절하게 실감했다. 내가 자신을 얼마나 철
저하게 배신했는지 실감했다. 자신이 평범한 연주자일지도 모른
다는 두려움에 나는 엉뚱한 목소리에 귀를 기울이고 말았다. 내
내 엉뚱한 것을 연습했던 것이다.

나는 이스트 스트리트 79번지까지 아침에 왔던 길을 거꾸로
스무 블록을 걸어간 후 집을 지나쳐서 센트럴 파크 저수지의 북
쪽 귀퉁이까지 갔다. 그곳에서 이번에는 5번가를 따라서 시내 쪽
으로 방향을 잡아 메트로폴리탄 미술관을 지나고 이스트 스트리
트 68번가의 예전에 할머니가 사셨던 건물을 지나쳤다. 매일 밤
나는 집을 요리조리 피해 다녔다. 나는 내 기타를 보기가 싫었다.

기타를 만지는 것만으로도 통증이 느껴질 정도였다.

❈

'위핑 윌로우'는 대조되는 세 부분이 론도처럼 배치되어 있다. 메인 테마는 나머지 두 부분 사이에 끼어들어 사이사이에 등장하면서 시작과 중간·끝 부분을 담당했다. 그런데 메인 테마는 등장할 때마다 그 앞에 무엇이 나오느냐에 따라 소리가 다르게 들린다. 이 작품은 음이 전혀 바뀌지 않더라도 선율이 다르게 들리도록 만드는 맥락의 힘을 보여주는 곡이다.

시작 부분을 연주하는데 문득 궁금증이 일었다. 열한 살에 이 곡을 처음 배웠을 때 나는 이 곡에서 무엇을 들었을까? 당시 연주를 녹음해 둔 것도 없고 그 무렵 생각을 기록해 둔 노트도 전혀 없다. 내 손가락은 지금과 같은 패턴으로 움직여 같은 음을 짚었을 것이다. 곡의 분위기를 활기차게 연주하자 아이 같은 즐거움이 다시 느껴진다. 하지만 지금의 연주가 어떻게 그때와 같겠는가? 그 후로 수많은 일이 일어나지 않았는가. 그럼에도 불구하고 목 부분의 제일 위에 있는 높은 D음으로 손을 뻗으며 여전히 이 곡을 연주할 수 있다는 사실에 마음이 두근거린다. '위핑 윌로우 랙'은 로드리고의 '기도와 춤'과는 다르게 어려운 테크닉이 필요하지 않다. 하지만 이 곡은 초심자용이 아니라 진지하게 연주해야 할 작품이다. 나는 첫 번째 간주곡을 연주하면서 고개를 가로젓는다. 오늘 열한 살 아이가 이 곡을 연주하는 소리를 들었다면 그 아이가 위대한 기타리스트가 될 잠재력이 있다고 믿었을 것이다.

예술가든 · 의사든 · 엔지니어든 · 운동선수든, 어린 시절 진지하게 품었던 꿈을 포기한 사람들은 너나 할 것 없이 남은 평생 후회를 곱씹으며 상실감 속에 산다. 그때 투자한 시간과 노력 · 재능과 야망은 그저 낭비한 것에 불과할까? 여러 음이 울리는 소리에 내 안에서 온갖 회한이 고개를 든다. 좀 더 어릴 때 기타를 시작했으면 어땠을까? 더 좋은 교육을 받았으면 어땠을까? 하다못해 기타 워크숍에서 현 아래에 천을 끼워서 소리를 죽이는 기법으로 내 손을 너무 훈련시키는 것만 피했으면 어땠을까? 내 선생님들이 내 장점들을 덜 눈여겨 보고 단점을 더 일찍 찾아줬다면 어땠을까? 부모님이 음악가였다면 좋았을까? 연습을 더 많이 했어야 했을까? 내가 연주하는 '위핑 윌로우 랙'을 귀담아 들어본다. 그러자 이 곡이 끝나지 않은 이야기처럼, 어쩐 이유에선지 내 손에 감춰진 이 이야기의 결말처럼도 들린다.

❁

뉴욕에서 몇 달 동안 편집자 조수로 일한 후 나는 될 대로 대라는 식으로 도피처를 찾기 시작했다. 내가 믿을 수 있는 다른 이야기를 찾아 다녔다. 음악원 시절의 친구들과는 연락이 다 끊어졌지만 가끔 내가 아는 누군가의 CD를 우연히 보게 될 때가 있었다. 음악원 신입생 시절 기숙사에서 같은 층이었던 색소폰 전공자 데이브는 뉴욕에서 성공을 거두었다. 첼로 전공생 한 명은 필라델피아 오케스트라의 단원이 되었다. 하지만 동창회지를 보니 동급생들은 대부분 음악학교나 대학에서 교편을 잡으며 지역 교향악단과 협연을 하거나 직접 밴드와 앙상블을 꾸려 공연을 하고 있었다. 한편 마커스는 라디오 프로그램을 진행하고 기타 교재를 출판하며 남들과 조금 다른 길을 걷고 있었다. 나는 음악과 완전히 연을 끊고 싶었다. 그토록 중요하게 여겼던 곡들을 순식간에 잊어버렸다. 그렇게 열심히 키워온 민첩성과 기술·감수성이 다 사라졌다. 한동안은 자신을 여전히 음악가라고 생각했다. 궤도를 벗어나 연습을 하지 않는 음악가라고 말이다. 하지만 얼마 후 정말로 더이상 연주를 할 수 없게 되었다. 그해 겨울 나는 아무도 몰래 문학대학원에 지원을 했다. 시험에 통과해 공부를 할 수 있는 장학금까지 받게 되자 나는 일을 그만두고 새출발을 위해 캘리포니아로 향했다.

캘리포니아는 새로 태어난 자아의 땅이었다. 보스턴의 연습실에서 4년을 보내고 칙칙한 빈에서 2년을 보낸 후 만난 노스캘리포니아의 찬란한 하늘은 난생 처음 보는 청색이었다. 그렇게 깊고 꿰뚫을 것처럼 선명한 푸른색은 처음이었다. 그리고 그 푸름이 내 안의 가장 깊고 우울한 부분을 활짝 열어 주었다. 실의에 빠져 어찌 할 줄을 모른 채 내 자신을 향한 분노에 휩싸여 있었지만 음악에 등을 돌리는 일이 점점 편해졌다. 새 출발을 한다는 생각에 반감을 품지 않고 실의에 빠졌다는 사실을 인정하니 오히려 마음이 편했다. 기타를 가져갔지만 벽장 안에 처박아두고 손도 대지 않았다. 연습을 하지 않으니 또 다른 삶에 충실할 수 있었다. 처음부터 열심히 덤벼들지는 않았지만 몇 년 동안 공부를 하다 보니 음악을 공부한 덕분에 글을 읽어내는 법을 배웠다는 사실을 깨닫게 되었다. "아마도 위대한 음악가가 될 운명은 아니었나봐." 이런 말로 자위했다. 하지만 음악을 공부하며 대단한 것들을 많이 배웠고 그것들은 지금까지 받은 어느 레슨에 못지않게 귀중하다.

문학을 독해하는 과정은 곡을 연주하는 것과 비슷하다. 글은 행과 구절의 문제이며 울림을 듣고 강세가 어디에 찍히는지를 듣는 문제이기도 하다(이 문장에 나온 행·구절·울림·강세의 원어인 line·phrase·resonance·stress는 음악용어로도 쓰여서 각각 선율·악절·공명·악센트를 뜻한다.— 옮긴이). A음이 그 음 하나만으로는 아무 것도 전달하지 못하는 것처럼 '사랑'과 '예' 같은 단어도 그 자체만으로는 아무 맥락이 없다. 그러나 제자리를 정확하게 찾아가 다른 음들 혹은 다른 단어들에 둘러싸인다면 단 하나의 음조나 논조라 하더라도 우리의 강력한 욕구를 흡수해 빨아들이며 우리에게 의미로 되돌려준다. 우리는 이 의미를 음악의·말의·작곡가의·작가의 공으로 돌리고 싶어 한다. 하지만 무엇이 음악적이고 무엇이 의미심장한지 누가 정하는가? 나는 문학의 정수가 '드러냄'이라고 생각했다. 그런데 그 문학이 드러내는 것은 바로 당신의 욕망이다. 아무 색깔이 없는 문장부호와 독자의 상상력이라는 음악 사이의 관계 말이다.

내가 내 욕망을 새 기술로 번역하는 한, 음악을 하며 훈련한 것들이 전부 무용지물은 아니었다. 나는 학교를 졸업하고 디지털 미디어라는 신생 분야에 끌리듯 뛰어들었다. 사진이 갑자기 픽셀로 변하면 무슨 일이 일어날까? 1994년에 나온 신문에는 조작된 이미지며 위조·사기에 대한 섬뜩한 기사들이 지면을 가득 매웠다. 하지만 나는 이런 기사들이 과거 조 마네리가 미분음 작곡 시간에 우리에게 가르쳐준 것처럼 들렸다. 전통적인 사진에서 고정된 12개의 음은 이제 깨지고 새 길이 열렸다. 동시에 새로운 미학, 그리고 그 미학을 표현할 새 어휘가 필요해졌다. 우리의 학교와 문화제도가 아무리 과거를 지속시키는데 달려있다 한들, 사람들은 더이상 바그너의 언어로 말하지 않는 것처럼 폴 스트랜드의 눈으로 보지 않는다. 디지털로 조작된 이미지는 화학적으로 조작을 했다는 것 이상의 시비를 가릴 수 없다. 둘 다 작곡의 형태였다. 예전에 나는 미분음 수업을 통해 큰 깨달음을 얻었다. 덕분에 친숙한 것이 모두 허공으로 기화되어 날아가 버리는 것처럼 흥분된 자유를 휩쓸리듯 만끽할 수 있었다. 사진이든·영화든·회화든·광고든 다르지 않았다. 기술은 단지 도구일 뿐이었다. 매체는 매체일 뿐이듯 말이다. 정말 중요한 것은 상상력이었다. 온전히 자신의 힘으로 도구든 매체든 뭔가를 혁명적인 것으로 바꾸기 위해서는 상상력이 필요했다. 익숙한 현실 밖에 놓인 것으로 우리의 눈과 귀를 열게 하기 위해서는 말이다.

몇 년 동안 샌프란시스코 모던아트뮤지엄에서 컨설팅을 하고 짧지만 인터넷 버블 속에서 대단한 성공도 경험해 본 나는 예술대학에서 강의를 시작했다. 내 강의에 들어온 열여덟이나 열아홉 살의 예술가 지망생들은 내가 그 나이였을 때와 비슷했다. 그들은 순진하고 진지하고 자신들의 다듬어지지 않은 재능에 당혹감을 느꼈다. 나는 이런 학생들을 가르치는 방법을 고민하면서 음악도와 연주자·문학 교수·멀티미디어 컨설턴트·작가까지 내가 직접 체험한 다양한 경험을 끌어 모았다. 여러 가닥으로 나뉜 내 경험들은 성취를 향해 초조하게 손을 뻗는 것, 다시 말해 현 상태와 내가 배운 것에 대한 창조적인 불만 외에 무슨 공통점이 있었을까? 나는 그 경험들 속에서 내 능력보다 더 많은 의미를·더 많은 감정을·더 많은 표현력을 추구하려고 했던 내 모습을 발견했다. 이런 점에서 나는 여전히 학생이었다. 비록 내 커리큘럼이 때로는 혼란스럽고 단편적이기는 하지만 말이다. 현대문학과 철학·예술 이론 강의에서 나는 내 학생들과 함께 이런 맹목적인 추구를 이해해 보려고 했다. 우리는 프로이드와 니체를 읽고, 버지니아 울프와 케이트 쇼팽(미국 단편소설작가로 20세기 페미니스트 소설의 선구자로 불린다.—옮긴이)을 읽으며, 무엇이 어떤 구절이나 이미지를 기쁨이나 분노·충만한 느낌, 심지어 진실성으로 생생하게 살아있게 만드는지 고민을 했다. 나는 학생들에게 이렇게 말했다. 예술가로서 각자의 경험을 그대로 표현해 줄 형식을 찾기 위해 모든 것을 걸고자 할 것이다. 하지만 각자가 손에 넣은 것이 나를 지탱해 줄지, 목적지에 도달한 것 같은 느낌을 줄지 알지 못하고 앞으로도 확신할 수 없어서 불안에 시달릴 것이다.

그때 학생들이 내 말을 곧이곧대로 받아들였는지 모르겠다. 하긴 나도 이 사실을 스스로 깨닫기까지 긴 시간이 걸렸으니까 말이다.

내 인생에서 한 시대에 해당하는 10년 동안 나는 음악을 끊고 살았다. 기타는 내가 안락한 삶을 구가하며 서른이 되고 또 서른 다섯 살이 될 때까지 계속 벽장에 잠들어 있었다. 부모님이 은퇴를 해 플로리다로 이사를 하시자 나는 로슬린의 집으로 돌아가 내가 쓰던 방에서 짐을 가져왔다. 내 공책과 음반·악보 등을 있는 대로 다 챙겨와 창고로 보내버렸다. 나는 그것들을 더이상 쓸 일이 없었다. 그로부터 오륙 년이 흐른 후 나는 마침내 음악을 조금씩 들을 수 있게 되었다. 하지만 내가 알던 것과 다른 음악들을 찾아 들었다. 이를테면 서아프리카의 타악기 연주곡이나 일본의 사쿠하치(일본의 전통악기로 대나무로 만든 피리 —옮긴이) 연주곡 등이었다. 클래식 음악은 귀가 거부반응을 일으켰다. 레스토랑에서 기타리스트가 한때 나도 연주했던 곡을 연주하는 바람에 어쩔 수 없이 듣고 있어야 한 적도 있다. 늦은 밤 어떤 선율이 불쑥 떠올라 내 팔다리를 타고 온몸으로 흐를 때도 있었다. 그러면 연주를 다시 하고 싶다는 생각에 온몸이 떨려왔다. 다시 시작하면 어떨까? 그런 생각이 자꾸 떠올랐다. 재능을 재발굴 해보면 어떨까? 이번에는 좀 다르지 않을까? 결국 나는 기타를 벽장에서 꺼내왔다. '손맛'을 다시 느껴보고 싶어서였다. 하지만 끔찍한 느낌밖에 들지 않았다. 현은 모두 죽었고 나무판은 차갑고 닫혀 있었다. 나는 조율도 할 수 없었다. 코드를 몇 개 짚어보고 기억나는 곡의 첫 부분을 연주해 보려고 했다. 그러나 이내 내 손을 혐오스러운 표정으로 바라볼 수밖에 없었다. 모든 것이 사라지고 없었다. 내가 연주하는 모습을 상상할 수는 있었다. 머릿속으로 여전히 음악을 들을 수도 있었다. 하지만 내 손가락은 그 방법을 다 잊은 지 오래였다. 내 몸이 무기력하게 자꾸 틀리기만 하자 나는 순식간에 폭삭 늙어버린 기분이 되었다. 나는 다시 기타를 벽장으로 치워버렸다. 그렇게 손도 대지 않은 채 반년이 지나고 1년이 더 지나고 또 2년이 지나갔다.

그런데 약 3년 전, 부모님이 집을 정리하시면서 찾은 내 낡은 상자들을 보내주셨다. 상자를 열어 무엇이 있나 보니 초등학교 일학년 때 받은 성적표며 6학년 연극에서 썼던 대본이 있었다. 그런데 마지막 상자에서 음악원 시절의 공책과 일기장 여러 권과 함께 15년 된 악보들이 나왔다.

아직 쌀쌀한 3월의 어느 밤, 나는 샌프란시스코의 안온한 내

집 벽난로에 불을 피우고 20년 전 대학 시절 하버드 광장의 구내서점에서 산 스프링 대학노트 열세 권을 가지고 앉았다. 창고에 처박혀 있는 동안 공책등의 스프링이 녹이 슬어서 말라붙은 피처럼 내 손에 녹 가루로 얼룩이 졌다. 나는 그 공책들을 커피 테이블로 쓰는 목재 트렁크 위에 시간 순으로 차곡차곡 쌓았다. 마침내 나는 추억에 사로잡혀 공책을 읽기 시작했다. 상처 입을 걱정 없이 안전하게 과거를 되돌아볼 때 느끼는 평온한 즐거움을 느끼리라 기대했다.

하지만 나는 상처를 다시 벌리는 것 같은 깊은 아픔만을 느꼈다. 그 공책에서 나는 어렸던 시절의 나를 다시 만났다. 열일곱 살의 나도 있었고 스물한 살의 나도 있었다. 어느 나든 모두 미숙했고 자신을 표현하기 위해 분투하는 중이었다. 허세를 떨거나 유치한 생각을 끼적여 놓은 것을 보니 낯이 화끈거렸다. 글도 형편없었고 생각도 여물지 않았다. 하지만 그 당시 내가 얼마나 아름다운 이상을 열정적으로 좇고 있었는지, 얼마나 원대한 포부를 품었는지 다시 느낄 수 있었다. 서툴지만 순수하게 발전해 나가는 과정을 다시 되짚어가며 나는 그때의 흥분과 불안·밀려오는 창의력에 다시 휩싸였다. 느닷없이 찾아온 생동감에 아득해진 나는 음악을 관두면서 얼마나 많은 것을 잃었는지 비로소 실감했다. 음악을 관둔 후 새로 시작한 삶도 흥미롭고 내게 보상을 안겨 주었다. 하지만 그 공책에서 마주친 삶이 나를 휘어잡고 영감을 주었다. 연습만 하고 살았던 수많은 시간이 결코 부질없지만은 않았다는 생각이 들었다. 오히려 연습을 그만둔 이후의 삶이 그랬다. 내가 여전히 분투했고 욕망으로 타올랐다면 지난 10년 동안 무엇을 어디까지 성취했을까? 나는 공책 더미를 커피 테이블에 남겨두고 벽장에서 기타를 꺼냈다. 그리고 충동적으로 오래 전에 잃어버린 연애편지들을 꺼내보듯 악보집을 펼쳤다.

기타를 다시 안으니 음악원 시절 매일 아침마다 연습을 시작할 때면 내 속을 가득 채웠던 즐거움과 가능성의 희망이 느껴졌다. 손안의 온기가 느껴졌다. 그제야 내가 얼마나 이 온기를 마음 깊이 그리워했는지 알 것 같았다. 나는 추억이 불러온 희열에 잠겨 잊고 있던 익숙한 곡들의 악보를 읽었다. 이제부터 매일 연습을 해서 옛 실력을 되찾자고 마음을 먹었다. 1년만 연습을 하면 기타를 관뒀을 때보다 실력이 더 나아져 있을 것 같았다. 나는 좀 더 행복한 결말을 바라며 내가 중단했던 곳에서 다시 이야기를 시작하는 꿈을 꾸었다.

의욕에 충만한 나는 창고에 따로 보관해 둔 상자들을 뒤져서 내 연주회들을 녹음해 둔 카세트테이프 꾸러미를 찾았다. 그것들이야말로 내 과거의 정수였다. 빈까지 가서 결국 기타를 관둔 결정은 비극적이게도 길을 잘못 든 것이라고 생각했다. 제대로 된 길은 나의 졸업발표회 이후 더 이어지지 못하고 공중에 붕 떠 있었다. 그때 고다드 예배당에서 연주를 할 때 나는 기쁨에 취해 있었다. 하지만 내 실력을 십분 발휘한 연주는 아니었다. 내 인생의 연주는 아직 나를 찾아오지 않았다. 그럼에도 불구하고 그날 내 실력은 놀랄 정도로 성장했다. 그런 순간이 바로 내가 되찾고 싶은 동기였다. 나는 기타 워크숍 티셔츠에 돌돌 말아놓은 카세트테이프 여섯 개를 찾았다. 그중에는 졸업발표회 연주를 녹음한 테이프도 있었다. 나는 전축에 테이프를 넣고 내 연주를 듣기 위해 소파에 자리를 잡았다.

칙칙거리는 테이프의 잡음과 청중이 웅성거리는 소리 사이로 기량이 절정에 달한 내 연주가 들렸다. 연주를 듣고 있으니 내가 더이상 연주자가 아닌 것 같았다. 그 곡들을 이제 연주할 수도 없었다. 심지어 어떤 곡은 어떻게 했는지 기억도 안 났다. 대신 나는 봄 연주회에서 연주하는 자식을 전전긍긍하며 지켜보는 부모의 심정이 되었다. '제발 끝까지 잘 해내야 할 텐데.' 이미 오래 전에 한 연주임에도 나는 이렇게 빌었다. 나는 끝까지 잘 연주하기를 빌었다. 끝까지 잘 연주했기를 바랐다. 훌륭한 공연을 선보였기를 바랐다.

하지만 녹음을 들을수록 내 기분은 한없이 가라앉았다. 환경에 무릎을 꿇은 위대한 가능성은커녕 내 귀에는 잔인한 사실이 들렸다. 연주는 내 기억만큼 뛰어나지 않았다. 물론 실수도 있었다. 하지만 그런 것은 아무래도 상관없었다. 원래 녹음을 하면 손가락이 헛짚는 소리가 더 잘 들린다. 연주자가 공연 중에 저지른 실수를 알아차릴 정도로 귀가 날카로우려면 기타리스트 정도는 되어야 한다. 이제 와서 정말 신경이 쓰이는 실수는 실패한 악절이었다. 곡을 방해하는 뭉개진 듯한 선율 말이다. 연주는 악상으로 가득했지만 처음부터 끝까지 좋은 곡은 단 한 곡도 없었다. 분위기를 일관되게 유지하는 악장도 없었다. 크레센도는 어김없이 빈약하고 불안정했다. 더 부드럽게 처리해야 할 악절은 서둘러 지나갔다. 저절로 감정이 고양될 근거가 전혀 남아 있지 않았다. 이런 것들이야말로 음악의 문외한이라고 해도 듣고 알아차렸을 실수들이었다. 음악 곳곳에서 내 연주의 특징이 고스란히 드러났다. 한 음 한 음에 얽매이고 길을 잃지 않으려고 그 외의 많은 것을 포기하겠다는 결정도 불사하는 연주였다. 나는 음악을 연주하는 게 아니라 숨통을 손으로 마구 조르고 있었다.

기회를 허비했다고 느끼니 당연히 그 시절을 그리워할 수밖에 없었다. 이런 느낌 때문에 나는 아직도 되찾을 것이 있다고 생각했고 다시 연습을 하고 싶다는 욕망에 불이 활활 붙었다. 하지만 뚜껑을 열어보니 그렇기는커녕 음악가로 보낸 인생 전부가 실수인 것 같았다. 과거의 내 연주를 들으며 비로소 깨달았다. 시간과 노력·음악에 대해 내가 품은 꿈들은 다시 발굴되기를 기다린 게 아니라 영영 찾을 길 없이 사라졌다는 사실을. 나는 기타를 다시 벽장에 집어넣고 완전히 잊어버렸다. 모든 이야기를 이제 다 놓아버려야 했다.

음악을 관둔지 10년이 흘렀다. 이제야 비로소 나는 전직 연주가가 되었다.

‘위핑 윌로우’는 D⁷ 코드 위로 떠 있다가 마지막 후렴구를 위해 다시 메인 테마로 되돌아온다. 악보에는 기타 워크숍 시절의 선생님이 그 순간을 어떻게 느껴야 할지 설명하면서 코드 위에 ‘한숨’이라는 단어를 써두었다. D⁷ 코드의 소리가 공중으로 사라지자 나도 깊이 숨을 내쉬며 이 날숨이 음악과 뒤섞이는 것을 느낀다. 버틸 수 있는 한 기다린다. 그러고 나서 조용하고 깔끔하게 숨을 들이쉬고 그 주제의 첫 부분을 세 번째로 연주하며 마지막을 향해 기다란 호를 그리기 시작한다.

나는 ‘위핑 윌로우’를 잘못 생각하고 있었다. 메인 테마는 구슬프지 않다. 아니다. 단지 구슬프기만 한 게 아니라고 할까. 그곳에는 예전에는 듣지 못했거나 들을 준비가 되어 있지 않았던 깊고 어두운 기쁨이 흐르고 있다. 이 곡은 매 순간 얼마나 많은 것이 위태롭게 걸려 있고 가슴을 찢는 상심이 얼마나 가까이 있는지 들려준다. 우리 삶에서 대단한 순간들이 얼마나 깨지기 쉬운지, 가장 심오한 경험도 얼마나 순식간에 일상의 사소함 속으로 매몰될 수 있는지도 들려준다. 음도 운지법도 악절도 전과 아무 것도 달라지지 않았다. 그런데 실은 친숙하다고 생각했던 곡이 새로운 사실을 드러냈다. 이번을 마지막으로 주제가 소리를 낼 것이다. 주제는 이전에 나온 것을 모두 품고 있으면서 동시에 굉장한 슬픔과 가슴 저미는 회한과 함께, 우아하고 수긍하는 자세로 품은 것을 놓아버린다. 이 곡은 매 순간은 영원히 사라진다고 말하고 있다. 그러나 역설적이게도 그렇게 놓아버림으로써 이 곡은 완전해진다.

나는 이 곡을 최대한 단순하게 연주한다. 소리가 나타났다가 사라진다. 바로 이 순간을 위해 지금까지 애를 쓴 것이다. 연습을 한 것이다. 연습을 하면서 내 자신을 인식한다. 하지만 연주는 늘 내게 놀라움을 선사한다. 진심으로 솔직하게 연주를 하면 들으리라 생각하지 못했던 것을 듣고 절대 느끼지 못하리라 생각한 것을 느낄 수 있다.

❋

졸업 발표회의 연주를 다시 들은 지 반년 만에 나는 진지하게 연습을 시작했다. 음악을 완전히 떠나보내자 어찌 된 영문인지 새 길이 열렸다. 예전 실력은 거의 남아있지 않았다. 고독할 정도로 홀로 연습에 몰두하고 전념했던 시간은 잃어버린 신념 같았고 도저히 회복할 수 없을 것만 같았다. 하지만 나는 더이상 예전 실력에 연연하지 않았다. 나는 어리고 열의에 찬 예술가가 아니라 기타를 연주하는 행위의 의미를 다르게 인식하고 있는 전직 연주가로서 연습을 다시 시작했다. 나는 내 자신을 되풀이하지 않으려 애썼다. 그렇지만 첫 번째 연습은 처음부터 끝까지 형편없었다. 연습 내내 과거에 내 음악을 망쳐놓은 이상의 꽁무니를 따라 다니는가 하면 내가 가장 사랑했던 것을 고통으로 바꿔 놓기까지 했다. 이제 나는 이상을 추구하지 않는다. 다만 내가 직접 경험한 현실을 추구한다. 나는 다시 연습을 시작했다. 왜냐하면 이번에는 더 잘 할 수 있을 것 같았기 때문이다.

당신은 왜 당신의 가슴을 찢어발긴 사랑으로 되돌아가는가? '위핑 윌로우'의 주제를 마지막으로 연주하니 성공에 대한 나의 환상과 내 성격의 단점이 몽땅 수면 위로 다시 떠오른다. 내 손끝에 집중되어 있던 야망과 절망도 마찬가지다. 모든 충동·욕구와 의심·표현하고 싶은 욕심·제 길을 가겠다는 작은 폭군까지 몽땅 떠오른다. 그리고 음마다 이런 다급한 요구는 내 손과 악기·상상력의 한계와 충돌한다. 매일 똑같은 일이 벌어진다. 과거에도 그랬고 지금도 그렇다. 그러나 이제 모든 것이 변했다.

우리는 정말로 좋아하는 일을 할 때 항상 능력의 한계에 부딪힌다. 그것은 음악을 할 때도 마찬가지다. 〈아마데우스〉의 살리에리는 이렇게 생각하지 않았지만, 어느 누구도 누구나 표현할 수 있는 능력의 한계를 뛰어넘을 정도로 더 많이 느끼고 듣는다는 이유로 업신여김을 당하지는 않는다. 음악가든 화가든 누구든 사람은 이런 좌절을 피해갈 수 없다. 요요마조차 때로는 더 발전하기를 바랄 것이다. 그의 손길을 거부하지만 눈앞에서 너무나 선명하게 명멸하는 찰나의 뉘앙스를 포착할 수 있을 정도로 말이다. 정말 중요한 것은 계속 하는 것이다. 있는 그대로의 자신을 넘어서서 능력의 경계를 더 확장시키려면 계속해야 한다. 그러므로 모든 것은 우리가 무엇을 어떻게 연습하느냐에 달렸다.

연습을 다시 시작한 후 나는 마침내 가장 가치 있는 교훈을 깨달으며 내 자신의 선생이 되었다. 처음에는 매일 30분씩만 연주했다. 손은 너무 뻣뻣하고 어설펐고 한때 그렇게 쉽게 보이던 곡이 지금은 도저히 닿을 수 없는 곳으로 가 버린 것 같았다. 물론 이런 상태가 오래 지속되지 않으리라는 것쯤은 알고 있었다. 나는 가장 단순한 연습곡부터 연습하며 내 손가락이 곡에게 어떻게 움직이면 되는지 배우도록 했다. 기타 교재를 여러 권 읽고 하라는 대로 해보았다. 무엇보다 기타 소리에 귀를 기울였다. 그렇게 몇 달이 흐르자 여전히 쉽지는 않았지만 기타를 어떻게 연주해야 하는지 다시 감을 잡게 되었다. 내가 연습을 하고 있다는 사실을 인정하기까지는 좀 더 시간이 필요했다. 연습이라는 말만으로도 온갖 감정이 복받쳐왔고, 그로 인해 너무 아팠다. 그런 고통이 찾아오면 나는 온몸이 마비된 듯해 짧게는 며칠 길게는 일주일씩 연습을 건너뛰곤 했다. 그래도 그저 기타를 치는 즐거움이 그리운 건 어쩔 수 없었다. 그래서 이 즐거움을 '연습'이라고 부르는 것으로 스스로를 벌주는 것 같았다.

연주는 순수하게 즐거운데 연습은 왜 이다지도 고통스러울까? 나는 선율이 아름다운 소품과 간단한 연습곡을 계속 연주하며 이 질문을 곱씹었다. 그런데 연주를 할수록 아무리 단순한 곡이라고 해도 과거에 느꼈던 불만이 되살아나고 내 손가락에 대한 초조함과 내 자신에 불만이 느껴졌다. 나는 존경하는 음악가들이 쓴 책과 방법론을 읽으며 위안을 구했다. 하지만 무엇을 읽어도 정작 내가 궁금한 정보가 없었다. 내 손은 다시 긴장하기 시작했다. 그렇게 1년이 흘렀을 즈음 나는 한 가지 사실을 서서히 이해하게 되었다. 나는 기타를 연주하려고 연습을 하는 게 아니었다. 기타를 연주하는 건 연습하는 법을 배우기 위해서였다.

열정과 초조함에 뒤범벅이 되어 있던 어린 시절 내 연주는 형편없었다. 내 감정에 압도되어 한 음 한 음이 모든 것을 실체화하도록 연주하고 싶었다. 처음에는 성공도 거두었다. 나는 손가락을 움직일 때마다 내가 상상한 것과 성취할 수 있는 것의 충돌을 연주했다. 그토록 열심히 들었지만 결국 나를 넘어서는 것에만 귀를 기울였다. 음악을 파고들면 들수록 더 많은 장애와 저항과 마주쳤다. 내 손과 기타·기타의 역사·내 연주를 들은 사람들 즉, 청중의 태도가 모두 나와 내 머릿속에 든 완벽한 음악 사이를 가로막고 서 있는 것 같았다. 나는 이 거리를 좁히기 위해 최선을 다해 싸웠다. 끝에 가서는 연습이 아무 결실도 거두지 못하는 투쟁이 되고 말았다. 매일 아무 것도 달라지지 않았다. 매 순간 내가 어디에도 도달할 수 없으리라는 사실만 확실해졌다. 어쩌면 설령 연습이 무엇인지 깨닫는 데 몇 년이 걸린다고 해도 당신이라면 연습을 완벽하게 해낼 날이 올 지도 모른다. 그러나 나는 이 충돌에서 벗어나는 길을 찾지 못한 채 나는 나를 가로막는 것의 정체를 이해하려고 애쓰며 충돌을 반복하다가 결국 포기했다. 달리 방법이 없었다.

사랑이 떠나갔을 때, 너무나 큰 실의에 빠진 나머지 길을 잃은 것처럼 막막해질 정도의 깊은 사랑은 평생 몇 번 만나기 어렵다. 나는 음악을 그만 둔 후 평생 어느 결별에 못지않은 깊은 상처를 입었다. 내 인생에서 처음으로 겪은 엄청난 상실이었다. 그때까지 듣고 느낀 것과 더이상 함께 할 수 없는 순수하고도 기묘한 실패였다. 그로부터 10년이 지나도록 나는 음악을 등지고 살았다. 너무 아팠다. 사랑이 떠난 만큼 분노도 깊었다. 나는 이렇게 아픈 게 자연스러운 현상이라고 생각한다. 어떤 일로 상처를 입어 마음이 아프면 우리는 분노로 그 상황을 견디기도 한다. 덕분에 더 큰 상실감도 버틸 수 있다. 음악을 그만 두고 몇 년 동안은 실망을 연습했다. 굳이 기타를 만지지 않아도 이 연습을 할 수 있었다. 내가 추구한 것은 흥미를 자아내는 대상이었지 사랑한 대상이 아니었다. 실패에 대한 이런 반응을 선선히 인정하고, 내 테크닉에 깊게 뿌리내리고 있는 문제점을 드러내기 위해 내 과거와 성격을 샅샅이 훑다보니 이렇게 책 한 권이 완성되었다.

나는 이제 달라졌다. 그래서 내 연습도 전과 다르다. 음악을 그만 두고 나는 연습실에서 수많은 세월을 보내면서 그렇게 두려워했고 그렇게 싸웠던 감정을 겪으며 버텼다. 나는 내가 원하고 희망하는 것을 표현할 수 있는 음악을 꿈꾸었다. 그러나 음악을 버리자 연습 이면의 것, 다시 말해 마주하기 두려워 피하기만 했던 모든 것이 마침내 사방에서 터져 나왔다. 분노와 억울함·울분이 나를 압도했다. 결국 내 재능이 충분하지 않았고 음악이 없으면 나는 아무 것도 아니라는 두려움이 몰려왔다. 나는 차마 음악 '안에서' 이런 감정을 인정할 수 없었다. 그래서 음악 밖에서, 삶에서 이런 감정을 경험해야 했다. 이것이 아마 내가 평생 받은 가장 지독한 레슨이자 교훈일 것이다. 그리고 역설적으로 음악을 잃어버림으로써 나는 완전해졌다.

이제는 열일곱 살이나 스물한 살 때의 나만큼 기타를 잘 칠 수는 없을 것이다. 이 정도는 할 수 있을 것이라는 자신감을 만족시키는 연주도 다시는 못 할지 모른다. 내 손은 예전만큼 유연하지 않다. 게다가 너무나 오랫동안 연습을 하지 않았다. 하지만 나는 매일 지금처럼 아침에 자리에 앉으면 내가 가장 사랑하는 것에 자신을 몇 번이고 활짝 열고 그 사랑을 놓아주어야 한다는 사실을 매번 명심하려고 애쓰며 연주를 하려고 한다. 이제 더 나은 연주를 한다는 말은 내게서 사라지는 것을 덤덤히 받아들이며 계속하는 법을 배운다는 뜻이다.

연습은 시간이라는 현실을 피할 수 있는 꿈의 세계가 될 수 있다. 뭐든 다시 할 수 있을 거라 믿어라. 완벽에 도달할 시간이 충분할 거라고 믿어라. 대신 매일 연습해야 한다. 연습을 하지 않으면 결코 실력은 향상되지 않는다. 물론 연습은 당신을 속여 당신의 반생을 뺏어가기도 한다. 설령 당신이 자신의 유일한 관객이라고 해도 음악은 오직 연주를 통해서만 온전하게 살 수 있다.

그때뿐이라고 해도 연주는 서로 음악을 말하는 갈등하는 목소리
들을 하나로 모은다. 기쁨이며 좌절과 분노·외로움·후회·갑작
스럽게 올라오는 흥을 가닥가닥 모아준다. 하지만 연습과 달리
모든 연주에는 끝이 있다. 끝이 없으면 음악은 단지 환상일 뿐이
다. 이제 음악으로 돌아와 나는 이 음조가 어떻게 내 경험을 표
현하는지 듣는다. 소리의 울림과 사라짐, 다시 말해 내 꿈과 그
꿈의 상실이 내 능력 즉, 내가 언제나 밀어붙일 높고 낮은 가장
자리의 경계를 정한다. 이런 것들이 함께 모여 내게 있어 음악이
무엇인지 묘사한다. 그 '음악'은 바로 한 마디에 가득 눌러 담은
내 사랑이다.

　우리가 겪는 상실감은 현실이다. 아무리 피해가고 싶어도 그
럴 수 없다. 하지만 음악의 아름다움은 우리가 같은 짓을 반복하
지 않고 앞으로 나아가게 하면서 우리의 사랑과 실망을 모두 실
체화해주는 데 있다. 음악은 악절마다 우리에게 달콤하고도 씁
싸름한 발전과 성장·변화의 기쁨을 가르쳐준다. 왜냐하면 음악
을 연주하다보면 당신은 끊임없이 집을 떠나야 하기 때문이다.
항상 안락하고 안전한 곳을 떠나야 하고 사랑해서 추구한 것과
사랑해서 정착한 것을 버려야 하기 때문이다. 당신은 저 앞에 뭐
가 더 있는지도 모르고 포기해야 한다. 다음에 찾아내는 것이 혹
은 당신이 다음에 되어야 하는 것이 만족스러울지 어떨지도 모
른 채 포기부터 해야 한다. 아무리 싫어도 결국에는 포기할 수밖
에 없다. 왜냐하면 그래야하기 때문이다. 왜냐하면 시간이, 인생

이 당신을 앞으로 나아가게 하기 때문이다. 왜냐하면 당신이 만들어내는 소리가 어제나 작년, 20년 전과 같지 않기 때문이다. 당신은 오늘의 음악을 만들어야 한다. 지금 이 순간 들리고 느끼고 포착할 수 있는 음악을 연주해야만 한다.

적어도 나는 스스로에게 이렇게 다짐한다. 내가 실패의 이야기를 모두 떠나보내고 의지할 수 있는 새로운 이야기를 찾아내기까지 10년도 넘는 시간이 걸렸다. 그 새로운 이야기란 내가 계속할 힘을 주는 성장과 귀환의 신화이다. 나는 연습을 다시 시작했다. 왜냐하면 이번에는 더 잘 할 수 있을 것 같기 때문이다. 이제는 내 손가락이 내게 어떤 연주를 허락하든 자리에 앉아서 내면에 꽉 들어찬 의심과 욕망을, 나의 환상과 결점을 연습한다. 당분간은 매일 견딜 수 있는 한 계속 그들을 뒤따르려고 한다. 이것이 내 한계가 내게 가르쳐 준 교훈이다. 이것이 나를 발전시키는 동인이다.

당신이 무엇을 진지하게 연습하든, 무엇을 가슴 깊이 사랑하든 내 경험과 다르지 않을 것이다. 내게는 그 대상이 음악이었다. 기타 말이다. 당신에게는 당신의 '음악'이 무엇인지 모르겠지만 진심으로 연습을 한다면 끝내는 그 연습이 당신의 내면에 있는 모든 것을 꺼내보여 줄 것이다. 왜냐하면 당신이 지금 뭔가를 성취해 가슴이 뿌듯하거나 반대로 실패해 실의에 빠져있다면, 바로 그 이유로 당신은 자신의 손에 무엇이 남아 있을지 알 수 없기 때문이다. 어쩌면 그것을 아예 잡을 수 없을 지도 모른다. 당신이 원한다고 해서 항상 손에 잡히는 것은 아니다. 하지만 어느 날 자신의 연주에 깜짝 놀라는 날이 올 지도 모른다. 어쩌면 그 날이 바로 오늘, 음악이 온갖 기쁨과 실망, 당신이 겪을 수 있는 모든 사랑과 두려움, 당신의 모든 인생, 당신의 심장의 진짜 어울림음(둘 이상의 음이 같이 울릴 때, 잘 어울려서 듣기 좋은 음 — 옮긴이)을 보여 줄지 모른다.

❊

'위핑 윌로우'의 마지막 선율이 여전히 내 귓전에서 울리는 소리를 들으며 나는 먼지를 닦는 짙은 남색 천을 케이스에서 꺼내 기타의 후판과 측판을 닦는다. 기타를 안을 때 내 손가락과 몸에서 분비되는 유분 때문에 기타 표면의 광택제가 점점 닦여 나간다. 이 과정을 늦추기 위해 나는 매일 표면을 깨끗하게 유지한다. 삼나무 상판과 로즈우드 후판과 측판을 부드러운 천으로 닦아서 반들반들 윤이 나도록 손질한다. 다음으로 천을 울림구멍으로 넣어 현 아래를 닦는다. 이곳에는 내 손에서 떨어진 각질 같은 먼지가 쌓여 있다. 내 손은 한때 교회의 문짝이었던 상판의 노란색 줄무늬를 따라서 때로는 불타는 듯한 결을 가로지르며 우아한 윤곽을 따라간다. 기타는 내 체온으로 따뜻해졌다. 이제 남은 하루를 누워서 쉬면서 온도가 내려가면 수축하고 동시에 안개로 팽창될 것이다. 목재는 점점 조율이 흐트러질 것이다. 그래서 내일 아침이 되면 나는 조율이 잘 된 느낌이란 뭔지 기억을 되살려야 할 것이다. 그러므로 조율이 잘 된 기타는 어떤 느낌인지 기억해둬야 할 것이다.

기타는 밤색 안감을 푹신하게 댄 케이스 속으로 쏙 들어간다. 이 케이스는 부쿠레슈티로 혼자 비행기 여행을 했을 때 들고 간 바로 그 광섬유 여행 케이스다. 나는 도시를 돌며 연주회를 열 것이라고 생각해 이 케이스를 샀다. 옆면에 지워지지 않는 잉크로 내 이름이 찍혀 있다. 기대와 달리 연주 여행을 다닌 적도 없는데도 케이스는 온통 흠집과 긁힌 상처투성이다. 이제 내 케이스와 기타는 집을 떠나는 일이 별로 없다. 나는 뚜껑을 닫고 걸쇠 세 개를 다 채운다.

나는 보면대를 제 자리인 벽 앞으로 가져간다. 그리고 접이식 발 받침대를 그 아래에 집어넣는다. 악보집들이 책상 위에 흩어져 있다. 바흐와 로드리고·바리오스·조플린 등의 악보집이다. 나는 악보집을 모두 모아 컴퓨터에 모서리를 대고 가지런하게 정리한 후 보면대에 내려놓는다. 마침내 의자의 등받이를 잡아 들고 빙 돌려 의자를 책상으로 밀어 넣는다.

아직도 표현해야 할 것들이 잔뜩 남아 있다. 연습해야 할 것들도 잔뜩 있다. 하지만 오늘은 여기서 연습을 마친다. 나는 오늘 오전 연습을 충실하게 했다. 적어도 최선을 다했다. 이제 불을 꺼 음악과 내 기타가 내일까지 편히 쉴 수 있게 한다. 그리고 내일 또 다시 아침이 찾아오면 늘 그렇듯이 연습을 시작할 것이다.

들어보면 좋은 음반들

악기 연주법을 배우는 것처럼 훌륭한 감상자가 되려면 시간과 노력이 필요하다. 듣기는 연습이다. 듣기는 지극한 즐거움이기도 하다. 이 책을 쓰면서 나는 그 어느 때보다 기타 곡을 많이 듣는 기쁨을 만끽했다. 그래봤자 방대한 음반들 가운에 일부만 맛을 본 것에 불과했다. 아래에서 나는 이 책에서 언급된 곡들을 감상할 수 있는 몇 가지 음반을 엄선했다. 물론 현대 기타리스트와 시중에서 쉽게 구입할 수 있는 음반 위주로 골랐다.

요한 세바스찬 바흐

1935년에 세고비아가 파리에서 바흐의 〈바이올린 파르티타〉 2번 D 단조에서 샤콘느를 초연했을 때만 해도 대단한 실험으로 간주되었다. 오늘날 바흐는 기타로 가장 많이 연주하는 작곡가일 것이다. 바흐의 류트곡과 첼로곡·플루트곡·바이올린곡을 기타로 녹음한 음반은 너무 많아서 다 기록하지도 못한다. 메이저급 음반 가수와 야심만

만한 연주자들은 누구나 바흐를 연주한다. '평균율 클라비어' 전곡과 '푸가의 기법'·'골드베르크 변주곡'의 녹음은 물론이고 심지어 '브란 덴부르그 협주곡'들 가운데 몇 악장만 골라 녹음한 음반도 있을 정도 다. 하지만 기타로 바흐를 연주한 역사는 세고비아로부터 시작된다.

— Andrés Segovia, Segovia Collection, vol.1. Bach (MCA, 1990)
이 CD에는 샤콘느를 비롯해 세고비아의 바흐 녹음 가운데 가장 중요 한 곡들이 포함되어 있다. 또한 바흐의 〈무반주 첼로 모음곡〉 3번 C 장조(BWV 1009) 전곡 녹음도 들어 있다. 특히 이 모음곡 3번은 세고 비아 이후 수많은 연주가들이 녹음을 했기 때문에 비교하며 듣는 재 미가 있다. 세고비아의 연주와 셀레도니오 로메로와 페페 로메로·데 이비드 리스너 등의 연주를 비교해 감상해보라.

— Celedonio Romero, Bach and Gaspar Sanz (Delos, 1986)
— Pepe Romero, Bach (Philips, 1981)
— David Leisner, J. S. Bach (Azica Records, 1999)
로메로 부자는 첼로 곡을 있는 그대로 꾸밈없이 녹음한 반면 리스너 는 세고비아처럼 베이스 음을 추가하고 하모니를 더 풍부하게 만들 어서 기타곡에 더 어울리게 편곡을 했다.
〈류트 모음곡〉 음반은 셀 수 없이 많다. 나는 최근에 폴 갤브레이스 의 음반을 들었는데, 그는 류트 모음곡을 8현 기타곡으로 편곡했다.
— Paul Galbraith, Bach Lute Suites (Delos, 2000)

이 외에도 류트 모음곡 전집을 녹음한 음반은 다음 것들이 있다.
— John Williams, Bach: The Four Lute Suites (Sony, 1990)
— Sharon Isbin, J. S. Bach: Complete Lute Suites (EMI, 1989)

나는 류트보다 기타 연주를 더 좋아한다. 하지만 류트도 훌륭한 악기임에는 틀림이 없다. 원래 음계와 조율로 바흐의 류트곡을 듣고 싶으면 루츠 키르흐호프의 음반을 들어보라.

— Lutz Kirchhof, Johann Sebastian Bach: The Works for Lute in Original Keys and Tunings (Sony Classical, 1990)

개별적인 류트 모음곡과 첼로 모음곡·바이올린 소나타를 녹음한 음반도 많지만 그중에서도 나는 다음 음반들을 가장 좋아한다.

— Julian Bream, Bach Guitar Recital (EMI, 1994)

— Manuel Barrueco, J. S. Bach Sonatas (EMI, 1997) (바루에코는 '300 Years of Guitar Masterpieces'에서 바흐를 연주하기도 했다. 이 음반은 빌라 로보스의 'Suite Populaire Bresilienne [Vox Box 3, 1991]'을 비롯해 광범위한 장르의 음악을 세 장의 디스크에 녹음했다 [Vox Box 3, 1991])

— Scott Tennant, Guitar Recital (GHA, 1994)

— Matcha Masters, Guitar Recital (Naxos, 2001)

페르난도 소르

소르의 연주회 곡들은 광범위하게 연주되었으며 여러 음반에 엄선된 연습곡들이 드문드문 실려 있다. 하지만 연습곡을 다수 모아 놓은 음반은 별로 없다. 데이비드 탄넨바움은 기타를 배우는 학생들에게 길잡이가 될 음반을 발매했는데, 이 음반에서는 유난히 명료하고 꾸밈 없는 그의 연주가 돋보인다. 카르카시의 '연습곡' 스물다섯 곡과 레오 브라우어의 '연습곡' 스무 곡을 비롯해 소르의 '세고비아' 연습곡 스무 곡이 녹음되어 있다.

— David Tanenbaum, Estudios: The Essential Recordings (Guitar
  Solo Publications, 1990)

낙소스는 아담 홀츠만과 마르크 테숄스·존 홈퀴스트를 비롯해 여러
기타리스트들이 녹음한 페르난도 소르 전곡 앨범을 발매했다. 니콜
라스 골루세스는 'G조 연습곡'을 연주한다.
— Nicholas Goluses, Sor: 25 Progressive Studies, Op. 60 (Naxos,
  1996)

나는 소르의 연주곡을 녹음한 앨범 가운데 페페 로메로와 마누엘 바
루에코의 음반을 즐겨 듣는다.
— Pepe Romero, Guitar Solos (Philips,, 1993) (이 음반에는 타레가의
  '카프리초 아라베'도 수록되어 있다.)
— Manuel Barrueco, Mozart & Sor (EMI, 1988)

특별히 관심이 가는 앨범으로는 호세 미구엘 모레노가 녹음한 두 장
세트로, 이 음반에서 그는 고악기로 연주한다.
— José Miguel Moreno, La Guitarra Española, voi. 1, 1536-1836
  (Glossa, 1994), vol. 2, 1818-1918 (Glossa, 1996)

데이비드 스타로빈은 카탈로그로 눈을 돌려 소르와 지울리아니의 작
품들 가운데 덜 알려진 곡을 연주했다.
— David Starobin, Sor & Giuliani (Bridge, 2001)와 The Music of
  Fernando Sor: Les plus belles pages (Bridge, 2005)

호아킨 로드리고 '기도와 춤'

로드리고는 바흐 다음으로 가장 유명한 기타곡 작곡가일 것이다. 최근에는 '기도와 춤'을 녹음한 음반이 셀 수 없이 나와 다양한 연주 스타일과 해석을 비교할 기회를 준다. 먼저 두 장의 CD에 로드리고의 기타곡 전집을 담은 스콧 테넌트로 시작해 보면 어떨까.

— Scott Tennant, Joaquin Rodrigo: The Complete Guitar Works, vol. 1 (GHA, 1994), vol. 2 (GHA, 2002)

이 음반을 들었다면 테넌트의 연주를 다음 연주자들과 비교해보라.

— Pepe Romero, Concierto de Aranjuez, 네빌 마리너 경과 아카데미 오브 세인트 마틴 인 더 필즈와 협연 (필립스, 1994)

— Sharon Isbin, Road to the Sun: Latin Romances for Guitar (Virgin Classics, 1992) (이 음반에는 바리오스의 '대성당'과 타레가의 '카프리초 아라베'도 들어 있다.)

— Dale Kavanagh, Lyrical and Virtuosic Guitar Music (Hanssler Classics, 1999)

— Antigoni Goni, Rodrigo, Bomeniconi, Mompou, Barrios, Brouwer (Naxos, 1996)

아구스틴 바리오스 '대성당'

바리오스의 녹음이 아직 많이 남아 있고 CD로 재발매되기까지 했으니 천만다행이 아닐 수 없다.

— Agustin Barrios, The Complete Guitar Recordings(Chan-terelle Historical Recordings, 1997)

현대 연주자들도 바리오스의 음악을 많이 녹음했다.

— David Russel, Music of Barrios (Telarc, 1995)
— John Williams, The Great Paraguayan: Guitar Music of Barrios
  (Sony, 2005)
— Antigoni Goni, Barrios Guitar Music, vo.l. 1 (Naxos, 2001)
— Enno Voorhorst, Barrios Guitar Music, vo.l. 2 (Naxos, 2004)

마이클 티페트 경 '블루 기타'

'블루 기타'는 줄리안 브림을 위해 쓴 곡으로, 브림은 이 곡을 1983년
에 초연했다.

— Julian Bream, Guitar Recital (Testament, 2005)

더 젊은 세대의 기타리스트들 가운데 이 곡을 훌륭하게 연주한 연주
자들이 있다. 데이비드 탄넨바움은 이 곡이 출판될 당시 순서가 바뀌
었던 악장을 처음으로 원래 순으로 바로잡아 연주했다.

— David Tanenbaum, Acoutstic Counterpoint: Classical Guitar
  Music from the '80s (New Albion Records, 1990)
— Craig Ogedn, Tippett The Blue Guitar-20th Century Guitar
  Classics (Nimbus Records, 1995)
— Eleftheria Kotzia, The Blue Guitar (Pavillion Recordings, 2001)

스콧 조플린 '위핑 윌로우 랙'

스콧 조플린의 곡은 기타의 침울한 분위기가 잘 살아 있는데, 정작
현대에 들어 그의 곡을 연주한 피아노곡에는 그런 느낌이 부족하다.

'엔터테이너'를 녹음한 음반은 셀 수 없다. 하지만 '위핑 윌로우'는 분위기가 상당히 다른 두 음반에서만 들을 수 있다. 지오반니 데 치아로는 깔끔하고 밝은 느낌의 연주를 들려주는 반면 카를로스 바르보사-리마는 활달한 스윙 주법으로 연주한다.

— Giovanni De Chiaro, Scott Joplin on Guitar (Centaur, 1993)

— Carlos Barbosa-Lima, The Entertainer & Selected Works by Scott Joplin (Concord Records, 1990)

"연습을 하는 동안에는 자신이 무엇을 하고 있는지 꼭 알아야 한다. 안 그러면 허송세월만 보낼 것이다."

– 죄르지 산도르

연습을 할 때는 자신이 무엇을 하고 있는지 알면 확실히 도움이 된다. 혹시라도 당신이 나와 비슷하다면 앞으로 연습을 하는 과정에서 이 사실을 깨닫게 될 것이다. 나는 내가 무엇을 하고 있는지 깨닫자 다양한 출처를 통해 정보와 길잡이를 구했다. 동시에 기타 주법의 테크닉과 연습에 대한 일반적인 조언, 기타의 역사에 대해서도 조사를 했다. 다음 참고문헌들은 내가 가장 큰 도움을 받은 책들이다. 독특하고 편파적인 기록일 수 있겠으나 시작점으로 삼을 목록으로 보면 될 것이다. 연습의 진짜 노고와 진짜 즐거움은 자신만의 연습법을 스스로 찾아내는 과정에 있다. 내 경험에 비추어보면 지치지 않고 꾸준하게 연습을 하면 시간낭비는 아닐 것이다.

기타 교재

기타 교재는 기타에 대한 지식과 역사·음악성을 담은 귀중한 교재다. 교재를 진지하게 쓴 저자들은 이 악기에 대해 깊이 이해하고 있다. 그러므로 설령 당신이 그들의 운지법을 받아들이지 않더라도 기타가 어떤 악기인지 배울 수 있다. 아무리 교재가 뛰어나다고 해도 좋은 스승만은 못하다. 하지만 친구가 되어 줄 수는 있다. 여러 교재에서 제안하는 내용들을 잘 곱씹어볼 가치가 있다. 물론 그 가운데 최선이 무엇인지는 당신이 결정해야 한다.

현대 교재

요즘 나온 수많은 교재들 가운데 나는 스콧 테넌트의 책이 특히 도움이 되었다.

— Scott Tennant 《Pumping Nylon: The Classical Guitarist's Technique Handbook》(Van Nuys, Calif.: Alfred Publishing Co., 1995)

— Scott Tennant 《Basic Classical Guitar Method》(Van Nuys, Calif.: Alfred Publishinb Co., 2004) 이 책은 초보자를 위한 내용을 담고 있다.

오랜 세월 프레드릭 노드의 교재는 기본 교재로 쓰였다.

— Frederick M. Noad 《Playing the Guitar: A Self-Instruction Guide to Technique and Theory》, 3rd ed. (New York: Schirmer Books, 1981)

— Frederick M. Noad 《Solo Guitar Playing: A Complete Course of Instruction in the Techniques of Guitar Perfrmance》(New

York: Collier Books, 1994 [1968])

그 외에도 이런 교본들이 흥미롭다.

―John Mills 《The John Mills Classical Guitar Tutor》(London: Music Sales, 1992)

―Aaron Shearer 《Classic Guitar Technique》(Van Nuys, Calif.: Alfred Publishinb Co., 1987)

옛 교재들

우리는 기타 연구에 관해서라면 황금시대에 살고 있다. 역사적으로 중요한 기타 교본이 번역본이든 복제판이든 최근에 상당수 복간이 되었다. 옛 책을 보면 현대적인 테크닉과 맞지 않는 부분도 나올 것이다. 하지만 진지하게 연습에 임하는 학생이라면 소르와 아구아도 · 푸홀 · 타레가의 통찰력에서 분명히 교훈을 찾아낼 것이다. 이들보다 더 철저하게 기타를 고민한 사람들도 없으니 말이다.

―Fernando Sor 《Method for the Spanish Guitar》, 브라이언 제프리가 머리글을 쓴 1832년 영어 완역판의 재판. (London: Tecla Editions, 1995)

―Dionisio Aguado 《New Guitar Method》, edited by Brian Jeffrey, Translated by Louise Bigwood (London: Tecla Editions, 1995)

―Emilio Pujol 《Guitar School: A Theoretical, Practical Method for the Guitar Based on the Principles of Francisco Tarrega》, translated by Brian Jeffrey, edited by Matanya Orphee (Columbus, Ohio: Editions Orphee, 1983)

그 외에도 나는 이런 옛 교재들을 찾아보며 공부와 연습에 활용했다.

— Matteo Carcassi(1792-1853) 《Methode complete pour la guitare》
(Geneva: Editions Minkoff, 1988): 칼리Carli에서 출간한 1925년판
복사본. 불어본.

— 영어본: 《The Complete Carcass Guitar Method》, 멜 베이와 조지
프 채슬 공동 편집. (Pacific, Mo: Mel Bay Publications, 1974)

— Ferdinando Carulli(1770-1841) 《Method complete pour parvenir
a pincer de la guitare》, cinquieme editon op. 241 (Paris, 1810)
(Geneva: Editions Minkoff, 1987): 1925년판 칼리 에디션(파리)의
복사본. 간략한 영어 서문이 달린 불어본.

— Charles Doisy(1807년 사망) 《Principes generaux de la guitare》
(Geneva: Editions Minkoff, 1978) 복사본. 불어본.

— Gaspar Sanz(1604-1710) 《Instruccion de musica sobre la
guitarra espanola》, 영어 제목은 'The Complete Guitar Works
of Gaspar Sanz', 로버트 스트리치히가 클래식 기타용으로 번역
과 편집을 담당했다. (Saint-Nicolas, Quebec: Dobermann-Yppan,
1999)

폴 워덴 콕스Paul Wathen Cox는 1770년과 1850년 사이에 출간된 다양
한 종류의 기타 교본을 비교해 박사 논문을 썼다. 다음을 참조하라.

— 〈Classic Guitar Technique and Its Evolution as Reflected in the
Method Books ca. 1770-1850〉 (박사 논문, Indiana University,
1978). 이 책의 참고문헌 목록과 서지 정보가 무척 훌륭하다.

연습에 관하여

이상하다고 생각할지 모르겠으나 음악가가 쓴 자서전의 색인 항목을 보면 '연습'은 보기 드물다. 당신은 유명 연주자들의 회고록에서 재미있는 이야기를 많이 보겠지만 정작 그들이 어떻게 연주하는 법을 배웠는지에 대해서는 거의 정보가 없다. 파블로 카잘스는 다른 문제에는 그렇게 똑 부러지게 의견을 밝혔지만 정작 이 문제에서는 남과 다르지 않다. "나는 꾸준하게 첼로 연습을 했습니다." 이렇게 말할 뿐이다. 그런데 어떻게 연습을 했는지는 말이 없다. 아무 데도 없다.

연습의 기술에 대해 이야기를 나누려면 일단 연습의 이론에 대해 알아봐야 한다. 하지만 음악에 대해 생각하는 일은 음악을 만드는 것만큼 유혹적일 수 있다. 철학자 가운데 이 유혹에 무릎 꿇지 않은 사람을 찾아보기 힘든 것을 보면 말이다. "음악학이 육체를 써서 소리를 만드는 기술이라기보다 합리적인 과학으로서 얼마만큼 더 고귀한가? 정신이 육체보다 더 고귀한 만큼 고귀하다." 보에티우스(6세기 초 로마의 철학자이자 정치가 — 옮긴이)는 이렇게 주장했다. 반면 음악가들은 연습과 신체적인 훈련을 고안해 내는 것을 혼동해 자신의 손가락과 자주 사랑에 빠진다.

대개 연습에 관한 책들을 보면 정신과 육체의 사이에 있는, 딱 꼬집어 말하기 어려운 접점이라 칭한다. 하지만 가장 균형 잡힌 사람이라고 해도 읽는 이의 기질의 문제라는 차이를 안고 현명함과 진부함 사이로 난 밧줄 위를 걷는다.

내게는 매들린 브루저의 책이 유난히 유용했으며 독서의 재미도 만끽할 수 있었다.

— Madeline Bruser 《The Art of Practicing: A Guide to Making Music from the Hear》 (New York: Bell Tower, 1997)

꼭 기타가 아니더라도 악기를 연습하는 주제를 다룬 책들과 글이 많이 있다.

— Alice Artzt 《The Art of Pacticing》 (Westport, Conn: BOld Strummer, 1993)
— Boris Berman 《피아노 연주법》(다리, 2004)
— Gordon Epperson, "How to Practice"《American String Teacher》 28, no. 3 (Summer 1978), pp. 24-25
— Barry Green, with W. Timothy Gallwey 《The Inner Game of Music》(New York: Doubleday, 1986)
— Ricardo Iznaola 《On Practicing: A Manual for Students of Guitar Perfomance》(Pacific, Mo.: Mel Bay Publications, 2000)
— Richard Provost 《The Art and Technique of Practice》(San Francisco: Guitar Solo Publications. 1992)
— Eric Rosenblith, "On Practicing"《American String Teacher》34, no. 1 (Winter, 1984), pp. 52-54
— 죠르지 산도르 《온 피아노 플레잉》(음악춘추사, 2001)
— Philip Toshio Sudo 《Zen Guitar》(New York: Simon and Schuster, 1998)

물론 예술가들 가운데 음악가만 연습을 하는 것은 아니다. 때로는 외부의 시각에서 새로운 통찰력을 얻기도 한다. 나는 연기에 관한 책 두 권에서 큰 도움을 얻었다.

— 우타 하겐, 해스켈 프랭클 《산연기》(퍼스트북, 2015)
— 콘스탄틴 스타니슬라프스키 《배우 수업》(예니, 2014)

기타의 역사

1908년에 나온 시어스 앤 뢰벅 카탈로그(19세기 말 설립된 유통회사인 시어스사가 20세기 들어 시작한 우편판매 카탈로그—옮긴이)에는 한 줄 가득 클래식 기타 광고가 실려 있는데, 그 가운데 중저가 기타 브랜드인 '토레도The Toreador'가 3.15달러로 나와 있다. 그 토레도 기타의 울림판은 예로부터 악기 재료로 쓰이는 전나무다. 정체불명의 재료로 만든 측판과 후판은 "섬세한 마호가니의 결이 완벽하게 재현되어 있다." 토레도 기타처럼 내가 쓴 기타의 역사는 역사 이외의 욕구를 충족시키는 한편 가장 뛰어난 예를 본떴다. 나는 직접 배웠거나 받았거나 사실이라고 믿었던 정보로 근거를 뒷받침하며 나와 기타와 관계를 설명했다. 기타가 겪은 수많은 발전과 여러 특성은 지금까지 남아 있다. 반대로 금세 사라진 것들도 있다. 어찌되었든 나는 내 재료들이 정체불명으로 남기를 원치 않는다.

기타의 역사를 알아보기 위해 나는 기타의 역사를 다룬 일반적인 개론서 몇 권과 세부적으로 분야로 들어가 더 구체적으로 다루고 있는 다양한 출처의 자료들을 섭렵했다. 게다가 기타의 역사를 공부할 때 절대 없어서는 안 될《The New Grove Dictionary of Music and Musicians(스탠리 새이디 편집, 총 20권, 맥밀란 출판사, 1980)》에 큰 도움을 받았다.

일반 역사서

—Tom Evans and Mary Evans 《Guitars: Music, History, Construction and Players from Renaissance to Rock》 (New York: Paddington Press, 1977)
—Frederic V. Gunfield 《The Art and Times of the Guitar: An

Illustrated History of Guitars and Guitarists》 (New York: Collier
Books, 1969)

—John Morrish, ed. 《The Classical Guitar: A Complete History》,
2na rev, ed. (San Francisco: Backbeat Books, 2002)

—Harvey Turnbull 《The Guitar from the Renaissance to the
Present Day》 (New York: Charles Scribner's Sons, 1974)

—James Tyler and Paul Sparks 《The Guitar and Its Music from
the Renaissance to the Classical Era》 (Oxford: Oxford University
Press, 2002)

—Graham Wade 《Traditions of the Classical Guitar》 (London:
John Calder, 1980)

세부적인 주제

—William R. Cumpiano and Jonathan D. Natelson 《Guitar-
making: Tradition and Technology》 (Hadley, Mass.: Rosewood
Press, 1987)

—Thomas Heck 《Mauro Giuliani: Virtuoso Guitarist and
Composer》 (Columbus, Ohio: Editions Orphee, October 1995)

—같은 작가의 박사 논문 〈The Birth of the Classic Guitar and
Its Cultivation in Vienna, Reflected in the Career and
Compositions of Mauro Giuliani(1829년 사망)〉(PhD dissertation,
Yale University, 1970)을 토대로 저술.

—Brian Jeffrey 《Fernando Sor, Guitarist and Composer》 (London:
Tecla Editions, 1977) 제프리는 기타 학자들 가운데 가장 중요한 인
물의 한 명으로 그의 출판사인 테클라 에디션에서는 페르난도 소
르와 마우로 지울리아니를 비롯해 가장 뛰어난 기타곡 작곡가들

의 전곡을 원본 그대로 다수 출판했다.

— Neil D. Paddington 《The Spanish Baroque Guitar》 (Ann Arbor, Mich.: UMIResearch Press, 1981)
— Manuel Rodriguez 《The Art and Craft of Making Classical Guitars》 (Milwaukee, Wis.: Hal Leonard, 2003)
— Jose L. Romanillos 《Antonio de Torres: Guitar Maker-His Life and Work》 (Longmead, Shaftesbury, Dorset: Element Books, 1987)
— Andres Segovia 《An Autobiography of the Years 1893-1920》 (New York, Macmillan, 1976)
— Douglas Alton Smith 《A History of the Lute from Antiquity to the Renaissance》 (Lute Society of America, 2002)
— Graham Wade 《A New Look at Segovia-His Life, His Music》 (Pacific, Mo.: Mel Bay Publications, 1997)
— Emanuel Winternitz 《Musical Instruments and Their Symbolism in Western Art》 (New York: W. W. Norton & Co., 1967)

다시, 연습이다

첫판 1쇄 펴낸날 2017년 5월 10일
첫판 4쇄 펴낸날 2017년 8월 14일

지은이 ǀ 글렌 커츠
옮긴이 ǀ 이경아
펴낸이 ǀ 박남희

펴낸곳 ǀ (주)뮤진트리
출판등록 ǀ 2007년 11월 28일 제2015-000059호
주소 ǀ 서울시 마포구 토정로 135 (상수동) M빌딩
전화 ǀ (02)2676-7117 팩스 ǀ (02)2676-5261
전자우편 ǀ geist6@hanmail.net
홈페이지 ǀ www.mujintree.com

ISBN 979-11-6111-002-8 03840

* 책값은 뒤표지에 있습니다.